U0886268

岳麓書社

读名著　选岳麓

轻松阅读无障碍

楚辞

吴广平　导读　注译

岳麓書社·长沙

图书在版编目(CIP)数据

楚辞/吴广平导读注译.—长沙:岳麓书社,2021.3
ISBN 978-7-5538-1394-3

Ⅰ.①楚… Ⅱ.①吴… Ⅲ.①古典诗歌—诗集—中国—战国时代②楚辞—注释③楚辞—译文 Ⅳ.①I222.3

中国版本图书馆 CIP 数据核字(2020)第 194620 号

CHUCI
楚辞
导读注译:吴广平
责任编辑:刘书乔
责任校对:舒　舍
封面设计:罗志义

岳麓书社出版发行
地址:湖南省长沙市爱民路 47 号
直销电话:0731-88804152　0731-88885616
邮编:410006

版次:2021 年 3 月第 1 版
印次:2021 年 3 月第 1 次印刷
开本:700mm×1000mm　1/16
印张:17.5
字数:252 千字
ISBN 978-7-5538-1394-3
定价:28.00 元

承印:长沙鸿发印务实业有限公司

如有印装质量问题,请与本社印务部联系
电话:0731-88884129

前 言

楚辞是战国晚期天才诗人屈原及其后学宋玉所创造的一种具有楚国鲜明地方特色的新诗体。楚辞和《诗经》迥然不同，它不是集体的歌唱，而是个人的创作；不是现实主义的，而是浪漫主义的；不重自然的写实，而重主观的抒情；不是表现的北国风光，而是表现的南方景象；不是单一的比兴，而是整体的象征；句式不是板滞的四言，而是灵动的杂言；篇章不是回环复沓的短章，而是结构宏大的巨制；风格不是自然质朴，而是弘博丽雅。楚辞鲜明的地方特色，宋代黄伯思在《校定楚辞序》中有经典的概括："盖屈宋诸骚，皆书楚语，作楚声，纪楚地，名楚物，故可谓之楚辞。"（见《宋文鉴》卷九十二）因为楚辞这种新诗体的代表作，乃是"逸响伟辞，卓绝一世"（鲁迅《汉文学史纲要》）的《离骚》，故后人又称其为"骚体诗"。在中国文学史上往往"风""骚"并称，以"风"来指代《诗经》，以"骚"来指代楚辞。考"楚辞"这一名称，最早见于西汉武帝时期。司马迁《史记·酷吏列传·张汤传》载："买臣以楚辞与助俱幸，侍中为太中大夫，用事。"汉成帝时，刘向整理古文献，把楚国人屈原、宋玉所创作的骚体诗和汉代人贾谊、淮南小山、东方朔、严忌、王褒、刘向等人所创作的拟骚诗汇编成集，共十六卷，定名为《楚辞》，从此，"楚辞"遂又成为一部诗歌总集的名称。东汉安帝元初初年，王逸给刘向所编的《楚辞》作注，又加进他自己写的一篇《九思》，而命名全书为《楚辞章句》，为十七卷。刘向编的十六卷本《楚辞》久已亡佚，只有王逸的十七卷本《楚辞章句》流传至今，这就是现存最古的《楚辞》注本。《楚辞》一书是中国文学的古老经典，在中国古代浩如烟海的历史文献中具有极其重要的地位。按照传统的经、史、子、集四部文献分类法，《楚辞》属于"集部"，向来被称为"集部之祖"。打开中国古代最大的丛书《四库全书》，其中"集部"类的第一部书就是《楚辞》。故四库馆臣称："集部之目，《楚辞》

最古。”（见《四库全书总目提要》卷一四八“集部总叙”）由于《楚辞》一书在中国文学史上具有举足轻重的地位，因此研究楚辞的历史绵延悠久，研究楚辞的论著汗牛充栋，并因此形成了一门专门的学问——楚辞学。

作为一种诗歌体式，楚辞源于“楚声”“楚歌”。在春秋时代，楚国的音乐和民歌被称为“南风”或“南音”。《左传·成公九年》记载，楚人钟仪在晋鼓琴而操“南音”，被誉为“乐操土风，不忘旧也”。战国时楚国的地方乐曲如《涉江》《采菱》《劳商》《九辩》《九歌》《薤露》《阳春》《白雪》等曲目，还都可以从楚辞作品中看到。屈原的《涉江》《九歌》和宋玉的《九辩》，就是借旧题写的新诗。屈原以前的楚地民歌，有刘向《说苑·善说》篇所载楚康王时代（前559年至前545年在位）翻译的越族渔家姑娘唱的那首著名的情歌《越人歌》：“今夕何夕兮，搴舟中流？今日何日兮，得与王子同舟？蒙羞被好兮，不訾诟耻。心几烦而不绝兮，得知王子。山有木兮木有枝，心说（悦）君兮君不知！”稍后数十年，又出现了《孟子·离娄上》所引、传为孔子所闻的《孺子歌》：“沧浪之水清兮，可以濯我缨。沧浪之水浊兮，可以濯我足。”这两首诗歌都使用语气词“兮”，与后来的楚辞的基本形式相同，乃是楚辞的先导。但这样的民间小调犹如涓涓细流，倘若不被伟大的诗人屈原学习和采用，并创造出“气往轹古，辞来切今，惊采绝艳，难与并能”（《文心雕龙·辨骚》）的《离骚》《九歌》《九章》《天问》等诗作，就不可能形成中国诗歌长河中骚体诗创作的狂潮，成就“一代之文学”。可以毫不夸张地说，屈原的出现，是中国诗坛一次辉煌的日出。

屈原这人，诗人气质很重，多愁善感，富于激情，既清醒理智，又感性迷狂。他的生活、为人，都是诗化的。他爱穿奇装异服，服饰新潮、前卫，年既老而不衰。他制芰荷以为衣，集芙蓉以为裳，头戴着高高的帽子，耳缀着亮亮的明珠，身佩着长长的宝剑，腰系着馥郁的香囊，“佩缤纷其繁饰兮，芳菲菲其弥章”（《离骚》），遍体鲜艳，华美芬芳，走起路来还有佩玉叮当作响。他“朝饮木兰之坠露兮，夕餐秋菊之落英”（《离骚》），“折琼枝以为羞兮，精琼爢以为粻”（《离骚》），“餐六气而饮沆瀣兮，漱正阳而含朝霞”（《远游》），“吸飞泉之微液兮；怀琬琰之华英”（《远游》），“捣木兰以矫蕙兮，糳申椒以为粮。播江离与滋菊兮，愿春日以为糗芳”（《惜诵》），“吸湛露之浮源兮，漱凝霜之雰雰”（《悲回风》），“登昆仑兮食玉英”（《涉江》），饮清露，含朝霞，吃花粉，食玉英，不食人间烟火，俨然云外神仙。饮食芳洁，十分讲究。用他自己的话说，就是：“謇吾法夫前修兮，非世俗之所服。”（《离骚》）所服（服饰和服食）都与世俗之人不一样。他还上天下地，沟通天人，时而飞行天上，时而驰骋人间，能向远古的神女表白感情，能请上古的神巫占卜降神。这一切当然都是象征，是隐喻，并非写实，是以服饰和服食的芳洁来表明自己品性的高洁，用上天下地来表现自己的苦苦求索，用追求神女来象征追求明君，用占卜降神来表现自己内心中的矛盾冲突。但这样的奇思幻想竟出自一位曾担任左徒的高官笔下，却实在令人拍案叫绝、叹为观止！要知道他在位时每天一定都有繁重琐碎的政务，周围又有那么多的奸佞小人影响心情，然而他仍然有天真孩童般的满脑子奇想，花季少女般的一系列追求，这是多么难得的灵性和诗情啊！

屈原是个完美主义者，理想主义者，而现实却又偏偏太黑暗，太残酷。他所处的时代，楚国统治集团已腐败到了极点。信谗弃贤是当时政治腐败的重要标志。“世溷浊而嫉贤兮，好蔽美而称恶。”（《离骚》）“谗人高张，贤士无名。”（《卜居》）政府官员不依法办事，为所欲为，是当时政治腐败的另一重要表现。“固时俗之工巧兮，偭规矩而改错；背绳墨以追曲兮，竞周容以为度。”（《离骚》）不注意道德修养，生活糜烂，道德败坏，是当时贵族个人生活作风腐败的反映。“时缤纷其变易兮，又何可以淹留？兰芷变而不芳兮，荃蕙化而为茅。何昔日之芳草兮，今直为此萧艾也？岂其有他故兮？莫好修之害也。”（《离骚》）官员们欲壑难填、贪得无厌，是当时经济腐败的突出表现。“众皆竞进以贪婪兮，凭不厌乎求索。羌内恕己以量人兮，各兴心而嫉妒？”（《离骚》）面对楚国腐败的黑暗现实和国势陵迟的危险局面，屈原经常长吁短叹，泪流千行，忧心如焚，苦不堪言。他在诗篇中一再将历朝历代的明君与昏君、清官与贪官对比进行描写：“昔三后之纯粹兮，固众芳之所在。杂申椒与菌桂兮，岂维纫夫蕙茝！彼尧舜之耿介兮，既遵道而得路。何桀纣之猖披兮，夫唯捷径以窘步。”（《离骚》）“启《九辩》与《九歌》兮，夏康娱以自纵。不顾难以图后兮，五子用失乎家巷。羿淫游以佚畋兮，又好射夫封狐。固乱流其鲜终兮，浞又贪夫厥家。浇身被服强圉兮，纵欲而不忍。日康娱而自忘兮，厥首用夫颠陨。夏桀之常违兮，乃遂焉而逢殃。后辛之菹醢兮，殷宗用而不长。汤禹俨而祗敬兮，周论道而莫差。”（《离骚》）通过这一系列的对比，以揭示“为官清，其政兴；为官贪，其政衰”的兴衰成败规律，为楚王提供历史借镜，其用心可谓良苦！针对楚国腐败的社会现实，屈原高唱：“举贤而授能兮，循绳墨而不颇。”（《离骚》）主张举贤授能，将德才兼备的人选拔来掌权；修明法度，将国家的治理纳入法治轨道。他坚持真理、充满理想，“路曼曼其修远兮，吾将上下而求索”（《离骚》）。以改革图强为己任，上下求索，表现出英勇的献身精神。尽管遭受无数挫折和打击，然而，屈原忠于祖国、热爱祖国的情怀至死不渝。“陟升皇之赫戏兮，忽临睨夫旧乡。仆夫悲余马怀兮，蜷局顾而不行。”（《离骚》）诗人炽热的爱国之情感人肺腑。他爱美时像个少女，而斗争起来却是一位真正的伟男。“草宪”风波闹得那么大，就在于他制订的宪令包含有惩贪肃腐的重大主题，准备掀起一场“廉政风暴”，要和腐朽势力作殊死的斗争，因而触犯了特权阶层的既得利益，所以他受到奸佞的诽谤，楚王的流放。“举世皆浊我独清，众人皆醉我独醒，是以见放。”（《渔父》）但屈原“董道不豫”，坚持与楚国腐朽势力斗争到底！在正义与邪恶的较量、生与死的考验中，他无所畏惧，视死如归。他不讳言死，亦不怕死。“亦余心之所善兮，虽九死其犹未悔。”“虽体解吾犹未变兮，岂余心之可惩？”“宁溘死以流亡兮，余不忍为此态也！”“伏清白以死直兮，固前圣之所厚。”“阽余身而危死兮，览余初其犹未悔。”“既莫足与为美政兮，吾将从彭咸之所居！”（以上《离骚》）“知死不可让，愿勿爱兮。”（《怀沙》）“临沅湘之玄渊兮，遂自忍而沉流。卒没身而绝名兮，惜壅君之不昭。”“宁溘死而流亡兮，恐祸殃之有再。不毕辞而赴渊兮，惜壅君之不识！”（《惜往日》）“宁溘死而流亡兮，不忍为此之常愁。”（《悲回风》）“宁赴湘流，葬于江鱼之腹中。”（《渔父》）他以死明志，多次表明他甘愿为反抗黑暗、追求理想而献身！虽然屈原也知道：“骤谏君而不听兮，任重石之何益？”（《悲回风》）但现实太黑暗了，在无可奈何的情况下，他只能以死抗争，别无选择！屈原之所以选择水死，是有象征意义的，就是为了表明自己清白，表明自己和腐朽势力势不两立！赤条条地来，赤条条地去，葬身鱼腹之中，多么清白，多么干净！即使带有尘世的污垢，也被清清的江水洗刷得干干净净！总之，屈原举贤授能、修明法度的美政理想，忠于祖国、至死不渝的爱国感情，坚持真理、勇于求索的献身精神，代表着历史的进步要求和民族的精神脊梁，千百年来哺育和激励了无数的志士仁人和进步作家！“屈原精神”已成为中华民族精神的代表，是永远值得我们骄傲的“民族魂”。

屈原是楚辞的创始人和代表作家，也是中华民族历史上第一位伟大的爱国诗人。他的作品思想深邃，情感浓郁，构思奇特，想象丰富，意境优美，文辞瑰丽，体现了内容与形式的完美统一。他善于以经天纬地之才，表现各种矛盾与冲突，如《离骚》中表现的生与死、去与留的矛盾与冲突，《九歌》中表现的神与人、圣与俗的矛盾与冲突，《天问》中表现的古与今、明与惑的矛盾与冲突，莫不惊心动魄，震古撼今。屈原开创了中国诗歌由民间集体创作到作家个人创作的新时代。他拉开序幕，即满台精彩。其作品风格不但不重复前人，也不重复自己，呈现出多姿多彩的特征。《离骚》波澜壮阔，幽深隽永；《九歌》迷离飘渺，悱恻绮靡；《天问》恢诡谲怪，瑰丽奇矫；《九章》质朴清新，直率平实；《远游》高蹈飞升，道骨仙风；《大招》夸张渲染，立意高卓；《卜居》《渔父》则韵散结合，迹近赋体。屈原继《诗经》的现实主义之后开创了浪漫主义的创作方法，大大丰富了我国文学的艺术表现力。他运用大胆的想象、神奇的夸张，交织以古老的神话、优美的传说、原始的宗教、民间的风俗，将历史与现实、神界与人间熔为一炉，创造了一幅幅激动人心的艺术画面，塑造了高大峻洁的自我形象，表现了诗人的崇高理想，形成了神奇谲怪的美学风貌，对后世产生了深远的影响。屈原重视诗歌意象的创造和组合，将《诗经》孤立的比兴手法发展为系统的象征艺术，形成了有机统一的意象系统。正如王逸所说的：“《离骚》之文，依《诗》取兴，引类譬喻。故善鸟香草，以配忠贞；恶禽臭物，以比谗佞；灵修美人，以媲于君；宓妃佚女，以譬贤臣；虬龙鸾凤，以托君子；飘风云霓，以为小人。”（《楚辞章句·离骚序》）屈原作品中的意象大体可分为三种类型：一是人的意象群，二是物的意象群，三是神的意象群。而每一类意象群内除了某些中性事物外，又有正反对立的两组。屈原“寄情于物”“托物以讽”，以此来表现肯定或否定的意向和鲜明的爱憎，因而他作品中的意象大多带有浓厚的感情色彩。特别是屈原建构和营造的香草美人意象，芬芳华美，具有经典意义，滋润和沾溉了后世无数作家。屈原作品还常常用男女恋爱婚姻关系来象征政治上的君臣关系，形成了朱熹所谓的“男女君臣之喻”。《离骚》前半篇诗人自比弃妇，后半篇以求女象征求君，均是“男女君臣之喻”整体构思的体现。这不仅符合中国人传统的思维习惯，而且形象生动，表意隽永。《尚书·舜典》云：“诗言志，歌永言。”最早对诗歌的功能作出了明确的概括。比起“三代”人的重言志，屈原更重言情。他在《九章·惜诵》中提出了著名的“发愤以抒情”说。这是屈骚美学的灵魂和精髓，也是中国古代悲剧理论的重要主题。屈原乃有心做政治家，而无心当文学家。“愤怒出诗人”。由于在政治上“信而见疑，忠而被谤”，屈原情不自禁地抒发自己的牢骚与愤懑，遂创作出了震撼千古的光辉诗篇，成为中华民族文学史上伟大的诗人。屈原取得了巨大的艺术成就，他的影响是深远的。王逸《楚辞章句叙》称：“屈原之词（同‘辞’），诚博远矣。自终没以来，名儒博达之士，著造词赋，莫不拟则其仪表，祖式其模范，取其要妙，窃其华藻，所谓金相玉质，百世无匹，名垂罔极，永不刊灭者矣。”刘勰《文心雕龙·辨骚》也指出：“其叙情怨则郁伊而易感，述离居则怆怏而难怀，论山水则循声而得貌，言节候则披文而见时。是以枚贾追风以入丽，马扬沿波而得奇。其衣被词人，非一代也。”

司马迁《史记·屈原贾生列传》说：“屈原既死之后，楚有宋玉、唐勒、景差之徒者，皆好辞而以赋见称，然皆祖屈原之从容辞令，终莫敢直谏。其后楚日以削，数十年竟为秦所灭。”宋玉等人大概只是屈原的后学。唐勒、景差的辞赋今均已佚。宋玉的作品有许多篇流传至今。除《楚辞章句》所收的《九辩》《招魂》两篇为楚辞体诗歌外，《风赋》《高唐赋》《神女赋》《登徒子好色赋》《笛赋》《大言赋》《小言赋》《讽赋》《钓赋》《御赋》，均是赋体文学，且均是散体赋（详参拙著《宋玉研究》上编第五章“著述的真伪”，岳麓书社，2004年9月第1版，第86—111页）。宋玉是继屈原之后，中国文学史另一位光耀千古的伟大作家。

宋玉是一介寒士。这一身份非常重要。因为屈原是一位大起大落的高官，他传奇性的生活经历，大多数的人是没有的，后来的追随者硬要模仿屈原的创作，就很容易变成空洞的抒情。而宋玉作为一介寒士，他的这一身份和他表现的不平与感伤，倒是最为普遍的人生经历和人生感受。在中国文学史上，宋玉敏感地发现了自然与人生之异质同构关系，通过对自然与人生之双重感伤，开创了中国文学的“伤春”与“悲秋”主题，表现了“贫士失职而志不平”的感伤与哀怨，以及对时代、社会、人生的悲慨。

宋玉的《招魂》结尾开创了中国文学的“伤春”主题，内容如下：“献岁发春兮汩吾南征，菉蘋齐叶兮白芷生。路贯庐江兮左长薄，倚沼畦瀛兮遥望博。青骊结驷兮齐千乘，悬火延起兮玄颜烝。步及骤处兮诱骋先，抑骛若通兮引车右还。与王趋梦兮课后先，君王亲发兮惮青兕。朱明承夜兮时不可以淹，皋兰被径兮斯路渐。湛湛江水兮上有枫，目极千里兮伤春心。魂兮归来，哀江南。”宋玉的《九辩》开头开创了中国文学的“悲秋”主题，内容如下：“悲哉，秋之为气也！萧瑟兮草木摇落而变衰。憭栗兮若在远行，登山临水兮送将归。泬寥兮天高而气清，寂寥兮收潦而水清。憯凄增欷兮薄寒之中人。怆怳懭悢兮去故而就新，坎廪兮贫士失职而志不平。廓落兮羁旅而无友生，惆怅兮而私自怜。燕翩翩其辞归兮，蝉寂寞而无声。雁廱廱而南游兮，鹍鸡啁哳而悲鸣。独申旦而不寐兮，哀蟋蟀之宵征。时亹亹而过中兮，蹇淹留而无成。”从此以后，“伤春”与“悲秋”乃成为中国文人易患的“季节性情绪低落症”和中国文学绵延不绝的永恒主题。这样的情绪、这样的主题未免低沉、沮丧，甚至消极，却和封建时代众多落魄文人的情感息息相通，引发了历代文人的共鸣。宋玉的“伤春”与“悲秋”遂奠定了中国文学的感伤主义传统。

“屈平联藻于日月，宋玉交彩于风云。”（《文心雕龙·时序》）“屈宋逸步，莫之能追。”（《文心雕龙·辨骚》）在中国文学史上，屈宋历来并称，两人均被尊为“中国文学之祖”。刘师培说：“中国文学，至周末而臻极盛。……而屈、宋楚辞，忧深思远，上承风雅之遗，下启词章之体，亦中国文章之祖也。”（《论文杂记》）陆侃如说：“谁是中国文学之祖？我毫不迟疑地说：屈原与宋玉。他们不但给予楚民族文学以永久的生命，并且奠定了中国文学的稳固的基础。”“古代若无屈、宋，则文学史决没有那样灿烂；而楚民族若无屈、宋，则楚文学也决占不到重要的地位。所以，凡研究中国文学的人——尤其研究古代文学的人——都不可不从屈、宋下手。”（《屈原与宋玉》）由此可见，屈原和宋玉在中国文学史上的地位和影响。屈宋作品在中国文学史上大都具有经典价值与范式意义。如《离骚》是骚体诗之祖，《九歌》是九体诗之祖，《远游》是游仙诗之祖，《哀郢》是帝京诗之祖，《橘颂》是咏物诗之祖，《大招》《招魂》是招魂诗之祖，《九辩》是悲秋文学之祖，《招魂》是伤春文学之祖。正因为如此，本书选入了《楚辞》一书的全部屈宋作品。

王逸《楚辞章句》中收入的汉人辞作只有淮南小山的《招隐士》这一首诗不是对屈原作品的简单模仿。其他几篇汉人辞作，大都用“代言体”，即作者代表屈原、用屈原的口气来叙事和抒情，这就不能不流于矫揉造作、因袭模拟，有的甚至“如无所疾痛而强为呻吟者”（朱熹《楚辞集注·楚辞辩证上》）。因此，《楚辞》中收入的汉人辞作本书只选录了《招隐士》。

本书的注释力求详尽通俗，争取给读者少留难点。书中对难字难词采用分句注释。前后重见的典故，在不同篇中分别作注，以便阅读。注释尽量选择古今学者合理的解释，特别是充分吸收了20世纪以来楚辞学、神话学和文化人类学的研究成果。为便于读者理解原文，本书译文尽量采用直译。《楚辞》向称难治，注译《楚辞》殊非易事。由于本人的学识有限，本书错解和曲解之处一定不少，热诚欢迎广大读者和专家学者批评指正！

吴广平

于湖南科技大学中国古代文学与社会文化研究基地

2018年1月18日

目 录

楚辞

离骚

导读

《离骚》是屈原的代表作，是我国古代最辉煌的长篇政治抒情诗。

历来对《离骚》题意的解释极其纷纭，有几十种说法。东汉班固在《离骚赞序》里说："离，犹遭也。骚，忧也。明己遭忧作辞也。"把"离"释为"遭"，是因为"离"通"罹"，即遭受的意思。按照班固的解释，"离骚"即遭受忧患的意思。东汉王逸《楚辞章句·离骚经序》里说："离，别也。骚，愁也。经，径也。言己放逐离别，中心愁思，犹依道径，以风（讽）谏君也。"按照王逸的解释，"离骚"即离别的忧愁。这是《离骚》题意的两种最古老、最通行的解释。两说各有依据，联系作品实际，以作"遭受忧患"理解较为确切。

关于《离骚》的写作年代，也是一个古今聚讼不已的问题。据《史记·屈原贾生列传》说，是屈原被楚怀王疏远期间所作。这种说法比较符合《离骚》的实际内容。

《离骚》共三百七十三句，二千四百七十七字（除"曰黄昏以为期兮，羌中道而改路"两句衍文），是屈原作品中一篇最长的带自叙性的抒情诗，也是我国古代乃至世界诗史上最为激动人心而且具有永久魅力的诗篇。诗中揭露并批判了楚国的黑暗现实，表达了诗人追求政治革新、振兴楚国的美好理想，反映了诗人不屈不挠的斗争意志和不惜以身殉国的崇高精神。其容量之深广、抒情之深刻、意境之开阔、想象之丰富、构思之奇特、辞藻之绚丽、气魄之宏伟，在古典诗歌宝库里首屈一指，一直被引为民族文学的骄傲。

帝高阳之苗裔兮[1]，朕皇考曰伯庸[2]。摄提贞于孟陬兮[3]，惟庚寅吾以降[4]。皇览揆余初度兮[5]，肇锡余以嘉名[6]。名余曰正则兮[7]，字余曰灵均[8]。

注释

1 帝：天帝，上帝，古代指天神。按：先秦的"帝"字，直至战国中期，指的均是天神、天帝，而不是人主、君王。夏以后称人间君主为"后"或"王"，而不称作"帝"。古氏族为了美化自己的世系，都要托祖于天神天帝，自称是某某"帝"或某某"神"的后裔。高阳：即颛顼（zhuānxū 专须），传说中楚王族的先祖，实际上是楚人崇拜的天帝，是太阳神。王逸《楚辞章句》说高阳是"颛顼有天下之号也"。《史记·楚世家》说："楚之先祖，出自帝颛顼高阳。"苗：初生的植物。裔（yì 义）：衣服的末边。苗裔，这里是远末子孙的意思。朱熹《楚辞集注》云："苗者，草之茎叶，根所生也。裔者，衣裾之末，衣之余也。故以为远末子孙之称也。"兮（xī 兮）：语气词，相当于现代汉语的"啊"。据清代古音韵学家孔广森《诗声类》考证，"兮"字属于古韵歌部。章炳麟《国故论衡·音理论》、汪荣宝《歌戈鱼虞模古读考》、钱玄同《古韵二十八部音读之假定》均构拟上古歌部音值为[a]，即"兮"的古音为"啊"。

2 朕：我的，是第一人称代词的所有格。王逸释为"我"，是不准确的。《离骚》《九章》中的"朕"字，均应释作"我的"。《招魂》首句"朕幼清以廉洁兮"，用"朕"字作主语，则应释作“我”。“朕”字在先秦是贵贱通用的代词。从秦始皇开始，“朕”字才成为封建帝王自称的专用词。蔡邕《独断》：“古者尊卑共之，贵贱不嫌。至秦天子独以为称。”皇考：即太祖、远祖，亦即最初受封之君，屈氏受姓之祖。叶梦得《石林燕语》：“父没称皇考，于《礼》本无见。《王制》言天子五庙，曰考庙、王考庙、皇考庙、显考庙、祖考庙。则皇考者，曾祖之称也。”王闿运《楚辞释》：“皇考，大夫祖庙之名，即太祖也。伯庸，屈氏受姓之祖。”伯庸：据赵逵夫《屈氏先世与句亶王熊伯庸》一文考证，即见于《世本》和《史记·楚世家》中的楚君熊渠的长子句亶王熊伯庸。周夷王之时，熊渠甚得江汉间民和，趁周衰而向南扩张，灭庸（今湖北竹山），伐杨粤（“粤”同“越”。杨越西周时在今湖北省南部、湖南省东部，春秋时向东移至今江西一带），兵至于鄂（今湖北武昌）。因而封中子红为鄂王，封少子执疵为越章王，封长子伯庸在庸以北甲水边上，为句亶王（“句”“甲”“屈”双声，可以假借，故“屈氏”也称为“甲氏”）。“屈氏”之“屈”即由“句亶王”之“句”音转而来。因此，句亶王熊伯庸是屈氏受姓之祖。刘向《九叹·逢纷》说：“伊伯庸之末胄兮，谅皇直之屈原。”正以屈原为伯庸的远末子孙，实即以伯庸为屈原的远祖。“屈原者，名平，楚之同姓也。”（《史记·屈原贾生列传》）姓和氏本是有区别的。姓起于女系，氏起于男系。姓是家族的标志。同姓意味着同祖。上古同姓贵族的几个分支各有称号，叫“氏”。屈原是楚王的后代，姓芈（mǐ 米），“屈”是他这一分支的氏。后来“姓”和“氏”不分，因此“屈”也成了姓。诗的开头两句，诗人以十分庄重自矜的口吻，自叙了高贵的出身，强调自己与楚王同宗共祖，意在说明自己对楚国的存亡负有义不容辞的责任。同时，也为他的至死不能去国埝下了伏线。

3 摄提：一般认为是“摄提格”的简称。战国时代根据岁星（木星）的运行纪年。木星绕日一周约十二年，以十二地支表示，寅年名摄提格。贞：正。于：在。孟：开始。陬（zōu 邹）：农历正月的别名。《尔雅·释天》：“正月为陬。”正月是一年的开始，故叫孟陬。夏正建寅，夏历正月也即寅月。

4 惟：句首语气词。庚寅：指庚寅日。这是古代的干支记日法。“干支”是天干和地支的合称。天干又叫十干，是甲、乙、丙、丁、戊、己、庚、辛、壬、癸的总称。地支又叫十二支，是子、丑、寅、卯、辰、巳、午、未、申、酉、戌、亥的总称。拿十干的“甲、丙、戊、庚、壬”和十二支的“子、寅、辰、午、申、戌”相配，十干的“乙、丁、己、辛、癸”和十二支的“丑、卯、巳、未、酉、亥”相配，共配成六十组，用来表示年、月、日的次序，周而复始，循环使用。干支最初是用来纪日的，后来多用来纪年，现在农历的年份仍用干支。降：通常解作“降生”，不确。姜亮夫说：“降字原义当以自天而降为本义，此屈子自言天生，犹孔子之言‘天生德于予’之义云尔。”（《重订屈原赋校注》）以上两句系屈原自述自己出生在寅年寅月寅日。在周代有“男命起寅”“女命起申”的说法，即认为男孩属寅的时辰生就吉利，女孩属申的时辰生就吉利。因此，在周代民俗中，男孩不论是生于寅年，还是生于寅月，抑或是生于寅日，都是吉祥的。而屈原生于寅年寅月寅日，则是生于吉年吉月吉日，这在周代民俗中是最吉祥的日子，是良辰美景、黄道吉日，大吉大利。而寅在十二生肖中属虎，则屈原生于寅年寅月寅日，亦即生于虎年虎月虎日，虎为百兽之王，虎虎有生气，亦为吉祥的象征。屈原生日“三寅”叠合，生辰奇异，这与写他的家世出身一样，也是为了表现自己的尊贵不凡。根据屈原生于寅年寅月寅日考证其生年月日，郭沫若《屈原研究》推算为公元前 340 年正月初七日，浦江清《屈原生年月日的推算问题》推算为公元前 339 年正月十四日或十五日，胡念贻《屈原生年新考》推算为公元前 353 年正月二十三日。虽然郭说和浦说影响很大，也较通行，但应以胡念贻说为确。

5 皇：即上文“皇考”的省略，指太祖。览：观察，相当于《离骚》“皇天无私阿兮，览民德焉错辅”和《九歌·云中君》“览冀州兮有余”中的“览”，是指的神灵观察。揆：揣度。初度：犹言初生的时节，指生庚年月。

6 肇：陈直《楚辞拾遗》、闻一多《离骚解诂》据刘向《九叹·离世》“兆出名曰正则兮，卦发字曰灵均”等语，以为屈原是卜于皇考之庙而得名，肇即“兆”的假借字。兆，卦兆。锡（cì 赐）：通“赐”，赐给。现在有很多人既认为这里的“锡”字是“赐”的通假字，又仍然按照铜锡之“锡”的音来念它（新版《辞源》《辞海》及《汉语大字典》就如此处理）。有的人还用这个例子来证明通假字不必读如本字。这是不合理的。既然把“锡”看作“赐”的通假字，就应该把它念作“赐”。余：我。嘉名：美名。按：关于在祖庙中占吉凶，给小孩取名，历史文献上有记载。《礼记·内则》：“凡父在，孙见于祖，祖亦名之。”《史记·日者列传》楚人司马季主说：“产子，必先占吉凶，后乃有之。”《白虎通·姓名篇》：“故《礼服传》曰：‘子生三月，则父名之于祖庙。’于祖庙者，谓子之亲庙也，明当为宗祖主也。”则楚俗是生子三月后由父亲在祖庙中求先祖的旨意，为子取名，故曰：“皇览揆余初度兮，肇锡余以嘉名。”通过占卜让先祖为禀赋特异的孩子取名，这种命名习俗在许多少数民族中至今仍很流行。

7 名：给人取名。正则：公正而有法则，含有“平”字之意（屈原名平）。据《史记·秦始皇本纪》记载，秦始皇“以秦昭王四十八年正月生于邯郸。及生，名为政，姓赵氏”。裴骃《史记集解》引徐广说“政”字“一作‘正’”；引宋忠云：“以正月旦生，故名正。”张守节《史记正义》：“正音政，‘周正建子’之‘正’也。始皇以正月旦生于赵，因为政，后以始皇讳，故音征。”秦始皇是因为生于正月初一，故命名为“正”。因此，屈原所谓“名余曰正则兮”的“正”，很可能也跟他出生于正月有关。

8 字：给人取字。灵均：美好的平地，含有“原”字之意。正则与灵均可能是屈原的小名小字。按：古人既有名又有字。古代男子二十而冠，冠后据本名含义而另立的别名就叫字。字是从名滋生出来的，二者之间有极为密切的意义联系。字也叫表字，意思是表述名所用之字；又称表德，意思是阐明名的性质和含义。名和字的关系是相辅相成、互为表里的。像屈原名平字原，平与原是同义的。这四句诗人是借用美名来写他的性格、理想和灵性。屈原名平字原，小时名正则字灵均，屈原先祖与家人给他起如此名字似乎反映了对平原的向往，对土地的崇拜，对公平、公开、公正的处事原则的召唤。《离骚》这开头八句诗人以十分庄重而自矜的口吻，追述了自己的先祖、家世，即高贵的出身，以及自己奇异的生辰和美名，感情是肃穆的，含蕴是深邃的，为他一生的自尊自爱自重定下了基调，也为全诗的体制结构了框架。清顾天成《离骚解》云："首溯其本及始生月日而命名命字，郑重之体也。"

译文

我是天帝高阳的后裔，我的太祖叫作伯庸。太岁在寅那年的正月，庚寅日里我降自天穹。太祖观察我初降的时节，通过卦兆赐给我美名。给我取名叫作正则，给我表字叫作灵均。

纷吾既有此内美兮[1]，又重之以修能[2]。扈江离与辟芷兮[3]，纫秋兰以为佩[4]。汩余若将不及兮[5]，恐年岁之不吾与[6]。朝搴阰之木兰兮[7]，夕揽洲之宿莽[8]。

注释

1 纷：众多的样子，"内美"的形容词。《楚辞》句例，往往将作定语或状语的形容词和副词放在句子的开头。内美：内在的美好品质。这是说自己生于良辰美景、黄道吉日，有着天地赋予的美好品质，也就是本质好的意思。

2 重（chóng 崇）：加上。修：美好。能（tài 态）：通"态"，指姿态、姿容。一说"修能"指"优秀的才能"，虽讲得过去，但不及解为"美好的姿容"意蕴深广。上句言有"内美"，此句言"修态"，指自己既有内在美，又有外在美。

3 扈（hù 户）：楚方言，犹"覆"，披的意思。江离：香草名，又称蘼芜（míwú 迷无），即芎䓖（xiōngqióng 兄穷）。辟：同"僻"，偏僻。芷（zhǐ 止）：香草名，即白芷。辟芷，长在偏僻之处的芷草。

4 纫（rèn 认）：楚方言，连接，连缀。秋兰：指秋天的兰花。在中国，兰花（草）是国香，是君子之花，是道德的象征，养兰即养德，佩兰即佩德。佩：佩带在身上的饰物，名词。这两句是用佩带香草来比喻自己重视后天修养。

5 汩（yù 欲）：楚方言，水流得很快的样子。这里是指时光如流水，过得飞快。不及：赶不上。

6 不吾与："不与吾"的倒装，"不等待我"的意思。这两句是诗人担心时光流逝，自己为国家做不成事业。

7 搴（qiān 牵）：楚方言，拔取。阰（pí 皮）：楚方言，大的山坡。木兰：香木名，或称黄心树，紫玉兰，皮似桂，状如楠树，高数仞，相传去皮而不死。

8 揽：采摘。洲：水中的陆地。宿莽：经冬不死的一种香草，这种草拔心以后还能生长。木兰树去皮不死，宿莽草拔心不死，皆香之不变者，所以用来比喻修身。

译文

我既有众多内在的美好品质，又有外在的美好姿态。披着江离与偏野的芷草，系着秋兰结成的饰带。时光如流水追赶不上，岁月不饶人心里惊慌。早晨拔取山岗上的木兰，傍晚采集水洲中的宿莽。

日月忽其不淹兮[1]，春与秋其代序[2]。惟草木之零落兮[3]，恐美人之迟暮[4]。不抚壮而弃秽兮[5]，何不改此度[6]？乘骐骥以驰骋兮[7]，来吾道夫先路[8]。

注释

1 忽：过得很快的样子。淹（yān 烟）：长期逗留。

2 代序：轮流替换。

3 惟：思念。零落：飘零，坠落。

4 美人：此词古今解说纷纭，有说是指怀王，有说是屈原自指，有说是谓盛壮之年，有说是泛言贤士。从下文来看，当以指怀王为是。迟暮：指年老。这四句是诗人担心楚王不能及时奋进，耽误了楚国的前途。“恐”字充分表达了诗人对国事的危机感，特别是诗人为祖国的前途而焦虑，为祖国的命运而担忧的急迫心情。

5 不：“何不”的省文，“为什么不”的意思。抚壮：趁着壮年。秽（huì 惠）：指污秽的行为。

6 度：态度。

7 骐骥（qíjì 其技）：骏马，比喻贤能的人。驰骋（chěng 逞）：（骑马）奔跑。

8 来：汤炳正认为“来”字当为“道（导）”之助动词，而置于主语“吾”之前，形成了特殊的语言结构。以通常语言结构而言，应作“吾来道夫先路”，当以“来道”连读，而不当以“吾来”连读（《楚辞类稿》）。道：同“导”，引导。夫（fú 扶）：语气助词。先路：前面的路。这两句写诗人决心把一切献给楚国的富强事业的抱负和理想。

译文

日月运行一刻不停留，春天秋天轮流相替代。想到草木已凋零陨落，我担心美人年老色衰。为何不趁壮年抛弃污秽？为何不改变不良的态度？骑上骏马自由地驰骋，我为你在前面来引路。

昔三后之纯粹兮[1]，固众芳之所在[2]。杂申椒与菌桂兮[3]，岂维纫夫蕙茝[4]？彼尧舜之耿介兮[5]，既遵道而得路[6]。何桀纣之猖披兮[7]，夫唯捷径以窘步[8]。

注释

1 昔：从前。后：王。三后，指夏禹王、商汤王、周文王。纯：丝无杂质者。粹：米无杂质者。纯粹，没有杂质，这里指德行完美。

2 固：本来。众芳：比喻众多有才能的人。在：聚集，荟萃。

3 杂：动词，杂集，汇集。申椒：申地所产的花椒。申，地名，即今河南南阳，所产花椒有名。菌（jùn 俊）桂：即箘（jùn 俊）桂，是桂树的一种，也是一种香木。"申椒""菌桂"比喻贤才。

4 维：同"唯"，只。蕙：香草名，和兰草同类。茝（zhǐ 芷）：同"芷"，又名"虈（xiāo 消）"，香草名，即白芷。《说文・艸部》："茝，虈也。""虈，楚谓之蓠，晋谓之虈，齐谓之茝。"钮树玉《说文解字校录》："（茝）盖即芷之正文，后人误为两字。"段玉裁《说文解字注》："此一物而方俗异名也。茝，《本草经》谓之白芷。茝、芷同字，𦣝声、止声同在一部也。"这里的"蕙"和"茝"也是比喻贤才。以上四句是比喻，前两句是本体，后两句是喻体，是说"三后"任用群贤为治，犹如广采桂茝以为佩。

5 尧：传说中的上古圣主贤王，帝喾之子，名放勋，号曰尧，属陶唐氏，故又称唐尧。据《尚书・尧典》《史记・五帝本纪》记载，尧选贤任能，协和万邦，制定历法，安排农作。尧将帝位禅让给舜，又将自己的女儿娥皇、女英嫁给舜。舜：传说中的上古圣主贤王，姚姓，名重华，号曰舜，属有虞氏，故又称虞舜。据《尚书・舜典》《史记・五帝本纪》载，舜因四岳的推举，接替尧帝做了帝王。他巡行四方，流放了共工、驩兜、三苗、鲧四佞；又咨询四岳，挑选贤人，治理民事；后又将王位禅让给治水有功的禹。耿介：光明正大。

6 既：已经。遵道：遵循正道。路：指正确途径。

7 何：何等，多么。桀（jié 杰）：夏代最后一个君主名，是古代暴君的典型，又名履癸。据《国语・晋语》《史记・夏本纪》和《竹书纪年》等古籍记载，桀残酷狠毒，暴虐荒淫。任意虐杀百姓，破坏农业生产。对外滥施征伐，勒索小邦。他兴师讨伐有施氏，有施氏被迫将女妺嬉（mòxǐ 末喜）进献给桀作妃。桀做酒池肉林，使男女裸体相逐，日夜饮酒作乐。酒池大到可以行船，妺嬉看见有人醉死在酒池里便哈哈大笑，以为乐事。大夫关龙逢直言敢谏，被杀。曾囚汤于夏台。在有仍（今山东济宁东南）强盟诸侯，攻灭有缗氏（今山东金乡）。后商汤崛起东方，发兵讨夏，他在鸣条（今河南封丘东）战败，出奔南巢（今安徽巢湖西南）之山而死。纣（zhòu 宙）：商代最后一个君主名，帝乙之子，字纣，名辛，故又称帝辛。据《史记·殷本纪》记载，纣大造宫室、建造酒池肉林、宠幸女色（如宠幸妲己）、囚禁贤人（如囚禁箕子、拘押文王）、残害贤良（如杀比干）、轻信小人（如偏信崇侯虎），也是古代暴君的典型。猖披：猖狂，胡作非为。

8 夫（fú 扶）：句首语气词，有提示作用。唯：以，因为。夫唯，犹言"正因为"。捷径：斜出的小路，比喻不走正道。窘（jiǒng 炯）步：迈不开步子，犹言步履艰难。以上四句举尧舜光明正大的做法和桀纣的狂乱失足相对照，给楚王作历史的借鉴。

译文

三位先王道德多么高尚，自然吸引群芳聚集一堂。汇集芬芳的花椒与菌桂，哪里只把蕙缝成香囊？唐尧虞舜多么正大光明，他们已经走上正确途径。夏桀商纣多么猖狂放纵，只走邪路以致寸步难行。

惟夫党人之偷乐兮[1]，路幽昧以险隘[2]。岂余身之惮殃兮[3]？恐皇舆之败绩[4]。忽奔走以先后兮[5]，及前王之踵武[6]。荃不察余之中情兮[7]，反信谗而齌怒[8]。

注释

1 夫（fú 扶）：代词，表示远指，相当于"那些"。党人：朋党，为私利而结合的一群人，指朝中那些结党营私的奸臣。偷乐：苟且偷安。

2 路：指政治道路。幽昧（mèi 妹）：黑暗。险隘：危险狭隘。

3 惮（dàn 但）：害怕。殃：灾殃。

4 皇舆：国君所乘的车子，比喻楚王朝。败绩：翻车，比喻楚王朝倾覆。以上四句指出党人蝇营狗苟，把楚国引向危亡的绝境，并表明自己之所以不避灾祸反对他们，完全是为了楚国的前途。

5 忽：急急忙忙的样子。奔走以先后：跑前跑后，指为楚王效力。

6 及：赶上。前王：先王，即上文的"三后"。踵（zhǒng 肿）武：足迹。

7 荃（quán 全）：香草名，又叫荪。这里代指楚王。察：体察，了解。中情：内心。

8 谗：挑拨离间的话。齌（jì 计）怒：暴怒。这两句是怨恨楚王昏庸，不辨忠邪。

译文

那些小人只知苟且偷安，他们前程黑暗而又险隘。我哪里是怕自己灾难临头？我怕的是君王车子被毁坏。急匆匆奔走在君王前后，但愿能赶上先王的脚步。荃草你不体察我的忠诚，反而听信谗言对我发怒。

余固知謇謇之为患兮[1]，忍而不能舍也[2]。指九天以为正兮[3]，夫唯灵修之故也[4]。曰黄昏以为期兮[5]，羌中道而改路[6]？初既与余成言兮[7]，后悔遁而有他[8]。余既不难夫离别兮[9]，伤灵修之数化[10]。

注释

1 謇謇（jiǎn 简）：忠言直谏。

2 舍：舍弃，中止。

3 九天：中国古代宇宙层次神话认为天有九层，上帝在最上一层。九天，犹言“上天”。正：通“证”。指九天来做证明，就是指天发誓。

4 夫（fú 扶）：句首语气词，有提示作用。唯：以，因为。夫唯，犹言“只为”。灵修：指楚怀王。“灵”和“修”都有“美”与“善”的意思。“灵修”本是妻子对丈夫的美称。《离骚》以男女关系来比君臣关系，所以借“灵修”来作臣对君的美称。

5 曰：说好，约定。黄昏：古代举行婚礼在黄昏时候。期：婚期，结婚的时间。这是以男女关系比喻君臣关系。

6 羌（qiāng 腔）：楚方言，同“卿”或“庆”，表反诘语气，即“何为”“何乃”，为什么的意思。《离骚》“羌内恕己以量人兮”，王逸《楚辞章句》注释说：“羌，楚人语词也，犹言卿，何为也。”中道：中途。按：“曰黄昏以为期兮，羌中道而改路”两句，王逸《楚辞章句》无注，洪兴祖《楚辞补注》疑此二句为后人所增。按《文选》没有这两句，洪兴祖的话是对的。这两句是衍文，已成定论，但我翻译时仍保留了这两句。

7 初：当初。成言：彼此约定的话。

8 悔遁：后悔而逃避，指背弃诺言。有他：有另外的打算。

9 难：畏惧。

10 数（shuò 朔）：屡次。化：变化。以上四句以男女婚约为比喻，大胆地指责楚王反复无常。

译文

我本知道忠言会招灾祸，但是我却忍耐控制不住。上指苍天请它为我作证，一切为了你灵修的缘故。你说黄昏时来娶我，为何中途改变了方向？当初你已经与我约定，后来反悔又改变主张。我已经不怕疏远离别，可悲你灵修反复无常。

余既滋兰之九畹兮[1]，又树蕙之百亩[2]。畦留夷与揭车兮[3]，杂杜衡与芳芷[4]。冀枝叶之峻茂兮[5]，愿俟时乎吾将刈[6]。虽萎绝其亦何伤兮[7]？哀众芳之芜秽[8]。

注释

1 滋：栽种。兰：香草名，即兰草，亦即兰花。畹（wǎn 晚）：据山东临沂银雀山汉墓出土竹简《孙子兵法》佚篇《吴问》记载，半亩为一畹。“九畹”表示种得很多，“九”是虚数。

2 树：动词，种植。蕙：香草名。百亩：也是种得多的意思。

3 畦（qí 其）：田垄，这里作动词用，分垄种植。留夷：香草名，即芍药。揭车：香草名，叶黄，花白，味辛。

4 杂：掺杂栽种，套种。杜衡：即杜蘅，香草名，似葵而香，亦名杜葵，俗名马蹄香。芳芷：即白芷。以上四句以栽种花草比喻培育各种人才。

5 冀（jì 技）：希望。峻茂：高大茂盛。

6 俟（sì 寺）：等待。刈（yì 义）：收割。这两句比喻对自己培养的人才寄托了深厚的政治希望。

7 萎绝：枯萎零落，言受摧残，比喻自己政治上的失败。

8 众芳：指兰、蕙等。芜（wú 无）秽：荒芜污秽。这两句意思是说，自己培养的人才假若因保持高尚的品德而受到打击并没什么可悲伤的，悲伤的是他们受到腐朽势力的拉拢而变质。

译文

我已栽种春兰九畹地，我又种植秋蕙百亩田。分垄种植了留夷揭车，又把杜衡芳芷套种中间。我希望芳草枝叶茂盛，等待成熟的季节收获。即使枯萎了又有何妨？可悲的是众芳已经污浊。

众皆竞进以贪婪兮[1]，凭不厌乎求索[2]。羌内恕己以量人兮[3]，各兴心而嫉妒[4]？忽驰骛以追逐兮[5]，非余心之所急[6]。老冉冉其将至兮[7]，恐修名之不立[8]。

注释

1 众：指众小人。竞进：争相钻营。贪婪（lán 兰）：贪得无厌。

2 凭：楚方言，满的意思。厌：满足。乎：于。求索：追求索取。

3 羌（qiāng 腔）：楚方言，同“卿”或“庆”，表反诘语气，即“何为”“何乃”。王逸《楚辞章句》："羌，楚人语词也，犹言卿，何为也。"内：自己。恕（shù 竖）：用自己的心推想别人的心。量（liáng 良）人：估量别人。这句是说小人用自己贪婪的心理来推想、估量别人也是贪婪的，所谓"以小人之心，度君子之腹"。

4 兴（xīng 星）心：起心。以上四句大胆揭露了小人卑鄙肮脏的心理。

5 驰骛（wù 务）：狂奔乱跑。

6 所急：急于去做的事。

7 冉冉（rǎn 染）：渐渐。

8 修名：美名，指廉洁的名声，和上面指出众人的"贪婪"是相对的。司马迁《屈原列传》中的"其志洁，其行廉"，正是这"修名"很好的注脚。立：树立。以上四句写自己的志向、情趣和时俗不同。四句承上启下，是一个转折段落。

译文

大家都争相钻营利禄，贪婪的内心不会满足。为何凭自己贪心猜度别人，各自起心把君子嫉妒？急匆匆狂奔追名逐利，这不是我心中之所急。老境渐渐地将要来临，我担心美名不能树立。

朝饮木兰之坠露兮[1]，夕餐秋菊之落英[2]。苟余情其信姱以练要兮[3]，长顑颔亦何伤[4]？揽木根以结茝兮[5]，贯薜荔之落蕊[6]。矫菌桂以纫蕙兮[7]，索胡绳之𬘡𬘡[8]。

注释

1 坠露：掉下的露水。

2 餐：动词，吃。落英：掉下的花朵。"落"字与上句"坠"字相应，显然可见"落"字并没有特别的意义。自宋代开始有人以"菊不落花"为由，将"落"训为"始"，谓"落英"即初开的花，这实在是失之好奇。《离骚》一篇"落"字用了四次，都是陨落的意思，不可作"始"字或其他意义解。诗人朝饮木兰坠露，夕餐秋菊落英，饮食芳洁，甘于清贫，正与贪婪之辈相反。

3 苟：如果，只要。信：确实。姱（kuā 夸）：美好。练要：精粹。

4 顑颔（kǎnhàn 坎汉）：因饥饿而面黄肌瘦的样子。以上四句写自己饮食的芳洁，操守的坚定。

5 木根：木兰的根。结：系上。茝（zhǐ 芷）：同"芷"，香草名，即白芷。

6 贯：穿，串连。薜荔（bìlì 必立）：香草名，又叫木莲，俗名木馒头，蔓生，开小花。落蕊（ruǐ）：陨落的花蕊。

7 矫：举起。

8 索：动词，搓绳。胡绳：香草名，叶可做绳。历史学家、原中国社会科学院院长胡绳，本名项志逖。“志逖”即志在高远的意思。项志逖从中学时代开始就非常喜欢屈原的长诗《离骚》。1933 年 11 月 1 日，年仅 15 岁的项志逖在自己创办的《百合》杂志创刊号上发表长文《从“文学无用论”说到“第三种人”》，作者署名“胡绳”，用屈原《离骚》诗句“索胡绳之纚纚”中的香草“胡绳”作为笔名。从此以后，他就经常用胡绳的笔名发表文章。久而久之，笔名成了姓名，胡绳原来的名字几乎无人知晓了。纚纚（读 shǐ，又读 xǐ 喜）：形容绳索又长又好的样子。以上四句再以服饰的芳洁比喻自己品质的完善，志操的高尚。

译文

早晨喝春兰滴下的露水，傍晚吃秋菊掉下的花朵。只要我内心确实美好纯洁，长期面黄肌瘦又有什么不可？采来木兰根把白芷系上，又将薜荔花编织成花环。用菌桂将蕙草连接成串，拿胡绳搓索非常的美观。

謇吾法夫前修兮[1]，非世俗之所服[2]。虽不周于今之人兮[3]，愿依彭咸之遗则[4]。长太息以掩涕兮[5]，哀民生之多艰[6]。余虽好修姱以鞿羁兮[7]，謇朝谇而夕替[8]。

注释

1 謇（jiǎn 简）：副词，虔诚的样子，是“法”的状语。法：效法。前修：前代的贤人。

2 服：此字包含两个含义，一是服饰，二是服食。此二句钱锺书认为“虚涵两意”。他说：“‘修’字指‘远贤’而并指‘修洁’，‘服’字谓‘服饰’而兼谓‘服行’。一字两意，错综贯串，此二句承上启下。……承者修洁衣服，而启者服法前贤，正见二诠一遮一表，亦离亦即。……‘修’与‘服’或作直指之词，或作曲喻之词，而两意均虚涵于‘謇吾’二句之中。”（《管锥编》）亦可参考。

3 周：合。

4 依：依照。彭咸：据王逸《楚辞章句》，彭咸是殷朝贤大夫，相传他因劝谏国君，不被采纳，于是投水自杀。屈原在作品中多次提到他。生平事迹不可详考。遗则：留下的榜样。以上四句写自己把坚持高洁、坚持理想看得重于生命。

5 太息：叹息。掩涕：擦眼泪。

6 民生：人生。

7 虽：唯，只。好（hào 浩）：爱慕。修姱：修洁而美好。鞿羁（jījī 机机）：马缰绳和马笼头，这里比喻受人牵累。

8 謇（jiǎn 简）：楚方言，句首语气词。谇（suì 碎）：进谏。替：废弃。以上四句喟叹人生、叙写遭遇，抒发了苦闷、孤独、愤懑的思想感情。

译文

我虔诚地效法前代贤人，服饰自然地和世俗不同。虽和今人不能志同道合，但愿学习彭咸这位典型。长长地叹息眼泪流淌，哀叹这人生多么艰难。我只是爱修洁却受牵累，早上进谏晚上就丢了官。

既替余以蕙纕兮[1]，又申之以揽茝[2]。亦余心之所善兮[3]，虽九死其犹未悔[4]。怨灵修之浩荡兮[5]，终不察夫民心[6]。众女嫉余之蛾眉兮[7]，谣诼谓余以善淫[8]。

注释

1 纕（xiāng）：佩带。

2 申：重。申之，加上。茝（zhǐ 芷）：同“芷”，香草名，即白芷。

3 善：爱好。

4 九死：多次死亡。“九”是虚数，表示多次。以上四句写自己尽管政治上受到打击、迫害，但对自己的理想、信念和人格操守却至死不悔。

5 浩荡：荒唐，糊涂。

6 民心：人心，此指屈原自己的心思。

7 众女：比喻楚王周围的权贵。蛾眉：比喻女子的眉毛像蚕蛾的触须那样细长弯曲，这在古代是美貌的象征。

8 谣诼（zhuó 浊）：造谣诽谤。以上四句写自己忠心耿耿报效祖国，但楚王昏庸糊涂、不解人意，群小嫉贤害能、造谣生事。

译文

我丢官既因将蕙草佩带，又加上采摘白芷的芳蕊。这些是我衷心的所爱，即使九死也不会后悔。可恨你灵修实在太荒唐，始终不了解我的心肠。众多女子嫉妒我的美貌，造谣诽谤我善于淫荡。

固时俗之工巧兮[1]，偭规矩而改错[2]；背绳墨以追曲兮[3]，竞周容以为度[4]。忳郁邑余侘傺兮[5]，吾独穷困乎此时也[6]。宁溘死以流亡兮[7]，余不忍为此态也[8]！

注释

1 工巧：工匠，此指木匠（参易祖洛《"固时俗之工巧兮"的"工巧"》，《中国语文》1983年第3期第223页）。《韩诗外传》卷三第一章："忠易为礼，诚易为辞，贤人易为民，工巧易为材。"《颜氏家训·勉学篇》："人生在世，会当有业。农民则计量耕稼，商贾则讨论货贿，工巧则致精器用。"其中之"工巧"均指工匠。"工巧"乃同义合成词，"工"即《论语·卫灵公》"工欲善其事，必先利其器"之"工"，"巧"即《九章·怀沙》"巧倕不斫兮"之"巧"。因"工"和"巧"同义，都有工匠的意思，故"巧倕"亦名"工倕"，如《庄子·胠箧》所云："毁绝钩绳而弃规矩，攦工倕之指。"

2 偭（miǎn 免）：违背。规矩：本指画圆形和方形的仪器，这里比喻法度。错：通"措"。

3 绳墨：本指木工画直线时用的墨斗墨线，这里比喻正道。追曲：追求邪曲。

4 竞：争。周容：苟合取容。度：法度。以上四句尖锐地揭露和批判了世俗工匠的目无法度、苟合取容。

5 忳（tún 屯）郁邑：忧愁烦闷的样子。邑，同"悒（yì 义）"，愁闷不安。侘傺（chàchì 诧斥）：楚方言，失意中心神不定的样子。"忳郁邑余侘傺"即"余忳郁邑侘傺"，"余"为主语，居于句中，是《楚辞》常见的倒装句法。

6 穷困：处境艰难窘迫。

7 宁：宁可。溘（kè 克）死：忽然死去。流亡：随水流去（参姜亮夫《重订屈原赋校注》）。

8 此态：指上述苟合取容之态。此四句写自己尽管处境艰难，但仍要誓死保持自己人格的清白。

译文

本来眼下媚俗的木匠，喜违背规矩而改变举措；爱背弃绳墨去追求邪曲，争着苟合取容以为法度。我烦闷失意孤独忧愁，我偏潦倒在这个时候。我宁肯暴死随水流去，也不忍做出那种态度！

鸷鸟之不群兮[1]，自前世而固然[2]。何方圜之能周兮[3]，夫孰异道而相安[4]？屈心而抑志兮[5]，忍尤而攘诟[6]。伏清白以死直兮[7]，固前圣之所厚[8]。

注释

1 鸷（zhì 至）鸟：凶猛的鸟，如鹰、雕等，品性刚烈。不群：不与一般鸟类合群。诗人自比鸷鸟，卓立于世，不与凡鸟同流。

2 固然：本来如此。

3 圜：同“圆”。周：合。

4 孰：哪。异道：不同的道路。相安：相处没有冲突。这四句写自己和群小之间存在着不可调和的矛盾。

5 屈心：内心受到委屈。抑志：意志受到压抑。

6 忍尤：忍受罪过。攘诟（rǎnggòu 壤构）：忍受侮辱。攘，忍受。诟，辱。

7 伏：保持。死直：死于正直。

8 前圣：前代圣贤。厚：看重。这四句以前代圣贤为榜样激励自己决不被沉重的感情压倒，要保持清白，至死不变。

雄鹰不会与凡鸟同群，自古以来就这样分明。方的和圆的哪能契合？不同路的人哪能同行？我内心委屈，心情压抑，忍受着罪过，容忍着羞耻。保持清白节操为正义而死，本是前代圣贤之所重视。

悔相道之不察兮[1]，延伫乎吾将反[2]。回朕车以复路兮[3]，及行迷之未远[4]。步余马于兰皋兮[5]，驰椒丘且焉止息[6]。进不入以离尤兮[7]，退将复修吾初服[8]。

1 相（xiàng 象）：观看。道：路，比喻政治道路。察：看清楚，看仔细。

2 延伫（zhù 注）：长久站立，这里是踌躇不前的意思。反：同“返”。

3 回：掉转。朕：我的。复路：走回头路。

4 及：趁着。行迷：迷路。以上四句诗人设想在官场进退问题上也许过去的路走错了，因此准备回过头来再走。按：从这四句开始到“岂余心之可惩”，主要表现诗人遭谗之后在进退问题上的矛盾心情，形象逼真地描写了设想中的退隐生活。

5 步：慢慢地走。兰皋（gāo 高）：长着兰草的水边高地。

6 驰：马快跑。椒丘：长着椒树的山丘。焉：于此，在这里。止息：休息。

7 进不入：即“不进入”。进，指进仕。以：而。离：通“罹”，遭受。

8 退：指退隐。复：重，再。修：修整。初服：自己当初的衣服，比喻“初衷”。以上四句写自己遭谗不被朝廷信任，因而准备退隐，以便更加修励自己。

译文

后悔当初上路没有细看，我踌躇不前准备往回转。掉转我的车头走向归路，趁走迷的道路还不太远。走马在水边兰草地逍遥，驱马上山丘椒树林休息。不进去遭受小人非议，退回来重修我的旧衣。

制芰荷以为衣兮[1]，集芙蓉以为裳[2]。不吾知其亦已兮[3]，苟余情其信芳[4]。高余冠之岌岌兮[5]，长余佩之陆离[6]。芳与泽其杂糅兮[7]，唯昭质其犹未亏[8]。

注释

1 芰（jì 计）荷：楚方言，荷叶。衣：上衣。

2 芙蓉：荷花。裳（cháng 常）：下衣。这两句的“芰荷”“芙蓉”象征高洁的品德。

3 已：止，罢了。

4 苟：如果，果真。信芳：确实芳洁。按：“不吾知其亦已兮，苟余情其信芳”，是假设属句置于主句之后的特殊句型，依照常规句式特点应为“苟余情其信芳，不吾知其亦已兮”，意思是：如果我的内心确实芳洁，即使没有人理解我那也算了。

5 高：这里用作动词，使之高的意思。冠：帽子。岌岌（jí 及）：高的样子。

6 长：这里用作动词，使之长的意思。佩：指佩剑。陆离：长的样子。这两句用高冠长剑来标志自己特立不群的性格。

7 泽：垢腻（王夫之说）。杂糅：混杂在一起。

8 唯：句首语气词。昭质：光明洁白的质地，比喻清白的品质。亏：亏损。这两句是写在楚国现实中，黑白混淆，良莠不辨，但自己仍坚守正道，保持清白。

译文

把碧绿的荷叶制成上装，把粉红的荷花缝成下裳。没有人理解我那也算了，只要我的内心确实芬芳。把我的帽子加得更高，把我的佩剑增得更长。芳香和污垢尽管混杂，清白的品质不会损伤。

忽反顾以游目兮[1]，将往观乎四荒[2]。佩缤纷其繁饰兮[3]，芳菲菲其弥章[4]。民生各有所乐兮[5]，余独好修以为常[6]。虽体解吾犹未变兮[7]，岂余心之可惩[8]？

注释

1 反顾：回头看。游目：放眼远望。

2 四荒：四方边远的地方。“往观四荒”一语有离开楚国、远适他国意，为后面篇幅开辟新境。

3 缤纷：盛多的样子。繁饰：装饰众多。

4 芳菲菲：香喷喷。弥：更加。章：通“彰”，明显。

5 民生：人生。乐：爱好。

6 好修：爱好修洁，喻爱好品德的修养。

7 体解：即肢解，又叫车裂，古代一种分解肢体的酷刑，即所谓“五马分尸”。

8 惩：戒惧，威胁。按：从开篇到“岂余心之可惩”为《离骚》的第一大段。在这一大段中，诗人先叙自己出身贵胄，先天条件好，又重视后天的修养；次述自己渴望施展抱负、辅佐楚王、报效祖国，但因奸邪蔽贤，自己壮志难伸。尽管如此，诗人仍决心坚持理想，保持清白，决不同流合污。

译文

忽然回过头来放眼眺望，我准备去观览四面八方。我穿着装饰繁多的盛装，香气馥郁更加沁人心房。每个人都有自己的爱好，我却独自始终爱好修洁。即使把我肢解也不肯改变，难道我的心可受人威胁？

女嬃之婵媛兮[1]，申申其詈予[2]。曰：鲧婞直以亡身兮[3]，终然夭乎羽之野[4]。汝何博謇而好修兮[5]，纷独有此姱节[6]？薋菉葹以盈室兮[7]，判独离而不服[8]。众不可户说兮[9]，孰云察余之中情[10]？世并举而好朋兮[11]，夫何茕独而不予听[12]？

注释

1 女嬃（xū 须）：传说为屈原的姐姐。婵媛（chányuán 蝉元）：通“啴咺”，楚方言，喘息的意思，形容愤急的神态。

2 申申：反反复复地。詈（lì 利）：骂。予：我。

3 曰：说。主语是女嬃。从“鲧婞直以亡身兮”一直到“夫何茕独而不予听”都是女嬃说的话。女嬃劝他不要“博謇好修”，应该明哲保身。鲧（gǔn 滚）：神话中人名，是夏禹的父亲。据《山海经·海内经》记载，鲧看到洪水滔天，便去偷窃天帝的神土息壤（一种能生长不息的土壤）来堵塞洪水。天帝恼怒，便叫火神祝融把鲧杀死在羽山的郊野。婞（xìng 幸）直：刚直。亡身：即“忘身”，不顾自身安危的意思。

4 夭：早死。但鲧并非早死。闻一多《楚辞校补》认为此处的“终然夭乎羽之野”，即《天问》的“永遏在羽山”，夭即夭遏，囚禁的意思。乎：于。羽：羽山，神话中地名，相传在东边海滨。野：郊野。
5 博謇：过多的直言。
6 姱节：美好的节操。
7 薋：通“资”，积累。菉（lù 录）：草名，亦名王刍、淡竹叶。葹（shī 施）：草名，亦名卷耳、苍耳。菉、葹都是一般的野草。盈：满。
8 判：区别。服：佩带。
9 户说：挨家挨户地说明。
10 余：这里用如复数代词，作“我们”讲，是女嬃站在屈原一边说话的语气。
11 并举：互相抬举。好朋：喜欢成群结党。朋，朋党，犹言帮派。
12 茕（qióng 穷）独：孤独。不予听：“不听予”的倒语。按：女嬃说的话到此结束。

译文

姐姐女嬃急得气喘吁吁，反反复复地把我来斥责。她说：鲧因刚直不顾危险，结果囚禁在羽山的郊野。你为何爱直言又好修洁，独自去讲求美好的节操？屋子里堆满了野花杂草，你却不肯佩带统统扔掉。众人不可能挨家挨户说明，有谁能够了解我们的心情？大家都忙着在结党成群，你为何连我的话都不听？

依前圣以节中兮[1]，喟凭心而历兹[2]。济沅湘以南征兮[3]，就重华而陈词[4]。启《九辩》与《九歌》兮[5]，夏康娱以自纵[6]。不顾难以图后兮[7]，五子用失乎家巷[8]。

注释

1 依：按照。节中：折中，公正地判断是非曲直的意思。
2 喟（kuì 愧）：叹息。凭心：内心愤懑。凭，愤懑。历兹：直到现在。
3 济：渡。沅湘：沅水和湘水，都是现在湖南省境内流入洞庭湖的大河。南征：南行。
4 就：靠近，趋向。重华：帝舜的名字。传说舜葬九嶷山（在今湖南宁远南），所以向重华陈词要渡过沅湘南行。陈词：陈述自己的心里话。按：下面从“启《九辩》与《九歌》兮”到“固前修以菹醢”都是诗中主人公对重华的陈词。诗人通过对重华陈词，分析了往古兴亡的历史，证明了自己态度的正确，否定了女嬃提出的明哲保身的消极逃避的道路。
5 启：夏启，禹的儿子，传说中夏朝的国君。《九辩》《九歌》：乐曲名，古代神话说这是夏启从天帝那里偷来的，是用来祈求降雨和丰收的原始性巫术歌舞。

6 夏：指夏启。康娱：寻欢作乐。康，乐。自纵：放纵自己。

7 顾：念，想到。难（nàn）：危难。图后：考虑后果。

8 五子：人名，叫五观，一作武观。夏启的儿子，太康的弟弟。一说是夏启的弟弟。用：享用。失（yì 佚）："佚"的古文，"淫佚"的意思。乎：于。家巷（xiàng 象）：宫中巷道。按：这一句清人王引之认为"失"字为衍文，"巷"读为"哄"。五子用乎家哄(hòng)，意思是五子作乱内讧（见王念孙《读书杂志·馀编》）。今人多采用此说。现在我采用今人于省吾《泽螺居楚辞新证》的说法，将"失"字读为"佚"，这句话一个字也不用改动就文从字顺了。

译文

我照前代圣贤公正做人，压抑满腔悲愤直到如今。渡过沅水湘水我向南行，对着重华我来倾诉衷情。夏启偷来《九辩》和《九歌》，用来纵情放肆寻欢作乐。不想到危难不考虑后果，武观又用它在宫中淫乱。

羿淫游以佚畋兮[1]，又好射夫封狐[2]。固乱流其鲜终兮[3]，浞又贪夫厥家[4]。浇身被服强圉兮[5]，纵欲而不忍[6]。日康娱而自忘兮[7]，厥首用夫颠陨[8]。

注释

1 羿（yì 义）：是一个具有多重身份的神话英雄形象，和古希腊神话中的英雄赫拉克勒斯、古巴比伦神话中的英雄吉尔伽美什非常相似。他是弓箭的化身，是一位神奇的射手。他原是一位天神，曾射落九个太阳，降到人间后当上了夏代有穷国的君主，曾起兵推翻夏启之子太康，荒淫残暴、不修民事，被寒浞推翻政权后，脱胎换骨，洗心革面，成为一位杀妖灭怪为民除害的英雄，最后为寻求不死药而悲壮地死亡。历史上先后出现的"后羿""夷羿"和"羿"，是不同时期产生的同一人物的神话传说（参见清蒋骥《山带阁注楚辞》馀论卷上；顾颉刚、童书业《夏史三论》，载《古史辨》第七册下编；叶舒宪《英雄与太阳——中国上古史诗的原型重构》等）。淫游：过分游乐。佚：放肆。畋（tián 田）：打猎。

2 射：此"射"字的用法和《招魂》"二八侍宿，射递代些"的"射"字用法相同，是用射箭来象征性交。封狐：大狐。叶舒宪认为即《左传·昭公二十八年》的"玄妻"(黑美人)，亦即《天问》中的眩妻"纯狐"，就是"化身美女的黑狐狸"(见其《英雄与太阳——中国上古史诗的原型重构》)。蒋骥《山带阁注楚辞》引纬书《湘烟录》云："嫦娥，小字纯狐。"闻一多《天问疏证》、郭沫若《屈原赋今译》、姜亮夫《重订屈原赋校注》均认为"嫦娥""纯狐"系一声之转。因此，封狐即纯狐即玄妻即眩妻亦即嫦娥。后羿“好射夫封狐”即后羿喜欢与化身美女的狐狸精性交的隐语。

3 乱流：淫乱之辈。鲜：少。终：结果，下场。

4 浞（zhuó 浊）：人名，即寒浞。传说他是羿的相，因贪恋羿妻，勾结羿的家臣逢蒙把羿杀死。厥（jué 决）：其，指羿。家：妻室。

5 浇（ào 傲）：通“敖”(见《说文解字·豕部》)，一作“奡（ào 傲）”(见《论语·宪问》《古今人表》)，又名“过（guō 郭）浇”，人名。传说是寒浞与后羿妻所生的儿子，是位大力士，能陆地行舟。被（pī 披）服：同“披服”。强圉（yǔ 宇）：即“强御”，强暴有力。身被服强圉，即俗语所谓浑身都是力量。力量之在身，犹衣服之在身，故言“被服”，属拟物修辞手法。

6 忍：克制。

7 日：天天。自忘：忘记自身的危险。

8 厥：其。首：头。用：因。颠陨（yǔn 允）：掉落。这句是指过浇被少康所杀。

译文

后羿纵欲淫乐迷恋打猎，最喜欢去射肥大的狐狸。本来淫乱就少有好下场，寒浞杀羿占了他的娇妻。过浇凭借力气大要无赖，放纵着情欲不能够忍耐。成天寻欢作乐忘记危败，最终被少康砍掉了脑袋。

夏桀之常违兮[1]，乃遂焉而逢殃[2]。后辛之菹醢兮[3]，殷宗用而不长[4]。汤禹俨而祗敬兮[5]，周论道而莫差[6]。举贤而授能兮[7]，循绳墨而不颇[8]。

注释

1 常违：违常，违背常理。

2 乃：就。遂（zhuì 坠）：于省吾认为通“坠”，坠落的意思（《泽螺居楚辞新证》）。

3 后：君王。辛：即殷纣王，名辛，又称帝辛，殷商王朝末代国君。殷纣与夏桀，是古代传说中暴君的典型。菹醢（zūhǎi 租海）：古代酷刑，把人剁碎成肉酱。据《史记·殷本纪》记载，纣王杀比干、醢梅伯，终于亡国。

4 殷宗：殷朝的宗祀，指殷商王朝。按：从“启《九辩》与《九歌》兮”到“殷宗用而不长”共十六句，皆言失道国君之致祸。

5 汤禹：商汤和夏禹。是不按时代为顺序的倒置修辞手法，故不称“禹汤”而称“汤禹”。俨（yǎn 演）：严肃。祗（zhī 枝）：与“敬”同义。

6 周：指周初的文王、武王等人。论道：讲论道义。莫差：没有差错。按：这两句为互文，指商汤王、夏禹王、周文王、周武王都态度严肃恭敬，讲论道义都没有差错。

7 举贤而授能：选拔贤人而任命能人，即选拔任命德才兼备的人。授，任命，委任。

8 循：遵循，按照。绳墨：比喻标准。颇：偏颇，偏差。按：以上四句皆言得道国君之致福。

译文

夏桀的行为反常，就垮台遭到祸殃。殷纣王把人剁成肉酱，殷王朝因此不能久长。商汤夏禹态度严肃恭敬，周代先王讲道没有差错。他们选拔德才兼备的人，按照一定标准没有偏颇。

皇天无私阿兮[1]，览民德焉错辅[2]。夫维圣哲以茂行兮[3]，苟得用此下土[4]。瞻前而顾后兮[5]，相观民之计极[6]。夫孰非义而可用兮[7]，孰非善而可服[8]？

注释

1 皇天：古人对天的尊称。皇，大。阿（ē 婀）：偏袒。

2 错：通“措”，设置，实施。辅：辅助。

3 哲：智。以：连词，表示并列关系，相当于“和”。茂行：美盛的德行。

4 苟：如果。用：享有。下土：指天下。按：“夫维圣哲以茂行兮，苟得用此下土”，是假设属句置于主句之后的特殊句型，依常规句法特点应为“苟得用此下土，夫维圣哲以茂行兮”，意思是：如果能享有这天下的，那一定是圣智与茂行之人。我翻译时，为了不改变原来的句子顺序，改用条件复句翻译。

5 瞻：往前看。顾：往后看。

6 相（xiàng 象）观：观察。计：计算，衡量。极：标准。计极，衡量是非的标准。

7 义：正义。

8 善：道德。服：行。

译文

上帝对谁都公正无私，见谁有德就给予辅助。只有道德智慧很高的人，才能够享有天下的疆土。考察了前王又观看后代，是非标准已看得很分明。哪有不义的事可以干？哪有不善的事可以行？

阽余身而危死兮[1]，览余初其犹未悔[2]。不量凿而正枘兮[3]，固前修以菹醢[4]。曾歔欷余郁邑兮[5]，哀朕时之不当[6]。揽茹蕙以掩涕兮[7]，沾余襟之浪浪[8]。

注释

1 阽（diàn 店）：临近危险。危死：险些儿死去。

2 初：指初志、初衷。

3 量（liáng 良）：度量。凿：榫（sǔn 损）眼。正枘（ruì 瑞）：方榫头。

4 前修：前代的贤人。按：向重华所陈之词到此为止。

5 曾：通“层”，屡屡的意思。歔欷（xūxī 虚希）：哽咽，抽噎。郁邑：苦闷。

6 时：时世。不当：没遇上。

7 茹蕙：柔软的蕙草。

8 沾：浸湿。浪浪（láng 郎）：泪流不止的样子。

译文

我纵使处绝境濒临死亡，我仍不后悔当初的志向。不考虑榫眼而只削方榫，前代贤人因此剁成肉酱。我内心苦闷常痛哭失声，哀叹我没有遇上好时辰。拿起柔软的蕙草擦眼泪，泪水滚滚沾湿了我衣襟。

跪敷衽以陈辞兮[1]，耿吾既得此中正[2]。驷玉虬以乘鹥兮[3]，溘埃风余上征[4]。朝发轫于苍梧兮[5]，夕余至乎县圃[6]。欲少留此灵琐兮[7]，日忽忽其将暮[8]。

注释

1 敷（fū 肤）：铺开。衽（rèn 认）：衣襟。跪敷衽，跪在铺开的衣襟上。

2 耿：光明。中正：指正道。

3 驷（sì 四）：驾。玉：玉色，白色。虬（qiú 球）：虬龙，传说中的一种龙。《周礼·夏官·庾人》：“马八尺以上为龙。”这里的“玉虬”指的就是白色神骏（参赵逵夫《〈离骚〉中的龙马同两个世界的艺术构思》，《文学评论》1992 年第 1 期）。鹥（yī 医）：凤凰一类的神鸟。这里是以“玉虬”作为前导，以“鸟”作为车。

4 溘（kè 克）：忽然。埃风：夹着尘埃的大风。按：诗人驾虬乘凤升腾天上是为了追求实现自己的政治理想。

5 轫（rèn 刃）：停车时阻止车轮的木头。发轫，指拿掉阻止车轮的木头，使车前进，意即启程。苍梧：山名，即九嶷山，在今湖南宁远南，传说虞舜死于苍梧之野，葬在九嶷山。

6 县圃（xuánpǔ 悬普）：即“悬圃”，神话中的地名，意思是“悬在空中的花园”，在昆仑山上，犹如古巴比伦的“空中花园”。

7 灵琐：通“灵薮”，意思是神灵集中之地，即悬圃，亦即《穆天子传》“清水出泉，温和无风，飞鸟百兽之所饮食”的春山之泽，神话传说中所谓“天池景观”(闻一多、萧兵说)。

8 忽忽：形容时间过得快。

译文

跪在衣襟上诉说衷肠，我得了正道前途辉煌。驾着玉虬，乘着凤凰，趁着长风我升腾天上。清晨我从苍梧启程，傍晚我便到达昆仑。我本想在这神山稍停，无奈太阳西沉夜幕降临。

吾令羲和弭节兮[1]，望崦嵫而勿迫[2]。路曼曼其修远兮[3]，吾将上下而求索[4]。饮余马于咸池兮[5]，总余辔乎扶桑[6]。折若木以拂日兮[7]，聊逍遥以相羊[8]。

译文

我叫羲和停下马鞭慢行，望见崦嵫山别急于靠近。前面的路漫长而又遥远，我要上天下地寻找知音。让我的马在咸池喝水，把缰绳系在扶桑树上。折下若木枝拂拭太阳，我姑且在此逍遥徜徉。

注释

1 羲（xī 希）和：神话中太阳神的驾车者。弭（mǐ 米）：止。节：与“策”同义，马鞭。

2 崦嵫（yānzī 淹资）：神话中的日落之山，亦即《天问》中的蒙汜（sì 四）、昧谷。迫：迫近。

3 曼曼：通“漫漫”，形容路长远的样子。修：长。

4 求索：寻求，即下文的“求女”，喻求君。

5 饮（yìn 印）：给牲畜水喝。咸池：神话中太阳出来时洗澡的天池。

6 总：系结。辔（pèi 配）：马缰绳。扶桑：神话中长在东方太阳升起的地方的神树。

7 若木：神话中长在西方太阳落山处的神树。拂：拂拭。因太阳风尘仆仆，故要拂拭。

8 聊：姑且。逍遥：优游自得的样子。相羊：通“徜徉（chángyáng 常羊）”，徘徊。

前望舒使先驱兮[1]，后飞廉使奔属[2]。鸾皇为余先戒兮[3]，雷师告余以未具[4]。吾令凤鸟飞腾兮[5]，继之以日夜[6]。飘风屯其相离兮[7]，帅云霓而来御[8]。

注释

1 望舒：即月御纤阿（xiān' ē 先婀），神话中为月神驾车的人。

2 飞廉：神话中的风神。“飞廉”的合音就是“风”。属（zhǔ 主）：跟随。

3 鸾皇：即鸾凰，凤凰一类的神鸟。先戒：走在前面戒备。

4 雷师：雷神。未具：没有准备齐全。

5 凤鸟：与上文“乘”相应，指风车（以风为车）。

6 继之以日夜：即夜以继日。

7 飘风：旋风。屯：聚集。离：通“丽”，附着。

8 帅：率领。霓（ní 尼）：副虹。雨后天空中出现的彩色圆弧，通称为虹。这种圆弧常出现两个。红色在外，紫色在内，颜色鲜艳的叫“虹”，也叫“正虹”。红色在内，紫色在外，颜色较淡的叫“霓”，也叫“副虹”。云霓，泛指云霞。御：通“迓（yà 讶）”，迎接。

译文

派望舒在前面当向导，派飞廉跟在后面奔跑；派凤凰为我戒严开道，雷神却说还没准备好。我叫凤凰展翅飞腾，夜以继日奔驰不停。旋风抢先排队集合，率领云霞前来欢迎。

纷总总其离合兮[1]，斑陆离其上下[2]。吾令帝阍开关兮[3]，倚阊阖而望予[4]。时暧暧其将罢兮[5]，结幽兰而延伫[6]。世溷浊而不分兮[7]，好蔽美而嫉妒[8]。

注释

1 纷总总：聚集很多的样子。离合：忽离忽合。

2 斑陆离：色彩斑斓的样子。上下：忽上忽下。

3 帝阍（hūn 昏）：天帝的看门人。开关：打开门闩，等于说“开门”。

4 阊阖（chānghé 昌盒）：天门。按：此二句王逸《楚辞章句》注云：“言己求贤不得，疾谗恶佞，将上诉天帝，使阍人开关，又倚天门望而距我，使我不得入也。”闻一多《离骚解诂》说：“案王说非是。自此以下一大段皆言求女事，此二句若解为上诉天帝，则与下文语气不属。下文曰：‘时暧暧其将罢兮，结幽兰而延伫。世溷浊而不分兮，好蔽美而嫉妒。’详审文义，确为求女不得而发。‘结幽兰而延伫’与《九歌·大司命篇》‘结桂枝兮延伫，羌愈思兮愁人’，《九章·思美人篇》‘思美人兮，揽涕而伫眙。媒绝路阻兮，言不可结而诒’语意同。结幽兰，谓结言于幽兰（详下），将以贻诸彼美，以致钦慕之忧也。'世溷浊而不分兮，好蔽美而嫉妒'与下文'世溷浊而嫉贤兮，好蔽美而称恶'语意又同。彼为求有虞二姚不得而发，则此亦为求女不得而发也。然则此之求女为求何女乎？司马相如《大人赋》曰：'排阊阖而入帝宫兮，载玉女而与之归。'以此推之，《离骚》之叩阊阖，盖为求玉女矣。帝宫之玉女既不可求，高丘之神女（详下）复不可见，故翻然改图，求诸下女。'及荣华之未落兮，相下女之可诒。'下女者，谓宓妃、简狄及有虞二姚，此皆人神，对帝宫、高丘二天神言之，故曰下女耳。"闻一多从全诗上下文义、语气的联属上，从诗人习惯用语的比较上，证明"自我"的上叩帝宫，非为求见"天帝"，实为求取"玉女"。论说精详，可称确论。按：《离骚》用男女爱情暗喻君臣契合，用求女来表现求君，是其"男女君臣之喻"整体构思的表现。《离骚》第二大段共写了五次"求女"，都是比喻"求君"。这里上帝宫求玉女是《离骚》中的第一次"求女"。

5 时：时光。暧暧（ài 爱）：日光昏暗的样子。罢：结束。

6 结：编结，打结。幽兰：兰草，因多生于幽僻之处，所以称为"幽兰"。闻一多《离骚解诂》云："结兰者，兰谓兰佩，结犹结绳之结。本篇屡言兰佩，'纫秋兰以为佩'，'谓幽兰其不可佩'。又言以佩结言，'解佩纕以结言兮'。盖楚俗男女相慕，欲致其意，则解其所佩之芳草，束结为记，以诒之其人。结佩以寄意，盖上世结绳以记事之遗。己所欲言，皆寓结中，故谓之结言。"即俗语所谓"心有千千结"也。延伫：长久站立。

7 溷（hùn 混）浊：混浊。不分：指善恶不分。

8 好（hào 浩）：喜欢。蔽：遮盖。美：指有才能的人。

译文

云霞乱纷纷时聚时散，飘浮在天际光辉灿烂。我叫帝宫门卫打开天门，他却靠着天门对我冷望。天色昏暗一天又快结束，我编结着幽兰久久等候。这个世道混浊善恶不分，喜压制贤能而心生嫉妒。

朝吾将济于白水兮[1]，登阆风而绁马[2]。忽反顾以流涕兮[3]，哀高丘之无女[4]。溘吾游此春宫兮[5]，折琼枝以继佩[6]。及荣华之未落兮[7]，相下女之可诒[8]。

注释

1 白水：神话中的水名，源出昆仑山。传说为饮之不死的神泉，其神话原型为黄河。

2 阆（làng 浪）风：也作"凉风"，神话中地名，即悬圃（玄圃），在昆仑山上。《水经·河水注》："昆仑之山三级：下曰樊桐，一名板桐；二曰玄圃，一名阆风；上曰层城，一名天庭，是为大帝之居。”古人将昆仑山分作三级，象征宇宙层次。绁（xiè 谢）：系上，拴住。

3 反顾：回头眺望。流涕：流眼泪。

4 高丘：楚山名。闻一多《离骚解诂》云：“《文选·高唐赋》神女曰：‘妾在巫山之阳，高丘之岨。’……高丘若即巫山之高丘，则‘哀高丘之无女’，必谓巫山神女。五臣吕向注曰：‘女，神女。’盖得之矣。”按：登高丘而求取巫山神女是《离骚》中的第二次“求女”。

5 春宫：神话中东方青帝所居的仙宫。此处仍指昆仑悬圃里的神宫仙室。

6 琼枝：玉树的枝。继佩：继续佩戴。在中国古代，玉象征着君子的人格。《管子·水地篇》提出玉有“九德”，即有仁、知（智）、义、行、洁、勇、精、容、辞九种美德。《荀子·法行篇》提出玉有仁、知、义、行、勇、情、辞“七德”。西汉刘向在《五经通义》里提出玉有“五德”，即智、仁、义、信、礼；他在《说苑·杂言》里又提出玉有“六美”，即德、智、义、勇、仁、情。东汉许慎《说文解字·玉部》提出玉有“五德”，即仁、义、智、勇、絜。而以玉比德的最著名、最经典、最全面的论述，出自《礼记·聘义》中记载的孔子与其弟子子贡关于“玉德”的一次对话。子贡向孔子请教说：“为什么君子都看重玉而瞧不起像玉的美石呢？是因为玉少而像玉的美石多的缘故吗？”孔子回答说：“并不是因为像玉的美石多，所以瞧不起它，玉少，所以看重它。那是因为以前君子将玉来象征美德。玉温润而有光泽，象征仁；缜密而又坚实，象征智；有棱角而不伤人，象征义；悬挂着它好像要坠落，象征礼；敲击它，声音清脆悠扬，不敲击了，声音便戛然而止，象征乐；斑点不掩盖光彩，光彩也不掩盖斑点，象征忠；光彩四射，没有隐蔽，象征信；气象如白虹，象征天；精神映山川，象征地；朝聘时，只要用圭璋作为信物，就能无事不通，是因为玉象征德；天下人没有不看重玉的，是因为玉象征道。《诗经》上说：‘思念君子，温其如玉。’所以君子都看重它。”这就是有名的“比德说”。在这次对话中孔子提出玉有“十一德”，即仁、义、礼、智、信、乐、忠、天、地、道、德。正因为玉石象征着君子的美好品德，君子佩玉之风由此盛行，而天然玉石被人为赋予的美好品德也成了后人的共识。故屈原这里写其佩玉，即是象征自己重视道德修养。

7 荣华（huā 花）：这里指玉树枝上的花。

8 相（xiàng 项）：看。下女：下界的女子，指下文的宓妃、简狄及有虞二姚等人，因相对于帝宫之玉女和高丘之神女而言，所以说“下女”。诒（yí 仪）：通“贻”，赠给。

译文

等到天明我渡过白水，登上阆风把马儿拴住。猛回头怅望潸然泪下，哀叹高丘上没有神女。忽然我游览到青帝宫旁，攀折玉树枝我又佩戴上。趁着这鲜花还没有凋谢，到下界送给可爱的姑娘。

吾令丰隆乘云兮[1]，求宓妃之所在[2]。解佩纕以结言兮[3]，吾令蹇修以为理[4]。纷总总其离合兮[5]，忽纬繣其难迁[6]。夕归次于穷石兮[7]，朝濯发乎洧盘[8]。

注释

1 丰隆：神话中的雷神兼云神。王逸《楚辞章句》："丰隆，云师。一曰雷师。"因为天上阴云密布，通常会下雨，而夏季下雨又时常会电闪雷鸣，所以，古代神话中云、雨、雷、电之神往往纠缠不清、难分彼此。《九歌》中的"云中君"就是云雨雷电之神。"云神""雨神""雷神"往往三位一体，不必各执一端，争讼不已。

2 宓（fú 伏）妃：神话中人名，传说是古帝伏羲氏之女，溺死于洛水，成为洛水之神。按：求宓妃是《离骚》中的第三次"求女"。

3 纕（xiāng 箱）：佩带。结言：在佩带上打结以表达爱慕的情意。

4 蹇（jiǎn 简）修：章太炎在《菿汉闲话》中说："今谓'蹇修为理'者，谓以声乐为使。如《司马相如传》所谓'以琴心挑之'。《释乐》'徒鼓钟谓之修，徒鼓磬谓之蹇'，则此'蹇修'之义也。古人知音者多，荷蒉野人闻击磬而叹'有心'。钟磬可以喻意明矣。"章太炎根据《尔雅·释乐》释"蹇修"为钟磬声乐，汤炳正认为："以屈赋修辞的'拟人'惯例来看，当为不易之论。《离骚》的'令蹇修以为理'跟《思美人》的'令薜荔以为理'，是同样的修辞手法。"（《屈赋新探》）理：媒人。

5 纷总总：这里形容情况不明，态度暧昧。离合：忽离忽合，指宓妃的态度变化不定。按：此句和前文的"纷总总其离合兮，斑陆离其上下"的前句字面相同，但文意不同。在屈赋里，有不少同样的或相似的句子重复出现。从一个单句来讲，它是"重现"；而从整个篇章来讲，却不影响其创新。这是古人在修辞手法上所留下的历史痕迹。他们并不认为这是在抄袭。汤炳正称屈赋这种修辞手法为"重现"。

6 纬繣（wěihuà 伟画）：态度别扭。

7 次：停宿。穷石：神话中山名，是有穷氏后羿的根据地之一。传说宓妃是河伯之妻，常与后羿偷情。宓妃晚上宿在穷石，即指宓妃（即洛嫔）和她的"新欢"后羿有暧昧行为，就是《天问》所说的："帝降夷羿，革孽夏民。胡射夫河伯，而妻彼雒嫔？"

8 濯（zhuó 浊）：洗。洧（wěi 伪）盘：神话中水名，发源于崦嵫山。

译文

我叫丰隆驾着云彩，去寻找宓妃的家门。解下佩带打结表我心，叫钟磬的乐声做我的媒人。宓妃态度暧昧捉摸不透，忽然她闹别扭难于迁就。晚上她竟到穷石去住宿，早上她又到洧盘去洗头。

保厥美以骄傲兮[1]，日康娱以淫游[2]。虽信美而无礼兮[3]，来违弃而改求[4]。览相观于四极兮[5]，周流乎天余乃下[6]。望瑶台之偃蹇兮[7]，见有娀之佚女[8]。

注释

1 保：恃，仗着。厥：其，指宓妃。

2 这句是针对宓妃与有穷氏后羿“通淫”之事而说的。

3 虽：虽然。信美：确实美丽。无礼：没有礼教。

4 来：汤炳正认为是助动词，用在动词“违弃”的前面，表示要“违弃”宓妃（《楚辞类稿》）。违弃：丢开。改求：另作追求。因为宓妃虽然长得美丽，但一味胡搞，与洛伯用、河伯冰夷、有穷后羿都有暧昧关系，朝三暮四、人尽可夫，不是诗人理想的“美人”，所以要“违弃而改求”。

5 览相观：“览”“相”“观”三个同义词平列连用，都是看的意思。汤炳正称之为“同义联迭”修辞手法（《屈赋新探》）。在屈赋里，这种三或四个同义单词连续使用，不仅使诗歌的思想感情表达得更为酣畅，而且使音节旋律也更为舒扬。四极：四方极远的地方。

6 周流：周游，到处游览。

7 瑶台：玉台，犹“琼楼”，华贵的建筑。偃（yǎn 演）蹇：高耸的样子。

8 有娀（sōng 松）：传说中的古代部落名。佚女：美女。有娀之佚女，即帝喾（kù 库）妃简狄。古代传说有娀氏女简狄，住在瑶台上，后来嫁给帝喾。她吞了玄鸟所衔的卵而生子契（xiè 谢），契是商朝的始祖。按：求简狄是《离骚》中的第四次“求女”。

译文

她依仗着貌美而骄傲，成天在外边卖弄风骚。她虽然美丽却没有礼教，我要丢开她去别处寻找。我在天空中观遍四极，观遍了我又回到大地。我抬头仰望高耸的瑶台，看见了有娀氏美女简狄。

吾令鸩为媒兮[1]，鸩告余以不好。雄鸠之鸣逝兮[2]，余犹恶其佻巧[3]。心犹豫而狐疑兮[4]，欲自适而不可[5]。凤皇既受诒兮[6]，恐高辛之先我[7]。欲远集而无所止兮[8]，聊浮游以逍遥[9]。及少康之未家兮[10]，留有虞之二姚[11]。

注释

1 鸩（zhèn 振）：传说中的一种毒鸟，羽毛稍置酒中，即能致人死命。这里用来比喻坏人。

2 鸠（jiū 纠）：斑鸠，似山鹊大小，喜欢鸣叫。这里用来比喻轻佻多嘴的人。鸣逝：边叫边飞。

3 恶（wù 误）：讨厌。佻（tiāo）巧：轻薄。巧，言语花巧。

4 犹豫、狐疑：都是双声联绵词，都是疑惑不决的意思。

5 适：往。自适，意谓“想自己去说情求婚”。

6 凤皇：通“凤凰”。受：同“授”，给予，赠送。诒：通“贻”，这里是名词，指礼物、聘礼。这句意思是说凤凰受高辛氏的委托已经给简狄送去聘礼。

7 高辛：传说古代部族首领帝喾即位后用的称号。

8 集：栖止。止：居留。

9 浮游：游荡。

10 少康：夏代中兴的君主，是夏相的儿子。据《左传·哀公元年》，寒浞使其子浇杀死了夏相，少康逃到有虞，有虞国君将两个女儿嫁给他，后来少康灭了浇，恢复了夏的政权。未家：没有成家。

11 有虞：古代部落名，帝舜的后裔，姚姓。二姚：指有虞国君的两个女儿。按：求二姚是《离骚》中第五次“求女”。

译文

我托鸩鸟做我的媒人，鸩鸟撒谎说她去不好。雄鸠叫唤着飞去说媒，我又讨嫌他轻薄花巧。我心里疑惑拿不定主意，想亲自去又不合乎礼仪。凤凰既然已经送去聘礼，恐怕高辛先我得到简狄。我想往远方却无处投靠，我就暂且四处溜达逍遥。趁少康没有结婚的时节，还留下有虞氏两位阿娇。

理弱而媒拙兮[1]，恐导言之不固[2]。世溷浊而嫉贤兮，好蔽美而称恶[3]。闺中既以邃远兮[4]，哲王又不寤[5]。怀朕情而不发兮[6]，余焉能忍与此终古[7]！

注释

1 理、媒：都指媒人。

2 导言：媒人说合时传达双方意见的言词。固：坚牢。

3 称：抬举。

4 闺：旧时指女子所居的内室。邃（suì 碎）远：深远。

5 哲王：明智之王，指楚怀王。寤：通“悟”，醒悟。按：这两句恐怕夹杂着对怀王枕畔工谗善妒的郑袖之流的憎恶，和对怀王执迷不悟的痛心。

6 发：表现。

7 焉：何，怎么。终古：永远。按：从“女媭之婵媛兮”至“余焉能忍与此终古”为《离骚》第二大段。作者借女媭之口极写自己的不容于世，通过向重华陈词进一步以历史上的兴亡事例阐明自己的政治理想，并借幻想的境界，以上天下地“求女”的不遇，来表现自己在遭到君王疏远以后仍不屈不挠追求君臣相得的艰苦努力及其失败。

译文

想到我的媒人那样笨拙，怕撮合的言辞说得不行。这个世道混浊嫉妒贤能，喜欢压抑好人抬举坏人。内宫是如此的幽深，明君又还没有睡醒。满怀衷情无处倾诉，我哪能够忍耐一生！

索藑茅以筳篿兮[1]，命灵氛为余占之[2]。曰：两美其必合兮[3]，孰信修而慕之[4]？思九州之博大兮[5]，岂唯是其有女[6]？曰：勉远逝而无狐疑兮[7]，孰求美而释女[8]？何所独无芳草兮[9]，尔何怀乎故宇[10]？

注释

1 索：索取，找来。藑（qióng 琼）茅：一种茅草，属于蓍草之类。以：与。筳篿（tíngzhuān 廷专）：竹片。“藑茅”和“筳篿”都是占卜的工具。

2 灵氛：即《山海经·大荒西经》灵山十巫中的“巫朌（fén 坟）”，是传说中的上古神巫。这里请灵氛来占卜是虚构假设之词。占（zhān 沾）：占卜，算卦。古人有疑则占卜算卦。算卦用龟壳（有时也用兽骨）的叫作“卜”，用蓍草（有时也用竹片）的叫作“筮（shì 室）”，根据龟壳的裂纹和蓍草的排列预测吉凶的叫作“占”（也叫作“卜筮”）。按：屈赋韵例，凡句尾两处“之”字，则韵必在“之”字上一字。此处“占”字与下文“慕”字不押韵，王树枏、刘永济等疑“占”乃“卜”字之讹。“卜”在古韵屋部，“慕”在古韵铎部，屋铎合韵。

3 曰：主语是卜筮人灵氛，以下四句是灵氛代诗中抒情主人公的卜问之词，即卜筮人灵氛在占卜之前向蓍龟说明要占卜的是什么事（参汤炳正《从包山楚简看〈离骚〉的艺术构思与意象表现》，《文学遗产》1994 年第 2 期）。两美：指“美男”和“美女”。《离骚》以男女喻君臣，以上下求女喻追求君臣相得的理想际遇，故这里以“美男”与“美女”之间的遇合比喻忠臣遇到明君。

4 信：真正，确实。修：美，指美女，喻明君。慕：思念。之：他，代屈原。

5 九州：古代中国分为九州，所以“九州”是全中国的代称。

6 是：此，此地，指楚国。女：指美女，喻明君。以上四句问卜之词的意思是：忠臣一定要遇上明君，为什么屈原这样的忠臣在楚国却遇不到明君，得不到重用？九州如此之大，是否只楚国才有明君？

7 曰：主语是卜筮人灵氛，以下四句是灵氛代蓍龟回答诗中抒情主人公的话，是卜筮的答案，即卜筮结果所示的吉凶（此用汤炳正说）。勉：努力。远逝：远走。

8 美：指美男，喻忠臣。释：放弃。女：通“汝”，指屈原。

9 何所：何处。芳草：暗喻明君。

10 怀：怀恋。故宇：旧居，故乡，指楚国。以上四句是卜筮的答案，针对上文问卜之词，指出：“努力远去，不必犹豫，哪个求忠臣的而会放弃你？天下何处没有明君，你又何必迷恋着自己的故国？”诗人找灵氛占卜，请他指示出路。灵氛劝诗人离开楚国，另找明君。

译文

我找来了藑茅和竹片，请灵氛为我占卜算卦。卜问：双方美好必将结合，哪有真正的美女思慕他？想到天下是如此的广大，难道只有这里才有娇娃？卜告：远走高飞别犹豫迟疑，怀春女子怎会放弃你？天涯何处没有芳草，你又何必迷恋故里？

世幽昧以昡曜兮[1]**，孰云察余之善恶**[2]**？民好恶其不同兮**[3]**，惟此党人其独异**[4]**。户服艾以盈要兮**[5]**，谓幽兰其不可佩**[6]**。览察草木其犹未得兮**[7]**，岂珵美之能当**[8]**？苏粪壤以充帏兮**[9]**，谓申椒其不芳**[10]**。**

注释

1 幽昧：昏暗。昡曜（xuànyào 渲耀）：眼花迷乱。从此句开始到“谓申椒其不芳”是诗人的自我抒情。

2 云：句中语气词。余：我，屈原自指。

3 民：人。好（hào 浩）：喜欢。恶（wù 务）：讨厌。

4 党人：指朝中那些结党营私的奸臣。

5 户：户户，犹言“个个”。服：佩戴。艾：艾草，也叫艾蒿，屈原在诗中视其为恶草。盈：满。要：通“腰”。

6 佩：佩戴。

7 览察：观察。未得：不得当。

8 珵（chéng 呈）：美玉。当：胜任。

9 苏：取。粪壤：粪土。充：塞满。帏（wéi 唯）：香囊。

10 申椒：申地所产的花椒。申，地名，即今河南南阳，所产花椒有名。

译文

世道昏暗使人眼花迷乱，谁来考察我是好还是坏？天下人的好恶千姿百态，只有这些小人特别古怪。个个把臭艾挂满了腰间，偏要说幽兰不可以佩戴。连草木好坏都不能辨别，辨别美玉又怎么能在行？拾取粪土装满自己香囊，却说申椒一点也不芬芳。

欲从灵氛之吉占兮[1]，心犹豫而狐疑[2]。巫咸将夕降兮[3]，怀椒糈而要之[4]。百神翳其备降兮[5]，九疑缤其并迎[6]。皇剡剡其扬灵兮[7]，告余以吉故[8]。

注释

1 欲：打算。从：听从。吉占：好卦。

2 狐疑：迟疑。

3 巫咸：传为殷代的神巫，名咸。

4 怀：揣着，抱着。椒：花椒，用来降神。糈（xǔ 许）：精米，用来祭神。要：求。之：他，代巫咸。1987 年 1 月，在距战国楚都纪南城 16 公里的包山楚墓中发现了大量楚简。其中记录卜筮祭祷者，凡 26 简。据包山楚简，凡卜筮得到答案，为了趋吉避凶，必祭祷神灵以求福佑。因此《离骚》于灵氛宣布吉凶之后，诗人作了一段自我抒情。接着就“怀椒糈”祭祷巫咸百神，求其赐福（此用汤炳正说）。

5 翳（yì 义）：遮蔽。备：尽，都。

6 九疑：也作“九嶷”，山名，在今湖南宁远南。传说虞舜死于苍梧之野，葬在九嶷山。《水经·湘水注》：“（九疑）山南有舜庙，前有石碑，文字缺落，不可复识。”清郝懿行《山海经笺疏》引罗含《湘中记》：“衡山、九疑皆有舜庙。”长沙马王堆三号汉墓出土《古地图》绘有九嶷山，山西侧注有“帝舜”二字，图中“向南绘有九个柱状符号，向东绘有七个柱状符号”（《长沙马王堆三号汉墓出土地图的整理》，《文物》1975 年第 2 期）。谭其骧认为这九条柱状物后面的“建筑物即舜庙”，而“九条柱状物当系舜庙前的九块石碑”（《二千二百多年前的一幅地图》，《文物》1975 年第 2 期）。萧兵更进一步怀疑这九根柱状物或七根柱状物应是新石器时代所谓“大石文化”(MegalithicCulture)里的“列石”(Aligment 或 Alignement)(所谓“列石”就是由平行排列、中有间隔的立石或独石组成的石柱行列),而列石后面的建筑物很可能就是原部落酋长的纪念碑或坟墓(《楚辞新探》)。缤:缤纷。汤炳正说:“用‘拟人’手法,把九嶷山写成了迎接百神的主人,诗人是以高度的想象力渲染了诗歌的奇妙意境。”(《屈赋新探》)旧说“九疑”指九嶷山之神,并不妥当,也不必要。

7 皇:通“煌”,辉煌。剡剡(yǎn 演):光亮的样子。其:指巫咸。扬灵:发出灵光。

8 吉故:吉利的故事,指下文所述君臣遇合的事例。这是祷神之后,神以吉凶相告。

译文

我打算听从灵氛的好卦,我心里迟疑不决很犹豫。巫咸将在晚间从天降临,我拿花椒精米求他赐福。天上百神遮天蔽日降临,九嶷群山五彩缤纷相迎。巫咸光彩夺目发出灵光,把吉利的故事讲给我听。

曰:勉升降以上下兮[1],求榘矱之所同[2]。汤禹严而求合兮[3],挚咎繇而能调[4]。苟中情其好修兮[5],又何必用夫行媒[6]?说操筑于傅岩兮[7],武丁用而不疑[8]。

注释

1 曰:主语是巫咸,以下至“使夫百草为之不芳”都是巫咸“告余以吉故”的内容,即巫咸代表天神讲的话。

2 矩:画正方形的工具。矱(yuē 约):量长短的工具。矩矱,比喻法度、准则。

3 严:恭敬,庄严。

4 挚(zhì 志):即伊尹。传说他是奴隶出身,后来商汤任以国政,成为贤相,尊之为阿衡。咎繇(gāoyáo 高尧):即皋陶(yáo 尧)。曾被帝舜任为掌管刑法的大臣。后事夏禹,成为贤臣,被禹选为继承人,因早死,未得继位。调:协调,和谐。

5 苟:只要。中情:内心。好:爱好。修:修洁。

6 行媒:做媒的使者,喻通君侧之人。这两句意思是说:只要内心爱好修美,君臣自能遇合,不必通过媒介。《离骚》以“求女”喻“求君”,所以巫咸针对诗人前几次“求女”均因为没有合适的媒人而告失败,而特意强调不用行媒。

7 说(yuè 悦):即傅说。传说他是奴隶出身,后为殷高宗(武丁)大臣,是位贤相。操:拿着。筑:筑墙的木棒。傅岩:地名,在今山西平陆东。傅说即以此地名为姓。

8 武丁:殷高宗名。传说殷高宗曾梦得贤臣,后发现在傅岩筑墙的傅说与梦中所见的人形貌相符,便用他为相,于是殷大治。

译文

他说：应该努力上天下地，去寻求意气相投的同道。商汤和夏禹都虔诚求贤，得伊尹和皋陶君臣协调。只要你内心爱好修洁，又何必定要媒人说合？傅说在傅岩筑过土墙，武丁用他根本不疑惑。

吕望之鼓刀兮[1]，遭周文而得举[2]。甯戚之讴歌兮[3]，齐桓闻以该辅[4]。及年岁之吕望之鼓刀兮[1]，遭周文而得举[2]。甯戚之讴歌兮[3]，齐桓闻以该辅[4]。及年岁之未晏兮[5]，时亦犹其未央[6]。恐鹈鴂之先鸣兮[7]，使夫百草为之不芳[8]。

注释

1 吕望：即吕尚，俗称姜太公，曾被称为太公望（见《孟子》中的《离娄上》和《尽心下》两篇），所以又叫吕望（见《楚辞》中的《离骚》《九章·惜往日》）、吕太公望（见《吕氏春秋·长见》）、太公尚（见《史记·三代世表》）。以姜为姓，因先人封于吕，故以吕为氏，名望，亦名尚，故称姜尚、吕尚、吕望。太公为始祖之尊称，吕望为吕氏受姓之祖，故称其为太公望（详俞樾《宾萌集》三《释太公望》一文）。《史记·齐太公世家》言周西伯遇太公于渭之阳，与语大悦，曰："自吾先君太公曰'当有圣人适周，周以兴'。子真是邪？吾太公望子久矣。"故号之曰"太公望"。将"太公望"名号的来历理解为是因为"吾太公望子久矣"（我的太公盼望您很久了），俞樾言其说非。汉以后又言太公名牙或字子牙（名牙见《孙子·用间》以及《史记·齐太公世家·索隐》引谯周《古史考》，字子牙见《路史·后纪》），此虽出于汉人附会，但后人遂惯称吕望为姜子牙。鼓刀：敲刀发声，以招揽生意。传说姜太公曾在殷都朝歌（故城在今河南淇县北）当过屠夫，宰牛为生，遇周文王而被重用。

2 周文：周文王。

3 甯戚：春秋时卫国人。相传他做商贩时宿于齐国东门外，齐桓公夜出，见他正在喂牛，并敲牛角唱歌，倾诉自己怀才不遇。桓公知其为贤人，于是车载而归，用他为卿。

4 齐桓：齐桓公，春秋前期齐国国君，曾称霸于诸侯。该辅：预备作为辅佐大臣。该，预备。

5 晏：迟，晚。

6 央：尽。

7 鹈鴂（tíjué 题决）：鸟名，一名伯劳、杜鹃、子规。鸣于春末夏初，正是落花时节。古人谓鹈鴂鸣则百花凋谢。先鸣：叫得早。

8 百草：各种花草，比喻人的才能。按：从"勉升降以上下兮"至此是巫咸代表天神讲的话。巫咸列举古代的汤、禹、武丁、周文王、齐桓公诸史事，以证明及时远逝以求贤君，必能达到君臣相得的理想；劝屈原趁年华未老，速去而不要迟疑。如果错过时机，则后悔莫及。

译文

吕望曾经敲刀当过屠夫，遇到周文王就得到重用。宁戚在喂牛时唱着悲歌，遇到齐桓公就用为国卿。要趁着年纪还不是太老，要趁着时光还比较远长，当心伯劳鸟叫得太早，使百草从此不再芬芳。

何琼佩之偃蹇兮[1]，众薆然而蔽之[2]？惟此党人之不谅兮[3]，恐嫉妒而折之[4]。时缤纷其变易兮[5]，又何可以淹留[6]？兰芷变而不芳兮[7]，荃蕙化而为茅[8]。

注释

1 琼佩：玉佩，比喻美德。前文游春宫时，曾“折琼枝以继佩”，故云。偃蹇：前文“望瑶台之偃蹇”中的“偃蹇”意思是高耸，这里是其引申义，高贵突出的意思。按：从此句开始至“周流观乎上下”是诗人祭祷巫咸之后，针对巫咸的议论，引发出对群芳变节的慨叹。这一段是诗人的直抒胸臆，自我申诉。

2 薆（ài 爱）然：被遮暗的样子。

3 不谅：不讲信义。

4 折：毁坏。

5 缤纷：纷乱。变易：变化。这句是抒写屈原在政治上失败后，朝士纷纷变节、投靠谗臣的情况。下文以芳草兰、芷、荃、蕙、椒、揭车、江离的变化来比喻群士变节。

6 淹留：久留。

7 兰芷：兰草和芷草。

8 荃：香草名，又叫荪。蕙：香草名。化：变化。茅：茅草，屈原在诗中将其视作恶草。

译文

为何我的玉佩这般美丽，大家要把它的光彩遮蔽？这帮小人完全不讲信义，怕会嫉妒而将玉佩毁弃。时世乱纷纷变化无常，我怎么可以在此久熬？兰和芷都失掉了芬芳，荃和蕙都变成了茅草。

何昔日之芳草兮[1]，今直为此萧艾也[2]？岂其有他故兮[3]？莫好修之害也[4]。

余以兰为可恃兮[5]，羌无实而容长[6]？委厥美以从俗兮[7]，苟得列乎众芳[8]。

注释

1 何：为什么。

2 直：简直。为：变成。萧艾：艾蒿，屈原在诗中将其视作恶草。

3 岂：难道。故：缘故。

4 莫：不。好修：爱好修饰。害：祸害。

5 兰：兰草。王逸《楚辞章句》说是隐射楚怀王的小儿子令尹子兰，恐未可坐实。兰草是众芳中之卓异者，此比喻才能卓著的人也变了质。可恃：可靠。

6 羌（qiāng 腔）：楚方言，同“卿”或“庆”，表反诘语气，即“何为”“何乃”，为什么的意思。容：外表。长：义同“修”，美好。古人以长为美。

7 委：弃。厥：其，它的。

8 苟：如果，果真。“委厥美以从俗兮，苟得列乎众芳”，闻一多《离骚解诂》认为系假设属句置于主句之后的特殊句型，依常例则应为“苟得列乎众芳，委厥美以从俗兮”，意思是说如果能够厕身于众芳之列，就不惜委弃其美质以从彼流俗。

译文

为什么从前的香草，现在简直成了臭艾？难道还有别的缘故？不爱好修饰的祸害。我以为兰草十分可靠，为什么它却华而不实？抛弃美质去随从流俗，只要群芳谱里有个名字。

椒专佞以慢慆兮[1]，榝又欲充夫佩帏[2]。既干进而务入兮[3]，又何芳之能祗[4]？固时俗之流从兮[5]，又孰能无变化[6]？览椒兰其若兹兮[7]，又况揭车与江离[8]？

注释

1 椒：花椒。王逸《楚辞章句》认为是隐射楚大夫子椒，恐未可坐实。花椒是众芳中之卓异者，此比喻才能卓著的人也变了质。专：专横。佞（nìng 泞）：巧言谄媚。慢慆（tāo 涛）：傲慢。

2 榝（shā 杀）：即食茱萸（zhūyú 朱于），又名山茱萸、吴茱萸，落叶小乔木。果实为核果，长椭圆形，枣红色。这里比喻稍有才德而变节者。帏（wéi 维）：香囊。

3 干进：追求往上爬。干，求。务入：义同“干进”。

4 祗：通“振”，拯救。

5 流从：有的版本作“从流”，言如从水之流。
6 孰：谁。
7 若兹：如此。
8 揭车：香草名，叶黄，花白，味辛。江离：香草名，又叫蘼芜（míwú 迷无）、芎䓖（xiōngqióng 兄穷）。花椒、兰草是珍贵的香草，而揭车与江离是平常的香草。这两句意思是：才能卓著的人都变了质，何况平常的人呢？这都是哀叹众芳之芜秽，比喻原来与屈原志同道合的人后来都变节了。

译文

花椒专横谄媚又狂妄，茱萸也心想钻进香囊。既然只贪图攀援钻营，又怎么能保持其芬芳？时俗本来就随波逐流，谁又能够不发生变异？看看椒兰尚且如此，更何况揭车和江离？

惟兹佩之可贵兮[1]**，委厥美而历兹**[2]**。芳菲菲而难亏兮**[3]**，芬至今犹未沬**[4]**。和调度以自娱兮**[5]**，聊浮游而求女**[6]**。及余饰之方壮兮**[7]**，周流观乎上下**[8]**。**

注释

1 兹佩：此佩，指上文所写的玉佩，喻自己的品德。
2 委：弃，这里是被人鄙弃的意思。厥：其，它的。历兹：至此。
3 亏：亏损。
4 沬（mèi 妹）：通“昧”，本义为微暗不明，此处引申指香气暗淡。《集韵·队韵》：“沬，微晦也。”
5 和调度（hétiáodù 禾条杜）：“和”“调”“度”系三个同义单词平列连用，与前文“览相观于四极兮”中的“览相观”一样，同为“联迭”修辞手法（见汤炳正《屈赋新探》）。和调度，调谐的意思，承上玉佩而言，指调节玉佩的声响而使之和谐。
6 浮游：游荡。求女：上文灵氛说“岂唯是其有女”，此“求女”正承此而说，是指到别国去求女，比喻到别国去求贤君。
7 及：趁着。饰：佩饰，喻品德才能。壮：盛。
8 周流：周游，遍游。这两句说明浮游求女之意，为下文远游张本。

译文

只有我的玉佩最为宝贵，但却遭鄙弃到这步田地。馥郁的芳馨很难丧失，至今还散发浓烈的香气。调谐我的玉佩以自欢娱，为寻找美女我姑且游荡。趁着我的佩饰还很芬芳，我要上天下地周游观赏。

灵氛既告余以吉占兮[1]，历吉日乎吾将行[2]。折琼枝以为羞兮[3]，精琼靡以为粻[4]。为余驾飞龙兮[5]，杂瑶象以为车[6]。何离心之可同兮[7]？吾将远逝以自疏[8]。

注释

1 吉占：吉利的卜辞，好卦。根据包山楚简的记载，凡祭祷之后，原来的卜筮人必再占吉凶，以作最后决定。所以在《离骚》中，于祭祷“巫咸”“百神”之后，原来的卜筮人“灵氛”，又以祭祷之后所占的结果相告。亦即：“灵氛既告余以吉占兮，历吉日乎吾将行。”古今说者，多以为“灵氛既告余以吉占”，为回顾与重复上文开始卜筮时灵氛之断语。事实上此当为灵氛于祭祷后再次卜筮之结果；由于“巫咸”“百神”为之祛灾赐福，故谓之“吉占”。此乃祭神之后所占得的新结论，并非对祭神前的旧结论之回顾。这以下一大段“驾飞龙”而神游，正是根据这一“吉占”而付诸实行的浪漫主义意象表现（参汤炳正《从包山楚简看〈离骚〉的艺术构思与意象表现》）。

2 历：选。

3 琼枝：玉树枝。羞：通“脩（xiū 修）”，即腊肉。“折琼枝以为羞兮”是暗喻。琼枝和腊肉都是长条形的，二者具有相似性，因此诗人把琼枝比作腊肉。

4 精：动词，精选。琼靡（mí 迷）：玉屑。粻（zhāng 张）：粮食。古人认为玉是山中之宝，得天地之精，具有神秘莫测的功能。《淮南子·俶真训》即说：“譬若钟山之玉，炊以炉炭，三日三夜而色泽不变，则至德天地之精也。”经过原始巫术思维神化的玉，成了古人永命延年、求仙访道的最佳媒介，因此食玉蔚然成风。《山海经·西山经》就记载了黄帝食玉的传说：“峚山……丹水出焉，西流注于稷泽，其中多白玉。是有玉膏，其原沸沸汤汤，黄帝是食是飨。”因此，屈原也把琼枝玉屑作为永命延年的灵丹仙药。在《九章·涉江》中，屈原更明确地抒写了自己希望服食“玉英”（玉树的花朵）以求长生的理想：“登昆仑兮食玉英，与天地兮同寿，与日月兮同光。”《博物志》里也说：“名山大川，孔穴相间，和气所出，生石脂玉膏，食之不死。”道教以玉为灵物，视为神药，葛洪《抱朴子·仙药篇》中即说：“玉亦仙药，但难求耳。”《玉经》曰：“服玉者，寿如玉也。”

5 为余：替我，是呼唤“仆夫”的语气。飞龙：良马之称。郭沫若《屈原赋今译·离骚》自注：“原文为‘为余驾飞龙’，龙乃马名，马八尺以上为龙，《尔雅·释畜》作駥。知必为马名者，下文言‘仆夫悲余马怀兮，蜷局顾而不行’，固明言是马。又下文‘驾八龙之婉婉’亦同此解。”闻一多《离骚解诂》一书更说：“古图画龙形似马，传说中龙与马亦往往不分二物，故凡言驾龙乘马者，皆谓马也。”

6 杂：混杂，犹言“兼用”。瑶：美玉。象：象牙。

7 离心：犹言“异心”，不是一条心。同：合。

8 远逝：远去。自疏：自行疏远，主动离开。

译文

灵氛已把好卦告诉了我，选个吉日我要远走他乡。攀折下琼枝做腊肉，精选好玉屑做干粮。替我驾上飞速的龙马，用美玉和象牙镶成车舆。离心离德的人怎么同处？我将远走高飞离群索居。

邅吾道夫昆仑兮[1]**，路修远以周流**[2]**。扬云霓之晻蔼兮**[3]**，鸣玉鸾之啾啾**[4]**。朝发轫于天津兮**[5]**，夕余至乎西极**[6]**。凤皇翼其承旂兮**[7]**，高翱翔之翼翼**[8]**。**

注释

1 邅（zhān 沾）：楚方言，转道。

2 修：长。周流：周游。

3 扬：举。云霓：云霞，此处指云霞做的旗。晻（yǎn 掩）蔼：云霞遮天蔽日的样子。

4 玉鸾：玉铃，用玉做成，形状像鸾鸟，是挂在车前横木上的车铃。啾啾（jiū 纠）：象声词，指铃声。

5 天津：即银河，古代也叫天河、天汉、天江。王逸《楚辞章句》：“天津，东极箕斗之间汉津也。”《晋书·天文志》：“天津九星，横河中，一曰天汉，一曰天江，主四渎津梁，所以度神通四方也。”古人认为从此可通向更辽远的境界。

6 西极：西方的边极。西极是诗人预期要到达的目的地，胡文英《屈骚指掌》云：“夕至西极，预期之辞也。”此说是。诗人神魂从来也没有到达西极，因此我翻译时加了一“将”字。

7 翼：翅。承：接。旂（qí 旗）：本指帛上画有两龙、竿头系有铃的一种旗。此处承前文“扬云霓之晻蔼”，指云霞做的旗。

8 翱翔：在空中回旋地飞。翼翼：悠闲自得的样子。

译文

我转道驶向西方昆仑，在漫长的道路上周游。举起云旗遮天蔽日，摇动鸾铃声音啾啾。我清早从天津出发，我傍晚将到达西极。凤凰的翅膀连接着云旗，高高地飞翔悠闲得意。

忽吾行此流沙兮[1]**，遵赤水而容与**[2]**。麾蛟龙使梁津兮**[3]**，诏西皇使涉予**[4]**。路修远以多艰兮**[5]**，腾众车使径待**[6]**。路不周以左转兮**[7]**，指西海以为期**[8]**。屯余车其千乘兮**[9]**，齐玉轪而并驰**[10]**。**

注释

1 流沙：神话中的西方沙漠之地，据说那里的沙不停地流动。其神话"背景"疑是大漠里常见的沙流、沙崩或沙暴，非常可怕。

2 遵：沿着。赤水：神话中水名，源出昆仑山。容与：犹豫，踌躇不前的意思。

3 麾（huī 挥）：指挥。蛟龙：和前面写到的"飞龙""八龙""玉虬"的含义不同，它不是指马。《文选·恨赋》李善注引《竹书纪年》："东至于九江，叱鼋鼍以为梁。"蛟龙的原型疑即鼋鼍（鳄鱼）类动物。鳄鱼为水中巨兽，所以诗人使它浮于水上以为津梁。屈原说"麾蛟龙使梁津"，而不曰"飞龙""玉虬"，驾车言"飞龙""八龙""玉虬""马"而不曰"蛟龙"，可见在诗人是判若云泥，两不相混。梁：桥，这里用作动词，即驾桥。津：渡口。

4 诏：命令。西皇：指神话中的古帝少皞（hào 浩）氏，是西方之神。涉：渡过。

5 修远：形容路途遥远的样子。

6 腾：传话，传令。径待：当从一本作"径侍"，径相侍卫的意思。

7 路：路过。不周：即不周山，神话中山名，在昆仑山西北。不周有"风穴"，寒冷的"不周风"等风暴经常发生。从昆仑向西海，必须"路不周以左转"，克服此险山及其风穴的障碍。

8 西海：神话中西方的海。西海，在屈原和他的时代是一个广大、遥远、缥缈的"大西洲"，和上文的"西极"同为"极乐世界"的象征。期：相会。

9 屯（tún 饨）：聚集。乘（shèng 圣）：量词，古代四匹马拉一辆车叫"一乘"。这里的"千乘"是虚数，指许多辆车。

10 玉轪（dài 代）：玉轮，即用玉装饰的车轮。楚地方言称车轮为轪。

译文

我踽踽独行忽然到了流沙，沿着赤水河边我踌躇不前。我指挥蛟龙在渡口架桥，我命令西皇渡我到对岸。道路长远而又艰难，我传令众车直接保卫。路过不周山向左转弯，指定西海在那里相会。我聚集着成千的车辆，对齐了玉轮就并驾齐驱。

驾八龙之婉婉兮[1]，载云旗之委蛇[2]。抑志而弭节兮[3]，神高驰之邈邈[4]。奏《九歌》而舞《韶》兮[5]，聊假日以媮乐[6]。陟升皇之赫戏兮[7]，忽临睨夫旧乡[8]。仆夫悲余马怀兮[9]，蜷局顾而不行[10]。

注释

1 八龙：八匹神骏。婉婉（wān 弯）：即蜿蜿，曲折而行的样子。

2 委蛇（wēiyí 威宜）：舒卷自如的样子。

3 抑志：和上文的"屈心而抑志"的"抑志"有别，此处的"志"通"帜"。抑志，即垂下旗帜，承上文"载云旗之委蛇"句说。弭（mǐ 米）：止。节：与"策"同义，马鞭。弭节，犹言"停车"，承上文"驾八龙之婉婉"句说。

4 神：神思，思绪。高驰：高飞。邈邈（miǎo 秒）：遥远无边际的样子。

5《九歌》：乐曲名，古代神话传说是夏启从天帝那里偷来的。《韶》：即《九韶》，传说是虞舜时的乐舞。

6 假日：假借时日。媮（yú 俞）：通"愉"，与"乐"同义。

7 陟（zhì 至）：上升。升皇：初升的太阳。赫戏：光明的样子。

8 临：居高视下。睨（nì 逆）：斜视。旧乡：故乡，指楚国。

9 仆夫：仆人，这里是为屈原驾驭车马的车夫。怀：思念。

10 蜷（quán 拳）局：曲身，表示不肯前进。顾：回头，有"流连"之意。按：从"索藑茅以筳篿兮"至"蜷局顾而不行"为《离骚》第三大段。作者借原始的贞问"事君"吉凶的卜筮形式来排遣自己在去留问题上的苦闷。尽管灵氛的卜筮断语勉其远逝而求女，巫咸的卜筮断语勉其速去而无疑，诗人曾听从他们的劝告"驾飞龙"而去国远游，但当他神游到天空，忽然看见自己的故乡时，却不忍离去。作者最终以自己的行动与意志对卜筮答案作了彻底的否定，表现了崇高而强烈的爱国之情。

译文

各驾着八匹龙马迤逦而行，车上载的云旗舒卷自如。我放下旗帜，停下车辆，我神思飞扬，思绪绵绵。奏起《九歌》，舞起《九韶》，姑且借此机会快乐悠闲。东升的太阳大放光芒，我忽然向下看见了故乡。车夫悲伤，我的马也思念，曲身回头不肯走向他邦。

乱曰[1]：已矣哉[2]！国无人莫我知兮[3]，又何怀乎故都[4]？既莫足与为美政兮[5]，吾将从彭咸之所居[6]。

注释

1 乱：古代乐歌中结尾时的齐奏合唱，也就是“尾声”。楚辞起源于乐歌，所以不少篇有“乱词”；从诗的结构来看，乱词是总括全篇要旨的话语，也就是全篇的结语。

2 已矣哉：算了吧，绝望之词。

3 国无人：指国无贤人。莫我知：“莫知我”的倒文。

4 故都：等于说“故国”。

5 美政：屈原理想的政治，如举贤授能、修明法度等。

6 彭咸：据王逸《楚辞章句》，彭咸是殷朝贤大夫，相传他因劝谏国君，不被采纳，于是投水自杀。所居：所居住的地方。这句意思就是要效法彭咸投水自杀。按：以上乱词结束全篇，点出“美政”二字。屈原奋斗终身，就是想实现他的“美政”。然而诗人在楚国既不见容，其他国家又不愿去，“美政”终不能实现，无可奈何，只得效法彭咸，以死殉志。这是诗人当时所可能选择的一条道路，是诗人理想的彻底幻灭，也是诗人人格的最高升华。诗篇动人的悲剧美，正在这画龙点睛的一笔中得到了完成。

译文

尾声：算了吧！国内无贤人，没人了解我，我又何必怀念自己的故乡？已经没有人能同我推行美政，我将效法先贤彭咸跳水投江。

楚辞

九歌

导读

《九歌》是屈原流放江南沅湘流域时在当地民间流传的原始《九歌》基础上再创造的一组带有“巫风”迎神、颂神、娱神、送神色彩的祭歌。《九歌》十一篇，除《礼魂》为送神曲外，其余十篇每篇都主祭一神，可以分为三类：《东皇太一》《云中君》《大司命》《少司命》《东君》五篇，是祭祀天神的；《湘君》《湘夫人》《河伯》《山鬼》四篇，是祭祀地祇（qí 其）的；《国殇》一篇，则是祭祀人鬼的。《九歌》充满了浪漫主义气息，意境飘渺，情调缠绵，语言优美，风格绮靡。它虽是祠祀神灵的祭歌，但其中的神灵已改变了那种高居于人类之上、主宰着人类命运的令人或敬或畏的形象，一变而为人们可亲可近的朋友了。《九歌》所描述的，虽是天上地下神灵的形貌，表述的却是地上世人的情思。它从现实的人和人的生活中提炼出了一些最动人的经验和感觉，表现了深切动人的人生感喟。诗人将这些深沉的感喟，融化在《九歌》对于神灵的迎降送别之中，从而使这组祭歌表现出了强烈的抒情色彩。

《九歌》的体制和读法，分歧很大。尤其是《湘君》《湘夫人》《大司命》《少司命》四篇，以前学者注释、翻译时，常以对唱来解读，因而在诗句前加注“男唱”“女唱”“巫唱”“神唱”等字样。但《九歌》原是不需这样加注的，因而这样处理未必合符原意。况且“对唱”说纯粹“以意为之”，到底哪些诗句是“男唱”，哪些是“女唱”，哪些是“巫唱”，哪些是“神唱”，各家看法分歧很大。这种人为的混乱状况现在是到了该结束的时候了。钱锺书《管锥编·楚辞洪兴祖补注》“巫之一身二任”条说：“《九歌》则‘灵’兼巫与神二义……所谓‘又做师婆又做鬼’。……故《九歌》中之‘吾’‘予’‘我’或为巫之自称，或为灵之自称，要均出于一人之口。……巫与神又或作当局之对语，或为旁观之指目。……作者假神或巫之口吻，以抒一己之胸臆。忽合而一，忽分而二，合为吾我，分相尔彼，而隐约参乎神与巫之离坐离立者，又有屈子在，如玉之烟，如剑之气。胥出一口，宛若多身，叙述搬演，杂用并施，其法当类后世之‘说话’‘说书’。时而巫语称‘灵’，时而灵语称‘予’，交错以出……一身两任，双簧独演。”根据这个观点，本书认为《九歌》各篇不存在对唱而均为独唱，但独唱者一人而兼神、巫两种角色，时而此人，时而彼者，充分表现了《九歌》抒写手法的灵活性。某些楚辞学家喜欢将《九歌》篇目原有的顺序任意颠倒打乱重排，将《九歌》中的诸神分成若干对，组成夫妻神、配偶神。如闻一多认为《九歌》十一章除《东皇太一》外，“其余各章皆为娱神之曲也。诸娱神之曲，又各以一小神主之，而此诸小神又皆两两相偶，共为一类。今验诸篇第，《湘君》与《湘夫人》相次，《大司命》与《少司命》相次，《河伯》与《山鬼》相次，《国殇》与《礼魂》相次，都凡四类，各成一组。此其义例，皆较然易知。惟东君与云中君，皆天神之属，宜同隶一组，其歌词宜亦相次。顾今本二章部居县（悬）绝，无义可寻。其为错简，殆无可疑。余谓古本《东君》次在《云中君》前”（《楚辞校补》）。姜亮夫又以云中君为月神，也主张将《东君》移在《云中君》前，日月配对，配成夫妻神。他说：“《九歌》十一首，是四对神加上一个《国殇》。这四对神是：《云中君》与《东君》为一对，《大司命》与《少司命》为一对，《湘君》与《湘夫人》为一对，《河伯》与《山鬼》为一对。再加上《国殇》，四对半。”（《楚辞今绎讲录》）我以为将《九歌》中的诸神分为五对或四对半配偶神、夫妻神，除了湘君与湘夫人为配偶神说得过去外，其余都有任意“拉郎配”、乱点“鸳鸯谱”

的味道。闻一多根据《史记·封禅书》《汉书·郊祀志》"东君"与"云中君"连称，便认为《九歌》中的"东君"也必和"云中君"相连，以汉俗来衡量楚诗，根据也并不充足。至于说"东君""云中君"皆天神应相连，"大司命""少司命"又何尝不是天神？可见现存《九歌》十一章并非按照天神、地祇、人鬼的顺序排列的，而很可能是屈原按照楚人祭祀神灵的先后顺序排列的。我们认为在没有获得充分的证据以前，任意将其打乱重排，是不妥的。因此，《九歌》各章本书仍按原有篇次排列。

东皇太一

导读

"东皇太一"即诗中的"上皇"，是皇天上帝的意思。这是楚人对最尊贵的天神的称呼，具体说就是指楚人崇拜的天帝颛顼。《东皇太一》就是祭祀楚人最尊贵的天神颛顼的祭歌。诗中以合唱的形式来迎降、赞颂东皇太一。由于东皇太一是至高无上、唯我独尊的天之尊神，因此全诗笼罩着庄严肃穆的气氛，直接礼赞成分较多，有些空泛，与下面各篇迥然不同。

吉日兮辰良[1]，穆将愉兮上皇[2]。抚长剑兮玉珥[3]，璆锵鸣兮琳琅[4]。瑶席兮玉瑱[5]，盍将把兮琼芳[6]。蕙肴蒸兮兰藉[7]，奠桂酒兮椒浆[8]。

注释

1 兮（xī 西）：闻一多认为"兮"字就音乐或诗的声律说，是个"泛声"；就文法说，是个"虚字"，上古音读"啊"。这是《九歌》中的"兮"字和屈原其他作品中的"兮"字用法相同的地方。但《离骚》《九章》等作品中，"兮"字都用在句尾，有声而无义。而《九歌》中的"兮"字用在句中，却并非是一个有声无义的字，在文法上它代替了许多职责分明的虚字，根据不同的上下文，可以分别作"之""夫""而""与""以""然""于""其""诸""焉""故""矣""乎""哉"等虚字解释。如此处"吉日兮辰良"，"兮"字就可作"之"解（《怎样读九歌·九歌兮字代释略说》）。辰良："良辰"的倒文。

2 穆：敬。将：要。愉：同"娱"。古人把鬼神人格化，认为鬼神也需要娱乐，所以"祭神"时要"娱神"。上皇：上帝，指东皇太一。

3 抚：抚握。珥（ěr 耳）：剑鼻子，也就是剑把。

4 璆锵（qiúqiāng 求枪）：佩玉互相撞击的声音。琳琅：美玉名。

5 瑶席：《文选·别赋》"惜瑶草之徒芳"，注："瑶与蕃同。"瑶席，即用蕃草编的席子，铺在神位前面，用来摆放祭品。玉瑱：同"玉镇"，压席的玉器。

6 盍（hé 何）：合，聚合。《尔雅·释诂上》："盍，合也。"将：拿起。把：与"将"同义。琼芳：朱季海根据《离骚》"索藑茅以筳篿兮"，《文选》藑作琼，认为"琼芳"即藑茅（《楚辞解故》）。藑茅也叫香茅，是一种香草。

7 肴蒸：祭祀用的肉。藉：垫底。

8 奠：进献。桂酒：桂花浸泡的酒。椒浆：花椒浸泡的酒。浆，薄酒。

译文

吉祥日子好时光，准备虔诚娱上皇。玉饰宝剑多辉煌，全身佩玉响叮当。蕃席玉镇压四方，摆设香茅好芬芳。兰蕙包裹香祭肉，桂椒泡出美琼浆。

云中君

导读

1977 年在湖北江陵天星观一号楚墓出土了一批记录楚人祭祀及卜筮情况的竹简，其中记载了楚人祭祀"云君"。学者们已肯定"云中君"即"云君"，是云神。洪兴祖注"云中君"说："云神丰隆也，一曰屏翳。"云神又叫丰隆、屏翳，这是有屈赋作依据的。《离骚》"吾令丰隆乘云兮"，王逸注："丰隆，云师。一曰雷师。"《天问》："蓱号起雨，何以兴之？"王逸注："蓱，蓱翳，雨师名也。"从名义来看，丰隆是模拟雷声，应是雷神；蓱（píng 屏）翳即蔽翳，是形容云起遮天蔽日的情状，应是云神。然而云行雨施、电闪雷鸣本是极常见的自然现象，云、雨、雷、电四者本就密不可分，因此在原始神话思维中，云神、雨神、雷神、电神也往往互相转化、互相替代、互相混淆。云神"云中君"又叫"丰隆"（雷神、电神）、"蓱翳"（云神、雨神），道理就在这里。屈原的《云中君》正是祠祀云雨雷电之神的祭歌，整首诗写得华采若英、灵动飞扬。

浴兰汤兮沐芳[1]，华采衣兮若英[2]。灵连蜷兮既留[3]，烂昭昭兮未央[4]。謇将憺兮寿宫[5]，与日月兮齐光[6]。龙驾兮帝服[7]，聊翱游兮周章[8]。灵皇皇兮既降[9]，猋远举兮云中[10]。览冀州兮有余[11]，横四海兮焉穷[12]。思夫君兮太息[13]，极劳心兮忡忡[14]。

注释

1 浴：洗身。兰汤：用兰草煮的热水。汤，热水。沐：洗发。芳：指“兰汤”。古人祭神之前，一定要斋戒，用兰汤沐浴，表示虔诚。《大戴礼记·夏小正·五月》：“蓄兰为沐浴也。”

2 英：花。

3 灵：指祭降云中君的女巫，亦即由女巫扮演的云中君。连蜷（quán 全）：回环曲折的样子。既留：已留在云中。

4 烂昭昭：灿烂明亮。未央：未尽。按：这两句既虚写想象中云中君的神态光容，又实写主巫降神时模拟云中君的舞姿，以神拟人，以巫象神。

5 蹇（jiǎn 简）：通“謇”，句首语气词。憺（dàn 淡）：安居。寿宫：云中君在天上的宫阙。

6 齐光：争光。

7 龙驾：龙车。帝服：天帝的服饰。

8 聊：暂且。翱（áo 遨）游：同“翱翔”，有逍遥的意思。周章：周游。

9 皇皇：同“煌煌”，光明灿烂。降：从天降临。

10 猋（biāo 标）：迅速离开的样子。远举：远走高飞的意思。

11 冀州：据《尚书·禹贡》记载，古代中国划分为冀、兖（yǎn 眼）、青、徐、扬、荆、豫、梁、雍九州，冀州为九州之首，地域包括今山西全省、河北西北部、河南北部、辽宁西部等。这里用冀州代指中国。有余：是指云中君的视野超出中国。

12 四海：指九州以外的地方。古人认为九州周围有东南西北四海包围。焉穷：怎么能穷尽。

13 夫（fú 扶）：语气词。君：神君，指云中君。

14 劳心：忧心。忡忡（chōng 冲）：忧虑不安。

译文

兰汤沐浴满身香，穿上华美花衣裳。神灵留连云天上，光明灿烂正辉煌。神将安居在寿宫，要与日月比光芒。驾着龙车穿帝服，暂且翱翔游四方。神光灿灿已降临，忽又飞回彩云中。光照中国已有余，横绝四海更无穷。想念神君长叹息，忧心忡忡不安宁。

湘 君

导读

湘君、湘夫人是湘水的配偶神。民间崇拜湘江，把它视若神明，并幻想出湘江男女夫妇之神，这反映了初民对自然的崇拜。到战国时，他们的形象更附丽了浓厚的神话传说色彩。相传帝尧的女儿娥皇、女英为舜的二妃。舜巡视南方，二妃起先没有随行，后来追到洞庭，听说舜死在苍梧之野，葬在九嶷山，便南望痛哭，投水而死。由于舜死葬之地苍梧、九嶷是湘水的发源地，而娥皇、女英又系投水而死，楚人崇拜帝舜，也悲悯二妃，于是这一悲欢离合的动人故事在流传中又与湘水配偶神话捏合在一起，帝舜成为湘水的男神，而娥皇、女英则成为湘水的女神。《湘君》《湘夫人》正是在民间传说基础上创作的祭歌，表现了巫觋（xí 席）迎降湘水夫妇神而不降临的情况。在《湘君》中，男巫装扮成湘君模样，乘舟迎接湘君，一直迎到大江，虽发扬精诚，犹未能接遇湘君。在《湘夫人》中，女巫装扮成湘夫人模样，并在湘水中修盖了芬芳华贵的“水底花房”，以迎接湘夫人的到来，但湘夫人恍惚缥缈，始终未降临“水底花房”，反被湘君所遣“九嶷”群神接去。在没有迎降下湘水夫妇神的情况下，男巫、女巫分别向湘君、湘夫人抒发了缠绵悱恻的怀思、哀怨之情，各自把玦、佩和袂、褋（dié 谍）丢入江中，且都打算采杜若赠送神灵，这都是想通过“娱神”达到“降神”的目的。

君不行兮夷犹[1]，蹇谁留兮中洲[2]？美要眇兮宜修[3]，沛吾乘兮桂舟[4]。令沅湘兮无波[5]，使江水兮安流[6]。望夫君兮未来[7]，吹参差兮谁思[8]？驾飞龙兮北征[9]，邅吾道兮洞庭[10]。

注释

1 君：指湘君，钱锺书认为是“巫称神”（《管锥编》）。夷犹：迟疑不决。

2 蹇（jiǎn 简）：通“謇”，句首语气词。谁留：为谁滞留。中洲：沙洲中。洲，水中陆地。

3 要眇（yāomiǎo 夭秒）：美好的样子。宜修：修饰得恰到好处。

4 沛：形容船顺流而下的样子，是“乘”的状语前置。吾：扮演湘君的男巫自称。乘：驾驭。《广韵·蒸韵》：“乘，驾也。”桂舟：用桂木造的船，取其芳洁。

5 令：命令，叫。

6 安流：平稳地流。

7 夫（fú 扶）：指示代词，那。君：指湘君，是主巫称呼湘君。

8 参差（cēncī）：吹奏乐器，箫的俗称。传说为舜所发明，用竹管编排，所以叫排箫。排箫上端平齐可吹，下端参差不齐，所以又叫参差。湖北随州曾侯乙墓出土有排箫，竹制，编管十三，按长短依次排列，最长者22.5厘米，最短者5.1厘米，用三道篾箍束结，是目前考古发现年代最早的实物。谁思：思谁。

9 飞龙：指龙船，即上文所说的“桂舟”，因做成龙形或由龙驾驶，所以称为“飞龙”。征：行。

10 邅（zhān 沾）：楚方言，转弯，转道。洞庭：洞庭湖，在今湖南省北部。

译文

迟疑不决你不走，为谁滞留在沙洲？打扮漂亮来接你，我将驾来桂木舟。我叫沅湘不兴浪，我叫长江平稳流。泪眼望穿你不来，你吹排箫把谁求？我驾龙舟向北行，改变航向在洞庭。

薜荔柏兮蕙绸[1]，荪桡兮兰旌[2]。望涔阳兮极浦[3]，横大江兮扬灵[4]。扬灵兮未极[5]，女婵媛兮为余太息[6]。横流涕兮潺湲[7]，隐思君兮陫侧[8]。桂棹兮兰枻[9]，斫冰兮积雪[10]。

注释

1 薜荔（bìlì 毕利）：香草名，又叫木莲。柏：柏壁，即搏壁，指船舱贴壁挂着薜荔织成的席。蕙：香草名，亦名佩兰，和兰草同类。绸：通“帱（chóu 绸）”，帐子。

2 荪（sūn 孙）：香草名，即溪荪，俗名石菖蒲。桡（ráo 饶）：短桨。兰：兰草。旌：旗杆顶端的饰物。

3 涔（cén 岑）阳：地名，在涔水的北岸。今湖南澧县有涔水。涔阳浦，地处洞庭湖西北岸与长江之间。浦：水滨，水滩。极浦，远滩。

4 横：渡。大江：长江。扬灵：王逸《楚辞章句》：“扬己精诚。”

5 未极：未至，未到达。

6 女：指扮演湘君的男巫身边的巫女。婵媛（chányuán 蝉元）：通“啴咺”，楚方言，喘息。余：主巫自指。太息：叹息。

7 潺湲（chányuán 蝉元）：泪流不止的样子。

8 隐：伤痛。君：指湘君。陫（fěi 匪）侧：通“悱恻”，形容内心悲苦。

9 棹（zhào 照）：船桨。枻（yì 义）：船舷。

10 斫（zhuó 浊）：砍开，劈开。

译文

薜荔为席蕙为帐，溪荪饰桨兰饰旌。眺望涔阳那一方，为表精诚渡长江。我表精诚你不来，巫女为我也悲伤。眼泪如珠往下淌，思念你哟痛断肠。桂木桨，兰木舷，劈开层冰和积雪。

采薜荔兮水中[1]，搴芙蓉兮木末[2]。心不同兮媒劳[3]，恩不甚兮轻绝[4]。石濑兮浅浅[5]，飞龙兮翩翩[6]。交不忠兮怨长[7]，期不信兮告余以不闲[8]。朝骋骛兮江皋[9]，夕弭节兮北渚[10]。

注释

1 采：采集。

2 搴（qiān 千）：拔取。芙蓉：荷花。木末：树梢。以上两句意思是：薜荔本长在山中，荷花本长在水里，现在却涉水求薜荔，上山采荷花，这是不会有结果的。比喻主巫苦苦迎降湘君是白费力气。这里屈原模仿了民间流传的“颠倒歌”或“倒唱歌”的“倒反”艺术表现手法。类似的例子在湖湘民间歌谣里很多，详参吴广平《〈九歌〉“二湘”倒反辞与湖湘民间颠倒歌——一种文学现象和修辞手法的文化人类学考察》(载《云梦学刊》2000 年第 2 期)。

3 媒：媒人。劳：烦劳。

4 甚：深。轻绝：容易决绝。

5 石濑（lài 赖）：沙石上的急流。浅浅（jiān 坚）：水流得很快的样子。

6 翩翩：轻快的样子。

7 交：交情。忠：忠厚。

8 期：约会。

9 朝（zhāo 招）：早晨。骋骛（wù 务）：奔驰。皋（gāo 高）：水边高地。

10 弭（mǐ 米）：止。节：与“策”同义，马鞭。弭节，犹言停车。渚（zhǔ 主）：水中小洲。

译文

薜荔走进水中采，荷花爬上树梢摘。两心不同媒徒劳，恩爱不深易断绝。沙石滩上水溅溅，龙舟江面飞翩翩。交情不忠，叫人长久怨；约会失信，却说没空闲。我早上驱车在江岸，晚上停宿在北洲。

鸟次兮屋上[1]，水周兮堂下[2]。捐余玦兮江中[3]，遗余佩兮醴浦[4]。采芳洲兮杜若[5]，将以遗兮下女[6]。时不可兮再得[7]，聊逍遥兮容与[8]。

注释

1 次：止宿，栖息。

2 周：环绕。

3 捐：丢弃。余：主巫自称。玦（jué 决）：似环而有缺口的玉器。因为玦的形状是似环而有缺，“玦”的音读与“决”相通，所以古人赠人以玦，是用以表示互相诀别或断绝关系。“玦”字的音、义，都与诀别、断绝有关，为“音、义双关语”。这里把玦丢弃江中，表示永不诀别，永不相离（参汤炳正《屈赋新探》）。

4 遗：丢下。佩：玉佩。“佩”与“倍”“背”谐音双关。这里把佩丢入江中，表示彼此永不背离。《史记·循吏列传·索隐》引《韩诗》：“子产卒，郑人耕者辍耒，妇人捐其佩玦也。”捐玦遗佩即表示永不相忘、永不相离之意。这个例子还表明捐玦遗佩不单用于表达恋情，还可用在其他场合。像这里就是巫表达对神的感情。

5 芳洲：长着芳草的水中小洲。杜若：香草名，又名山姜。《名医别录》说它“令人不忘”，其民俗性质颇像西方的“勿忘我”草。宋罗愿《尔雅翼》说：“二《湘》相赠同用杜若，杜若之为物，令人不忘，搴采而赠之，以明其不相忘也。”

6 遗（wèi 畏）：赠送。下女：指湘君的侍女。

7 时：时机，机会。

8 聊：姑且。逍遥：优游自得的样子。容与：徘徊，漫步。

译文

屋上栖息着小鸟，水在堂屋下环流。把玦抛入水中央，把佩丢在澧水旁。芳洲上面采山姜，准备送给好姑娘。良辰美景难再得，我悠闲漫步在江旁。

湘夫人

导读

本篇是祠祀湘夫人的祭歌，由扮演湘夫人的女巫独唱，表现了对湘夫人的怀思、哀怨之情。

帝子降兮北渚[1]，目眇眇兮愁予[2]。袅袅兮秋风[3]，洞庭波兮木叶下[4]。登白薠兮骋望[5]，与佳期兮夕张[6]。鸟何萃兮蘋中[7]？罾何为兮木上[8]？沅有茝兮醴有兰[9]，思公子兮未敢言[10]。

注释

1 帝子：天帝的女儿，即下文的“公子”，指湘夫人。在神话传说中，湘夫人的原型是尧帝的女儿娥皇、女英，女儿在古代也可称“子”，故称湘夫人为“帝子”。《仪礼·丧服》：“故子生三月则父名之。”郑玄注：“凡言子者，可以兼男女。”降：从天降临。渚（zhǔ主）：水中小洲。此句一般都作帝子已降临到北渚解，这里参用詹安泰《屈原》一书之说，作为当帝子未降临时邀请她降临的语意解释，和下面联系得更紧。

2 眇眇（miǎo 秒）：远望的样子。一说眯眼远望的样子。愁予：使我发愁。予，扮演湘夫人的女巫自称。

3 袅袅（niǎo 鸟）：微风吹拂的样子。

4 洞庭：洞庭湖，在今湖南省北部。波：作动词用，起水波。木叶：树叶。

5 登：此字原无，据洪兴祖《楚辞考异》所引一本及朱熹《楚辞集注》补。白薠（fán 烦）：水草名，即薠草，亦称薠青。生于湖泽，秋季生长，形状像莎草而稍大。骋望：放眼远望。按：此句的“登白薠”通常理解为“登上长着白薠的地方”，这样增字为训，既不必要，也不妥当。这里“登白薠”的是扮演水神湘夫人的女巫，自然不同于普通人，当然能够像曹植笔下的洛神那样“凌波微步，罗袜生尘”，在水面上行走，站在草上眺望湘夫人。歌德曾对爱克曼说，中国传奇里写到“一个姑娘脚步轻盈，站在一朵花上，花也没有损伤”（《歌德对话录》），这正是女巫“登白薠兮骋望”，洛神“步蘅薄而流芳”的动人意象。

6 佳：佳人，指湘夫人。洪兴祖《楚辞考异》引一本“佳”下有“人”字。期：约会。夕：黄昏。张：陈设，布置。

7 萃（cuì 翠）：聚集。“萃”上原无“何”字，据洪兴祖《楚辞考异》引一本补。蘋（pín 频）：一种水草，四片小叶组成一复叶，像“田”字，也叫“四叶菜”或“田字草”。

8 罾（zēng 增）：一种用竹竿或木棍做支架的方形渔网。木：树。以上两句意思是：山鸟应该聚集在树上，渔网应该撒设在水中，现在却违反常理，山鸟聚集在水草间，渔网撒设在树梢上，咄咄怪事，所以诗人惊讶地反问“何为”。这里屈原模仿了民间流传的“颠倒歌”或“倒唱歌”的“倒反”艺术表现手法，比喻因所处不当，故而所求不得。类似的例子在湖湘民间歌谣里很多，详参吴广平《〈九歌〉“二湘”倒反辞与湖湘民间颠倒歌——一种文学现象和修辞手法的文化人类学考察》（载《云梦学刊》2000 年第 2 期）。

9 沅：沅水，在今湖南省西部。茝（zhǐ 止）：香草名，即白芷。醴（lǐ 里）：通“澧”，澧水，在今湖南澧县南。兰：香草名，即兰草。

10 公子：指湘夫人，等于说“公主”。胡文英《屈骚指掌》说：“古人称女子，亦为公子。《左传·庄公三十二年》‘女公子观之’。”按：汉人刘向《说苑·善说篇》记载了一首楚康王时代的《越人歌》，里面最有名的两句是“山有木兮木有枝，心说（悦）君兮君不知”。与《湘夫人》“沅有茝兮醴有兰，思公子兮未敢言”这两句艺术表现手法非常相似。

译文

公主快些降临这北洲上，我已望眼欲穿绕着愁肠。秋风轻轻吹拂天气初凉，洞庭涌起水波落叶飘荡。我踏着白薠放眼眺望，与佳人约会已准备停当。山鸟为何聚集在水草间？渔网为何撒开在树梢上？沅水有白芷，澧水有兰花，心想公主不敢声张。

荒忽兮远望[1]，观流水兮潺湲[2]。麋何食兮庭中[3]？蛟何为兮水裔[4]？朝驰余马兮江皋[5]，夕济兮西澨[6]。闻佳人兮召予[7]，将腾驾兮偕逝[8]。筑室兮水中[9]，葺之兮荷盖[10]。

注释

1 荒忽：即恍惚，渺渺茫茫、看不清楚的样子。

2 潺湲（chányuán 蝉援）：水缓慢而流的样子。

3 麋（mí 迷）：野兽名，即麋鹿，也叫“四不像”。

4 蛟：传说中的一种龙，据说常居深渊，能发洪水。水裔（yì 义）：水边。以上两句意思是：麋鹿为什么不在深山，却跑到人家的庭院里寻食？蛟龙为什么不在深渊，却跑到水边来？这两句也是运用的“倒反”艺术表现手法，比喻用力不当，必定劳而无功。

5 朝（zhāo 招）：早晨。余：女巫自称。皋（gāo 高）：水边高地。

6 济：渡。澨（shì 市）：水边。

7 闻：听说，表示是幻觉。佳人：指湘夫人。予：女巫自称。

8 腾驾：传话，传令。“腾”和“驾”都有“传”的意思。《说文·马部》：“腾，传也。”《法言·学行》：“仲尼驾说者也，不在兹儒乎？”李轨注：“驾，传也。”偕逝：同往。

9 筑室兮水中：把房屋建在水中央。因为湘夫人是水神，所以迎降她要将房子修在水中。按：从此句到“灵之来兮如云”共十六句，写修盖的“水底花房”华丽而尊贵，简直是南国的“水晶宫”。

10 葺（qì 气）：覆盖。荷盖：荷叶如伞盖的盖，故曰“荷盖”。

译文

渺渺茫茫，望着远方，只见江水缓缓流淌。麋鹿为何寻食庭院中？蛟龙为何遨游水滩上？早上我驱马在江岸边，傍晚我渡江到西岸旁。听说佳人在召唤我，将传话邀我一同前往。把房屋建在水中央，把荷叶盖在屋顶上。

荪壁兮紫坛[1]，播芳椒兮成堂[2]。桂栋兮兰橑[3]，辛夷楣兮药房[4]。罔薜荔兮为帷[5]，擗蕙櫋兮既张[6]。白玉兮为镇[7]，疏石兰兮为芳[8]。芷葺兮荷屋[9]，缭之兮杜衡[10]。

注释

1 荪（sūn 孙）：香草名，即溪荪，俗名石菖蒲。紫：这里指紫贝，是一种珍美的水产。坛：中庭，楚方言。

2 播：播撒。椒：花椒。成：通“盛”，涂饰。

3 栋：屋梁。橑（lǎo 老）：屋椽（chuán 船）。

4 辛夷：又名木笔，木兰科，落叶乔木。楣（méi 眉）：门上横梁。药：即白芷。房：卧房。

5 罔（wǎng 网）：通“网”，这里作动词，编结。薜荔（bìlì 避利）：香草名，即木莲。帷（wéi 唯）：帷帐。

6 擗（pǐ 匹）：剖开。櫋（mián 棉）：屋檐板。既张：已经张挂好了。这句意思是：剖开的蕙草已经张挂在屋檐上。这犹如今天的结彩。

7 镇：镇席，压住坐席的东西。古人席地而坐，常用玉石等物压住坐席的四角。

8 疏：散布，分布。石兰：即山兰，兰草的一种。

9 荷屋：盖着荷叶的屋。

10 缭：缠绕。杜衡：即杜蘅，香草名，俗名马蹄香。

译文

紫贝铺中庭，荪草做墙，播撒花椒，涂饰好厅堂。木兰做屋椽，桂木做栋梁，辛夷做门框，白芷做卧房。编织薜荔作帷帐，蕙草挂在屋檐上。白玉镇在席四方，石兰散发着芳香。白芷加盖荷屋上，杜蘅缭绕屋四方。

合百草兮实庭[1]，建芳馨兮庑门[2]。九嶷缤兮并迎[3]，灵之来兮如云[4]。捐余袂兮江中[5]，遗余褋兮醴浦[6]。搴汀洲兮杜若[7]，将以遗兮远者[8]。时不可兮骤得[9]，聊逍遥兮容与[10]。

注释

1 合：集合。百草：指各种香草。实：充满。

2 建：设置，陈放。芳馨（xīn 欣）：香，指各种香花。庑（wǔ 武）：堂下周围的廊屋。

3 九嶷（yí 疑）：即九嶷山，又名苍梧山，在今湖南宁远南。相传舜帝南巡时死在苍梧之野，葬在这里。缤：缤纷。按：此句汤炳正认为是用“拟人”手法，把九嶷山写成了迎接百神的主人，诗人是以高度的想象力渲染了诗歌的奇妙意境（《屈赋新探》）。旧说“九嶷”是指九嶷山之神，并不妥当，也不必要。

4 灵：神，指九嶷山群神。如云：形容神灵众多。这句意思是说湘君派遣九嶷山群神把湘夫人接走了，女巫没有迎降下湘夫人。

5 捐：抛弃。余：女巫自称。袂（mèi 妹）：《说文》云：“袂，袖也。从衣，夬声。”汤炳正通过对文字结构的分析，发现凡从“夬”得声的字多有断缺、断绝之意。“袂”正是一种下端开有缺口的衣袖。“捐袂”与《湘君》中的“捐玦”一样，是音义双关，也是表示愿长相亲而不相离之意（《屈赋新探》）。

6 遗：丢下。褋（dié 谍）：没有里子的单衣。醴浦：即澧浦，澧水之滨。

7 搴（qiān 千）：拔取。汀（tīng 厅）洲：水中或水边的平地。杜若：香草名，又名山姜。《名医别录》说它“令人不忘”，其民俗性质颇像西方的“勿忘我草”。宋人罗愿《尔雅翼》指出：“二《湘》相赠同用杜若，杜若之为物，令人不忘，搴采而赠之，以明其不相忘也。”

8 遗（wèi 畏）：赠与。远者：在远处的人，指湘夫人。

9 骤：屡次，多次。

10 聊：姑且。逍遥：优游自得的样子。容与：徘徊，漫步。

译文

采集各种香草布满中庭，陈放各色香花满屋满门。九嶷群山五彩缤纷相迎，群神齐降好像天上流云。把衣袖抛入江中心，把单衣丢在澧水滨。采集山姜小岛上，准备送给远方的人。良辰美景不会多得，我且悠闲漫步开开心。

大司命

导读

“大司命”一名最早见于金文《齐侯壶》(又名《洹子孟姜壶》，见郭沫若《金文丛考》)。《周礼·大宗伯》《礼记·祭法》《史记·天官书》也均记载了古人祭祀“司命”。湖北江陵望山一号楚墓、江陵天星观一号楚墓、包山楚墓中出土的记录楚人祭祀及卜筮情况的竹简，记载了楚人祭祀“司命”“司祸”“司骨”。专家们都肯定“司命”与《九歌》二司命有关，有些专家还认为“司祸”“司骨”也与司命有关。据本篇中“何寿夭兮在予”的话看来，大司命是主寿夭之神。全诗由扮演大司命的男巫独唱。诗中描写了大司命的威严、神秘和冷酷，表现了人们祈求永命延年、珍惜生命的美好愿望。

广开兮天门[1]，纷吾乘兮玄云[2]。令飘风兮先驱[3]，使涑雨兮洒尘[4]。君回翔兮以下[5]，逾空桑兮从女[6]。纷总总兮九州[7]，何寿夭兮在予[8]？

注释

1 广开：犹言大开。天门：传说天帝所居的紫微宫之门。

2 纷：浓密的样子，是“玄云”的定语前置。吾：钱锺书说：“即降于巫之神自道。”(《管锥编》)也就是巫假装大司命从天降临，附在他身上，他就代表大司命说话。所谓“鬼神附体，代神立言”，就是说的这种情况。本篇中的“吾”“予”“我”，有时是巫的自称，有时是神（大司命）的自称，变化多端，但均出自巫一人之口，具体指谁，要随上下文语气而定。乘：乘坐，驾驭。《广韵·蒸韵》：“乘，驾也。”玄：黑色。

3 令：叫。飘风：旋风，狂风。先驱：前导。

4 涑（dōng 东）雨：暴雨。

5 君：神君，是巫用第三人称的叙述语气称呼大司命。

6 空桑：神话中的山名。女：通“汝”，你，主巫称大司命。

7 纷总总：众多的样子。

8 何：为什么。寿：长寿。夭（yāo 妖）：短命。予：我，是巫用第一人称代大司命自述。

译文

敞开天宫的大门，我驾着浓密的乌云。命旋风做我先导，叫暴雨清除路尘。神君盘旋飞翔从天降临，我翻过空桑山将您紧跟。九州上不论男人和女人，为何生死都掌握在我的手心？

高飞兮安翔[1]，乘清气兮御阴阳[2]。吾与君兮斋速[3]，导帝之兮九坑[4]。灵衣兮被被[5]，玉佩兮陆离[6]。壹阴兮壹阳[7]，众莫知兮余所为[8]。折疏麻兮瑶华[9]，将以遗兮离居[10]。

注释

1 安翔：平稳徐缓地飞翔。

2 乘：驾驭。清气：天地间清明之气。阴阳：阴阳之气。以上两句的主语是大司命。

3 吾：巫自称。与：跟。君：巫称大司命。斋速：当从朱熹《楚辞集注》本作"齐速"，斋当为齐字之讹。郭在贻认为"齐速"当读作"齐遬（sù 速）"(《楚辞解诂》)，虔诚而恭谨的样子。

4 导：引导。帝：上帝。之：往。九坑（gāng 刚）：即"九冈"，王逸说是"九州之山"(《楚辞章句》)。冈，山脊。

5 灵衣："云衣"之误。《北堂书钞》卷一百二十八、《太平御览》卷六百九十二引此正作"云衣"。云衣与玉佩对文。《东君》曰"青云衣兮白霓裳"，亦言云衣。《九叹·远逝》"服云衣之披披"，则全袭此文。被被：通"披披"，长的样子。

6 陆离：光彩闪烁。

7 壹阴壹阳：即"一阴一阳"，时晦时明的意思，形容变化多端。

8 余：巫代大司命自述。

9 疏麻：神麻。瑶：通"䍃（yáo 遥）"，䍃草。华：同"花"。

10 遗（wèi 慰）：赠与。离居：离居的人，指大司命。大司命居于天，巫居于地，故云。

译文

高高地腾飞徐徐地翱翔，乘驾着清气掌握着阴阳。我愿意随您去恭迎上帝，引导上帝走遍九州山冈。我穿的云衣长又长，我佩的玉饰闪金光。我时而晦暗时而亮，谁也不知我搞什么名堂。折下神麻䍃草花，准备送给远方的人。

老冉冉兮既极[1]，不浸近兮愈疏[2]。乘龙兮辚辚[3]，高驰兮冲天[4]。结桂枝兮延伫[5]，羌愈思兮愁人[6]？愁人兮奈何[7]，愿若今兮无亏[8]。固人命兮有当[9]，孰离合兮可为[10]？

注释

1 冉冉：渐渐。极：至。

2 浸：稍稍。近：亲近。

3 龙：指龙车。辚辚：车声。

4 高驰：高高地驰骋。冲天：冲向天空。

5 延伫：久久站立。

6 羌（qiāng 腔）：楚方言，同“卿”或“庆”，表反诘语气，即“何为”“何乃”，为什么的意思。王逸《楚辞章句》：“羌，楚人语词也，犹言卿，何为也。”思：指思念大司命。

7 愁人：使人愁闷。奈何：如何，怎么办。

8 愿：希望。无亏：指身体健康，没有亏损。以上两句意思是说，人发愁也没有什么用，但愿今后能像现在一样身体健康，没有亏损。

9 固：本来。当：正常。

10 孰：谁。离合：指人和神的分离和聚合。以上两句意思是：既然人的寿命有正常的规律，与神无关，那么，只要自己身体没有亏损就行，又何必在乎与神的离合呢？这是神去后，无可奈何中宽解自己的话。

译文

衰老已渐渐地来临，不接近神会疏远感情。你乘上龙车轰轰隆隆，高高地驰骋飞向天空。我编结桂枝久久等待，为何越想越使人愁闷？使人愁闷又有什么用，只希望身体没有损伤。人的寿命本来有短长，谁能见到神就变个样？

少司命

导读

1950年1月，在山东济宁发现了一尊汉代石抱子俑像，俑通高30.1厘米，其正面形象为一男子左手围抱一幼儿。孙作云认为石像的高度与应劭《风俗通义·祀典》记载的汉代司命神像“刻木长尺二寸，为人像”相符，定为少司命神像，且认为是男性（见《光明日报》1963年12月4日孙作云《汉代司命神像的发现》）。陈子展观察后觉得石像正面似男像，而侧面是女像，认为“如果是女像，就可以假定为少司命”（《楚辞直解》）。我没有亲见过石像，是男是女，不能轻下断语，这个问题还有待于专家们作进一步研究。有意思的是，屈原《九歌》中“少司命”神的性别也和这尊石像一样，是男神还是女神，自古迄今，争讼未已，尚无定论。从本篇的实际内容看，定为女神似更恰当些。少司命是主子嗣之神，全诗由扮演少司命的女巫独唱。少司命抚驭彗星、竦剑拥艾、荷衣蕙带、出没云际，是一位美丽、善良、温柔、慈爱、勇敢、刚毅的爱神。诗中充满了迎神女巫对神的爱悦之词，这也是想通过“娱神”达到“降神”的目的，祈求少司命降临人间，保佑子孙繁茂、种族兴旺。

秋兰兮麋芜[1]，罗生兮堂下[2]。绿叶兮素华[3]，芳菲菲兮袭予[4]。夫人自有兮美子[5]，荪何以兮愁苦[6]？秋兰兮青青[7]，绿叶兮紫茎[8]。

注释

1 秋兰：香草名，因在秋天开花，所以叫“秋兰”。麋芜：通“蘼（mí 迷）芜”，香草名，又叫芎䓖（xiōngqióng 兄穷），七八月间开白花，香气浓郁。清代周拱辰《离骚草木史》说：“《本草》兰为国香，人媚服之，古以为生子之祥。麋芜之根主（治）妇人无子。”据此则秋兰、麋芜与少司命的职责相关，故以之布置祭堂。

2 罗生：罗列而生。

3 华：原作“枝”，据王逸注文及洪兴祖《楚辞考异》所引一本改。素华，即素花，白色的花。

4 予：我，巫自称。

5 夫（fú 扶）：句首语气词。人：人们。美子：美好的子女。

6 荪（sūn 孙）：香草名，即溪荪，俗名石菖蒲。这里指代少司命。

7 青青：通“菁菁（jīng 精）”，茂盛的样子。

8 “秋兰兮青青，绿叶兮紫茎。”这两句是起兴而兼为比喻，借美丽的秋兰比喻“余”（少司命）在满堂美人之中特别年青秀美。

译文

兰草花，蘼芜芽，茂密地长满堂前。绿的叶，白的花，一阵阵清香扑面。人人都有好儿女，你何必愁思苦念？兰草花真茂盛，绿的叶，紫的茎。

满堂兮美人[1]，忽独与余兮目成[2]。入不言兮出不辞[3]，乘回风兮载云旗[4]。悲莫悲兮生别离[5]，乐莫乐兮新相知[6]。荷衣兮蕙带[7]，倏而来兮忽而逝[8]。

注释

1 满堂美人：指群巫。

2 余：我，巫代少司命自述。目成：眉目传情。这其实是巫在娱神。

3 入：指少司命来到祭祀场所。出：离开。辞：告辞。

4 乘：乘坐，驾驭。《广韵·蒸韵》："乘，驾也。"回风：旋风。云旗：以云为旗。

5 莫：没有。兮：闻一多认为此字此处用法上相当于介词"于"，表比较（《怎样读九歌·九歌兮字代释略说》）。这句意思是说：悲伤没有比生生地别离更悲伤的了。

6 这句意思是说：欢乐没有比新近结交了知心的人更欢乐的了。

7 荷衣：荷叶做的衣。蕙带：蕙草做的佩带。

8 倏（shū 书）：忽。逝：往。

译文

满堂屋的美人，忽然对我一人眉目传情。你来和去都不作声，载着云旗乘着旋风。悲啊，最悲是别离；乐啊，最乐有新朋。你穿着荷衣佩着蕙带，忽然去，忽然又来。

夕宿兮帝郊[1]，君谁须兮云之际[2]？与女沐兮咸池[3]，晞女发兮阳之阿[4]。望美人兮未来[5]，临风怳兮浩歌[6]。孔盖兮翠旌[7]，登九天兮抚彗星[8]。竦长剑兮拥幼艾[9]，荪独宜兮为民正[10]。

注释

1 帝：天帝。帝郊，犹言天国的郊野。

2 君：巫称神，指少司命。谁须："须谁"的倒装。须，等待。

3 女：通"汝"，你，女巫称少司命。沐：洗头发。咸池：神话中的天池。按："与女沐兮咸池"句上，原有"与女游兮九河，冲风至兮水扬波"两句，王逸《楚辞章句》无注，洪兴祖《楚辞考异》说"古本无此二句"，实系《河伯》篇的词句窜入本篇，故删去不译。

4 晞（xī 希）：晒干。阳：太阳。阿（ē 婀）：弯曲之处。阳之阿，可能是指神话中日出的旸（yáng 阳）谷。

5 美人：指少司命。

6 怳：怳惚，失意的样子。浩歌：大声歌唱。

7 孔：孔雀，这里指孔雀的羽毛。盖：车盖。翠：翡翠鸟，这里指翡翠鸟的羽毛。旌：这里指旗杆顶上的装饰。

8 九天：古代传说天有九重，这里指天的最高处。抚：握持，拿着。彗（huì 慧）星：就是民间所说的"扫帚星"。在古代传说中，扫帚星具有两面性，它既是"吉星"，能"除旧布新”(《左传·昭公十七年》)、扫除邪秽，又是“妖星”(《尔雅义疏》)，能带来死亡和祸殃(见《汉书·天文志》)。它做好做坏，这要看它的“情绪”。所以少司命要抓住它、安抚它、控制它。

9 竦(sǒng 耸):《广雅·释言》:“竦，执也。”握着的意思。拥：抱。幼艾：指儿童。

10 荪：指少司命。宜：适合。正：主宰。

译文

晚上你睡在天国郊外，你在云端里把谁等待？想和你洗头在咸池里，想看你晒发在旸谷坡。我盼望你，却不见你来，迎风高唱失意的哀歌。孔雀翎车盖，翡翠羽旗旌，你登上九天控制着彗星。握着长剑，抱着儿童，只有你能主宰人的生命！

东 君

导读

《广雅·释天》:“朱明、曜灵、东君，日也。”(按:《广雅》亦名《博雅》。宋洪兴祖《楚辞补注》卷二《九歌·东君》解题引用了这段话，但中华书局出版《楚辞补注》标点本将这段话误标为:“《博雅》曰：朱明耀灵。东君，日也。”以致众多楚辞学著作引述这段话时也如此错误标点。故特此指出，以引起学者们的注意。)东君即太阳。本篇是祠祀太阳神的祭歌，也是礼赞太阳神的颂歌。全篇由男巫扮演太阳神独唱。诗中以非凡的想象表现了太阳神东君的正直、勇武、刚强、豪迈、多情，基本构思从神话中来，而又无一不暗合自然现象。全诗场面繁华热烈，风格雄奇瑰丽。

暾将出兮东方[1]**，照吾槛兮扶桑**[2]**。抚余马兮安驱**[3]**，夜皎皎兮既明**[4]**。驾龙辀兮乘雷**[5]**，载云旗兮委蛇**[6]**。长太息兮将上**[7]**，心低佪兮顾怀**[8]**。**

注释

1 暾(tūn 吞)：初升的太阳。《玉篇·日部》:“暾，日欲出。”《集韵·魂韵》:“暾，日始出貌。”

2 吾：钱锺书说：“即降于巫之神自道。”(《管锥编》)也就是巫假装太阳神从天降临，附在他身上，他就代表太阳神说话。本篇中的“吾”“余”都是“降于巫之神自道”。槛（jiàn 箭）：栏杆。扶桑：神话中长在东方日出处的神树，在这里被诗人想象为太阳神所居宫殿的栏杆。“槛”与“扶桑”是复指。

3 抚：轻拍。安驱：徐缓地跑。

4 皎皎：明亮的样子。

5 辀（zhōu 舟）：车。《小尔雅·广言》：“辀，舆也。”《玉篇·车部》：“舆，车乘也。”《洪武正韵·鱼韵》：“舆，车也。”乘：乘坐。雷：指车轮。因为雷霆的形状像车轮（“雷”字在金文中即作车轮形），雷霆轰隆又像车轮轰响，所以将“雷”想象为太阳神所驾的车的车轮。《淮南子·原道训》：“电以为鞭策，雷以为车轮。”

6 云旗：太阳在天空升起，周围有很多云彩，故诗人将其想象为太阳神车上插载的旗。委蛇（wēiyí 威疑）：舒卷自如的样子。

7 太息：大声地叹气。

8 低佪（huái 怀）：即“低徊”，徘徊，迟疑不进。顾怀：怀念，恋恋不舍。

译文

旭日将要出现在东方，照耀着我的栏杆扶桑。轻轻地拍打着马缓奔，夜色已经退去天已亮。我驾着龙车以雷为车轮，车上插着云旗舒卷飘荡。长叹一声我将奔驰天上，我心里踌躇又眷恋彷徨。

羌声色兮娱人[1]，观者憺兮忘归[2]？緪瑟兮交鼓[3]，箫钟兮瑶虡[4]。鸣篪兮吹竽[5]，思灵保兮贤姱[6]。翾飞兮翠曾[7]，展诗兮会舞[8]。

注释

1 羌（qiāng 腔）：楚方言，同“卿”或“庆”，表反诘语气，即“何为”“何乃”，为什么的意思。王逸《楚辞章句》：“羌，楚人语词也，犹言卿，何为也。”声色娱人：指祭祀太阳神的场面非常热闹，音乐（声）、舞蹈（色）使人欢娱。下面一节就具体写了这种“祭神”“娱神”场面。

2 憺（dàn 旦）：安乐。

3 緪：通“揯（gèn 亘）”，引急，绷紧（琴弦）。《说文·手部》：“揯，引急也。”《广雅·释诂一》：“揯，急也。”又“揯，引也”。瑟（sè 涩）：弹拨乐器，有二十五弦。交：郭在贻认为是“攴（pū 扑）”的讹字，小击的意思（《楚辞解诂》）。

4 箫：通“捎（sù 肃）”，打击，敲击。《玉篇·手部》：“捎，击也。”《广韵·篠韵》：“捎，打也。”钟：编钟，打击乐器。楚人崇尚编钟乐器。1978 年在楚国腹地湖北随州擂鼓墩一号墓出土一套曾侯乙编钟，全套共 64 件，分 3 层悬挂。整套编钟总重量在 2500 公斤以上，制作精美，音质良好，发音相当准确，可演奏中外比较复杂的乐曲。其阵容之壮观，性能之精良，举世无匹。瑶：通“摇”，摇动。虡（jù 剧）：即簨（sǔn 笋）虡，悬挂钟磬的木架。

5 鸣：吹响。篪：同“篪（chí 池）”，古代一种竹管乐器，有七孔，但位于两端的吹孔和出音孔（各一个）上出，而五个指孔侧出，样子像笛子。擂鼓墩一号墓出土了两支篪。竽（yú 鱼）：古代吹奏乐器，其形制与笙相似而较大，三十六管。

6 灵保：相当于《诗·小雅·楚茨》之“神保”，即巫。钱锺书认为这是“神以旁观口吻称巫”(《管锥编》)。姱（kuā 夸）：美好。

7 翾（xuān 宣）：轻轻地飞。翠曾：汤炳正认为是“卒翻（zēng 曾）”之讹(《楚辞类稿》)。卒，通“猝”，急。翻，高飞。“猝翻”与“翾飞”对举成文。

8 展诗：古代音乐、舞蹈、诗歌三位一体，这里的“展诗”即放声歌唱。会舞：合舞。

译文

为何歌声甜舞姿美叫人欢畅，看的人入了迷忘记还乡？弹着瑟，敲着鼓，叩钟摇动钟架柱。吹着篪，吹着竽，心中想着美善的神巫。迈着轻盈旋转的舞步，唱着歌，跳着舞。

应律兮合节[1]，灵之来兮蔽日[2]。青云衣兮白霓裳[3]，举长矢兮射天狼[4]。操余弧兮反沦降[5]，援北斗兮酌桂浆[6]。撰余辔兮高驰翔[7]，杳冥冥兮以东行[8]。

注释

1 应律：应和乐曲的旋律。合节：合着乐曲的节拍。

2 灵：神，此指天上群神。萧兵认为《离骚》“百神翳其备降兮，九疑缤其并迎”和《湘夫人》“九嶷缤兮并迎，灵之来兮如云”两句可作此处“灵之来兮蔽日”的注解，指天上群神来迎接太阳神东君(《楚辞新探》)。

3 青云衣：以青云为上衣。白霓裳：以白霓为下裳。这句是描写晚霞缭绕衔山的落日。

4 矢：箭。这里的“矢”和下句的“弧”(字义为木弓）本为天上的星名，即弧矢星。弧矢星由九颗星组成，形似弓箭，又名天弓，古人认为它掌管防备盗贼。弧矢星在天狼星的东南，朝向天狼，因此诗人把弧矢星想象为太阳神用来射杀天狼的弓箭。天狼：星名，古人认为它是侵略者的象征。天狼星的分野在秦地，秦在当时被人称为“虎狼之国”，专事侵略，因此，许多学者认为这里的“天狼”是影射秦国。张弓射天狼，反映了屈原有报复秦国的思想。

5 操：握住，拿着。反：同“返”。沦降：降落。

6 援：握住，拿起。北斗：星名，由七颗星组成，形似舀酒的斗。酌（zhuó 浊）：舀取。桂浆：桂花酒。

7 撰：握住，拿着。《集韵·潸韵》：“撰，持也。”《说文·手部》：“持，握也。”辔（pèi 配）：马缰绳。高驰翔：向高远的境界驰骋飞翔。

8 杳（yǎo 咬）：深远的样子。冥冥：黑暗。以东行：往东方运行。这里是写太阳西降以后，又在大地背面向东运行。这已经是把地球想象为球状，因而想象太阳绕地球旋转。

译文

歌合律，舞合拍，群神来接东君去。青云上衣白霓裳，挽起长箭射天狼。我拿着弓箭往西下降，举起北斗舀桂花酒浆。抓紧缰绳在高空飞翔，在幽暗中我奔向东方。

河　伯

导读

本篇是祠祀河神的祭歌，由男巫饰神独唱。据何光岳研究，河伯是四五千年前黄河下游的一个古老部落，属东夷集团，因最先定居于盛产莲荷的菏水、菏泽（今山东菏泽一带）而得名。《说文·人部》说：“伯，长也。”河伯就是黄河下游这个古老部落的酋长。河伯曾在治理黄河中发挥过重大作用，死后遂被东夷、华夏各族奉为河神、社神。殷墟卜辞中有祭河和祭“高祖河”的记载，已把河神当作始祖神、部落神来祭祀。夏代时楚人祖先芈姓季连，因居于楚丘（今河南滑县），其部落便以楚为号。楚丘濒临黄河下游，也是九河分支的中心地，南邻河伯部落，与河伯部落关系密切，受河伯治水之益较多，所以也接受了河伯文化的影响，尊河伯水神为自己的社神，有祭祀河神的传统。楚人自黄河之滨南迁到长江之滨后，时间虽然已长达千余年，但仍保留着先楚祖宗时代祭祀河伯水神的习惯。直到春秋末年，楚都郢都被吴国攻陷，王室又因争夺王位而互相残杀；接着，王族白公胜又发动政变，使楚国势力大为削弱。楚人再度打到黄河老家去的理想，业已破灭。于是，自楚昭王时开始，王室便已放弃祭祀河神的习惯，而改祭楚国境内的江、汉、雎（同沮）、漳四水。但是在楚国民间，百姓仍沿袭古俗不衰。所以，屈原创作的反映楚国民间祠祀神灵的祭歌《九歌》中有《河伯》一篇（参《东夷源流史》第十八章《河神的崇拜及河伯族的来源和迁徙》）。歌中表现了男巫想象中随河伯遨游龙宫水府，最后恋恋不舍地送别河伯的情况。巫是所谓“人神交际者”，他不但代表神向人宣布旨意，而且代表人向神表示诚心。巫和河神同游水府，建立友谊，就是表示人对河神的虔诚崇拜之情，讨得河神的欢娱，祈求河神不为水害，使五谷丰登，百姓平安。

与女游兮九河[1]，冲风起兮横波[2]。乘水车兮荷盖[3]，驾两龙兮骖螭[4]。登昆仑兮四望[5]，心飞扬兮浩荡[6]。日将暮兮怅忘归[7]，惟极浦兮寤怀[8]。

注释

1 女：通“汝”，你，这是巫称河伯。九河：相传夏禹治理黄河时开了九条河道，此泛指黄河众支流。

2 冲风：暴风。横波：横起大波。

3 乘：乘坐。水车：能在水中行驶的车。盖：车顶。

4 骖（cān 餐）：古人用四匹马驾车，中间的两匹马叫“服”，两旁的两匹马叫“骖”。这里作动词用，驾在两旁。螭（chī 痴）：传说中没有角的龙。

5 昆仑：神话传说中的一座神山，古人认为是黄河的发源地。《史记·夏本纪》引《禹本纪》说：“河出昆仑。”《尔雅·释水》：“河出昆仑虚，色白。”所以，河伯“登昆仑兮四望”。

6 浩荡：形容心情开阔。

7 怅：刘永济认为是“憺（dàn 旦）”字之误，意同《东君》“憺兮忘归”之“憺”，安乐的意思（《屈赋通笺》）。

8 惟：只。寤怀：闻一多认为是“顾怀”之误，怀念的意思（《楚辞校补》）。

译文

和你一道游九河，暴风骤起涌洪波。乘坐的水车顶上盖绿荷，用两龙驾辕用两螭配合。登上昆仑山眺望四方，神采飞扬胸怀多开畅。天色已晚乐不思归家，只思念那遥远的水乡。

鱼鳞屋兮龙堂[1]，紫贝阙兮朱宫[2]，灵何为兮水中[3]？乘白鼋兮逐文鱼[4]，与女游兮河之渚[5]，流澌纷兮将来下[6]。子交手兮东行[7]，送美人兮南浦[8]。波滔滔兮来迎[9]，鱼邻邻兮媵予[10]。

注释

1 龙堂：壁上画龙的厅堂。

2 紫贝：是一种珍美的水产。阙（què 鹊）：宫门前面两边高耸的望台。朱宫：一作“珠宫”，珍珠做的宫。

3 灵：神君，巫称河伯。

4 鼋（yuán 元）：大鳖。文鱼：鲤鱼。古人认为鲤鱼跳过龙门就变成龙（见《三辅黄图》等书）。鱼与龙在神话中能互相转化，所以鲤鱼又叫龙鱼、龙鲤，是一种“神鱼”。

5 女：通“汝”，指河伯。渚（zhǔ 主）：水中的小块陆地。

6 流澌（sī 斯）：解冻时河中流动的冰块。“欲渡黄河冰塞川”，河里的浮冰被古人当作河神的“垂迹”，所以河伯又名“冰夷”。《山海经·海内北经》：“从极之渊深三百仞，维冰夷恒都焉。冰夷人面，乘两龙。”郭璞注：“冰夷，冯夷也。《淮南》云：‘冯夷得道，以潜大川。’即河伯也。《穆天子传》所谓‘河伯无夷’者，《竹书》作冯夷，字或作冰也。”冯夷、无夷俱冰夷的音转，夷者大人也，冰夷就是冰人。

7 子：你，巫称河伯。交手：执手，握手，表示送别。

8 美人：也是巫称河伯。南浦：南面的水滨。

9 波：波涛。滔滔：滚滚。

10 鱼：即前文的“文鱼”。邻邻：一个接着一个。媵（yìng 映）：相送。予：我，巫自称。

译文

鱼鳞房屋画龙堂，紫贝望台珍珠宫，神君为何住水中？乘着白鼋追文鱼，与你同游到小岛上，流冰纷纷涌向前。你和我握手告别向东行，我送你送到南方的水滨。波涛滚滚前来将你欢迎，文鱼对对将我送上归程。

山 鬼

导读

本篇是祠祀山神的祭歌。在古人意识中，鬼神之分，是不严格的。《说文·鬼部》收有一个“魈”字，字从鬼，释为“神”，就是明证。王充《论衡·祀义》也说：“鬼者，神也。”所以，“山鬼”即山神。清人顾成天《楚辞九歌解》认为“山鬼”即巫山神女。孙作云、闻一多、马茂元、陈子展、姜亮夫等都作过补充论证。郭沫若还根据篇中“采三秀兮於（wū 巫）山间”一句，认为“於山”即巫山，更进一步证成此说。巫山神女是位性爱女神、高禖女神，她象征着爱情、婚姻和生命。本篇由女巫扮演山神独唱，叙述了女巫迎降山神而神不临的情状，表达了其不能接遇神灵的怀思、哀怨之情。

若有人兮山之阿[1]，被薜荔兮带女罗[2]。既含睇兮又宜笑[3]，子慕予兮善窈窕[4]。乘赤豹兮从文狸[5]，辛夷车兮结桂旗[6]。被石兰兮带杜衡[7]，折芳馨兮遗所思[8]。

注释

1 若：句首语气助词。人：钱锺书认为是“巫以旁观口吻称神”(《管锥编》)，即称呼山鬼。阿（ē 婀）：山凹，山角落。

2 被（pī 披）：通“披”。薜荔（bìlì 毕利）：一种蔓生的常绿灌木，亦名木莲。带：用于动词，此指把女萝当成带子，等于说系着女萝。女罗：同“女萝”，蔓生植物名。

3 含睇（dì 弟）：含情微视。睇，微微斜视。宜笑：言口齿美好，适宜于笑。

4 子：你，钱锺书认为是“神语巫”(《管锥编》)，即山鬼称呼巫。慕：爱慕。予：山鬼自称。窈窕：美好的样子。

5 乘：乘坐，骑着。从：跟随。文狸：花猫。文，通“纹”，花纹。李时珍《本草纲目》卷五一：灵猫“自为牝牡，又有香气，可谓灵而神矣”。引苏颂曰：“香狸出南方。……其气甚香，微有麝气。”文狸可能即灵猫、香狸。

6 辛夷：木兰一类的花树，又名木笔、迎春。辛夷车，用辛夷木做的车子。结：编织。桂旗：用桂枝做的旗。结桂旗，编织桂枝为旗。

7 石兰：兰草的一种。杜衡：即杜蘅，香草名，又名马蹄香。

8 折：采，摘取。馨（xīn 心）：香。芳馨，指香花香草，即上文所说的石兰、杜蘅等。遗（wèi 卫）：赠送。所思：所思念的人，指山鬼。这四句紧承上四句，因山鬼在深山，所以女巫装扮成山鬼模样（巫觋降神，衣服形貌、言行举止必须装扮得和所降鬼神相似），去迎接她。这和《湘君》篇因湘君滞留沙洲，所以男巫装扮得“要眇宜修”，乘舟迎接湘君，情形是一样的。但前人读此四句，却误解为仍在写山鬼，以致误认为《山鬼》一篇是写山鬼去同爱人相会，但爱人却没有来。但《九歌》是祭歌，全部内容由巫表演，巫饰为受祭的神鬼（假托有神鬼附于其体），起到迎神、降神、娱神、颂神的作用。每篇的主要表演者只有巫一人，但表演的角色却有两个，即巫和神（或鬼）。这就是宋代朱熹所说的“身则巫而心则神”，今人钱锺书所说的“巫之一身二任”。抛开“巫”的活动，《九歌》就不成其为祭歌。因此《山鬼》一篇所写的应当是扮演山鬼（巫山神女）的女巫去迎接山鬼，而不可能游离于祭歌的主题之外，写什么山鬼在等待爱人。

译文

有个人儿在深山凹，身披薜荔女萝系腰。眼含秋波面带微笑，你爱我啊身材苗条。骑着赤豹啊跟着花猫狸，辛夷做车桂枝织旗旌。披着石兰系结着杜蘅，采摘香花送给所爱的人。

余处幽篁兮终不见天[1]**，路险难兮独后来**[2]**。表独立兮山之上**[3]**，云容容兮而在下**[4]**。杳冥冥兮羌昼晦**[5]**，东风飘兮神灵雨**[6]**？留灵修兮憺忘归**[7]**，岁既晏兮孰华予**[8]**？采三秀兮於山间**[9]**，石磊磊兮葛蔓蔓**[10]**。**

注释

1 余：扮演山鬼的女巫自称。幽：深暗的样子。篁（huáng 皇）：竹林。

2 后来：迟到，来晚了。这两句是说家住竹林深处，不见天日，不知时间早晚，加之路途又艰险，所以迟到了。这是女巫降神时对山神作解释。

3 表：突出。

4 容容：飘动的样子。

5 杳（yǎo 咬）：深远的样子。冥冥：黑暗的样子。羌（qiāng 腔）：楚方言，同“卿”或“庆”，表反诘语气，“何为”“何乃”，为什么的意思。王逸《楚辞章句》：“羌，楚人语词也，犹言卿，何为也。”昼晦：白天昏黑。

6 飘：风刮得很大的样子。神灵：指山鬼。雨（yù 玉）：动词，降雨。宋玉《高唐赋》说巫山神女能“旦为朝云，暮为行雨”。

7 留：等待。灵修：指山鬼。憺（dàn 旦）：安乐。

8 晏（yàn 艳）：迟，晚，指年岁大了。华：美，这里是使动用法。华予，使我再美。巫山神女是位恋爱女神，女巫向她祈求，请她降临，就希望她能保佑青年男女适时解决婚姻大事，但她却迟迟不肯降临，因此女巫代表人类向神提出反问。

9 三秀：指灵芝草。秀，开花。灵芝一年开花三次，所以称之为“三秀”。《文选》卷十六江淹《别赋》“惜瑶草之徒芳”句李善注：“宋玉《高唐赋》曰：我帝之季女，名曰瑶姬，未行而亡，封于巫山之台，精魂为草，实曰灵芝。”（按：此处引文和《文选》所载的宋玉《高唐赋》文字略有不同，和《文选》江淹《杂体诗》李善注引《高唐赋》文字也有出入。）由于灵芝是巫山神女的精魂所化，是其“生命草”“还魂草”，所以女巫采“三秀”（灵芝）准备送给她，希望借“草”还魂，降临神女。於（wū 巫）山：即巫山。

10 磊磊：乱石堆积的样子。葛：葛草，多年生草本植物。蔓蔓：蔓延的样子。

译文

竹林深处不见天，迟到又因路太险。高高站在山顶，乱云飘浮山下面。为何山里幽暗白天像黑夜，东风吹来神灵降雨点？我耐心等你乐不思归，人老了谁能使我再美？采集灵芝巫山间，无奈石多葛蔓延。

怨公子兮怅忘归[1]，君思我兮不得闲[2]。山中人兮芳杜若[3]，饮石泉兮荫松柏[4]。君思我兮然疑作[5]。雷填填兮雨冥冥[6]，猿啾啾兮狖夜鸣[7]。风飒飒兮木萧萧[8]，思公子兮徒离忧[9]。

注释

1 公子：等于说“公主”，指巫山神女，在神话传说中她是天帝的“季女”(少女)。女儿在古代也可称“子”。巫称巫山神女为“公子”，就像《湘夫人》篇中“思公子兮未敢言”，巫称湘夫人为“公子”。

2 君：指山鬼(巫山神女)。我：女巫自称。不得闲：没有空闲。这句是女巫为山鬼着想，认为她没有降临，实在是因为没有空闲，但对“我”(实代表人类)还是思念的。

3 山中人：巫以旁观口吻称呼山鬼。杜若：香草名，亦名山姜。

4 石泉：山中泉水。荫：遮蔽。

5 然：相信，不怀疑。疑：与“然”相对，怀疑。然疑作，既相信，又怀疑。

6 填填：犹“隆隆”，指雷声。冥冥：昏暗的样子。

7 啾啾(jiū 纠)：猿的哀叫声。狖(yòu 又)：原作“又”，据洪兴祖《楚辞考异》引一本改。狖，黑色长尾猿。

8 飒飒(sà 萨)：指风声。木：指树叶。萧萧：指风吹叶落的声音。

9 公子：等于说“公主”，指山鬼，即巫山神女。徒：徒然，白白地。离：通“罹(lí 离)”，遭受。这句是女巫表达没能接遇山鬼的哀怨之情。

译文

怨恨你使我惆怅忘回家，你一定想我只是没空闲。山里的人像芳草杜若，饮用清泉用松柏遮荫。是否想我我信疑参半。雷声隆隆雨蒙蒙，猿啼凄凄夜空中。风声飒飒落叶纷纷，思念公主白白伤神。

国 殇

导读

本篇是祠祀阵亡将士的祭歌，由男巫扮演将帅独唱。殇，本为未成年（不足二十岁）而死。引申言之，凡不终其天年而死于外的人，也称作“殇”。这里说的“国殇”，是指为国牺牲的将士而言。祭祀“国殇”，古代又叫“禓（shāng 伤）祭”。《礼记·郊特牲》：“乡人禓。”郑玄注：“禓，强鬼也。谓时傩（nuó 挪），索室驱疫，逐强鬼也。禓或为献，或为傩。”《世本》：“微（指商先公上甲微）作禓。”注云：“微者，殷王八世孙也。禓者，强死鬼也。”禓或作殤，就是殇，也就是强鬼、鬼雄。古人祭祀强鬼是为了达到祈福、报功、消灾、却敌的目的。《汉书·郊祀志》中谷永就说过：“楚怀王隆祭祀，事鬼神，欲以获福助，却秦师。”本篇即由男巫扮演阵亡将帅，迎降强鬼、鬼雄“附体显圣”，降赐福佑，厌（yā 压）胜强敌，乃至吓退秦兵。这是《国殇》产生的深层民俗文化背景（参萧兵《楚辞新探》、汤炳正《楚辞类稿》）。现存的《九歌·国殇》业已经过诗人屈原的典型化和再创造，既是一首悼念阵亡将士的祭歌，也是一首发扬蹈厉、鼓舞士气的战歌。诗中创造了一个忠诚、勇武、威毅、刚强的悲剧性“鬼雄”形象，表现了楚国将士卫国保家、不怕牺牲的英雄气概。尽管战争残酷激烈，并且惨遭失败，但诗中毫无感伤和悲观情绪。全诗风格刚健悲壮、慷慨激昂，是一首惊天地、泣鬼神的爱国主义颂歌。

操吴戈兮被犀甲[1]**，车错毂兮短兵接**[2]**。旌蔽日兮敌若云**[3]**，矢交坠兮士争先**[4]**。凌余阵兮躐余行**[5]**，左骖殪兮右刃伤**[6]**。霾两轮兮絷四马**[7]**，援玉枹兮击鸣鼓**[8]**。**

注释

1 操：挥舞。李一氓认为“操”字含有进击的意义，旧作“拿着”解，非常不恰当（《〈国殇〉今译商榷》）。戈：即平头戟（jǐ 挤），古代的一种长兵器，顶端是青铜制的横刃，作战时可击可勾。吴戈，吴地所制的戈，以锋利著名。被：同“披”。犀（xī 西）甲：犀牛皮制的铠甲，非常坚实。

2 错：交错。毂（gǔ 鼓）：车轮中心穿轴承辐的部分。古代战车为保护翼侧不遭敌车之抵近攻击，均将轮毂设计得很长，故亦称“长毂”。此种轮毂，多为铜制，用以伤害敌车，并兼自卫。作战时，两车各以轮毂相犯，称“毂击”。双方战车毂击有时会发生轮毂交错、卡在一起的现象，就叫“错毂”。短兵：短兵器，指刀剑之类。接：交。

3 旌（jīng 精）：旗。

4 矢：箭。坠：落。

5 凌：侵犯。余：汤炳正认为是“巫以阵亡将帅的身份自称”(《楚辞类稿》)。阵：作战时布成的阵势。躐（liè 猎）：践踏。行（háng 杭）：行列。
6 骖（cān 餐）：在两旁驾车的马。古代一车驾四马，居中的两匹叫“服”，两旁的两匹叫“骖”。殪（yì 意）：死。右刃伤：右骖受了刀伤。一说“刃”是“艮”(古服字)的误字，指服马。右服与左骖对文，亦可通。
7 霾（mái 埋）：通“埋”。絷（zhí 执）：绊住。把车轮埋进土中，把马绊住不用，表示与敌人决一死战，就是破釜沉舟的意思。此即《孙子·九地》所说的“方马埋轮”战术。
8 援：拿着。枹（fú 浮）：鼓槌。玉枹，玉饰的鼓槌。鸣鼓：响鼓，声音响亮的鼓。

译文

手挥着吴戈，身披着犀甲，敌我车轮两交错，白刃相厮杀。战旗蔽日，敌兵多如云；飞箭如雨，勇士往前冲。阵势被侵犯，我军乱了行。驾车四匹马，一死一受伤。埋了两车轮，绊住四马缰。抡槌擂战鼓，鼓声咚咚响。

天时坠兮威灵怒[1]，严杀尽兮弃原野[2]。出不入兮往不反[3]，平原忽兮路超远[4]。带长剑兮挟秦弓[5]，首身离兮心不惩[6]。诚既勇兮又以武[7]，终刚强兮不可凌[8]。身既死兮神以灵[9]，子魂魄兮为鬼雄[10]。

注释

1 天时坠：闻一多认为指“日暮”(《九歌解诂》)。威灵：神威。怒：强健。《广雅·释诂三》：“怒，健也。”威灵怒，王逸《楚辞章句》释为：“威神怒健，不畏惮也。”按：此句通常释为“天昏地暗，鬼哭神号”，这是不妥的。《国殇》的主旨是歌颂“鬼雄”，鬼神始终是刚强的，怎么能说“鬼哭神号”呢？
2 严：严酷。
3 反：同“返”。这句是写将士们抱着一去不复返的必死决心，具有勇往直前的英雄气概。
4 忽：渺茫的样子，形容平原辽阔。超远：遥远。
5 挟（xié 协）：夹在胳膊下。秦弓：秦地制造的弓。秦地以制造良弓著名。
6 惩：因受打击而引起警戒或不再干。
7 诚：诚然，确实。勇：指精神勇敢。武：指武艺高强。
8 终：始终。不可凌：不可侵犯。
9 神以灵：神灵显赫，意指精神不死。
10 子：你，汤炳正认为是巫称阵亡将士(《楚辞类稿》)，即称“国殇”。“子魂魄”一本误作“魂魄毅”，不可从。“子魂魄”的“子”是针对前半篇“凌余阵兮躐余行”的“余”字而言，二者遥遥相应。前者为巫扮演“国殇”，叙述战斗的激烈。后者为扮演“国殇”的巫赞颂将士刚强不屈的牺牲精神。《国殇》也是祭歌，它和《九歌》其他篇的体制是一样的。古人迷信，常认为鬼能报仇。于省吾认为此句说死后犹能为百鬼之雄杰，有志在报秦的深层含义（《泽螺居楚辞新证》）。

译文

太阳落山了，神威仍刚强。惨杀已结束，弃躯在沙场。有出没有回，一去不复返。原野迷茫茫，离家路遥远。依然拿着弓，依然佩着剑：身首虽异地，敌忾永不变。确实很勇敢，武艺又出众，始终很刚强，不容受欺凌。身子虽已死，精神却永存。你的忠魂义魄，化作鬼中英雄。

礼　魂

导读

本篇是《九歌》的送神曲，由女巫领唱领舞，众多青年男女伴唱伴舞。魂，也就是神，因为前面十篇所祭祀的包括天神、地祇、人鬼，所以言魂而不言神。祭祀是一种典礼，送神是祭礼中最后一个环节，所以把送神说成“礼魂”。《礼魂》是祭祀前边十神结束后的安魂歌、合奏曲、狂欢舞，场面宏大，气氛热烈，情绪欢快，表现了人们对生活对未来充满信心，也表达了人们祈求神灵永远保佑的美好愿望。

成礼兮会鼓[1]，传芭兮代舞[2]，姱女倡兮容与[3]。春兰兮秋菊[4]，长无绝兮终古[5]。

注释

1 成礼：完成了祭礼，结束了祭礼。会鼓：快速击鼓，鼓声交作。

2 芭：通“葩（pā 趴）”，花的意思。传芭，指歌舞时互相传递花朵。这种“击鼓传花”与西南边疆少数民族祭神赛会时男女“抛彩球”（彩球大都用香草做成）有相似之处。一说“芭”为芳草名，即芭蕉，也可通。芭蕉在古今民俗中被认为是一种神草。巫师施法时大都要挥芭蕉扇、持芭蕉叶。民间传说牛郎织女七夕相会讲悄悄话，人们可在芭蕉树下偷听到。因为芭蕉具有“通神”的作用，可作为“人神交际”的媒介，此处送神时传递芭蕉也很自然。代舞：轮番交替跳舞。

3 姱（kuā 夸）：美好。倡：通“唱”。容与：从容舒缓。

4 兰：兰花。《神农本草经》说兰花主“杀蛊毒，辟不祥……通神明”。

5 终古：永远。这两句是说每年春秋二季，兰、菊开花的时候，永远不断地来祭祀。这表现了人们对神明的虔诚和对幸福的期望。按：湘西苗族保存着一种《领魂辞》，内容为：“祭成啊费心好苦 / 招魂魄啊儿女就好 / 敲锣打鼓 / 手舞足蹈 / 宽心回去啊英雄得很 / 像春天开花秋天结果 / 长此下去 / 千年百岁都好。”（录自《吉首大学学报》1982 年第 1 期龙文玉《苗族的招魂风俗与屈原的招魂作品》一文）从内容到形式都与《礼魂》奇似。

译文

祭礼完成了齐敲着鼓，传递着鲜花轮番跳舞，美女的歌声从容大度。春天有兰花秋天有菊，祭祀永不断传之千古！

楚辞

天问

导读

本篇是屈原创作的第二首长诗。据王逸《楚辞章句·天问序》说，是屈原在流放中看到楚先王庙和公卿祠堂里的壁画，受到激发而创作的。专家们根据古籍记载、出土文物以及少数民族的宗教绘画等大量事实，证明楚国庙堂存在壁画是完全可能的。从艺术创作富于想象力的特点，诗人博闻强记的主体素质，以及现代考古学所发现的古代壁画所达到的数量和规模看，王逸关于《天问》的创作受到了楚之庙堂壁画的激发的记载，大体上是可信的。至于王逸说屈原曾将《天问》书写于壁画上，将其视作“题画诗”，则有些不近情理。《天问》全诗三百七十多句，一千五百余字，大都是四言句，两句或四句一组。诗人一口气提出了一百七十多个问题，对自然现象、神话传说、历史故事等都提出了怀疑、诘难，表现了作者具有大胆的批判精神和极其渊博的知识。《天问》是一首非常奇特的诗。诗人借鉴了原始的推源史诗、赛诗盘歌、破谜猜题、入社考试、卜筮贞问以及“问答体”“问句体”散文等民俗、宗教、艺术中的句法表现形式，通篇全用问语，而参差历落、错综变化，不但不单调，不板滞，而且非常灵活，非常奇矫。因此，《天问》是一篇包罗万象的大文，精密绝伦的杰构。《天问》素称难解。时代的间阻，史实的冥昧，方俗的殊异，语言的变化，文字的讹误，竹简的错乱，以及一问到底、有问无答的句法形式，使得这首诗很难理解，许多问题聚讼纷纭，迄无定论。因此，注译《天问》是很艰难的。本书中的许多解释，也仅能作参考。有些学者认为《天问》存在错简，于是对现存的《天问》章句进行调整、重排。因为此项工作纯粹是“以意为之”，没有版本依据，所以各家意见出入很大，是否合符原貌很难说，故本书注译《天问》仍依原来的章句顺序，不作改动。

曰：遂古之初[1]，谁传道之？上下未形[2]，何由考之？冥昭瞢暗[3]，谁能极之[4]？冯翼惟象[5]，何以识之？明明暗暗，惟时何为[6]？阴阳三合[7]，何本何化[8]？

注释

1 遂：通“邃（suì 岁）”，远，往。《广雅·释诂一》：“遂，往也。”朱骏声《说文通训定声·履部》：“遂，假借为邃。”

2 上下：指天地。

3 冥（míng 名）：昏暗。昭：光明。瞢（méng 萌）暗：模糊不清。

4 极：穷尽，穷究。《玉篇·木部》：“极，尽也。”《广韵·职韵》：“极，穷也。”

5 冯（píng 凭）翼：大气运动的状态。古代神话传说认为，天地形成以前整个世界只有混沌一团的元气。《淮南子·天文训》：“天地未形，冯冯翼翼。”《广雅·释训》：“冯冯翼翼，元气也。”惟：语气助词。象：形象，景象。

6 惟：句首语气词。时：通“是”，这个。何为：为何。

7 阴阳：阴气和阳气。三：通“参（cān 餐）”。参合，参错相合。古人认为阴气与阳气互相渗合就能衍生万物。《春秋繁露·顺命篇》：“独阴不生，独阳不生。阴阳与天地参，然后生。”

8 本：本原。化：化生，派生。

译文

请问：远古开始的情形，是谁把它传给后代？天地还没有形成，根据什么考察出来？明暗不分模模糊糊，谁能够把谜底揭开？大气一团混混沌沌，又凭什么辨别明白？白天光明，晚上黑暗，老天为什么这样安排？阴气与阳气渗合衍生万物，哪是本原哪又是支派？

圜则九重[1]，孰营度之[2]？惟兹何功[3]，孰初作之？斡维焉系[4]？天极焉加[5]？八柱何当[6]？东南何亏[7]？九天之际[8]，安放安属[9]？隅隈多有[10]，谁知其数？

注释

1 圜：同“圆”，指天体。《说文·囗部》云：“圜，天体也。”圜指圆形的天盖，这是古代天文学上盖天论的一个重要观点，所谓“天圆如张盖”。盖天论的天盖之说，据传始于周人，但这种观念，则脱胎于古老的原始神话。《晋书·天文志》说：“……盖天之说也。其本庖牺氏立周天历度，其所传则周公受于殷商，周人志之，故曰周髀。”很显然，所谓的庖牺氏，根本不可能进行什么天文测量。但是，如果说在远古传说的庖牺氏时代，人们已有“天圆如张盖”的想象，那完全是可信的。则：语助词。九重：九层。先民不但认为天盖是圆的，而且认为圆天高达九层。后世所谓“九天”或“九重天”的观念，就是由此而来。

2 营：通“萦”，环绕的意思。度：测量。

3 兹：此。功：工程。

4 斡：闻一多认为即杓（biāo 标），星名，即北斗柄部的三颗星，也称斗柄（《天问疏证》）。古人认为斗柄是天体运转的枢纽。维：星名，《汉书·天文志》：“斗柄后有三星，名曰维星。”斡维，犹言斗柄之维。维的本义是绳子。古人认为维星就像一根绳子，上端系在天极，下端系在斗柄，斗转则维也转，而天体也随之运转起来。焉：哪里。系：联结，拴。

5 天极：闻一多认为即天极星（《天问疏证》）。极的本义为屋梁，天极星本以似屋梁而得名，《史记·天官书》即说：“中宫天极。”梁为房屋之极顶，天极星为天宇之极顶，古人因此将天极星视为天盖。加：通“架”。

6 八柱：古代传说地面上有八座山是支撑天的擎天柱。王逸《楚辞章句》曰："天有八山为柱。"《淮南子·地形训》曰："天地之间，九州八极。"《河图》亦曰："地有九州八极。"（转引自《后汉书·张衡传》注）这八山八柱据《淮南子·地形训》说，东北曰方土之山，东方曰东极之山，东南方曰波母之山，南方曰南极之山，西南方曰编驹之山，西方曰西极之山，西北方曰不周之山，北方曰北极之山。又据《淮南子·天文训》："共工……触不周之山，天柱折。"可见，中国原始的宇宙神话，确认为天有八山为柱。何当：何在。

7 亏：缺陷。这两句是说，支撑天的八根大柱到底在什么地方？地面上既有八根大柱支撑天，就应当地势平整，为什么东南的地势又会低陷呢？

8 九天：指天的中央和八方，也叫九野。

9 安：哪里。放：依傍。属（zhǔ 主）：连接。

10 隅（yú 于）：角落。隈（wēi 微）：弯曲之处。

译文

圆圆的天盖共有九层，是谁环绕它度量确定？这样一个工程多么巨大，当初建造它的又是何人？斗柄的绳子到底拴在哪里？天宇的顶盖究竟架在何方？八根擎天柱与哪八座山相当？为何东南地势低陷海水茫茫？天的中央和八方的边际，各在哪里依傍相连？大地曲折的角落那么多，它的数目谁个晓得周全？

天何所沓[1]？十二焉分[2]？日月安属[3]？列星安陈[4]？出自汤谷[5]，次于蒙汜[6]；自明及晦[7]，所行几里？夜光何德[8]，死则又育[9]？

注释

1 沓（tà 踏）：相合。古代"盖天说"认为天像一个盖子盖在地上，所以与地有相合的地方。《晋书·天文志》引《周髀算经》之"盖天说"云："天似盖笠，地法覆槃。""天员（圆）如张盖，地方如棋局。"因此，北朝民歌《敕勒歌》说："天似穹庐，笼盖四野。"杨炯《浑天赋》说："天如倚盖，地若浮舟。"

2 十二：指十二辰，即日月在黄道上的十二个会合点。焉分：怎样划分。

3 属：依附，寄托。

4 陈：排列。

5 汤（yáng 阳）谷：即旸谷，神话中地名，传说太阳由此升起。

6 次：停宿。蒙汜（sì 似）：神话中地名，又叫蒙谷（见《淮南子·天文训》）、昧谷（见

《尚书·尧典》)，传说为太阳降落之处。

7 晦（huì 惠）：暗，指夜晚。

8 夜光：指月亮。德：通“得”。何得，得到什么，指曾得到不死之药。

9 则：而。育：生。古人把太阳永不休止的升沉起落和月亮永不休止的阴晴圆缺想象为生死循环，把太阳和月亮理解为永恒生命的象征，也就是不死的象征。认为太阳的西沉和月亮的亏损都是暂时的，它们的死亡是暂时的，太阳仍旧会从东方升起，月亮仍旧会变得圆满。以上六句写的就是日月循环。

译文

天地在哪里会合？十二辰怎样划分？日月依托在哪里？群星在哪里列陈？太阳从旸谷升起，到蒙谷落地；从天亮到天黑，它到底走了几里？月亮得到了什么神药，死了又能够再生？

厥利维何[1]，而顾菟在腹[2]？女歧无合[3]，夫焉取九子[4]？伯强何处[5]？惠气安在[6]？何阖而晦[7]？何开而明？角宿未旦[8]，曜灵安藏[9]？

注释

1 厥（jué 决）：其，指月亮。利：好处。

2 顾菟（tù 兔）：即“於（wū 乌）菟”，指虎。楚人称虎为於菟。旧注认为“顾”即“顾望”，“菟”即“兔”字。闻一多《天问释天》列举十一条理由，论证“顾菟当即蟾蜍之异名”，较之旧注，是一大突破。他根据文献记载又说：“考月中阴影，古者传说不一。《天问》而外，先秦之说，无足征焉。其在两汉，则言蟾蜍者莫早于《淮南》，两言蟾蜍与兔者莫早于刘向，单言兔者莫早于诸纬书。由上观之，传说之起，谅以蟾蜍为最先，蟾与兔次之，兔又次之。”但考古发掘出土的材料表明，情况并不是这样。1978 年湖北随州擂鼓墩曾侯乙墓出土的漆衣箱，箱盖图像里已有象征月亮的头似虎而身尾似兔的兽形。从葬制及出土文物考察，该墓年代为战国初期，约公元前 433 年或稍晚。1972 年长沙马王堆一号汉墓出土的帛画里已有蟾蜍和兔子并见月腹的图像。该墓年代属西汉前期，即公元前 2 世纪后半叶。汤炳正认为：“曾侯乙墓箱盖图像中似虎又似兔的兽形，乃月中阴影的神话传说以语言因素为媒介而由兔变虎的过渡形象。”“《天问》里‘厥利维何，而顾菟在腹’的‘顾菟’，实即《左传》宣公四年‘楚人……谓虎於菟’的‘於菟’，是指虎而言。”“由月中阴影所引出的古代神话，是多种多样的。而较为古老的传说，则除了兔之外，还有蟾蜍，并且还有虎。从传播的情况来讲，最多的是兔，其次是蟾蜍，再其次才是虎（於菟）。这三者，都是以同一语言因素为媒介而演化为三种不同的传说（古称‘蟾蜍’为‘居蠩’，与‘於菟’‘顾菟’同音）。而且，月中有虎（於菟）这一传说，只限于楚地。”（《屈赋新探》）此说可能更符合楚国神话实际。虎是极凶残的猛兽，因此诗人诘问：月中有只老虎，这对它有什么好处？

3 女岐：萧兵认为即九子母，神女名，后又演化为星名，即“尾为九子”的九子星，其动物化身则为九尾狐（《楚辞新探》）。此处“女岐”指“九子星”。合：交配，婚配。

4 取：得到。汤炳正根据王逸注文认为这两句原文应作“女岐无夫，焉取九子”（《楚辞类稿》）。译文从此说。

5 伯强：北方的一位风神，亦名禺强、隅强，也就是神话传说中的鲲鹏。《山海经·海外北经》说：“北方禺强，人面鸟身。”甲骨文中“风”“凤”同字，风神的动物化身为鸟，禺强“鸟身”正是其为风神的表征。《淮南子·地形训》：“隅强，不周风之所生也。”不周风生出的禺强当然也是风。《吕氏春秋·有始篇》说：“西北曰厉风。”不周山在西北，所以不周风及其所生的禺强都是厉风。处：居。

6 惠气：闻一多认为即“凉风”（《天问疏证》）。《尔雅·释天》：“北风谓之凉风。”《淮南子·地形训》：“北方曰寒风。”

7 阖（hé 盒）：关闭。

8 角宿（xiù 秀）：星座名，是二十八宿中东方七宿（即苍龙七宿，角、亢、氐、房、心、尾、箕的总称）的第一宿，共有星两颗，所以又叫“角二星”。传说角二星为天门，所以有开阖。天门开就天下明，天门阖就天下晦。上文“何阖而晦？何开而明？”即针对此发问。角宿为东方星座，故此处以“角宿”指代东方。旦：明。

9 曜（yào 耀）灵：指太阳。《广雅·释天》：“朱明、曜灵、东君，日也。”按：此为《天问》的第一大段，皆问天象日月星辰。这一段诗人采取的是“类叙法”，即将性质相同的事类放在一起写。

译文

那好处是什么，养只老虎在腹中？女岐没有丈夫，为什么会有九个小孩？风神伯强住在何处？寒冷的风从哪里吹来？什么门关上天就黑？什么门打开天就亮？东方还没有亮之前，太阳藏在什么地方？

不任汩鸿[1]，师何以尚之[2]？佥曰何忧[3]，何不课而行之[4]？鸱龟曳衔[5]，鲧何听焉[6]？顺欲成功[7]，帝何刑焉[8]？

注释

1 汩（gǔ 鼓）：治理，特指治理洪水。《说文·水部》：“汩，治水也。”《集韵·没韵》：

"汩，治也。" 鸿：通"洪"，洪水。

2 师：众人。《尔雅 · 释诂下》："师，众也。" 尚：推举。《广雅 · 释诂》："尚，举也。"

3 佥（qiān 千）：皆，都。《尔雅 · 释诂下》："佥，皆也。"《广韵 · 盐韵》："佥，咸也。"

4 课：考核，考试。《说文 · 言部》："课，试也。" 行：进行。之：指治水。据《尚书 · 尧典》记载，尧时洪水滔天，为害人类。尧为了使人民安居乐业，访求能治水的人。大家都推举鲧，尧不同意。众人建议让他去试试，如果实在不行，再免他的职。尧于是用鲧治水。鲧治水九年，没有成功。

5 鸱（chī 吃）：猫头鹰。曳（yè 业）衔：拖着，衔着，此形容鸱龟运载太阳。按：在中国上古神话传说中，鸱和龟是特殊的太阳神，是黑夜的太阳使者，其中鸱是太阳在黑夜中的化身，而龟则是在黑夜中运载太阳的神使。它们共同承担了在黑夜之中将太阳自西方（或北方）运往东方的任务。长沙马王堆一号汉墓帛画下部的鸱龟相曳图、河南新郑汉代画像砖中的《鸩鸟玄武图》《鲧与鸱龟图》、汉代甘泉宫遗址中的"月纹瓦当""鸩鸟龟蛇瓦当"，以及郑州汉画像砖中的《鸱龟白虎图》，所描写的都是关于夜间太阳化身为鸱，由龟背负，自羽渊经黑水而返回东方若木之处的神话。而《天问》所谓"鸱龟曳衔"，说的就是古老的鸱龟夜间相曳而运日的传说（详见王昆吾《楚宗庙壁画鸱龟曳衔图》，载《中国文化》第八辑，1993 年；亦见其《中国早期艺术与宗教》一书）。

6 鲧（gǔn 滚）：神话中人名，是夏禹的父亲，因治理洪水失败，被尧根据舜的建议放逐到羽山之野，最终死在那里。听：通"圣"，圣德的意思（参刘永济《屈赋音注详解》、姜亮夫《重订屈原赋校注》）。

7 顺欲成功：犹言"将欲成功"（闻一多《天问疏证》）。

8 帝：上帝（闻一多说）。刑：惩治，惩罚。

译文

如果鲧不能胜任治理洪水，众人为什么一致将他推荐？都说不必担心，为什么不让他试验？运载太阳是鸱和龟的功劳，鲧有什么圣德？治水将要大功告成，上帝对鲧怎么要施刑？

永遏在羽山[1]**，夫何三年不施**[2]**？伯禹腹鲧**[3]**，夫何以变化？纂就前绪**[4]**，遂成考功**[5]**。何续初继业**[6]**，而厥谋不同**[7]**？洪泉极深**[8]**，何以填之**[9]**？地方九则**[10]**，何以坟之**[11]**？**

注释

1 永：长久。遏（è扼）：囚禁。羽山：神话中山名，传说在东海海滨。因鲧治水无功，尧根据舜的建议，将鲧囚禁在羽山。

2 三年：多年。三，虚数，表示多。施：施刑，判罪。

3 伯禹：即夏禹，又叫大禹、帝禹。据《史记·夏本纪》等历史文献记载，禹姒姓，名文命。奉舜的命令治水有功。后被舜选为继承人。舜死后，禹担任部落联盟领袖。其子启建立了夏代。腹：原作"愎（bì必）"，据洪兴祖《楚辞考异》所引一本及朱熹《楚辞集注》改。伯禹腹鲧，闻一多认为应作"伯鲧腹禹"(《楚辞校补》),《山海经·海内经》正作"鲧復（腹）生禹"。伯鲧，大鲧。鲧是个男人，却从他的肚子里生出个禹来，因此诗人发生了疑惑。其实这反映了原始社会的"产翁（couvade）"习俗。这种习俗的主要内容是妇女分娩后不坐月子，立即辛苦劳作，她的丈夫却佯装孩子是他生的，坐床卧褥，护理婴儿。这种习俗曾流传于世界各地的原始民族中，是父系制度代替母系制度过程中，男人们为了获得对孩子的权利而采取的一种手段。

4 纂：继续。《尔雅·释诂上》："纂，继也。"就：完成。《尔雅·释诂下》："就，成也。"绪：事业。《尔雅·释诂上》："绪，事也。"《广雅·释诂四》："绪，业也。"

5 遂：终于。考：死去的父亲。

6 续初继业：继续先业。

7 厥：其，代指禹。谋：方法。以上四句是诗人对当时流传的鲧治水用"堙（yīn因）"（堵塞）的方法而禹治水用"导"(疏导）的方法提出诘问。从《山海经》的神话传说来看，鲧、禹治水，都曾采取"堙"的方法，并没有鲧"堙"禹"导"的区别。但《尚书·洪范》《孟子·滕文公》等书却说鲧用"堙"的方法治水有罪而禹用"导"的方法治水有功，认为禹圣而鲧恶。屈原因此为鲧鸣不平。

8 洪泉：洪水的源泉。

9 填：堵塞。《说文·土部》："填，塞也。"《山海经·大荒北经》："禹湮洪水，杀相繇，其血腥臭。"湮即填。《淮南子·地形训》便说："禹乃以息土填洪水。"息土即息壤。《山海经·海内经》郭璞注说："息壤者，言土自长息无限，故可以塞洪水也。""息壤"本指某种能够自我增殖和膨胀的神土，是以地质学、土壤学上的"膨胀土"为"原型"依据、现实基础的（参见顾颉刚《息壤考》,《文史哲》1957年第10期）。

10 九则：九等。据《尚书·禹贡》记载，禹治水后将全国土地按质量分为九等，不同等级的土地征收赋税不一样。

11 坟：划分。《广雅·释诂一》："坟，分也。"王念孙《广雅疏证》："坟、分，声相近。"

译文

长久把他囚禁在羽山，为什么多年都不施刑？鲧的肚子里生出个禹，这怎样演变化育成？夏禹继续完成鲧的事业，终于取得了成功。为什么鲧禹父子治理洪水，禹所用的方法会不同？洪水深得没有底，禹拿什么土壤填平？地上的土地有九等，禹根据什么来划分？

应龙何画[1]？河海何历[2]？鲧何所营[3]，禹何所成[4]？康回冯怒[5]，地何故以东南倾[6]？九州安错[7]？川谷何洿[8]？东流不溢[9]，孰知其故[10]？

注释

1 应龙：神话中有翼的龙。

2 历：经过，流过。以上两句原作"河海应龙，何尽何历？"据洪兴祖《楚辞考异》所引一本及朱熹《楚辞集注》改。传说禹治水时，有应龙来相助，用尾巴画地成为江河，导水入海。这和《易林·大壮之鼎》说的"长尾蝼蛇，画地为河"传说相同。

3 营：经营。

4 成：完成，成功。

5 康回：指共工。王逸注说是"共工名"，但没有文献依据。汤炳正认为"'康回'为古恒语，乃联绵词，奸邪之意。此'康回'殆以德性代共工之名，并非共工名'康回'"（《楚辞类稿》）。顾颉刚、童书业、杨宽等《古史辨》派学者曾详细论证共工即鲧。顾颉刚说："共工氏也就是鲧：'共工'二字是'鲧'字的缓声，'鲧'字是'共工'二字的急音。"姜亮夫《屈原赋校注》也持此说。据《淮南子·天文训》记载，共工与颛顼争做天帝，发怒而撞不周山，擎天的柱子断了，拴地的绳子也断了，因此天空就向西北方倾斜，大地向东南方塌陷。冯（píng 凭）：盛，大。《集韵·蒸韵》："冯，盛也。"

6 倾：塌下。

7 九州：传说禹治平洪水后把天下分为九州。安：什么地方。错：通"措"，设置。

8 洿（wū 乌）：挖掘。

9 溢：满。

10 孰：疑问代词，谁。故：原故。

译文

应龙为什么用尾巴画地？江河为什么能够疏通？鲧经营了哪些事情？禹成功了哪些事情？共工大发雷霆，大地为什么向东南倾？大地九州是怎样设置？河流溪谷是怎样挖成？水流东海不满，谁人知道它的原因？

东西南北，其修孰多[1]？南北顺椭[2]，其衍几何[3]？昆仑县圃[4]，其居安在[5]？增城九重[6]，其高几里？四方之门，其谁从焉[7]？西北辟启[8]，何气通焉[9]？

注释

1 修：长。古代历算家凭推测，有的说南北距离比东西距离短，有的说南北距离比东西距离长，很不一致，但都没有科学根据。所以屈原提出诘难。

2 椭（tuǒ 妥）：椭圆。

3 衍：广大。

4 昆仑：中国神话传说中的一座神山，为天帝和神人所居，相当于古希腊神话中的奥林匹斯山和古巴比伦神话中的马什山。昆仑山是座宇宙山，是层层上升的通天阶梯，是沟通天堂、地狱、人间的宇宙枢纽，是死亡与永生的分水岭，是生命树、不死药之类神话宝物的所在。凡是企求获得永生的人，只有到这里来方可找到一线希望。《淮南子·地形训》即说："凡四水者，帝之神泉，以和百药，以润万物。昆仑之丘，或上倍之，是谓凉风之山，登之而不死；或上倍之，是谓悬圃，登之乃灵，能使风雨；或上倍之，乃维上天，登之乃神，是谓太帝之居。"县圃：即悬圃，神话中地名，意思是"悬在空中的花园"，在昆仑山顶，犹如古巴比伦的"空中花园"。

5 其居安在：悬圃悬于空中，上不粘天，下不粘地，所以问它的地址究竟在哪里。

6 增城：即层城，神话中地名。传说昆仑山分为三级，最上一层即为层城。《水经·河水注》："昆仑之山三级：下曰樊桐，一名板桐；二曰玄圃，一名阆风；上曰层城，一名天庭，是为大帝之居。"九重（chóng 虫）：九层。《淮南子·地形训》："中有增城九重，其高万一千里百一十四步二尺六寸。"

7 四方之门，其谁从焉：《山海经·海内西经》："海内昆仑之虚……面有九门，门有开明兽守之。"从，由，出入。

8 西北：指西北方的门。辟启：敞开。

9 气：风。《淮南子·地形训》："西北方曰不周之山，曰幽都之门。"又说昆仑山"北门开，以内（纳）不周之风"。幽都在上古便是地狱的代称之一（见《招魂》）。因此，作为天柱的不周山同时也是阴间地狱的门户，而从西北吹来的不周风又被看作是阴风，杀生之风。《史记·律书》："不周风居西北，主杀生。"

译文

东西和南北比较，到底哪个距离更长？南北形成椭圆形，它广大的程度究竟怎样？昆仑山上的悬圃，它的地址究竟在何处？最上层的九层增城，它到底有多少里的高度？四面八方有九道天门，谁从那里来来往往？西北方的天门敞开着，什么风从此流动通畅？

日安不到[1]？烛龙何照[2]？羲和之未扬[3]，若华何光[4]？何所冬暖？何所夏寒[5]？焉有石林[6]？何兽能言[7]？焉有龙虬[8]，负熊以游[9]？

注释

1 安：怎么。

2 烛龙：古代神话中一种能照明的神物。《山海经·大荒北经》："西北海之外，赤水之北，有章尾山。有神，人面蛇身而赤，直目正乘，其瞑乃晦，其视乃明，不食不寝不息，风雨是谒。是烛九阴，是谓烛龙。"张明华认为"烛龙"是"北极光"的神话化(《烛龙和北极光》,《学林漫录》第八集)。刘文英、何新等也持此说。

3 羲（xī 希）和：神话中为太阳神驾车的人。扬：扬鞭。

4 若华（huā 花）：若木的花。若木是神话中长在西方日落处的大树，据说太阳落在若木之下，若木的花就发出光芒。

5 何所冬暖、何所夏寒：此针对昆仑山而问。神话传说中的昆仑山是冬暖夏凉、四季长青的仙境。《穆天子传》："春山之泽，清水出泉，温和无风，飞鸟百兽之所饮食也。先王所谓县圃。"古昆仑即今甘肃酒泉西南的祁连山。《汉书·地理志》：金城临羌县西"有弱水、昆仑山祠"。《括地志》云："在酒泉县南八十里。"此即今之祁连山。而祁连山，在古人心目中正是冬温夏凉、水草丰美、牛羊成群的好地方。《太平御览》卷五十引段龟龙《凉州记》就说："祁连山，张掖、酒泉二界之上。东西二百里，南北百余里。山中冬温夏凉，宜牧牛，乳酪浓好。夏写酪，不用器物；刈草着其上，不散，酥特好。酪一斛，得升余酥。又有仙人树，行人山中饥渴者辄食之饱，不得持去。平居不可见。"

6 石林：即"玉林"。昆仑山上有玉石树林。《山海经·海内西经》和《淮南子·地形训》说昆仑山上有珠树、文玉树、玗琪树、玉树、璇树、琅玕、碧树、瑶树等，从这些树名的偏旁即可看出它们都是玉树。

7 何兽能言：指为昆仑山守门的"开明兽"。《山海经·海内西经》："海内昆仑之虚……面有九门，门有开明兽守之。""开明兽身大类虎而九首，皆人面。"尽管是"兽"，却还保留着"人面"，所以"能言"。

8 龙虬（qiú 求）：原倒作"虬龙"，据朱熹《楚辞集注》校改。"虬"与"游"押韵，若作"虬龙"，则失韵了。"龙虬"即"虬龙"的倒言形式，虬龙是神话传说中的一种无角龙。

9 负：背，驮着。

译文

太阳怎么会有照不到的地方？为什么还需要烛龙照耀北方？太阳的车夫还未把鞭扬，若木的花为什么会发光？什么地方冬天温暖？什么地方夏天清凉？哪里有玉树组成的林莽？哪里有野兽能把话讲？哪里有无角的虬龙，背着黄熊一起游玩？

雄虺九首[1]，倏忽焉在[2]？何所不死[3]？长人何守[4]？靡萍九衢[5]，枲华安居[6]？一蛇吞象[7]，厥大何如[8]？

注释

1 虺（huǐ 毁）：传说中的一种有九个头的毒蛇。

2 倏（shū 书）忽：极快地，忽然。

3 不死：《山海经》中记载了较多有关“不死”的神话传说。如《大荒南经》讲到“不死之国”，《海内经》讲到“不死之山”，《海外南经》讲到“不死民”，《海内西经》讲到“不死之药”“不死树”，等等。另，《吕氏春秋·求人篇》讲到“不死之乡”。这里屈原对久已流传的原始不死信仰提出质疑，表现了诗人具有清醒的理性意识。

4 长人：姜亮夫认为即“长寿之人”（《重订屈原赋校注》）。守：操持。

5 靡（mí 迷）：蔓延。萍：浮萍。衢（qú 渠）：本指分岔的道路，这里指分杈的树枝。《山海经·中山经》：“（少室之山）其上有木焉，其名曰帝休，叶状如杨，其枝五衢。”郭璞注：“言树枝交错，相重五出，有象衢路也。”九衢，意思是九个分枝。浮萍本来叶小无枝杈，这里的浮萍则长有九个枝杈，因此非常奇异。

6 枲（xǐ 喜）：一种奇异的麻。麻本来短小，而枲高大如树。华（huā 花）：同“花”。以上两句的意思是：那有九个杈的浮萍，还有那枲麻之花，都长在什么地方？

7 蛇吞象：《山海经·海内南经》：“巴蛇食象，三岁而出其骨。”

8 厥：它，指蛇。

译文

有九个头的雄蛇，现在何处飘忽往返？什么地方是不死之乡？长寿的人掌握了什么秘方？蔓生的浮萍有九个杈，枲花寄生在什么山上？一口能吞下大象的巴蛇，它巨大像一个什么模样？

黑水玄趾[1]，三危安在[2]？延年不死[3]，寿何所止[4]？鲮鱼何所[5]？鬿堆焉处[6]？羿焉弹日[7]？乌焉解羽[8]？

注释

1 黑水：据《山海经》《淮南子》等书记载，昆仑山有数条神水，黑水就是其中的一条。传说黑水可令人长寿、不死。《穆天子传》："黑水之阿，爰有木禾，食者得上寿。"《山海经·海内经》："流沙之东，黑水之间，有山名不死之山。"玄趾（zhǐ 止）：染黑脚趾。《路史·馀论》注："黑水染足，涉者其色黝黑入肤。"

2 三危：神话中山名，据说在黑水之南，传说是座"不死山"。《淮南子·时则训》："西方之极，自昆仑绝流沙、沉羽，西至三危之国，石城金室，饮气之民，不死之野。"

3 延年：延长寿命。延年不死，犹言长生不死。

4 寿：寿命。止：停止。

5 鲮（líng 灵）鱼：即鯥（lù 陆）鱼。《山海经·南山经》："有鱼焉，其状如牛，陵（陆）居，蛇尾，有翼，其羽在魼（xié 胁）下，其音如留牛，其名曰鯥。"古代"陵"、"陸（陆）"二字通用，所以"陵（陆）居"的鱼既叫"鲮鱼"，也叫"鯥鱼"。鲮鱼的神话原型为穿山甲。王逸《楚辞章句》："鲮鱼，鲮鲤也。"《本草纲目·鳞部·鲮鲤》："其形肖鲤，穴陵而居，故曰鲮鲤，而俗称为穿山甲，郭璞赋谓之龙鲤。"何所："所"字洪兴祖《楚辞考异》引一本作"居"。鲮鱼虽然叫作"鱼"，却不居住生活在水中，反而居住生活在陆地，所以诗人提出疑问"鲮鱼何居"。

6 鬿（qí 其）堆：即"鬿雀"。《山海经·东山经》："北号之山……有鸟焉，其状如鸡而白首，鼠足而虎爪，其名曰鬿雀，亦食人。"

7 羿（yì 义）：是一个具有多重身份的神话英雄形象，和古希腊神话中的英雄赫拉克勒斯、古巴比伦神话中的英雄吉尔伽美什非常相似。他是弓箭的化身，是一位神奇的射手。他原是一位天神，曾射落九个太阳，降到人间后当上了有穷国的君主，荒淫残暴、不修民事，被寒浞推翻政权后，脱胎换骨，洗心革面，成为一位杀妖灭怪为民除害的英雄，最后为寻求不死药而悲壮地死亡。历史上先后出现的"后羿""夷羿"和"羿"，是不同时期产生的同一人物的神话传说（参见叶舒宪《英雄与太阳——中国上古史诗的原型重构》一书）。弹（bì 毕）日：射日。据《淮南子·本经训》记载，尧时十日并出，草木焦枯，尧命羿射落了其中九个。

8 乌：指神话中所说太阳里边的"三足乌"。解羽：脱落了羽毛，指乌死。《山海经·海内西经》："大泽方百里，群鸟所生及所解，在雁门北。""生"与"解"对言，解即死。按：从"不任汩鸿"到"乌焉解羽"为《天问》第二大段，皆问地形山川物产。这一段采用的也是类叙法。

译文

黑水能染黑脚趾，三危山在什么位置？那里的人长生不死，寿命活到几时为止？鲮鱼到底生活在什么地方？鬿雀究竟居住在哪个山坳？后羿在何处射了太阳？金乌在哪儿落下羽毛？

禹之力献功[1]，降省下土四方[2]。焉得彼涂山女[3]，而通之于台桑[4]？闵妃匹合[5]，厥身是继[6]。胡维嗜不同味[7]，而快朝饱[8]？启代益作后[9]，卒然离蘖[10]。

注释

1 禹：夏禹。力：努力，勤劳。献功：奏功，奏效，作出成绩。

2 降：从天降临。省（xǐng 醒）：察看。下土四方：朱熹《楚辞集注》本作“下土方”，可从。“下土方”是古代的常用语，指天下。《诗经·商颂·长发》：“禹敷下土方。”

3 涂山：古国名，据说在今安徽怀远的淮水东岸。一说在今浙江绍兴西北。传说夏禹在治水途中娶涂山氏的女儿女娇为妻。

4 通：通淫。台桑：旧说是地名。一说指桑间野地，为男女幽会野合之所。

5 闵：通“婚”。妃：通“配”。闵妃匹合，即“婚、配、匹、合”，是屈赋四个同义词平列连用之修辞惯例，汤炳正称之为“联迭”修辞手法（《屈赋新探》）。

6 继：延续，继嗣。厥身是继，即“继厥身”，继承他自己。

7 胡：为什么。维：语助词。嗜（shì 示）：爱好。味：口味，食欲。这里是以“食欲”象征“性欲”。

8 朝（zhāo）：一朝，一时。饱：与上文“继”字不押韵，闻一多依韵校改为“饲（食）”（《高唐神女传说之分析》），认为是以食喻色。他说：“古谓性的行为曰食，性欲未满足时之生理状态曰饥，既满足后曰饱。”（《诗经通义·周南》）快朝饱（食），就是满足性欲的意思。这和《吕氏春秋·当务篇》说“禹有淫湎之意”，是相符的。

9 启：夏启，传说中夏禹之子。益：伯益，传说是夏禹之臣。后：国王。据《战国策·燕策》《韩非子·外储说右下》《竹书纪年》等书记载，禹临死传位于益，启夺了益的王位，益攻启，启又杀益。

10 卒（cù 促）然：忽然。“卒”通“猝”。离：通“罹（lí 离）”，遭到，遇到。蘖（niè 聂）：妖孽，灾害。卒然离蘖，就是突然遭到妖术、魔法毒孽，即遭到下文说的“射鞫”。

译文

夏禹为治水尽力建功，从天降临巡视下情。怎会找到涂山氏的女子，在桑间野地和她通淫？男人和女人结婚，是为了生儿育女继承己身。为什么彼此的嗜好不同，却为一时的欢快而放纵？夏启代替伯益做了国君，突然遇妖险些丧生。

何启惟忧[1]，而能拘是达[2]？皆归射鞠[3]，而无害厥躬[4]。何后益作革[5]，而禹播降[6]？启棘宾商[7]，《九辩》《九歌》[8]。何勤子屠母[9]，而死分竟地[10]？

注释

1 惟：刘盼遂认为通“罹”，遭到的意思（《天问校笺》）。惟忧，犹“离孽”。

2 拘：拘执。达：萧兵认为通“挞”，击的意思（《楚辞新探》）。这句是说益拘执、挞击启的生魂。

3 归：集中于一个地方。射鞠：萧兵认为是一种用皮革之类做的“球状靶”（《楚辞新探》）。这里是写益运用巫术，用皮革做了一个“射鞠”，即下文所谓“后益作革”，用它来象征夏启，用箭去射它，使得刚刚取代益而做了国王的启突然遭到妖术、魔法毒孽。原始人认为制作一个模型或图像来代表敌对者的身体与生命，对它进行殴击、侮辱、危害或诅咒，就能置敌对者于死地。这是一种“厌（yā 压）胜巫术”（CharmMagic），也叫作“黑巫术”（BlackMagic）。益制作“射鞠”来象征夏启，对它射击，就是这种巫术的表现。

4 躬：本身。厥躬，指启。

5 革：革囊，指用皮革做成“球状靶”式的“射鞠”。

6 降：从天降临。播降，萧兵认为指禹威灵之布降、君临和庇佑（《楚辞新探》）。这几句大意是说：夏启和伯益争夺王位，夏启取得胜利。后来夏启遭到伯益黑巫术的暗害，生命垂危，忧患重重。但由于他父亲夏禹播降威灵，加以庇佑，才没受到伤害。

7 棘：通“戟”，或通“殛”，刺死的意思。宾：通“嫔”，妇女的意思，指女奴隶。商：朱骏声《说文通训定声》认为是“帝”之讹字，指天帝。

8《九辩》《九歌》：乐曲名，古代神话说这是夏启从天帝那里偷来的。原始《九辩》《九歌》具有求雨和祈丰的神秘功能（参萧兵《楚辞的文化破译》）。

9 勤子：古今学者大都认为指启。但何以称启为“勤子”，各家解说出入很大。萧兵认为“勤”通“堇（jǐng 紧）”。马王堆汉墓出土《帛书》乙本《老子》“用之不堇”，今本俱作“勤”。金文堇、勤两字常通用。《宗周钟》说文、武王“堇疆土”，堇通勤。堇即暵（hàn 旱），训为旱馑。因此，“勤子”就是“堇子”“旱子”。启（啟）通“晵（qǐ 启）”，是晴的意思。《说文·日部》：“晵，雨而昼晴也。从日，啟省声。”古人名、号互为表里。夏启名“启”（晴）号“勤子”（旱子），名与号正互相呼应（《楚辞新探》）。屠母：指夏启屠杀了自己的母亲。

10 死：通“尸”。竟：通“境”。以上四句大意是说：夏朝初期遭遇了一次大旱。作为晴神、旱子的夏启便杀死女奴来献祭天帝，目的是讨得天帝的欢心，从他那里得到祈雨急需的《九辩》《九歌》。后来由于旱情未见减轻，他又采用极端性的“祈雨巫术”，将母亲杀死，并且将她碎尸分埋四境（参萧兵《楚辞新探》）。

译文

为什么夏启陷入危境，伯益偏能够拘执他的灵魂？箭矢飞集革囊当中，却没有伤害夏启本身。为什么伯益要做这革囊，大禹却又能庇护播降威灵？夏启杀死女奴献祭天神，想得到《九辩》《九歌》来祈降甘霖。为什么旱神夏启要杀死母亲，而且将她碎尸分埋四境？

帝降夷羿[1]，革孽夏民[2]。胡射夫河伯[3]，而妻彼雒嫔[4]？冯珧利决[5]，封豨是射[6]；何献蒸肉之膏[7]，而后帝不若[8]？

注释

1 帝：天帝，上帝。降：从天降临，这里是天帝使夷羿从天降临的意思。《山海经·海内经》说：“帝俊赐羿彤弓素矰，以扶下国，羿是始去恤下地之百艰。”这里的天帝之“降”与羿之“下地”，都说明羿本属天神。夷羿：羿是东夷人的上帝帝俊派他降至人间的，是东夷族的射手英雄，所以叫“夷羿”。羿是一位具有多重身份的神话人物形象。但自王逸以下的注释家们只接受羿的某一种身份，用排中率的逻辑分解出了作为天神的羿和作为人的羿，又根据不同的传说记载将作为人的羿分解为两个、三个乃至四个。所谓“喾时一羿、尧时一羿、夏时一羿，而逢蒙所杀又非寒浞所杀之羿”（蒋骥《山带阁注楚辞》馀论卷上引林拙斋语），便是这种分解的极端结果。这种混乱状况一直延续下来，在现代的神话研究中，羿还被当成两个或更多的人物。但清代学者蒋骥在《山带阁注楚辞》馀论卷上中曾明确提出只有一个羿的见解。顾颉刚、童书业《夏史三论》（见《古史辨》第七册下编）说：“羿在古代传说中本只有一个，并没有太康时羿，尧时羿好几个；因为传说纷歧的缘故，才被后人说成了许多人。”叶舒宪也认为历史上先后出现的“后羿”“夷羿”和“羿”，其实只不过是一位神话英雄的讹传。他说：“从《天问》中关于‘夷羿’的十二句话中可以明确看出，被天帝下降民间的天神羿和在人间称王后又被寒浞篡位的夷羿是同一个人物，而这位被降自天界的羿与曾在天上射日的羿也还是一个人物。”（《英雄与太阳》）

2 革：革除，解除。孽：忧患，祸害。革孽夏民，当读为“革夏民之孽”。《左传·襄公四年》："昔有夏之方衰也，后羿自鉏迁于穷石，因夏民以代夏政。"

3 河伯：河神。河伯的前身是殷商人祭祀的自然神兼祖先神，叫"高祖河"。商代灭亡后，殷商人的"高祖河"逐渐降低了神性，演化为河伯。王逸《楚辞章句》引用的传说云："河伯化为白龙，游于水旁，羿见射之，眇其左目。河伯上诉天帝，曰：'为我杀羿！'天帝曰：'尔何故得见射？'河伯曰：'我时化为白龙出游。'天帝曰：'使汝深守神灵，羿何从得犯？汝今为虫兽，当为人所射，固其宜也。羿何罪欤？'"

4 妻：动词，娶妻。雒：同"洛"，指洛水。嫔（pín 贫）：对妇女的美称。洛嫔，指洛水女神。洛嫔原为河伯的妻子，后被后羿所霸占。曹植《洛神赋》说洛神："其形也，翩若惊鸿，婉若游龙；……襛纤得衷，修短合度。肩若削成，腰如约素。延颈秀项，皓质呈露。芳泽无加，铅华弗御。云髻峨峨，修眉连娟。丹唇外朗，皓齿内鲜。明眸善睐，靥辅承权。……"是一位美女神。

5 冯：通"凭"，满。珧（yáo 摇）：蚌壳，此指蚌壳装饰的弓。下文又有"冯弓挟矢"之句。冯珧，亦即"冯弓"，"珧""弓"异文同义。冯弓即把弓拉满。利：用，套上。决：古代射箭时套在右手大拇指上的套子，用象牙或骨制成，钩弦时用来保护手指，俗称"扳指"。

6 封：大。豨（xī 希）：野猪。闻一多认为封豨是河伯的化身，此处"上言河伯，下言封豨，是河伯即封豨也"（《周易义证类纂》）。

7 献：进献，进奉。蒸肉：祭祀用的肉。蒸，通"烝"，冬祭。膏：肥肉。

8 后帝：上帝，天帝。若：顺心，欢喜。

译文

上帝把后羿降临人寰，为的是解除夏民的忧患。羿为什么射瞎河伯的眼睛，还把他的妻子洛神霸占？拉满雕弓，套上扳指，后羿射死巨大的野猪。为什么后羿献祭野猪的肥肉，上帝却很不欢愉？

浞娶纯狐[1]，眩妻爰谋[2]；何羿之射革[3]，而交吞揆之[4]？阻穷西征[5]，岩何越焉[6]？化为黄熊[7]，巫何活焉[8]？

注释

1 浞（zhuó 浊）：人名，即寒浞，传说他是有穷国君羿的相。纯狐：人名，羿的妻子。

2 眩妻：即玄妻，就是纯狐。《左传·昭公二十八年》："昔有仍氏生女，黰黑而甚美，光可以鉴，名曰玄妻。乐正后夔取之，生伯封，实有豕心，贪惏无餍，忿纇无期，谓之封豕。有穷后羿灭之，夔是以不祀。"后羿灭了伯封，便把伯封的母亲"玄妻"占作妻子。

爰谋：合谋。爰，与。《天问》说："浞娶纯狐，眩妻爰谋。"《路史·后纪十三》也说："浞乃蒸取羿室纯狐，爰谋杀羿。"顾颉刚、童书业《夏史三论》(见《古史辨》第七册下编)认为玄妻(眩妻)就是纯狐，也就是"黑色的狐狸"，是化身美女的狐狸精。纬书《湘烟录》云："嫦娥，小字纯狐。""嫦娥""纯狐"系一声之转。因此，纯狐也就是嫦娥。

3 革：皮革。射革，属于《仪礼·乡射礼》所说的"主皮之射"，以射穿用牛皮或犀皮等坚厚的皮革做成的箭靶来显示力量。如《左传·成公十六年》记载："潘尪之党与养由基蹲甲而射之，彻七札焉。"这里说羿能射革，正是形容他是一位大力神。

4 交：交结，指寒浞交结、买通了羿的"家众"(手下人)。吞揆(kuí 葵)：吞灭。姜亮夫说："揆与吞连文，则亦有吞义。吞训灭，则揆亦有灭义。按揆与破为双声，古有相通者，《吕氏春秋·知士篇》：'靖郭君大怒，曰：刬而类，揆吾家。'《战国策·齐策》作'破吾家'，是其证。"(《重订屈原赋校注》)据《左传·襄公四年》记载，羿死后被家人烹食："羿犹不悛，将归自田，家众杀而亨(烹)之，以食其子。其子不忍食诸，死于穷门。"所以这里说的"吞揆"具有双关意义。《孟子·离娄下》又说杀羿的不是羿的家人而是逢蒙："逢蒙学射于羿，尽羿之道。思天下惟羿为愈己，于是杀羿。"这些传说都表明羿在这时已经被人杀死。但是，根据《天问》以下几句问话来判断，羿只是失去了王位，并没有死，而且以另一种面目出现在登昆仑的旅程之中。据《山海经》等书提供的补充材料，羿失去帝王身份后到各地为民除害，杀了许多妖魔鬼怪，立下了不朽功业。所以，叶舒宪认为："传说中羿死于寒浞或逢蒙的情节当从象征意义上去理解，意味着主人公的脱胎换骨式的转变：随着他的身份从国君降至民间英雄，那位荒淫暴虐的羿也就不复存在了，代之而出现的是顺应民心的善良的羿。"(《英雄与太阳》)

5 阻：通"徂(cú 粗阳平)"，往。穷：穷石，地名。《淮南子·地形训》："弱水出自穷石。"而《山海经·大荒西经》说："昆仑之丘……其下有弱水之渊环之。"是以穷石在昆仑山。征：行。阻穷西征，指羿西行而往昆仑之穷石。

6 岩：高峻，险要。《广韵·衔韵》："岩，险也。"《山海经·海内西经》："海内昆仑之虚，在西北，帝之下都。昆仑之虚，方八百里，高万仞。……在八隅之岩，赤水之际，非仁羿莫能上冈之岩。"即此所谓"岩何越焉"。

7 化：变成。

8 活：救活。按："化为黄熊，巫何活焉？"古今学者众口一词地说，夹在羿神话中间的这一问是指鲧事而言的。但从叙述顺序上判断，自"帝降夷羿"至"岩何越焉"的所有问题都是针对羿事而发问，接下来并未改换主语，那么"化为黄熊"的还应是羿才合乎逻辑和文理。叶舒宪认为："羿的变形情节正是人类学上所说的'仪式性改变身份'的象征表现，其实质是让来自尘世的、犯有罪过的即污秽不洁的羿'象征性'地死去，而由主持这仪式的神巫所'复活'了的则是焕然一新的、洁净的羿。"(《英雄与太阳》)

译文

寒浞勾引羿妻纯狐，两人共同把后羿算计；为什么后羿力能射穿牛皮，却被他们合起来吞灭？后羿往穷石西行，险阻怎么越过？他变成了黄熊，巫师如何把他救活？

咸播秬黍[1]，莆雚是营[2]。何由并投[3]，而鲧疾修盈[4]？白蜺婴茀[5]，胡为此堂[6]？安得夫良药[7]，不能固臧[8]？

注释

1 咸：全，都。秬（jù 巨）黍：旧注以为指“黑小米”，叶舒宪推测应是昆仑山上特有的巨大木禾（《英雄与太阳》）。按：此说可在语言上得到证明。“秬黍”之“秬”有“黑”义（见王引之《经义述闻·尔雅释草》），而“黍”字《说文·黍部》解释为“禾属而黏者也”，因此“秬黍”可解释为“黑禾”。《山海经·海内西经》：“海内昆仑之虚，在西北，帝之下都。昆仑之虚，方八百里，高万仞。上有木禾，长五寻，大五围。”郭璞注云：“木禾，谷类也，生黑水之阿，可食，见《穆天子传》。”因木禾为昆仑山黑水的特产，故又叫“秬黍”（黑禾）。

2 莆（pú 蒲）：通“蒲”，一种水草。雚：通“萑（huán 环）”，芦类植物。莆雚，指杂草。营：获得。《广雅·释诂三》：“营，得也。”莆雚是营，即“营莆雚”，意思是：得到的是杂草。叶舒宪说：“考《天问》文意，上言化熊，下言乞药，两事都发生在昆仑虚。‘咸播秬黍”的事怎能又拐到别处去呢？合理的推测是，在得到不死药之前，让求药者在昆仑虚播种木禾，乃是巫者所进行的又一次考验仪式。考验的结果，播下的巨禾种，长出的却是草类，这说明求药者还需要进一步洗礼除秽。大概鲧在死前也曾来求过不死药，经历过类似的仪式考验，但是最后没有得到不死药，只因他生前罪孽过重（窃天帝息壤）。所以，对淫羿一直没有好感的屈原在此特插上一句，替鲧打抱不平。‘咸播秬黍’两句的主语，自然是羿与鲧的并举了。”（《英雄与太阳》）

3 并：一起。投：王逸《楚辞章句》释为“投种”。

4 疾：罪过。修：长。盈：满。叶舒宪认为“何由并投，而鲧疾修盈”两句，是叹鲧的运气不如羿（《英雄与太阳》）。

5 白蜺：指月中霓裳羽衣。婴：用贝壳做的妇女颈饰，似现代的项链。茀（fú 扶）：通“髴（fú 扶）”，妇女首饰。白霓婴茀，是指嫦娥穿着盛装。

6 堂：盛装，衣着华丽。《广雅·释诂四》：“堂，明也。”《淮南子·说林训》：“石生而坚，兰生而芳，少自其质，长而愈明。”高诱注：“明，犹盛也。”

7 良药：好药，指不死药。

8 臧：通“藏”。以上四句讲的是嫦娥偷窃不死药奔月的神话故事。《淮南子·览冥训》：“羿请不死之药于西王母，姮娥（即嫦娥）窃以奔月，怅然有丧，无以续之。”《文选·王僧达〈祭颜光禄文〉》注引《归藏》：“昔常娥（即嫦娥）以西王母不死之药服之，遂奔月为月精。”

译文

羿和鲧都曾播种木禾，杂草却成了他们的收获。为什么两人一起投种，而鲧却始终有那么多罪过？霓裳羽衣，贝壳首饰，嫦娥为什么穿着这样的盛装？羿从哪里得到不死药，却不能牢牢收藏？

天式从横[1]，阳离爰死[2]；大鸟何鸣[3]？夫焉丧厥体[4]？蓱号起雨[5]，何以兴之[6]？

注释

1 天式：自然的法则。从横：即纵横，形容不可抗拒。

2 阳：太阳。离：繁体作“離”，即后来的“鹂”字，就是黄鹂。《集韵·支韵》：“离，《说文》：‘離黄，仓庚也。鸣则蚕生。’或作鹂、鵹。”离黄即黄离（黄鹂）的倒言形式。黄鹂被古人视作凤凰类神鸟。《白虎通·五行篇》说：“离为鸾。”鸾即凤凰。在上古神话中，日、火二者密不可分。因此，太阳神鸟黄鹂也叫“火离”，《文选·头陀寺碑文》李善注引《春秋元命苞》说：“火离为凤。”阳离，意思就是太阳中的黄鹂。爰：悲哀。《方言》卷十二：“爰，哀也。”

3 大鸟：指“阳离”。

4 丧：失去。厥体：它的躯体。叶舒宪认为后羿失去不死药，就失去了永生的可能，以上四句就是象征地描写作为太阳化身的后羿悲壮地死亡（《英雄与太阳》）。

5 蓱（píng 平）：神话中的雨师，又名蓱翳（yì 义）、屏翳，后又讹作号屏，其神话原型即蛢虫。蓱，洪兴祖《楚辞考异》引一本作“萍”。《周礼》卷三十四“萍氏”条郑玄注：“郑司农云：萍读为蛢，或为萍号起雨之萍。”蓱当通“蛢（píng 平）”，虫名，即金龟子。《说文·虫部》：“蛢，蟠蟥，以翼鸣者。从虫，并声。”号（háo 豪）：鸣叫。蓱号起雨，指蛢虫鸣叫则有雨。古人或以“蛢蟠”联称，故雨神之名为“屏翳”，殆即由知雨的“蛢蟠”一名因声音相近演化而来。再演化下去，古人又谓水神为“冯夷”（冰夷、无夷）。实则“冯夷”即“屏翳”之异文，水神即雨神之伸延。此皆神话由语言因素演化所致（参汤炳正《屈赋新探》）。

6 兴：引起。“蓱号起雨，何以兴之？”这两句是说：蛢虫鸣叫则起雨，它是怎样把雨引起来的呢？本来是有气候的变化，虫鸟感之则鸣，这现代科学知识叫作“气象物候”。但在古人对自然规律尚未掌握以前，却倒果为因，把这类自然现象神秘化了，认为昆虫、飞鸟等动物具有“第六感”（即直觉，亦即常人没有的感官天生功能），能预感风雨阴晴的自然变化。故屈原在这里对此传统观念提出诘问。

译文

自然的法则不可抵抗，太阳鸟黄鹂悲哀地死亡；这只神鸟为什么要鸣叫？它的身躯怎么会灭丧？金龟子鸣叫就会下雨，它怎么能引起大雨倾盆？

撰体协胁[1]，鹿何膺之[2]？鳌戴山抃[3]，何以安之[4]？释舟陵行[5]，何以迁之[6]？

注释

1 撰：具有。协：合。胁：从腋下到腰上的部分。撰体协胁，指风伯飞廉具有鸟鹿合体的形态。

2 鹿：指飞廉。《三辅黄图》卷五：“飞廉，神禽，能致风气者。身似鹿，头如雀，有角，有蛇尾，文如豹。”飞廉即风伯，是“鹿身鸟头”的“合体”形象。膺（yīng 英）：承应，答应。雨师起雨，离不开风伯刮风。因上文问到雨师，所以这里问及风伯。

3 鳌（áo 敖）：神话中的大海龟，闻一多认为是寒浞的儿子过浇（敖）的动物化身（《天问疏证》）。戴：顶。抃（biàn 卞）：本义是两手相击，这里是形容海龟四肢舞动。传说渤海之东，有十五只巨鳌用头顶着五座神山（《列子·汤问》）。

4 安：安稳。

5 释：放。陵：陆地。据《尚书·皋陶谟》《论语·宪问》记载，浇能陆地行舟。闻一多认为浇的动物化身是鳌，鳌为水陆两栖动物，因此有浇能陆地行舟的传说（《天问疏证》）。

6 迁：移动。

译文

鸟鹿合体的风伯飞廉，他又怎样来响应？巨鳌顶着山四肢舞动，怎么能够使山安稳？过浇把船放在陆地上划行，怎么能够使船移动？

惟浇在户[1]，何求于嫂[2]？何少康逐犬[3]，而颠陨厥首[4]？女歧缝裳[5]，而馆同爰止[6]。何颠易厥首[7]，而亲以逢殆[8]？

注释

1 惟：句首语气词。浇（ào 傲）：字亦作“奡（ào 傲）”“敖”“傲”，均系一人之名，即寒浞的儿子过浇，富有武力，曾杀死夏相（太康之侄，仲康之子），后来又被夏相之子少康所杀。户：门。

2 嫂：浇的嫂子，据说是一个寡妇。

3 少康：夏相之子，杀死过浇，恢复夏朝，是夏代的中兴之主。逐犬：放出猎狗。

4 颠陨（yǔn 允）：坠落，这里指砍掉。厥首：指浇的脑袋。

5 女歧：人名，是浇的嫂子。缝裳：裳是下身的衣服，女歧在房里为浇“缝裳”，萧兵认为“缝裳”是象征交合的隐语（《楚辞新探》）。

6 馆同：即同馆、同房，犹“夫妻同房”的“同房”。刘盼遂认为“馆同”和《尚书·皋陶谟》的“朋淫于家”的“朋淫”意思相同（《天问校笺》）。爰：与，共。止：宿。

7 颠：坠落，这里指砍掉。易：换。颠易，犹言砍错了。厥首：指女歧的脑袋。传说少康夜袭浇，误斩女歧头。后来少康打猎时，才又乘机杀掉浇（见王逸《楚辞章句》）。《天问》这里采用倒叙法，先说杀浇，后说杀女歧。

8 亲：亲身。逢殆：遭殃。

译文

过浇来到他嫂子门口，对她有什么要求？为什么少康放出猎狗，而砍下了过浇的头？女歧曾替过浇缝下裳，两人同睡在一间房。怎么少康砍错了脑袋，女歧自身遇到了灾殃？

汤谋易旅[1]，何以厚之[2]？覆舟斟寻[3]，何道取之[4]？桀伐蒙山[5]，何所得焉[6]？妹嬉何肆[7]？汤何殛焉[8]？

注释

1 汤：闻一多据牟廷相说“汤”为“浇”之讹字（《楚辞校补》）。浇即寒浞之子。谋：谋划。易：修治，制造。旅：铠（kǎi 凯）甲，古时战士的护身衣，用皮革或金属制成。《释名·释兵》：“凡甲聚众札为之谓之旅，上旅为衣，下旅为裳。”传说浇最早发明铠甲。

2 厚：厚实。

3 覆舟：翻船。斟（zhēn 真）寻：夏的同姓诸侯国。亦作“斟鄩”。《左传·哀公元年》：“昔有过浇，杀斟灌以伐斟鄩，灭夏后相。”《竹书纪年》帝相二十七年：“浇伐斟鄩，大战于潍，覆其舟，灭之。”

4 道：介词，由，从。取：取胜，战胜。《左传·庄公十一年》：“覆而败之曰取某师。”

5 桀（jié 杰）：夏朝末代的君主，相传是暴君。蒙山：即岷山，古国名。

6 何所得焉：得到了什么。据《竹书纪年》记载，夏桀征伐岷山，得到两个美女，一个名叫琬，一个名叫琰。于是将原来的宠妃妹嬉抛弃在洛水旁边的一座冷宫里。妹嬉因而与商汤的重要谋臣伊尹勾结，终于灭夏。

7 妹嬉（mòxǐ 末喜）：有施氏女，是夏桀的后妃，先受夏桀宠爱，后被抛弃。注意，“妹嬉”的“妹”不是“妹妹”的“妹”。“妹嬉”的“妹”右边是“末尾”的“末”字，“妹妹”的“妹”右边是“未来”的“未”字。肆：过失，罪过。《穀梁传·庄公二十二年》：“肆，失也。”

8 汤：商汤，商朝的开国君主。殛（jí 及）：通“极”，流放远方。《尚书·舜典》：“流共工于幽州，放驩兜于崇山，窜三苗于三危，殛鲧于羽山。”流、放、窜、殛四字互文见义。孔传：“放鲧至死不赦。”据《列女传·夏桀末喜传》记载：商汤灭夏以后，把桀和妹嬉一起放逐到南巢。

译文

过浇谋划制造甲胄，怎样使它坚厚？过浇打翻斟寻的飞舟，取胜用的什么计谋？夏桀征伐蒙山，有什么收获？妹嬉有什么罪过？商汤为什么将她放逐？

舜闵在家[1]，父何以鳏[2]？尧不姚告[3]，二女何亲[4]？厥萌在初[5]，何所亿焉[6]？璜台十成[7]，谁所极焉[8]？登立为帝[9]，孰道尚之[10]？女娲有体[11]，孰制匠之[12]？

译文

1 舜：虞舜，传说中的上古帝王，继唐尧为君。闵：刘盼遂认为“闵乃母字之讹”(《天问校笺》)。《释名·释言语》：“敏，闵也。”萧兵认为闵即敏，敏可省作每，而每可通母，也主张将“闵”读作“母”(《楚辞新探》)。

2 父：指舜父瞽（gǔ 古）叟。鳏（guān 官）：即鳏夫，指无妻的男人。以上两句意思是说：舜明明有母亲在家里，他的父亲为什么却是鳏夫？这反映了母系制度里母权的显赫，男人地位的卑微。恩格斯引用长期在塞讷卡部落调查过的阿瑟·莱特的报告，提供了一种理论性的解释：“……不管他在家里有多少子女或占有多少财产，仍然要随时听候命令，收拾行李，准备滚蛋。对于这个命令，他甚至不敢有反抗的企图；家对于他变成了地狱……妇女在克兰（氏族）里，乃至一般在任何地方，都有很大的权力。有时，她们可以毫不犹豫地撤换酋长，把他贬为普通的战士。"（《家庭、私有制和国家的起源》）舜父瞽叟明明有妻子，却比鳏夫还可怜、还狼狈；形有实无，妻在而鳏，道理就在这里。

3 尧：唐尧，传说中的上古帝王。姚：指舜母姚氏。《史记·五帝本纪·索隐》引皇甫谧云："舜母名握登，生舜于姚墟，因姓姚氏。"姓从女，是女姓。舜也跟母亲姓姚。姚告，即告姚。

4 二女：指尧的两个女儿，名叫娥皇、女英。亲：成亲，结亲，即把二女"嫁"给了舜（"嫁"为女家，实是舜到帝尧家，做了他的上门女婿）。《孟子·万章上》："万章曰：舜之不告而娶，则吾既得闻命矣；帝（尧）之妻舜而不告，何也？（孟子）曰：帝（尧）亦知告焉，则（舜）不得妻也。"帝尧不告诉舜母姚氏，就让二女跟舜成了亲，这是对显赫的母权的挑战。

5 厥：其，那。萌：通"民"。闻一多认为"厥萌在初"犹《诗经·生民》"厥初生民"（《天问疏证》）。

6 何：闻一多认为"何"当为"谁"（《天问疏证》）。亿：同"臆"，臆测，揣度。何所亿，意思是谁能推测知道。

7 璜（huáng 黄）台：即瑶台、玉台。成：层。

8 极：尽，这里是最后完成的意思。

9 立：通"位"。帝：指女娲。女娲古人曾称她为帝。如《淮南子·览冥训》注："女娲，阴帝，佐虙戏治者也。"《山海经·大荒西经》注："女娲，古神女而帝者。"

10 孰：何。道：由。尚：上。这两句"言女娲登璜台而立为帝，其台高如此，女娲何由上之也"（闻一多《天问疏证》）。

11 女娲（wā 蛙）：神话中的女帝王。体：形体。

12 匠：造。传说人类是女娲用黄土制造出来的。这两句意思是：人类是女娲制造出来的，那么女娲又是谁制造的呢？以上八句"皆问女娲事"（闻一多《楚辞校补》）。

译文

舜的母亲就住在家中，他的父亲怎么会打单身？帝尧不告诉舜母姚氏，他的两个女儿怎么和舜成了亲？人类当初的情形，谁能推测知道？十层的玉石高台，是谁设计建造？女娲登位做帝王，怎么攀上高台？女娲自己的形体，是谁制造出来？

舜服厥弟[1]，终然为害；何肆犬豕[2]，而厥身不危败[3]？吴获迄古[4]，南岳是止[5]。孰期夫斯[6]，得两男子[7]？

注释

1 服：顺从。弟：指舜弟象。传说舜幼年丧母，其父瞽叟娶后妻，生子象。舜对生父和后母很孝顺，对弟弟象也很顺从，但却一再遭到他们三个人的暗害。按：《越绝书》说："舜死苍梧，象为民田也。"《吕氏春秋·古乐篇》也说："商人服象，为虐于东夷。"舜服象神话反映了东夷殷商族人驯服野象的历史（参徐中舒《殷人服象及象之南迁》，载《历史语言研究所集刊》第二册）。

2 肆犬豕：原作"肆犬体"，据洪兴祖《楚辞考异》引一本改。闻一多认为"肆犬豕"即"渫（xiè 谢）犬矢"，亦即"浴狗矢"（《楚辞校补》）。据《列女传·有虞二妃》记载，舜父瞽叟和后母、象三人密谋，假意请舜去喝酒，准备灌醉了舜将他杀死。舜的二妃娥皇、女英于是给舜一包药，要他拌上狗屎洗个澡。舜照此办了。第二天去喝酒，始终不醉，因而免遭杀身之祸。以狗屎洗澡，即以秽恶禳灾，是一种巫术行为。

3 厥身：他自己。

4 吴：古代诸侯国名，春秋时期据有今江苏省及浙江省的一部分。获：得。迄古：终古，久远。

5 南岳：指江苏丹阳的衡山，今名横山。止：居留。

6 期：想到，料到。夫：原作"去"，据洪兴祖《楚辞考异》和朱熹《楚辞集注》引一本改。夫斯，复合指示代词，这个，这种情况。

7 两男子：指太伯、仲雍。据《史记·吴太伯世家》记载，他们分别是古公亶（dǎn 胆）父（周文王的祖父）的长子和次子，因为看出古公亶父想让第三个儿子季历继承君位，就主动避开，逃到江南。吴地人拥戴太伯为国君，太伯死后，仲雍继立为国君。

译文

舜顺从他的弟弟象，他却始终将舜谋害；为什么舜用狗屎洗了澡，他自己就没有遭到祸灾？吴国得以长久存在，居住在南岳山一带。谁曾料到这种情况，是因为得到两个贤才？

缘鹄饰玉[1]，后帝是飨[2]。何承谋夏桀[3]，终以灭丧？帝乃降观[4]，下逢伊挚[5]。何条放致罚[6]，而黎服大说[7]？

注释

1 缘：装饰。“缘”与“饰”互文见义。《篇海类编·食货类·食部》：“饰，缘也。”鹄（hú 胡）：水鸟，俗称天鹅。缘鹄，指有装饰的天鹅肉。古代祭祀用食物喜用图案装饰。《礼记·曲礼上》：“饰羔雁者以缋。”饰玉：指有装饰的玉膏、玉屑、玉英等玉食。古人有“食玉”之习。《尚书·洪范》：“惟辟玉食。”《山海经·西山经》：“峚（mì 密）山……其中多白玉，是有玉膏，其原沸沸汤汤，黄帝是食是飨。”

2 后帝：上帝，天帝。飨（xiǎng 享）：通“享”，服食享用。

3 承：通“丞”，辅佐。谋：谋划。传说伊尹借助烹调说动商汤，得到重用，曾受商汤之命打入夏王朝当过夏桀的大臣，与商汤里应外合，一起灭夏。

4 帝：上帝。降：从天而降。观：了解民情。

5 伊挚（zhì 志）：即伊尹，名挚。传说他是奴隶出身。

6 条：鸣条，地名。放：放逐。致：给。据《史记·殷本纪》记载，商汤在鸣条大败夏桀后，把夏桀放逐到南巢。

7 黎服：黎民百姓。刘永济说“服”是“民”的误字。“服”古作“**㞜**”，与“民”字形近而讹（《屈赋通笺》）。朱季海《楚辞解故》说：“服读曰**𦋺**（bó 博）……《方言》‘**𦋺**，农夫之丑称也。……’楚人言黎**𦋺**，犹中国言黎民也。”刘、朱二说俱可通。说：通“悦”。按：从“禹之力献功”至“而黎服大说”为《天问》第三大段，叙夏代之兴亡。此段用的是回叙法，即回环叙述，反复追问。

译文

伊尹献祭天鹅和玉膏，天帝尽情地服食品尝。为什么他辅佐夏桀谋划，夏桀最终却会灭亡？天帝降临人间观察下情，在下界遇见了伊尹。为什么从鸣条放逐夏桀，老百姓非常高兴？

简狄在台[1]，喾何宜[2]？玄鸟致贻[3]，女何嘉[4]？该秉季德[5]，厥父是臧[6]；胡终弊于有扈[7]，牧夫牛羊[8]？

注释

1 简狄（dí 笛）：传说中有娀（sōng 松）氏的美女，高辛氏帝喾（kù 库）的次妃，生子契（xiè 谢），是东夷殷商族的始祖。台：据《吕氏春秋·音初篇》记载，有娀氏建了一座九层高台，让简狄和她妹妹住在上面。

2 喾：帝喾，传说中的古帝。宜：闻一多认为通“仪”（《天问疏证》）。《尔雅·释诂》：

"仪，匹也。"此作动词用，求偶。

3 玄鸟：即燕子。致：送。贻（yí 仪）：送，此作名词用，指送的蛋。传说"玄鸟堕其卵（蛋），简狄取吞之，因孕生契"(《史记·殷本纪》)。玄鸟致贻，即谓玄鸟遗卵。简狄吞玄鸟卵而生商人始祖契，属于"感生神话"，诗人不解，故有疑问。

4 女：指简狄。嘉：原作"喜"，据洪兴祖《楚辞考异》所引一本改。"嘉"与上文"宜"同在古韵歌部，作"喜"与古韵不合。汤炳正认为"嘉"与"孔"同义，义为生子（《楚辞类稿》）。随着语音的变化，"嘉"后来与"宜"不押韵了，后人遂改为"喜"。喜相当于今日口语中"有喜"之"喜"，指怀孕。"喜"与"嘉"义相近，"怀孕"与"生子"意相连。

5 该：通"亥（hài 害）"，即王亥，传说是殷人远祖，契的六世孙。秉（bǐng 丙）：坚持，保持。季：即冥，王亥的父亲，传说他做过夏朝的司空（管整治水土），勤于官事，死水中。此句解释据王国维《观堂集林·殷卜辞中所见先公先王考》。

6 臧（zāng 脏）：善。

7 胡：为什么。弊（bì 必）：通"毙"，死。有扈（hù 户）：王国维认为应作"有易"，是传说中的古国名。(《观堂集林·殷卜辞中所见先公先王考》）

8 以上四句即《山海经·大荒东经》所谓："王亥托于有易河伯仆牛，有易杀王亥，取仆牛。"

译文

简狄深居在九层瑶台，帝喾如何向她求爱？燕子给简狄送蛋来，简狄吞吃了怎么会生小孩？王亥保持着父亲季的美德，像他父亲一样的善良；为什么最后死在有易，还失掉了牧夫和牛羊？

干协时舞[1]，何以怀之[2]？平胁曼肤[3]，何以肥之[4]？有扈牧竖[5]，云何而逢[6]？击床先出[7]，其命何从[8]？

注释

1 干（gān 甘）：盾牌。《方言》卷九："盾，自关而东或谓之瞂（fá 伐），或谓之干；关西谓之盾。"协：和谐。时：是。干协时舞，即干舞，这是古代流行的一种武舞。武舞干舞和文舞羽舞合称为"万舞"。有时也径以万舞称干舞。《公羊传·宣公八年》："万者何？干舞也。"万舞既是武舞（军事舞），也是性舞（恋爱舞）。据《左传·庄公二十八年》记载，楚令尹子元为了引诱文夫人，就跳万舞。《墨子·非乐篇》引"先王之书"说："启乃淫溢康乐……万舞翼翼。"《山海经·大荒东经》郭璞注引《竹书纪年》说：

"殷王子亥宾于有易而淫焉，有易之君绵臣杀而放之。"即指王亥以万舞引诱有易氏的女人（即有易氏的妻）而被杀。

2 怀：怀念，引诱。

3 平胁：闻一多认为即"骿（pián 骈）胁"(《天问疏证》)，形容长得丰满，以至肋骨连成一片，平平坦坦，只看见肌肉，看不见肋骨。曼肤：皮肤细润。曼，细润。

4 肥：胖。以上四句，闻一多认为"上二句言王亥，下二句言有易女"(《天问疏证》)。

5 有扈：当作"有易"。牧竖：牧人。

6 逢：遇，碰到。此指牧人碰到王亥与有易氏的女人通淫。

7 击床：指牧人袭击王亥于床笫（zǐ 紫）之间。先出：指王亥先出去了，没有杀着。但后来王亥"终弊于有扈"。《天问》先写王亥被杀，后写"击床先出"，用的是倒叙法。

8 命：性命。

译文

王亥在有易拿着盾牌跳舞，为什么能勾引有易氏的女人？那女人胸膛丰满，皮肤细润，是吃了什么东西养成？有易那个放牧的人，怎么会碰见他们通淫？杀到床上王亥早已逃出，王亥怎么能够保住性命？

恒秉季德[1]，焉得夫朴牛[2]？何往营班禄[3]，不但还来[4]？昏微遵迹[5]，有狄不宁[6]。何繁鸟萃棘[7]，负子肆情[8]？

注释

1 恒：王恒，王亥之弟（见王国维《殷卜辞中所见先公先王考》）。

2 朴牛：《山海经·大荒东经》作"仆牛"，《吕氏春秋·勿躬篇》作"服牛"。"朴""仆""服"同音相通，字当以"服"为正。王国维认为"服牛"即驾车的牛（《殷卜辞中所见先公先王考》）。

3 营：谋求。班：分给，赏赐。禄：爵禄。这句可能指王亥到有易去谋求赏赐。

4 但：姜亮夫认为可能是"能"字的错字（《重订屈原赋校注》）。

5 昏微：即上甲微。《史记·殷本纪》："振卒，子微立。"《索隐》：振，"《系本》作核"。则"振"即"核"即"亥"，而上甲微为王亥之子。但据王国维《殷卜辞中所见先公先王考》，王亥与上甲微之间，尚有王恒一世；吴其昌《卜辞所见殷先公先王三续考》、闻一多《天问疏证》更据《天问》诗意，谓上甲微当是王恒之子，不当为王亥之子。此说可从。遵：遵循。迹：踪迹。

6 有狄：即有易。王国维说："有狄即有易也。古'狄''易'二字同音相通。"（《殷卜辞中所见先公先王考》）有狄不宁，指上甲微征伐有易。《山海经·大荒东经》郭璞注引《竹书纪年》：“殷主（王）甲微假师于河伯以伐有易，灭之，遂杀其君绵臣也。”

7 繁：通“鷩（mǐn 敏）”。《广雅·释鸟》：“鷩鸟，鸮也。”鸮即猫头鹰。萃（cuì 脆）：集聚。棘（jí 吉）：酸枣树。《诗经·陈风·墓门》以“墓门有棘”“有鸮萃止”来刺“夫也不良”，这里大约是用“繁鸟萃棘”来刺上甲微的“负子肆情”。萧兵认为繁鸟是男根、男性的象征，棘是女阴、女性的象征，“繁鸟萃棘”一语暗指男人对女性的侵犯和占有（《楚辞新探》）。

8 负：媍字省，同“妇”。毛奇龄说：“‘负’‘妇’古通字，如‘许妇’《史记》作‘许负’是也。”（《天问补注》）负（妇）有母义。《列女传·魏曲沃负》：“曲沃负者，魏大夫如耳母也。”《汉书·高帝纪》：“常从王媪、武负贳酒。”颜师古引如淳注：“俗谓老大母为阿负。”“负、子肆情”犹言“母、子肆情”（参萧兵《楚辞新探》），子指王恒的儿子，即上甲微。肆情：放纵情欲。

译文

王恒保持着季的美德，怎么得到了拉车的牛？他为什么去谋求赏赐爵禄，以致一去不能回头？上甲微遵循先人的踪迹，攻打得有易人不得安宁。为什么猫头鹰聚集在枣树林，上甲微会对他母亲放纵奸情？

昡弟并淫[1]，危害厥兄[2]。何变化以作诈[3]，后嗣而逢长[4]？成汤东巡[5]，有莘爰极[6]；何乞彼小臣[7]，而吉妃是得[8]？

注释

1 昡弟：吴其昌、闻一多均认为“昡弟”即“胲弟”亦即“亥弟”，亦即王亥弟弟王恒。《世本·作篇》：“胲作服牛。”而《太平御览》卷八百九十九引作“鮌作服牛”。“胲”可误为“鮌”，则“胲”亦可误为“昡”，鮌、昡二字并“胲”之误，而“胲”为“亥”之假借（参吴其昌《卜辞所见殷先公先王三续考》、闻一多《天问疏证》）。

2 厥兄：指王恒的哥哥王亥。

3 作诈：实行欺诈。“变化以作诈”紧承上句“危害厥兄”。

4 后嗣（sì 寺）：后代，吴其昌认为指王恒的后代上甲微。逢：《集韵·钟韵》：“逢，大也。”逢长，绵延昌盛。“何变化以作诈，后嗣而逢长？”其意犹今俗语：“为什么作恶的人反而子孙昌盛？”

5 成汤：即商汤，商朝的开国君主。

6 有莘（shēn 深）：古国名，在今河南开封。而汤居西亳，在今河南偃师，在有莘的西边，所以说“东巡”(参蒋骥《山带阁注楚辞》)。爰：助词，起结构作用，前置宾语，相当于古汉语的“是”。极：至。“有莘爰极”是“极有莘”的倒装。

7 乞：要。小臣：即“媵臣”，亦即“陪嫁奴隶”，这里指伊尹。《史记·殷本纪》：“伊尹，名阿衡。阿衡欲干汤而无由，乃为有莘氏媵臣，负鼎俎，以滋味说汤，致于王道。”先秦文献常称伊尹为小臣，如《墨子·尚贤下篇》：“汤有小臣。”《吕氏春秋·尊师篇》：“汤师小臣。”《吕氏春秋·知度篇》：“故小臣、吕尚听而天下知殷、周之王也。”

8 吉妃：好妃子。传说商汤了解伊尹有才能，派人向有莘氏索要，有莘氏不给。于是汤请求娶有莘之君的女儿为妻，有莘之君很高兴，把伊尹作为陪嫁的奴隶送给了汤(见《吕氏春秋·本味篇》)。

译文

王恒也与有易氏女人通淫，以致害了他的老兄。为什么诡计多端的恶人，后代反而会绵延昌盛？成汤往东方去巡视，直到有莘国为止；为什么想要那小臣，却得到个美丽的妃子？

水滨之木[1]，得彼小子[2]；夫何恶之[3]，媵有莘之妇[4]？汤出重泉[5]，夫何罪尤[6]？不胜心伐帝[7]，夫谁使挑之[8]？

注释

1 木：树，这里指空心桑树。

2 小子：小孩，指伊尹。传说伊尹的母亲原住在伊水边上，怀孕时梦见神告诉她，石臼中如果出了水就往东边跑，千万不要回头看。第二天石臼果然出水了，她便往东边跑，跑了十里回头一看，发现她的家园已一片汪洋，她自己也变成一株空心桑树。过了些日子，有莘国的一个姑娘去采桑，在空心桑树中得到一个婴儿，于是把他献给国君，国君命厨师加以抚养。因为孩子的母亲原来居住在伊水边，所以人们叫他作伊尹(见《吕氏春秋·本味篇》)。

3 恶(wù 务)：讨厌，憎恨。

4 媵(yìng 映)：陪送出嫁。《尔雅·释言》：“媵，送也。”《广韵·证韵》：“媵，送女从嫁。”妇：《正字通·女部》：“妇，女子已嫁曰妇。”有莘之妇，指有莘国君的女儿。

5 汤出重泉：即汤从水牢中释放出来。《史记·夏本纪》云：“桀不务德而武伤百姓，百姓弗堪。乃召汤而囚之夏台，已而释之。”夏台是夏王朝的监狱。《水经注》：“夏曰夏台，殷曰羑(yǒu 友)里，周曰囹圄(língyǔ 玲语)。”夏台又叫均台。蔡邕《独断》：“夏曰均台，殷曰羑里，周曰囹圄，汉曰狱。”而“重泉”则在“夏台”(均台)之内。蒋骥

《山带阁注楚辞》引《太公金匮》说："桀怒汤，用赵梁计，召而囚之均台，置之重泉。汤行赂，桀释之。"桀囚汤的"重泉"即夏台监狱中的"水牢"。《墨子·三辩篇》："汤放桀于大水。"即以其人之道，还治其人之身。

6 罪尤：罪过。

7 胜：《说文·力部》："胜，任也。"不胜心，即不用心，指没有心思（参郭沫若《屈原赋今译》）。

8 挑：挑动。以上两句是针对所谓伊尹挑动商汤伐桀的传说提出疑问。

译文

在伊水边的空心桑树中，捡到了初生的婴儿伊尹；有莘氏为什么不喜欢他，要把他作为女儿的陪嫁品？成汤被夏桀囚禁在水牢，到底犯了什么罪过？成汤本没有心思讨伐夏桀，他伐桀到底受谁的挑唆？

会朝争盟[1]，何践吾期[2]？苍鸟群飞[3]，孰使萃之[4]？列击纣躬[5]，叔旦不嘉[6]；何亲揆发[7]，定周之命以咨嗟[8]？

注释

1 会：会合。朝：日。会朝，指武王伐纣会师的那天。《诗经·大明》《尚书·牧誓》《管子·制分篇》《吕氏春秋·贵因篇》《史记·周本纪》等不少古籍记载，都说武王伐纣之战是"甲子朝"在牧野会师开战的。1976年在陕西临潼出土的"利簋（guǐ 鬼）"铜器铭文也说："武王征商，唯甲子朝，岁贞克，昏夙有商。"（此用汤炳正释文）武王伐纣之战规模很大。《史记·周本纪》说："武王自称太子发，言奉文王以伐……是时，诸侯不期而会盟津者八百诸侯。"盟：发誓。古代作战前主将要在阵地上举行誓师仪式，这里是指各路诸侯争着起誓。

2 践：履行。吾：指武王，以武王的口气说话。期：约定的日期。

3 苍鸟：指鹰，比喻武王的将士勇猛如鹰。《诗经·大明》也说："时维鹰扬，凉彼武王。"

4 萃（cuì 脆）：集聚，会合。

5 列：原作"到"，据洪兴祖《楚辞考异》引一本改。于省吾认为"列"通"厉"，猛的意思（《泽螺居楚辞新证》）。躬：身体。列击纣躬，指武王猛厉射击纣的尸体。《史记·周本纪》："武王持大白旗以麾诸侯……至纣死所，武王自射之，三发而后下车，以轻剑击之，以黄钺斩纣头，县（悬）大白之旗。"

6 叔旦：即周公，姓姬名旦，他是武王的弟弟，所以称为叔旦。嘉：赞许。

7 亲：亲自。揆（kuí 魁）：掌握，指挥。发：发起，发动。

8 定：原作“足”，据洪兴祖《楚辞考异》引一本改。定，奠定。命：命运。咨嗟（zījiē 资阶）：叹息。按：从“简狄在台”至“定周之命以咨嗟”为《天问》第四大段，皆问殷代之事迹。此段用的是顺叙法，先从契事问起，次及季、亥、恒诸事，又次及汤得伊尹事，最后以周之灭纣终之。

译文

甲子日会师牧野争相发誓，八百诸侯何以能履行约期？将士如雄鹰成群飞在一起，是谁使他们聚集？武王猛击纣王的尸体，周公并不称赞他的武艺；为什么周公亲自指挥伐纣，奠定了周朝的国运反而叹息？

授殷天下[1]，其位安施[2]？及成乃亡[3]，其罪伊何[4]？争遣伐器[5]，何以行之[6]？并驱击翼[7]，何以将之[8]？

注释

1 授：给与。

2 位：王位。施：通“移”，变化，改易。《荀子·儒效篇》：“若夫充虚之相施易也。”杨倞注：“施，读曰移。”这两句意思是说：上帝把天下授给了殷人，那王位怎么又移给周人呢？

3 及：原作“反”，据洪兴祖《楚辞考异》和朱熹《楚辞集注》引一本改。及，等到。

4 伊：语气词，相当于“惟”和“维”。

5 遣：使用。伐器：于省吾说：“古无‘伐器’之称”，“‘伐’乃‘戎’字的形讹”（《泽螺居楚辞新证》）。《礼记·王制》：“戎器不粥于市。”郑注：“戎器，军器也。”

6 行：行事。

7 并驱：并驾齐驱。击翼：攻击两翼。

8 将（jiàng 匠）：统率，率领。

译文

上帝既把天下给了殷人，那王位怎么又会改变？等到殷朝建成又使它灭亡，那又是什么人的罪孽？都争先恐后地使用武器，这事如何组织进行？并驾齐驱，两翼夹击，作战部队是由谁统领？

昭后成游[1]，南土爰底[2]；厥利惟何[3]？逢彼白雉[4]。穆王巧梅[5]，夫何为周

流[6]？环理天下[7]，夫何索求[8]？

注释

1 昭后：周昭王，西周第四代君主。成：通“盛”。《释名·释言语》：“成，盛也。”王先谦疏证补：“成、盛声义互通，见于经典者甚多，故成训为盛。”《易·系辞上》：“成象之谓乾。”陆德明释文：“成象，蜀才作盛象。”昭后成游，即“昭王盛游”，义为“周昭王盛兵出游”（见姜亮夫《屈原赋今译》），“实即谓周昭王以大军伐楚耳”（见汤炳正《屈赋新探》）。据《初学记》卷七引古本《竹书纪年》，周昭王十九年伐楚，曾出动了“六师”，其军容之盛，可想而见，故《天问》称之为“盛游”。陕西扶风出土的西周《史墙盘》铭文也说周昭王“广笞楚荆，唯狩南行”，所谓“广笞”，即大规模地挞伐之意。这跟《天问》称为“盛游”，也是相符合的。

2 南土：南方，指楚国。爰：助词，起结构作用，前置宾语。底：至，到。“南土爰底”即“底南土”。

3 厥：他。利：贪图。《广雅·释诂二》：“利，贪也。”

4 逢：遇到。白雉（zhì 志）：汤炳正认为应作“兔雉”，“白”字乃“兔”字坏其下半而致误（《屈赋新探》）。兔雉，野兔和野鸡。《初学记》卷七引古本《竹书纪年》云：“周昭王十九年，天大曀，雉兔皆震，丧六师于汉。”《天问》的“逢彼兔雉”，实暗指昭王之南征不返。《左传·僖公四年》：“昭王南征而不复。”《史记·周本纪》：“昭王南巡狩不返。”《太平御览》卷八百七十四引古本《竹书纪年》：“末年……王南巡不返。”《帝王世纪》则谓：“昭王德衰，南征，济于汉，船人恶之，以胶船进王，王御船，至中流，胶液船解，王及祭公俱没于水中而崩。”（《史记·周本纪·正义》引）

5 穆王：周穆王，西周第五代君主。巧梅：汤炳正认为系“讦（xū 虚）谋”的同音借字，“讦谋”即宏大的谋略（《屈赋新探》）。穆王巧梅，是针对穆王周游天下，征徐、伐楚等历史事件而言。《艺文类聚》卷九引古本《竹书纪年》云：“周穆王三十七年，伐楚。大起九师，至于九江，比鼋鼍为梁。”《通鉴外纪》卷三亦说周穆王伐楚，且云“《汲冢纪年》曰三十七年”。

6 周流：周游，巡游。根据典籍及金文的记载，古帝王巡游、狩猎、征伐、常常是分不开的。穆王“周游”有周游天下的含义，但在这里，主要应包括伐楚的战役在内。这正如昭王伐楚一事，《左传》作“昭王南征而不复”，《史记》则作“昭王南巡狩不返”，《史墙盘》铭文又作“唯狩南行”，《天问》则直作“昭后成游”。昭王的“成（盛）游”既代表伐楚，则穆王的“周流（游）”自然也可包括伐楚（参汤炳正《屈赋新探》）。

7 环：周。理：通“履”，行。环理，即周行。据《左传·昭公十二年》，楚国的右尹子革曾对楚灵王说：“昔穆王欲肆其心，周行天下，将皆必有车辙马迹焉。”

8 索求：即“求索”，追求，索取。

译文

周昭王盛兵巡游，一直到了南方的荆楚；他贪求到什么好处？只遇到那野鸡野兔。周穆王既然有宏谋，又为什么而周游？他环行天下，把什么寻求？

妖夫曳衒[1]，何号于市[2]？周幽谁诛[3]？焉得夫褒姒[4]？天命反侧[5]，何佑何罚[6]？齐桓九会[7]，卒然身杀[8]。

注释

1 妖夫：妖人，指对周王室来说是不祥之人。曳（yè 页）：拉着，拖着。衒（xuàn 渲）：沿街叫卖。《说文·行部》："衙，行且卖也。从行，从言。衒，衙或从玄。"

2 号（háo 豪）：大声喊叫。

3 周幽：周幽王，西周末代君主。诛：杀。谁诛，诛谁。

4 褒姒（bāosì 包四）：周幽王的王后。据《国语·郑语》《史记·周本纪》记载，传说夏王朝衰落时，有一雌一雄两条神龙来到宫廷交尾，自称是褒国先代的国王和王后。夏王设祭向它们祈祷，两龙才离去，但留下一滩精液，人们把它收藏在木盒里。以后由夏传到殷，由殷又传到周，一直没人敢把木盒打开。周厉王（幽王祖父）末年打开木盒，龙的精液流出，变为大鳖。后宫的一个未成年的小宫女被这只大鳖碰了一下，以后长大成人，就怀了孕，到周宣王（幽王之父）时生了一个女孩。因为是没有婚配而生的，宫女很害怕，便把女孩抛弃了。当时有童谣唱道："檿（yǎn 演）弧萁（qí 其）服，实亡周国。"这首童谣的意思是："山桑木弓，萁草箭袋，灭亡周国的祸害。"那时恰好有两夫妇在市场上叫卖山桑做的木弓和萁草编的箭袋，大家认为他们是妖怪，宣王于是派人去抓他们，准备杀掉。他们听到风声便乘夜逃跑，在路上发现了那个被宫女抛弃的女孩，便收养了她，带着她逃到褒国褒姁（xǔ 许）家，并给女孩取名叫褒姒。后褒姁犯了罪，周幽王要杀掉他，他便把褒姒献给幽王以赎罪。幽王迷恋褒姒，不理朝政。犬戎入侵，把幽王杀死在骊山之下。这就是"妖夫曳衒，何号于市？周幽谁诛，焉得夫褒姒"四句诗的历史神话传说背景。

5 反侧：反复无常。

6 佑：保佑。"何佑何罚"原倒作"何罚何佑"，"佑"古韵属之部，下文"卒然身杀"的"杀"古韵属月部，失韵。此据胡文英《屈骚指掌》、刘盼遂《天问校笺》校改。"罚"与"杀"古韵均为月部，押韵。

7 齐桓：齐桓公，齐国国君，依靠宰相管仲成就霸业，是春秋五霸之一。九会：多次召集诸侯会盟。九，虚数，表示次数之多。

8 卒然：终于，终究。身杀：据《管子·小称篇》《韩非子·十过篇》《吕氏春秋·知接篇》

记载，管仲死后，齐桓公重用易牙、堂巫、竖刁、开方四个奸臣，一年后发生内乱，桓公被软禁在一间房子里，饥不得食、渴不得饮而死，死了三个月，没有人收尸安葬，以致尸体腐烂，蛆都爬出门外。按：从“授殷天下”至“卒然身杀”为《天问》第五大段第一节，叙武王伐纣、昭穆征战、周幽王得褒姒、齐桓公被害死。

译文

妖怪夫妇拖着东西叫卖，为什么吆喝于闹市？周幽王要杀哪一个？他怎么得到了褒姒？天命反复无常，赏罚有什么规矩？齐桓公九合诸侯，最终却被人害死。

彼王纣之躬[1]，孰使乱惑[2]？何恶辅弼[3]，谗谄是服[4]？比干何逆[5]，而抑沉之[6]？雷开何顺[7]，而赐封之[8]？

注释

1 王纣：指殷纣王。之：这。躬：身体。之躬，犹言“这个人”。

2 乱惑：迷惑昏庸。

3 恶（wù 务）：厌恶。辅弼（bì 毕）：辅佐，此指辅佐国君的左右大臣。《尚书大传》卷二：“古者天子必有四邻：前曰疑，后曰丞，左曰辅，右曰弼。”

4 服：任用。《广雅·释诂二》：“服，任也。”《说文·舟部》：“䑺（服），用也。”

5 比干：纣王的叔父。据《史记·殷本纪》记载，比干因极力向纣王进谏，被纣王剖腹挖心。

6 抑：压制。沉：沉没。抑沉，指被杀。

7 雷开：纣王的佞臣。王逸《楚辞章句》说：“雷开，佞人也，阿顺于纣，乃赐之金玉而封之也。”何：原误作“阿”，据洪兴祖《楚辞考异》引一本改。

8 赐封：指纣给雷开赐金封赏。

译文

殷纣王这个人，谁使他迷惑昏庸？他为何讨厌辅佐的忠臣，而任用谗谄的小人？比干怎么违抗了他，竟遭到剖腹挖心？雷开怎么奉承了他，就被封官赏赐黄金？

何圣人之一德[1]，卒其异方[2]？梅伯受醢[3]，箕子详狂[4]。稷维元子[5]，帝何竺

之[6]？投之于冰上[7]，鸟何燠之[8]？

注释

1 圣人：指纣王的贤臣，即下文的梅伯、箕子。一德：品德相同。

2 卒：终。异方：不同的方式。

3 梅伯：纣王的诸侯，因直言敢谏被纣所杀。醢（hǎi 海）：即“菹（zū 租）醢”，是古代的一种酷刑，把人剁碎做成肉酱。

4 箕（jī 机）子：纣王的叔父。他向纣王进谏不听，便披发装疯，而去做人家的奴隶。详：通“佯（yáng 羊）”，假装。狂：疯狂。按：从“彼王纣之躬”到“箕子详狂”为《天问》第五大段第二节，追叙商纣王的昏庸，这是周能灭商取天下的原因。

5 稷（jì 季）：后稷，一名弃。维：表示判断，相当于“是”。元子：长子。古代神话中说，帝喾（kù 库）的元妃姜嫄（yuán 原）因踩着巨人的足迹而心动，怀孕生了个男孩，把他抛弃在小巷里，牛羊爱抚他；把他抛弃在森林中，伐木人救了他；把他抛弃在寒冰上，大鸟用翅膀覆盖他。三次抛弃，三次置他于死地，他都没死，于是家里人又收养了他。因为他曾经被抛弃过，就叫他“弃”。这弃，就是周人传说中的始祖。他从小就喜欢农艺，长大后教人们栽种五谷的方法，所以他的子孙又尊他为“后稷”（见《诗经·大雅·生民》《史记·周本纪》）。

6 帝：指帝喾。竺（dú 毒）：通“毒”。后稷是元子（长子、首子）。“稷维元子，帝何竺之?”是屈原对原始社会杀首子习俗的诘难。刘盼遂说：“古者夫妇制度未确定，其妻生首子时，则夫往往疑其挟他种而来，媢嫉实甚，故有杀首子之风。《史记·夏本纪》：‘禹曰：予辛壬娶涂山，癸甲生启，予不子！’此不以启为子也。《汉书·元后传》：‘王章上封事云：羌胡尚杀首子，以荡肠正世。’颜师古曰：‘言妇初来，所生之子或他姓。’《墨子》亦云：‘越东有輆沐之国，食其长子，谓之宜弟。’知古代于元子所最毒视，不如周世之重嫡长子也。屈子生于战代，故以后稷陋巷、平林、寒冰之置为怪问矣。”（《天问校笺》）这也就是所谓“次子继承制”（secon-dogeniture）形成的一个原因。

7 投：抛弃。

8 燠（yù 郁）：暖。

译文

为什么圣人德行一样，而最终的处世方法不同？梅伯直谏被剁成肉酱，箕子避祸而披发装疯。后稷是帝喾第一个小孩，帝喾为什么将他毒害？把他抛弃在寒冷的冰地上，大鸟为什么温暖他的胸怀？

何冯弓挟矢[1]，殊能将之[2]？既惊帝切激[3]，何逢长之[4]？伯昌号衰[5]，秉鞭作牧[6]；何令彻彼岐社[7]，命有殷国[8]？

注释

1 冯：通“凭”，满。冯弓，把弓拉满。挟（xié 协）：夹持，夹在腋下或指间。

2 殊：副词，还。《战国策·齐策一》：“寡人少，殊不知此。”“殊不知此”即“还不知此”。将（jiàng 酱）：统率，指挥。刘盼遂《天问校笺》说：“此言稷为司马事也。古经籍皆言稷播殖稼穑，无言其将弓矢者，惟《尚书刑德放》云：‘稷为司马。’（《诗》疏引）王充《论衡》亦曾言之，《初禀》篇曰：‘弃事尧为司马，居稷官，故为后稷。’《诗·鲁颂·閟宫》篇郑笺云：‘后稷虽作司马，天下犹以后稷称焉。’据此知《天问》所言，多为古代所传最古之史料矣。”司马是官名，执掌军权。

3 帝：上帝，天帝。切激：深切激烈。惊帝切激，传说后稷生时“上帝不宁”（《诗经·生民》）。

4 逢：大。逢长，绵延昌盛。

5 伯昌：即周文王，姓姬名昌，曾被殷王朝封为雍州伯，雍州在西边，故称西伯昌，也简称为西伯、伯昌。号（háo 豪）：音义同“嚎”，大声哭。《说文·号部》：“号，痛声也。”衰（cuī 催）：音义同“缞”，古时的丧服。号衰，即《庄子·天道篇》的“哭泣衰绖（dié 迭）”，萧兵认为是指痛哭流涕、披麻戴孝服丧（《楚辞新探》）。

6 秉（bǐng 丙）：拿着。萧兵认为周文王在服丧期间，“秉鞭作牧”，不但有带头改革旧俗、鼓励生产的作用，而且还有表示“韬晦”的政治意图（《楚辞新探》）。

7 彻：拆除，毁坏。《广雅·释诂一》：“彻，坏也。”岐（qí 其）：古地名，在今陕西岐山东北，周灭殷以前曾在此建国。社：古代祭祀社神（土地神）之所。据《礼记·祭法》，社有大社、王社、国社、侯社、置社之分。此处的社当指“大社”。大社建于国都，是国家政权的象征。周在岐山兴盛强大以后，迁都于丰（今陕西长安西北），所以拆除原来在岐的“大社”，在丰地另外修建。

8 命：与“令”互文见义。《说文·口部》：“命，使也。”

译文

后稷为什么会弯弓射箭，还能够统率指挥打仗？他出生既然使天帝非常惊慌，天帝为什么还使他兴盛久长？文王痛哭着戴孝服丧，仍然执鞭放牧牛羊；是谁叫他拆除岐山的社庙，使它拓宽疆土占有殷商？

迁藏就岐[1]，何能依[2]？殷有惑妇[3]，何所讥[4]？受赐兹醢[5]，西伯上告[6]；何亲就上帝罚[7]，殷之命以不救[8]？

注释

1 藏：宝藏。就：往。迁藏就岐，是指周的祖先古公亶父（dǎnfǔ 胆甫）自邠（bīn 彬）迁岐的事。据《史记·周本纪》记载，古公亶父本居于邠（今陕西彬州），为了避免与戎狄部族交战，于是携带家属、宝藏迁居到岐山。邠地百姓也扶老携幼来归服他。

2 依：依靠，依托。

3 惑妇：迷惑人的女人，指纣王的宠妃妲（dá 达）己。《史记·殷本纪》记载，纣“爱妲己，妲己之言是从”。

4 讥：进谏，规劝。《广雅·释诂四》：“讥，谏也。”

5 受：指纣王，纣王字受德。兹：姜亮夫认为“读若孳，即子之借字”(《重订屈原赋校注》)。受赐兹醢，是指纣王把文王的儿子伯邑考煮成肉汤赐给文王喝。《史记·殷本纪·正义》引《帝王世纪》记载：“(纣）囚文王，文王之长子曰伯邑考，质于殷，为纣御。纣烹为羹，赐文王，曰：‘圣人当不食其子羹。’文王食之。纣曰：‘谁谓西伯圣者？食其子羹，尚不知也。’”

6 西伯：即周文王，姓姬名昌，因曾被殷王朝封为雍州伯，雍州在西边，故称西伯昌，也简称为西伯、伯昌。上告：向上帝起诉。上，上帝。

7 就：受。罚：惩罚。

8 命：命运。救：挽救。

译文

古公亶父迁往岐山之阳，老百姓为什么来依傍？殷纣王被妲己迷惑，哪里还有进谏的地方？殷纣王给文王喝亲儿肉汤，文王便向上帝起诉；为什么纣王亲受上帝惩罚，殷王朝的命运不可挽救？

师望在肆[1]，昌何识[2]？鼓刀扬声[3]，后何喜[4]？武发杀殷[5]，何所悒[6]？载尸集战[7]，何所急[8]？

注释

1 师望：即吕尚，号太公望，俗称姜太公，因被周文王和周武王立为太师，所以称为“师望”。肆：店铺，此指屠宰店。《古史考》(辑本)：“吕望常（尝）屠牛于朝歌，卖饮于孟津。”

2 昌：姬昌，即周文王。

3 鼓刀：敲刀。敲刀发声，以招揽生意。

4 后：君，指周文王。

5 武发：周武王姓姬名发，故称武发。殷：指殷纣王。

6 悒（yì 义）：忧愁不安。《说文·心部》：“悒，不安也。”

7 尸：木主，即灵牌。集战：会战。据《史记·周本纪》记载，周文王死后不久，武王用车载着文王的灵牌起兵伐纣。

8 急：急迫，急切。

译文

姜太公在肉店里宰牛，文王怎么知道他的才能？敲刀吆喝卖肉的声音，文王听了为什么高兴？武王砍下纣王的脑袋，为什么一脸的怒气？载着文王的灵牌去会战，他为什么这么着急？

伯林雉经[1]，维其何故[2]？何感天抑地[3]，夫谁畏惧[4]？皇天集命[5]，惟何戒之[6]？受礼天下[7]，又使至代之[8]？

注释

1 伯林：疑当作“柏林”，指纣王修建的“鹿台”宫殿里的松柏树林园。雉：通“纼（zhèn 阵）”，穿在牛鼻上以备牵引的绳索。经：悬挂。《后汉书·方术传·华陀》：“熊经鸱顾。”李贤注：“熊经，若熊之攀枝自悬也。”柏林雉经，是指周武王把已自焚而死的纣王尸体悬挂在松柏树上。《墨子·明鬼下篇》：“武王逐奔入宫，万年梓株，折纣而系之赤环，载之白旗。”游国恩说：“盖柏林者，即所谓万年梓株也；或作梓，或作柏，传闻之异耳。雉经者，即所谓系之赤环也。疑纣既自燔死，武王入其宫，先以赤环绕其尸于古梓之上而陈之，若雉经者然，然复斩其首以悬太白之旗。”（《天问纂义》）

2 维其何故：犹“其维何故”。其，那。维，是。何，什么。故，缘故。

3 感天抑地：犹言“感天动地”，指上文说的武王“载尸集战”事。

4 夫谁畏惧：指周武王畏惧谁。这两句姜亮夫说是“谓武王既有诛纣之心，何必惊天动地，而又假于神事，而有畏惧之心也”（《重订屈原赋校注》）。

5 集命：降赐天命，让某姓享有天下。

6 戒：警惕，畏惧。

7 受：指纣王，纣王字受德。礼：通“理”，治理。

8 至：郭在贻说通“周”(《楚辞解诂》)。从“稷维元子”至“又使至代之”为《天问》第五大段第三节，追叙周之始祖后稷之兴，文王被囚，直到武王伐纣为止。从“授殷天下”至“又使至代之”为《天问》第五大段，叙述周代的兴亡。这一段用的也是回叙法。

译文

将纣王尸体挂在柏树上，那是什么缘故？伐纣要感天动地，武王还有什么畏惧？上帝降赐天命给殷人，对殷人有什么戒律？纣王治理着天下，怎么又让周人代替？

初汤臣挚[1]，后兹承辅[2]；何卒官汤[3]，尊食宗绪[4]？勋阖梦生[5]，少离散亡[6]；何壮武厉[7]，能流厥严[8]？

注释

1 汤：商汤。挚（zhì 志）：人名，即伊尹。伊尹名挚。

2 兹：此。后兹，即兹后，此后。承：承担，担任。辅：辅佐之臣。

3 卒：最终。官汤：犹言“相汤”，当商汤的宰相。

4 尊：敬重。食：享受祭祀。《篇海类编·食货类·食部》：“食，飨也，故祭名血食。”宗：宗庙，祖庙。绪：系统。这句是说：伊尹死后，受到敬重，和商王朝的宗庙系统一样享受祭祀。按：《殷虚书契前编》第22页两言“伊尹从祀成汤”。闻一多说：“盖殷人以天子之礼祀伊尹，则祀伊尹当为祀汤，因之宗汤即当宗伊尹矣。”(《天问疏证》)

5 勋：功业显赫的。阖（hé 盒）：阖庐，春秋后期吴国君主，在位时吴国国势强盛。楚昭王十年，他任用孙武、伍子胥与楚作战，一度攻破郢都（见《史记·楚世家》）。梦：寿梦，吴国国君，阖庐的祖父。生：通“姓”，孙子。古人言子孙曰子姓。吴王阖庐乃寿梦的长孙。

6 少：年轻时。离：通“罹”，遭遇。散亡：流离逃亡。据《史记·吴太伯世家》记载，吴王寿梦有诸樊、馀祭、馀昧、季札四个儿子。寿梦死，传位给诸樊；诸樊死，传位给馀祭；馀祭死，传位给馀昧；馀昧死，季札不愿为君而逃走，于是传位给馀昧的儿子王僚。阖庐是诸樊的儿子，他认为按辈分继承王位的不应是王僚而应是他自己，所以后来派勇士专诸杀了王僚，当上了吴王。这里的“少离散亡”，写的是阖庐在馀昧和王僚时期受到排挤的情况。

7 壮：壮年。武厉：雄武猛厉。

8 流：流传。严：应作“庄”，汉代避明帝讳改；“庄”与上“亡”押韵。“庄”在这里是威武的意思，指阖庐有威名。

译文

当初伊尹只是汤的小臣，后来他才辅佐成汤；为什么最后做汤的宰相，死后享受的祭祀与汤一样？吴王阖庐是寿梦的孙，年轻时遭遇了流亡；为什么壮年雄武猛厉，能使他的威名远扬？

彭铿斟雉[1]，帝何飨[2]？受寿永多[3]，夫何久长[4]？中央共牧[5]，后何怒[6]？蜂蛾微命[7]，力何固[8]？

注释

1 彭铿（kēng 坑）：即彭祖，是古代传说中的长寿人，活到八百岁。彭祖本名篯（jiān 艰）铿，据说他受封于彭城，所以这里称之为“彭铿”。斟（zhēn 针）：调和，调制。《方言》卷三：“斟，协汁也。”雉（zhì 志）：野鸡，此指野鸡汤。

2 帝：上帝。飨（xiǎng 享）：享用。

3 永：长。

4 久：此字朱熹《楚辞集注》本无，闻一多认为系衍文。长：闻一多认为系“怅”字的缺损（《楚辞校补》）。

5 中央：指周王朝。共（gōng 恭）：闻一多认为即共伯和（《天问疏证》）。牧：治。《史记·周本纪·正义》引《鲁连子》云：“共伯名和，好行仁义，诸侯贤之。周厉王无道，国人作难，王奔于彘，诸侯奉和以行天子事。”这就是“中央共牧”的史实。

6 后：指周厉王。《庄子·让王篇》释文引司马彪注：“十四年，大旱，屋焚，卜于太阳，兆曰：‘厉王为祟。’召公乃立宣王，共伯复归于宗。”《路史·发挥》卷二注引《史记》说：“共和十四年，大旱，火焚其屋。伯和篡立，故有大旱。”（今本《史记》无此文）后何怒，即指厉王降旱为祟。

7 蛾（yǐ 蚁）：古“蚁”字，蚂蚁。蜂蚁，喻起来反抗周厉王的老百姓。微命：细小的生命。

8 固：顽强。《史记·周本纪》载，百姓“乃相与畔，袭厉王。厉王出奔于彘。厉王太子静匿召公之家，国人闻之，乃围之。……（召公）乃以其子代王太子”（又见《国语·周语》）。百姓杀不到厉王，就要杀太子，结果召公的儿子成了“替罪羊”。这就是所谓“力何固”。

译文

彭祖调制的野鸡汤，上帝为什么要品尝？得到的寿命那么长，彭祖为什么还惆怅？共伯和摄政中央，周厉王为什么降下灾殃？蜂蚁一样的微小生命，力量为什么那么顽强？

惊女采薇[1]，鹿何佑[2]？北至回水[3]，萃何喜[4]？兄有噬犬[5]，弟何欲[6]？易之以百两[7]，卒无禄[8]。

注释

1 “惊女采薇”至“萃何喜”四句，以清代毛奇龄《天问补注》为代表的一些楚辞著作据谯周《古史考》以及《绎史》卷二十引刘向《列士传》以为写的是伯夷、叔齐之事。但春秋战国时代流传的伯夷、叔齐故事中根本没有什么“女”和“鹿”。再者，伯夷、叔齐走投无路，采薇首阳山，最终饿死，是一个悲惨的故事，怎么能说“萃何喜”呢？因此这四句的本事是否指夷齐故事，还只能存疑（参周建忠《楚辞论稿》、林庚《天问论笺》、金开诚《屈原辞研究》）。现就字面意思注译此四句。惊女：即“女惊”，指女子受惊。薇（wēi 微）：一年生或二年生草本植物，即巢菜，又叫野豌豆。

2 佑：保佑。

3 回水：指回旋的一潭深水。

4 萃（cuì 脆）：止息，停留。

5 兄：指春秋中期秦国君主秦景公。噬（shì 示）犬：咬人的狗，猛犬。

6 弟：指秦景公的弟弟鍼（qián 前）。

7 易：换。两：通“辆”。

8 无禄：失去爵禄。此四句据旧注大意是说：“秦景公有猛犬，他的弟弟鍼用一百辆车去换，秦景公不肯，后鍼逃奔晋国，丧失了爵禄。”按：鍼逃奔晋国事见《左传·昭公元年》。换犬事仅见于汉人王逸的《楚辞章句》，不知他有什么根据。因此，这四句是否指秦公子鍼事，还是可疑的。

译文

采薇女受惊，神鹿怎么来保佑？向北走到回水，为什么乐意停留？哥哥秦景公有猛犬，弟弟鍼为什么想要？用百辆车没换到，结果连爵禄都失掉。

薄暮雷电[1]，归何忧？厥严不奉[2]，帝何求[3]？伏匿穴处[4]，爰何云[5]？荆

勋作师[6]，夫何先[7]？悟过改更[8]，我又何言？

注释

1 薄暮：傍晚。

2 厥严：指楚国的威严。奉：保持。

3 帝：上帝。帝何求，等于说“何求于帝”，是为押韵而倒装。

4 伏匿（nì 逆）：隐藏。穴处：住在山洞里。

5 爰：于是，在此。云：说。

6 荆：楚国别名。勋：功业，这里是好大喜功的意思。作：兴。师：军队。一般认为这是指楚怀王两次兴兵伐秦，都告失败。

7 夫何先：本作“夫何长”。洪兴祖《楚辞考异》、朱熹《楚辞集注》引一本作“夫何长先”。郭沫若《屈原赋今译》、王力《楚辞韵读》认为当作“夫何先”，“长”乃衍文。先，领先。

8 悟过：承认并追悔自己的错误。改更：改正。

译文

天已黄昏，雷电交作，我回去有什么忧愁？楚国的威严不能保持，我对上帝还有什么祈求？我遭放逐在山洞里隐藏，对国事还有什么好讲？楚王好大喜功出兵打仗，国家的命运怎么能够久长？只要能悔过自新痛改前非，我还有什么好说？

吴光争国[1]，久余是胜[2]。何环闾穿社[3]，以及丘陵[4]？是淫是荡[5]，爰出子文[6]。吾告堵敖以不长[7]，何试上自予[8]，忠名弥彰[9]？

注释

1 吴光：吴公子姬光，即阖庐。争国：和楚交战，争夺地盘。

2 久：长期。余：我们，指楚国。久余是胜，即“久胜余”。吴王阖庐曾五次兴师伐楚获胜，最终吴国打到楚国郢都。

3 环：环绕。穿：穿过。闾（lǘ 驴）、社：《管子·轻重篇》：“有虞之王……封土为社，置（植）木为闾。”闻一多说：“案析言之，社闾有土木之分，混言之，闾即社。”（《天问疏证》）社是古代祭祀社神（土地神）的场所，也是男女幽会的场所。《墨子·明鬼篇》：“燕之有祖，当齐之社稷，宋之有桑林，楚之有云梦也。此男女之所属而观也。”环闾穿社，即指男女幽会。

4 丘陵：陵墓，坟墓。古人厚葬，墓如宫室，有墓道可以出入。由于墓中隐僻，人所罕至，所以古代男女幽会往往钻入墓中。

5 是：这样。

6 出：生。子文：春秋前期楚国贤相，辅佐楚成王。据《左传·宣公四年》记载，楚之先王若敖娶䢵（yún 云）国之女，生子斗伯比。若敖死，斗伯比跟着母亲生活在䢵国，与䢵国国君的女儿私通，生下了子文。䢵夫人派人把子文扔到云梦泽中，却有一只老虎来给他喂奶。䢵子打猎看到了，就收养了他。楚国人称奶为“穀（gǔ 谷）”，称虎为“於菟（wūtú 巫图）”，因此给子文取名“斗穀於菟”，字子文。子文长大，有贤人之才，做了楚国令尹。以上四句即写䢵国国君的女儿和斗伯比私通事。这四句原作“何环穿自闾社丘陵，爰出子文”，现据洪兴祖《楚辞考异》、朱熹《楚辞集注》引一本改。

7 堵敖：又称杜敖、庄敖，楚文王之子，名熊艱（jiān 艰），春秋前期楚国国君，在位五年，为其弟楚成王熊恽（yùn 运）所杀。

8 试：通“弑（shì 试）”，杀。上：指堵敖熊艱。自予：指熊恽杀死堵敖，把王位给了自己。

9 忠名：楚成王熊恽杀堵敖熊艱而得忠直之名。据《史记·楚世家》记载，“恽弑艱，布德施惠，天子赐胙曰：“镇尔南方夷越之乱！”弥：更加。彰：显著。按：从“初汤臣挚”至篇末为《天问》第六大段，是问历代各国琐事，而终之以楚。这一段用的是杂叙法，即将性质不同的事类放在一起叙述。

译文

吴王阖庐和楚交战，长期战胜我们楚国。斗伯比和䢵女怎样穿过社庙，进入陵墓中？他们这样荒淫这样放荡，于是生出了令尹子文。我说堵敖在位不久长，为什么熊恽杀堵敖自立为王，而忠直的名声更加远扬？

楚辞

九章

导读

《九章》是屈原在不同时期所创作的九首乐章。这九篇作品，各自成篇，它们之间并无结构上的必然关联，时代先后亦很难确定。后人将它们编辑在一起，就给它加了个总标题，叫“九章”。正如宋人朱熹所说：“后人辑之，得其九章，合为一卷，非必出于一时之言也。”(《楚辞集注》）至于这九篇作品什么时候编辑在一起，则现在不能确考。西汉末年刘向在其《九叹·忧苦》中说：“叹《离骚》以扬意兮，犹未殚于《九章》。”这是历史上关于《九章》名称的最早记录。刘向曾编纂过《楚辞》，因此许多学者认为这九篇作品是刘向编辑在一起的，《九章》总标题也是刘向所加。姜亮夫则认为是汉武帝时受诏作《离骚传》的淮南王刘安编辑在一起的，总标题也是他加的。汤炳正则认为九篇作品编辑在一起，定名为《九章》，最晚不会晚于刘安生活的时代。这些都是推测，不能视为定论。但我们可以肯定最迟到刘向时，九篇作品已经编辑在一起，并且已有了“九章”这个专名。屈原的这九篇作品之所以被编辑在一起，并加上一个总标题，并非偶然，而是以类相从的。从作品形式来看，各篇的篇幅长短、表现手法和语言风格，大致相近。就作品内容看，都和作者身世有关。《九章》所表达的作者思想感情，和《离骚》差不多。不过，《离骚》是作者对自己的身世进行综合性的描述，而又多通过神话传说来表达自己奇特的幻想；而在《九章》里，作者多撷取自己实际政治生活的某一个片断，抒情比较直率。因此，《九章》也是研究屈原生平及其思想最可靠、最主要的资料。《九章》中有部分篇目，被人视为伪作。问题主要集中在《怀沙》以下的四篇，即《思美人》《惜往日》《橘颂》和《悲回风》，也有兼及《惜诵》《涉江》等篇的。尽管主张《九章》有伪作说者也提出了不少证据，但陈子展、汤炳正、戴志钧、王锡荣等主张《九章》无伪作说者都作了极为有力的反驳，许多疑点也都作出了合理的解释。因此，我们感到，迄今为止，尚无足够的理由说《九章》中有伪作。本书依照郭沫若、游国恩、陈子展、马茂元、姜亮夫、汤炳正、戴志钧等的看法，将《九章》各篇的著作权，仍归之于屈原。《九章》中的九篇作品既然是屈原在不同时期创作的，当然就有先后。古今许多楚辞学家都曾致力于考证《九章》各篇作品的创作年代，并且根据各自的结论按时间先后对作品的顺序进行重新排列。由于《九章》各篇仅仅是“随事感触”的生活片断而已，加上屈原生平事迹的记载又略而不详，因此对《九章》作年和次第问题，很难有统一的意见。所以，本书仍按原有的次序排列。

惜 诵

导读

《惜诵》以首二字为篇名，结构和内容很像《离骚》，有“小离骚”之称。全诗叙述在政治上遭受打击的始末和自己对待现实的态度。篇中诗人对自己未来的道路进行了探索。他先后考虑过伺机求仕、离楚他适、变节从俗，但最终都被否定了，而选择了退隐避祸、明哲保身的道路。从诗的内容看，大约是屈原被楚怀王疏远以后所作。

惜诵以致愍兮[1]，发愤以抒情[2]。所作忠而言之兮[3]，指苍天以为正[4]。令五帝以折中兮[5]，戒六神与向服[6]。俾山川以备御兮[7]，命咎繇使听直[8]。

注释

1 惜：通"藉"，即"借"。诵：通"讼"，诉讼。致：表达。愍（mǐn 敏）：忧愁。

2 发愤：发泄愤懑。抒情：抒写性情。"发愤以抒情"是屈骚美学的灵魂和精髓，也是中国古代悲剧理论的重要主题。

3 所：假若，如果。作：当从朱熹《楚辞集注》本作"非"。

4 正：同"证"。

5 五帝：五方帝，即五方的神，东方为太昊，南方为炎帝，西方为少昊，北方为颛顼，中央为黄帝。折：原作"析"，据洪兴祖《楚辞考异》引一本及朱熹《楚辞集注》本改。折中，公平判断。

6 戒：同"诫"，告诫，告诉。六神：即《尚书·舜典》中的"六宗"。但具体指哪六神，说法不一。据朱熹说是日、月、星、水旱、四时、寒暑之神。与：义同"以"。向：对质。服：事，事理。

7 俾（bǐ 笔）：使。山川：指山川之神。备御：准备做治事之官以参加评判，犹言陪审。备，准备。御，治理，此指治事官吏。

8 咎繇（gāoyáo 高遥）：即皋陶（gāoyáo 高遥），人名，传说是法律和监狱的创立者，曾被帝舜任为掌管刑法的大臣。听直：犹言断案。听，听讼。直，指辨别是非曲直。按：以上是第一段，是本诗的引子，说自己要把实情向天地、鬼神诉讼，以求得公断。

译文

借诉讼以表达不幸，发泄愤懑来抒写性情。如果我说话不忠诚，愿指青天以作见证。叫五方天帝来判断，喊六位宗神来对证。使山神和河神来陪审，命法官皋陶来听讼。

竭忠诚以事君兮，反离群而赘肬[1]。忘儇媚以背众兮[2]，待明君其知之[3]。言与行其可迹兮[4]，情与貌其不变。故相臣莫若君兮，所以证之不远[5]。吾谊先君而后身兮[6]，羌众人之所仇[7]？专惟君而无他兮[8]，又众兆之所仇[9]。

注释

1 赘肬（zhuìyóu 坠尤）：即赘疣、赘瘤，身上多余的肉瘤。

2 忘：不知。儇（xuān 宣）：轻佻。媚：取悦于人。

3 明君：犹《离骚》中的“哲王”。

4 迹：循实考核。

5 证：验证。

6 谊：通“义”。合理的行为叫作义。吾谊，我所认为合理的行为。身：自身，自己。

7 羌（qiāng 腔）：楚方言，同“卿”或“庆”，表反诘语气，即“何为”“何乃”，为什么的意思。王逸《楚辞章句》：“羌，楚人语词也，犹言卿，何为也。”众人：指宠臣。

8 惟：思。

9 众兆：指绝大多数人。兆，百万，或说万亿。

译文

我竭尽忠诚事奉国君，反而遭排挤视我如瘤肿。我不知轻佻谄媚背离了众人，我期待明君体察我的苦衷。我的言谈与行为可以考查，我的内心与外貌不会变更。了解人臣的没有人能比上君王，君王就近观察就可以验证。我主张先君王然后自己，为什么就和众人结下了怨仇？我专想君王不想别人，又被大家当成了对头。

壹心而不豫兮[1]，羌不可保也[2]？疾亲君而无他兮[3]，有招祸之道也[4]。思君其莫我忠兮，忽忘身之贱贫[5]。事君而不贰兮，迷不知宠之门[6]。忠何罪以遇罚兮？亦非余心之所志[7]。行不群以巅越兮[8]，又众兆之所咍[9]。

注释

1 壹心：专心。豫：犹豫。

2 羌：为什么。

3 疾：努力。亲君：亲近君王。

4 有（yòu 又）：同“又”。

5 忽：《说文·心部》：“忽，忘也。”忽忘，忽略，不介意。

6 迷：迷惑，糊涂。

7 志：犹“知”。

8 行：指竭忠效力之行。巅：同“颠”。颠越，同《离骚》中的“颠陨”，人头落地的意思，指杀身之祸。

9 咍（hāi 孩阴平）：嗤笑，讥笑。

译文

我专一而不动摇，为什么反而自身难保？我亲近君王没有他心，又成了招致灾祸之道。思念君王谁也没我忠诚，我全不介意自己贱贫。我事奉君王没有二心，我糊涂不懂邀宠的窍门。忠诚有何罪过而遭到惩罚？这不是我所知道的。行为不同流俗而肝脑涂地，这是大家所讥笑的。

纷逢尤以离谤兮[1]，謇不可释[2]。情沉抑而不达兮[3]，又蔽而莫之白。心郁邑余侘傺兮[4]，又莫察余之善恶[5]。固烦言不可结诒兮[6]，愿陈志而无路。退静默而莫余知兮[7]，进号呼又莫吾闻[8]。申侘傺之烦惑兮[9]，中闷瞀之忳忳[10]。

注释

1 纷：众多，杂乱。逢尤：遭怨恨。离谤：遭诽谤。离，通“罹”，遭受。

2 謇：闻一多《楚辞校补》：“謇与蹇通，犹蹇产也。”蹇产，曲折纠缠。“謇”下当有“而”字，“謇而不可释”与下文“蔽而莫之白”相对称。

3 沉抑：沉闷，压抑。达：畅达。

4 郁邑：即郁悒（yì 义），忧愁烦闷的样子。侘傺（chàchì 岔赤）：楚方言，失意中心神不定的样子。

5 善恶：原讹作“中情”，“情”字与下面的“路”字不押韵，据朱熹《楚辞集注》说改。朱熹认为《离骚》既有“孰云察余之善恶”句，又有“孰云察余之中情”句，因而导致将此处“又莫察余之善恶”句中之“善恶”讹为“中情”。

6 烦：多。结：缄结。结诒（yí 移），犹言“封寄”。

7 退：义同《离骚》“退将复修吾初服”之“退”，意思是退出朝廷。静默：沉默不语。莫余知：“莫知余”的倒装。

8 进：义同《离骚》“进不入以离尤兮”之“进”，意思是进入朝廷。莫吾闻：“莫闻吾”的倒装。

9 申：重重，万分。烦惑：烦闷，迷惑。

10 中：心中。闷瞀（mào 茂）：忧闷而烦乱。忳忳（tún 饨）：忧伤的样子。按：以上是第二段，诉说自己忠而招祸、陈志无路的痛苦心情。

译文

我纷纷遭受怨恨诽谤，愁思萦绕郁结无法解脱。心情沉郁不可能畅达，君王受蒙蔽没处诉说。我忧愁烦闷心神不定，又有谁了解我的内心。本来话多却没法写信投寄，我想陈述心志却没有途径。我退隐沉默没有人知，我进取呐喊没有人听。我万分忧愁而又迷惑，我内心忧伤而又苦闷。

昔余梦登天兮，魂中道而无杭[1]。吾使厉神占之兮[2]，曰有志极而无旁[3]。终危独以离异兮[4]？曰君可思而不可恃[5]。故众口其铄金兮[6]，初若是而逢殆[7]。惩于羹者而吹齑兮[8]，何不变此志也？欲释阶而登天兮[9]，犹有曩之态也[10]。

注释

1 中道：中途。杭：通“航”。

2 厉神：主杀伐之神。占：占卜，算卦。

3 曰：是厉神申述占词。志极：志向极高。旁：帮助。

4 危独：危险且孤独。这句是屈原又问厉神的话，省略了句前的“曰”字，意思是：我结果是否孤危和君王别离？

5 曰：主语是厉神。从此处开始至“鲧功用而不就”都是厉神回答屈原的话。恃（shì 视）：依靠。

6 铄（shuò 硕）：熔化。众口铄金，极言谗言之可畏，以至于把金属都能熔化。

7 初若是：从来就是如此，指忠臣。殆（dài 代）：危险。

8 惩：警戒。羹：汤，此指滚热的汤。“惩于羹”，《困学纪闻》引作“惩热羹”，于义为长。者：闻一多《楚辞校补》：“案当从一本删者字。‘惩于羹而吹齑兮’与‘欲释阶而登天兮’语意平列，皆七字为句。”齑（jī 基）：细切的冷食肉菜。被滚汤烫过的人，以后吃冷菜也要吹一下，厉神以此告诫屈原要吃一堑（qiàn 欠）长一智。按：此句即成语“惩羹吹齑”的出处。

9 阶：梯子。释阶而登天，即上文“中道而无杭”。

10 曩（nǎng 囊上声）：以往。

译文

从前我曾梦见过登天，魂到中途失掉了航路。我向厉神卜问梦的吉凶，他告诉我：有大志而没人帮助。我又问：是否要遭受流放？他说：君王可思念不可仰仗。谗言能把金属诋毁得熔掉，忠臣从来都是惨遭祸殃！喝滚汤烫过吃冷菜也吹，你为什么不改变志向？想丢掉梯子而登上天，你还是以往那种模样。

众骇遽以离心兮[1]，又何以为此伴也？同极而异路兮[2]，又何以为此援也？晋申生之孝子兮[3]，父信谗而不好。行婞直而不豫兮[4]，鲧功用而不就[5]。吾闻作忠以造怨兮[6]，忽谓之过言[7]。九折臂而成医兮[8]，吾至今而知其信然[9]。

注释

1 骇遽（hàijù 害巨）：惊慌，害怕。

2 同极：同事一个国君。

3 申生：春秋时晋献公的嫡长子，当时号称“孝子”。晋献公的宠妃骊姬诬陷他企图弑君父。晋献公听信了骊姬的谗言，要杀他，申生既不为自己辩解，也不逃走，念念不忘君国，最后被迫自缢而死。

4 婞（xìng 幸）直：刚直。豫：犹豫，动摇。

5 鲧（gǔn 滚）：神话中人名，是夏禹的父亲，因治水不成，被尧据舜之建议放逐羽山。功：功业，指治水。用而：因而。就：成。按：厉神的话至此结束。

6 作忠：尽忠。造怨：造成怨恨。

7 忽：忽略，不介意。过言：过分的话。

8 九：虚数，表示次数之多。“九折臂而成医”是一句古语，《左传·定公十三年》“三折肱（gōng 工）知为良医”与此义同，亦犹今俗语所谓“久病成良医”。

9 信然：确实这样。

译文

众人害怕而不和你同心，又怎么会视你为同伴？同样事君却不和你同路，又怎么会给你支援？晋国的申生是个孝子，父亲听信谗言对他薄情。行为刚直一点也不动摇，伯鲧治水因而未能成功。我曾听说忠诚会带来怨恨，认为言过其实并不介意。久病就能成为良医，到今天我才知确是真理。

矰弋机而在上兮[1]，罻罗张而在下[2]。设张辟以娱君兮[3]，愿侧身而无所[4]。欲儃佪以干傺兮[5]，恐重患而离尤[6]。欲高飞而远集兮[7]君罔谓汝何之[8]？欲横奔而失路兮[9]，坚志而不忍。背膺牉以交痛兮[10]，心郁结而纡轸[11]。

注释

1 增弋（zēngyì 增易）：拴着丝绳的射鸟的短箭。机：名词用作动词，张机待发的意思。

2 罻（wèi 慰）罗：捕鸟的网。张：张设。

3 设：张设。张：即弧张。辟：即机辟。弧张、机辟都是捕捉鸟兽的罗网。娱：通“虞”，义同《尚书·太甲》“若虞机张”之虞，瞄准的意思。这句是说群小设下圈套，以陷害国君。

4 侧身：犹“厕身”，置身其间。

5 儃佪（chánhuái 缠怀）：犹“徘徊”，留恋而不忍离去的样子。干（gān 甘）：寻求。傺：通“际”，际遇，机会。儃佪以干傺，即伺机求仕。这是屈原为自己未来设想的第一条道路。

6 重（chóng 虫）患：再一次遭遇祸患。离尤：遭怨恨。

7 集：止。高飞而远集，犹言“高飞远走”，即离楚他适。这是屈原为自己未来设想的第二条道路。

8 罔：诬枉。何之：到哪里去。之，往。

9 横奔：乱跑。失路：不走正道。横奔而失路，比喻变节从俗。这是屈原为自己未来设想的第三条道路。

10 膺（yīng 英）：胸。牉（pàn 判）：剖开，分裂。交痛：一齐痛，同时痛。

11 纡轸（yūzhěn 迂诊）：绞痛。纡，萦绕。轸，痛。按：以上是第三段，诗人幻想占梦者劝自己放弃忠君，促使自己对未来道路进行探索。诗人处在激烈的思想斗争中。

译文

短箭已经对准了天空，罗网已经张设在地上。他们瞄准君王设了圈套，我想厕身朝廷却没地方。我想逗留楚国找机会，又怕再次遭受祸殃。我想高飞远走而出国，又怕君王诬我叛逃家邦。我想不走正道乱来一通，但我志向坚定于心不忍。我的前胸和后背像要分裂，我心头郁结常常绞痛。

捣木兰以矫蕙兮[1]**，糳申椒以为粮**[2]**。播江离与滋菊兮**[3]**，愿春日以为糗芳**[4]**。恐情质之不信兮**[5]**，故重著以自明**[6]**。矫兹媚以私处兮**[7]**，愿曾思而远身**[8]**。**

注释

1 捣：舂，捣碎。木兰：香木名，或称黄心树、紫玉兰，皮似桂，状如楠树，高数仞。矫：揉碎。蕙：香草名，和兰草同类。

2 糳（zuò 作）：舂。申椒：申地所产的花椒。申，今河南南阳，以产花椒著名。这两句意思是说捣碎木兰、蕙草、申椒作为食粮。
3 播：栽种。江离：香草名，又称蘼芜（míwú 迷无），即芎䓖（xiōngqióng 兄穷）。滋：栽种。
4 糗（qiǔ 丘上声）：干粮。
5 情质：真情，本质。不信：指不能取信于君王。
6 重（chóng 虫）：重复，再。著：申说，申明。
7 矫（jiǎo 狡）：举起。兹媚：这些美好的东西，指上文的木兰、蕙草、申椒、江离等香草、香木。私处：独处。
8 曾思：反复思考。曾，通"增"。远身：隐身远去。按：以上是第四段，屈原否定了原来设想的三条道路，决定隐居避祸、洁身自保。

译文

捣碎木兰揉碎蕙草，舂碎申椒作为食粮。栽种江离培植菊花，来作开春芳香的干粮。怕我的真情君王不相信，所以再三申说自己表明。举着这些香草独自隐居，我已深思熟虑准备藏身。

涉 江

导读

《涉江》是屈原流放江南以后所作。诗从"济乎江湘"写起，故名"涉江"。篇中叙述了诗人从鄂渚到溆浦行程的艰苦和处境的幽独，表现了自己对黑暗政治的愤懑和对理想信念的坚贞。

余幼好此奇服兮[1]，年既老而不衰[2]。带长铗之陆离兮[3]，冠切云之崔嵬[4]，被明月兮佩宝璐[5]。世溷浊而莫余知兮[6]，吾方高驰而不顾[7]。驾青虬兮骖白螭[8]，吾与重华游兮瑶之圃[9]。登昆仑兮食玉英[10]，与天地兮同寿[11]，与日月兮同光[12]。哀南夷之莫吾知兮[13]，旦余济乎江湘[14]。

注释

1 幼：小时候。好（hào 浩）：爱好。奇服：奇异的服饰，即下文的"长铗"（长剑）、"切云”(高冠)、“明月”(宝珠)、“宝璐”(美玉)等佩饰,比喻突出的才德。

2 既:已经。衰:减弱。

3 带:佩带。长铗(jiá 夹):指长剑。铗,本义为剑柄,这里借代剑。陆离:长的样子。

4 冠(guàn 贯):戴(帽子)。切云:高冠的名称。切云犹摩天,是形容这种冠很高。崔嵬(wéi 维):高耸的样子。

5 被(pī 披):同“披”,披挂,佩带。明月:珍珠名,即夜光珠。因为珠光晶莹,有似月光,故名。佩:佩带。璐(lù 路):美玉。

6 溷(hùn 混)浊:混浊。莫余知:即“莫知余”的倒装。

7 方:将要。高驰:高高飞驰,指下文的游瑶圃、登昆仑等。这是比喻自己志行高尚,决不媚俗。顾:回头。

8 青:黑色。虬(qiú 球)、螭(chī 痴):都是龙。龙乃马名,马八尺以上为龙。驾青虬骖白螭,即驾黑马骖白马,所以下文说“步余马兮山皋”。详参《离骚》“驷玉虬以乘鹥兮”“为余驾飞龙兮”“驾八龙之婉婉兮”等句的注解。骖(cān 餐):在两边驾车的马,这里作动词用,两边配上的意思。

9 重华:帝舜的名字。瑶:美玉。圃(pǔ 普):园。瑶之圃,玉树的园圃。“瑶圃”与下句“昆仑”为互文,指同一个地方。古代神话传说昆仑山上有瑶圃,是上帝的花园。瑶圃即《离骚》中的“县(悬)圃”“春宫”。

10 昆仑:中国神话传说中的一座神山,为天帝和神人所居,相当于古希腊神话中的奥林匹斯山和古巴比伦神话中的马什山。昆仑山是座宇宙山,是层层上升的通天阶梯,是沟通天堂、地狱、人间的宇宙枢纽,是死亡与永生的分水岭,是生命树、不死药之类神话宝物的所在。凡是企求获得永生的人,只有到这里来方可找到一线希望。玉英:玉树的花。服食玉英比喻自己修养行为高洁。

11 同寿:洪兴祖《楚辞考异》引一本作“比寿”。

12 同光:洪兴祖《楚辞考异》引一本作“齐光”。

13 南夷:相当于说“南蛮”,指楚国南部的少数民族。屈原流放的江南沅湘流域,在当时主要聚居着苗族等少数民族,所以称之为“南夷”。

14 旦:清晨。济:渡。乎:于。江:长江。湘:湘江,是今湖南省境内流入洞庭湖的大河。屈原渡过江湘,即将流放“南夷”之地,所以上句说“哀南夷之莫吾知”。按:以上为第一段,写自己品德行为高洁,但世道混浊,缺乏知音;现在又被逼逐,将流放到更加偏僻荒凉的江南沅湘流域。

译文

我从小就喜欢奇装异服,到老来还有浓厚的兴趣。佩着长长的宝剑,戴着高高的帽子，披挂明月珠系上美玉。世道混浊没有人了解我，我将高飞远走义无反顾。驾着青虬配上白色螭龙，我要和重华共游瑶圃春宫。登上昆仑山品尝玉树花朵，我与天地一样长寿，我与日月一样辉煌。痛心南夷没有人了解我，清晨我渡过长江和湘江。

乘鄂渚而反顾兮[1]，欸秋冬之绪风[2]。步余马兮山皋[3]，邸余车兮方林[4]。乘舲船余上沅兮[5]，齐吴榜以击汰[6]。船容与而不进兮[7]，淹回水而疑滞[8]。朝发枉渚兮[9]，夕宿辰阳[10]。苟余心其端直兮[11]，虽僻远之何伤[12]！

注释

1 乘：登上。《释名·释姿容》："乘，升也，登亦如之也。"鄂渚（zhǔ 煮）：地名，在今湖北武昌黄鹤山旁长江中。反顾：回顾。

2 欸（āi 哀）：叹息。绪风：余风。按：从下文"霰雪纷其无垠兮，云霏霏而承宇"的季节特征来看，诗人是冬末春初从鄂渚到溆浦的，所以此处诗人叹息他仍感受到秋冬西北风的余寒。

3 步：慢慢地走。山皋（gāo 高）：依山傍水的高地。

4 邸（dǐ 抵）：停留。方林：旧说为地名，不详所指。联系上文"山皋"不是地理专名来看，则"方林"亦不当为专名。按：方，通"旁"，大的意思。《广雅·释诂一》："方，大也。"段玉裁《说文解字注·方部》："方，又假借为旁。"方林即大树林。

5 舲（líng 零）船：有篷窗的小船。沅：沅水，是今湖南省境内流入洞庭湖的又一条大河，在湘水之西。沅水东入洞庭湖，屈原西行，是溯流而上，所以说"上沅"。

6 齐：一齐，同时并举。吴榜：大桨。一说吴榜是吴地制造的船桨。汰（tài 太）：水波。

7 容与：行进缓慢，犹豫不前的样子。

8 淹：停留。回水：回旋的水流。疑滞：通"凝滞"，停滞不前。

9 发：出发。枉渚：古地名，是枉水注入沅水的小水湾，在今湖南常德南。枉，指枉水。

10 辰阳：古地名，因在辰水之北而得名，在今湖南辰溪西南。

11 苟：如果，只要。端直：正直。

12 伤：伤害，妨害。按：以上为第二段，写在流放溆浦途中徘徊不前的情况，反映出诗人对故都的眷恋。

译文

登上鄂渚我回头眺望，哀叹秋冬的余风依然凄凉。让我的马在山边逍遥，把我的车停在树林旁。我乘着篷船逆着沅水西上，船夫们一齐举桨划击波浪。船却行进迟缓不肯向前，在回旋的水流中迂回荡漾。清晨我从枉渚出发，傍晚我住宿在辰阳。只要我心地正直，即使偏远又有何妨！

入溆浦余儃佪兮[1]，迷不知吾所如[2]。深林杳以冥冥兮[3]，乃猿狖之所居[4]。山峻高以蔽日兮，下幽晦以多雨。霰雪纷其无垠兮[5]，云霏霏而承宇[6]。哀吾生之无乐兮，幽独处乎山中。吾不能变心而从俗兮，固将愁苦而终穷[7]。

注释

1 溆（xù 序）浦：地名，即溆水之滨，指的是屈原入溆处，即今湖南溆浦江口溆水入沅的汇合处犁头咀。溆水，古名序水、叙水，又名中河、双龙江，发源于溆浦南黄茅园境内的鄜梁山，西北流，至溆浦县城东南，又折向西，流入沅江。溆水沿岸至今有招屈亭、屈原庙、三闾大夫祠、屈子峡、三闾滩、屈儃、屈原入溆处等遗迹与风景名胜。儃佪（chánhuái 缠怀）：犹徘徊，留恋而不忍离去的样子。

2 如：往。

3 杳（yǎo 咬）：幽深的样子。冥冥（míng 明）：昏暗的样子。

4 乃：此字原无，据洪兴祖《楚辞考异》引一本加。狖（yòu 又）：黑色长尾猿。猿狖，泛指猿猴。

5 霰（xiàn 线）：雪珠，小冰粒。垠（yín 银）：边。

6 霏霏（fēi 非）：盛多的样子。承：连接。宇：天宇，天空。按："深林杳以冥冥兮，乃猿狖之所居。山峻高以蔽日兮，下幽晦以多雨。霰雪纷其无垠兮，云霏霏而承宇。"这六句描写的是溆水自"思蒙"（地名）向西流至"小江"（地名）的一段长约10公里的峡谷。后人为纪念屈原，称此峡谷为"屈子峡"。

7 终穷：穷到底，即终生不得志。按：以上为第三段，写进入溆浦后，独处深山，环境恶劣，反映出彷徨苦闷的心情。

译文

进入溆浦我开始踌躇，心里迷惑不知道该往何处。山林幽深而又昏暗，不少猿猴在树上居住。山岭高峻遮住了太阳，山下幽暗经常下雨。雪珠雪花纷纷扬扬，烟云雾霭迷漫天宇。可怜我生活没有欢乐，一个人居住在深山中。我不能变节随波逐流，当然就会终生愁苦贫穷。

接舆髡首兮[1]，桑扈臝行[2]。忠不必用兮，贤不必以[3]。伍子逢殃兮[4]，比干菹醢[5]。与前世而皆然兮[6]，吾又何怨乎今之人？余将董道而不豫兮[7]，固将重昏而终身[8]。

注释

1 接舆：春秋时楚国的隐士，即《论语·微子》所说的"楚狂"。髡（kūn 昆）首：剃去头发，是古代的一种刑罚。古人认为头发受之于父母，所以剃去头发，是一种耻辱。相传接舆最初披发假装疯癫，后来又自动将头发剃去。这是用异常的举动表示坚决不与统治者合作。

2 桑扈（hù 户）：人名，古代隐士，即《庄子·大宗师》中所说的"子桑户"。臝行：裸体而行。《孔子家语》说桑扈"不衣冠而处"，也是一种玩世不恭的行为。

3 以：用。

4 伍子：即春秋时吴国大夫伍员（yún 云），字子胥，楚大夫伍奢次子。楚平王七年（前522），伍奢因犯颜忠谏楚平王被杀，他的大儿子伍尚被抓，小儿子伍员（伍子胥）则历尽艰险逃奔到吴国。伍子胥后帮助阖庐刺杀吴王僚，夺取王位，整军经武，国势日盛。不久引兵攻楚，破郢都，"掘平王墓，出其尸，鞭之三百"(《史记·伍子胥列传》)。吴王夫差时，他劝吴王拒绝越国求和并停止伐齐，但忠而被谗，遭太宰嚭（pǐ 匹）陷害，渐被疏远。后吴王赐剑命他自杀。吴王不用伍子胥计，伍子胥死后不久，吴国即灭亡。显然，伍子胥奔吴是逃避祸难；引兵攻楚，掘墓鞭尸，是为了复仇而惩罚暴君（楚平王是昏庸暴君），具有正义性。所以司马迁称他为"弃小义，雪大耻""隐忍就功名"的"烈丈夫"。某些楚辞学者说伍子胥是"弃国投敌"，是楚国的"叛臣""国贼"，是不恰当的。伍子胥作为一个政治家，其一生活动主要在吴国，对吴，他是忠臣。在"信而见疑，忠而被谤"这一点上，屈原同伍子胥的遭遇非常相似。因此诗人要咏叹伍子胥。那种认为屈原"忠君爱国"，与伍子胥思想与行事"南辕北辙"，不会"讴歌"伍子胥的观点，是简单片面的。而因为《涉江》《惜往日》《悲回风》三篇作品咏叹了伍子胥，就认为不是屈原的作品而是伪作，更是缺乏说服力的。

5 比干：商纣王的叔伯父（一说为庶兄），官少师。传说纣王淫乱，比干犯颜强谏，被剖腹挖心而死。菹醢（zūhǎi 租海）：古代酷刑，把人剁碎做成肉酱。这里是泛说比干死得惨。

6 与：通"举"，整个的意思。

7 董道：正道。豫：犹豫。

8 重（chóng 虫）昏：犹言处于层层黑暗之中。按：以上为第四段，以历史人物的遭遇抒发自己的悲愤心情，进一步重申自己意志坚定，决不动摇。

译文

接舆佯狂而剃光头发，桑扈愤世而不穿衣裳。忠臣不被重用，贤士没有用场。伍员遭遇灾祸，比干被剖开胸膛。整个前代都是这样，我又何必恨今天的人？我要坚守正道不动摇，当然终身将晦气重重。

乱曰[1]：鸾鸟凤皇[2]，日以远兮。燕雀乌鹊[3]，巢堂坛兮[4]。露申辛夷[5]，死林薄兮[6]。腥臊并御[7]，芳不得薄兮[8]。阴阳易位[9]，时不当兮[10]。怀信侘傺[11]，忽乎吾将行兮[12]。

注释

1 乱：古代乐歌中的尾声；从诗的结构来看，它是全篇的结语。

2 鸾鸟：传说中凤凰一类的神鸟。凤皇：即凤凰，传说中的神鸟。这里的鸾鸟、凤凰都比喻忠臣贤士。

3 燕雀：燕子。乌鹊：乌鸦。燕子、乌鸦都是小鸟，比喻奸佞小人。

4 巢（cháo 潮）：本义为鸟窝，这里用作动词，筑窝的意思。堂坛：殿堂和祭坛，比喻朝廷的高位。按：以上四句是指贤人失志而小人当道。

5 露申：芳草或香木名，不详所指。辛夷：香木名，又叫木笔、迎春。

6 薄（bó 博）：草木丛生的地方。以上两句以芳草香木露申、辛夷死于荒郊比喻忠臣贤士不得任用。

7 腥臊（xīngsāo 星骚）：都是难闻的气味，比喻奸佞小人。御：进用。

8 芳：指芬芳的东西，比喻正直君子。薄（bó 博）：迫近。

9 阴阳：夜晚为阴，白昼为阳。易：变更。位：位置。阴阳易位，比喻是非颠倒，黑白混淆，一切都反常了。

10 时不当（dàng 荡）：生不逢时，没遇上好时候。当，恰当，合宜。

11 怀信：怀抱忠诚。侘傺（chàchì 诧斥）：失意中心神不定的样子。

12 忽：飘然。从此诗结尾两句推知，屈原写作此诗时，已经下定了离开溆浦的决心。联系《怀沙》一诗来看，屈原后来果真实行了他的打算，又顺沅水而下到了湘水，然后自沉汨罗江，宣告了与昏君的决裂和抗议。按：以上为“乱词”，是全篇的结语，表现了诗人对现实社会黑白不分、善恶不辨的愤懑，表明了自己对邪恶势力决不妥协的态度。

译文

尾声：鸾鸟和凤凰，一天天飞远。燕子和乌鸦，筑巢在堂坛。露申和辛夷，枯死在路旁。腥臭的都重视，芬芳的不欣赏。阴阳颠倒昼夜反常，我生得不是好时光。怀抱忠信却失意彷徨，我将飘然离开这地方。

哀 郢

导读

关于《哀郢》的创作时间和创作背景，目前通行的是郭沫若说。他在《屈原研究》中说："《哀郢》的一篇，应该从王船山（王夫之）说，是（顷）襄王廿一年（前278）楚为秦兵所败，郢都为秦白起所据，'东北保于陈城'时做的。"但王夫之《楚辞通释》仅说《哀郢》是"哀郢都之弃捐"而未涉及白起破郢，而对于《哀郢》的创作年代则明确地指出是作于顷襄王三十年（前269）。因此，章培恒曾指出郭沫若认为《哀郢》作于顷襄王二十一年白起破郢时是没有仔细读《楚辞通释》而产生的误解（见其《献疑集》）。实际上，《哀郢》是屈原在顷襄王时再迁江南"九年"以后因思念故乡郢都而作。《哀郢》抒写的是诗人"无罪弃逐""九年不复"的哀思，表现了诗人思乡、恋阙、怨君、忧国的丰富而又复杂的思想感情。王夫之的"哀郢都之弃捐"说也不能成立（参潘啸龙《王夫之、郭沫若的〈哀郢〉之说不能成立》，见马茂元主编的《楚辞研究论文选》）。哀郢即哀念郢都（在今湖北江陵）。此诗当作于屈原迁逐江南九年以后，时当顷襄王十三年（前286）或十四年（前285）。

皇天之不纯命兮[1]**，何百姓之震愆**[2]**？民离散而相失兮**[3]**，方仲春而东迁**[4]**。去故乡而就远兮**[5]**，遵江夏以流亡**[6]**。出国门而轸怀兮**[7]**，甲之朝吾以行**[8]**。发郢都而去闾兮**[9]**，荒忽其焉极**[10]**。**

注释

1 纯：正，常。不纯命，指天命反复无常。

2 百姓：这个词先秦时代的含义是"百官"，指贵族、官僚集团。《国语·周语》："百姓兆民，夫人奉利而归诸上。"韦昭注："百姓，百官也，官有世功受氏姓也。"震：震惊。愆（qiān 牵）：丧失。震愆，指震惊失态。

3 民：即人，是诗人自指，亦为下句"方仲春而东迁"的主语。离散、相失：指诗人因为放逐而与君王相失、与家室分离。东方朔《七谏》："何君臣之相失兮，上沅湘而分离。"说的就是这个意思。

4 方：当，正当。仲春：夏历二月。东迁：向东流放。屈原放于“南楚”，为什么这里却称是“东迁”？因为湘江汨罗一带，正在郢都东南，故可称东迁；正如陈在郢都东北，《战国策》《韩非子》均称顷襄王郢破后“东服（伏）于陈”一样。按：哀自己被逐离郢而“东迁”，这是《哀郢》的第一层哀思。

5 去：离开。故乡：指郢（yǐng 影）都。就远：到远方去。

6 遵：循，沿着。江：长江。夏：夏水，长江的分支，故道在今湖北沙市，分长江东出至仙桃入汉水，至夏口（即今汉口）再入长江。又汉水自仙桃以下亦称夏水。流亡：流放，也就是《史记·屈原列传》中所说的“放流”，本篇结尾所说的“弃逐”。

7 国门：都门，都城的门。轸（zhěn 诊）怀：痛心。

8 甲：甲日。古代用干支纪日。干即天干，也叫十干，是甲、乙、丙、丁、戊、己、庚、辛、壬、癸的总称。支即地支，也叫十二支，是子、丑、寅、卯、辰、巳、午、未、申、酉、戌、亥的总称。干支是天干和地支的合称。拿十干的“甲、丙、戊、庚、壬”和十二支的“子、寅、辰、午、申、戌”相配，十干的“乙、丁、己、辛、癸”和十二支的“丑、卯、巳、未、酉、亥”相配，共配成六十组，用来表示年、月、日的次序，周而复始，循环使用。干支最初是用来纪日的，后来多用来纪年，现在农历的年份仍用干支。所谓“甲日”即含有天干“甲”的日子，包括“甲子”“甲戌”“甲申”“甲午”“甲辰”“甲寅”。朝（zhāo 招）：早晨。

9 郢都：在今湖北荆州纪南城，春秋时楚国都城。屈原在这首诗中，一方面说“发郢都”“出国门”，一方面又说“去故乡”“去闾”“去终古之所居”，可见屈原自己明确说了他的故乡是郢都。汉代东方朔《七谏》说：“平（屈原名平）生于国兮，长于原野。”“国”即都城，即说屈原出生于楚国都城郢。清人蔡九霞在《广舆记》卷十四人物“屈原”条下注云：“屈原名平，别字灵均，郢人也。”关于屈原的故乡，目前通行的说法是湖北秭归。《水经注》卷三十四“江水”注引袁山松《宜都山川记》云：“秭归，盖楚子熊绎之始国，而屈原之乡里也。原田宅于今具存。”郦道元在引注时就对此说表示了怀疑与否定。而据历史地理学家考证，秭归之得名与古夔国有关，而与屈原无涉。因此，屈原的故乡应当是楚国郢都，即今湖北荆州。闾（lǘ 驴）：里门，指家乡。

10 荒忽：同“恍惚”，心情迷茫的样子。洪兴祖《楚辞考异》引一本及朱熹《楚辞集注》本“荒忽”前有“怊（chāo 超）”字。可从。怊，忧愁。焉：何，哪里。极：尽头。

译文

老天爷的脾气反复无常，百官为什么震惊又紧张？我告别家人，我离开君王，在这仲春二月向着东方流浪。我离开故乡走向远方，沿着长江和夏水流放。我出了都门心里难受，今朝是甲日，我开始启航。从郢都出发离开了家乡，我神伤心碎不知要走向何方。

楫齐扬以容与兮[1]，哀见君而不再得[2]。望长楸而太息兮[3]，涕淫淫其若霰[4]。过夏首而西浮兮[5]，顾龙门而不见[6]。心婵媛而伤怀兮[7]，眇不知其所跖[8]。顺风波以从流兮，焉洋洋而为客[9]。

注释

1 楫（jí 及）：船桨。齐扬：并举。容与：行进迟缓，犹豫不前的样子。

2 君：君王，指楚王。按："哀见君而不再得"，是《哀郢》的第二层哀思。

3 长：高大。楸（qiū 秋）：树名，即梓树，落叶乔木。梓树和桑树为古代住宅旁常栽的树木，古人于是用它们作为故乡的象征。"桑梓"一词在古代往往是故乡的代名词。这里屈原遥望梓树，实际上就是遥望故乡。太息：叹息。

4 涕：泪。淫淫：泪多的样子。霰（xiàn 现）：雪珠。

5 夏首：夏水口，即夏口。聂石樵《楚辞新注》据《说文·水部》段注认为："应指江陵东南二十五里之夏水口（即今天湖北省沙市）。"西浮：前文有"东迁"，这里又说"西浮"，似乎前后矛盾。因此，今人解"西浮"，往往破字。或说"西浮即西背"（于省吾），或说即"西思"（郭沫若），或说即"西负"（张家英），或说即"迅浮"（郭在贻），或说即"迁流"（吴孟复）。其实，"过夏首而西浮兮，顾龙门而不见"，是《哀郢》中的一个动人情节。它创造了"日暮乡关何处是，烟波江上使人愁"的艺术境界，生动地表现了屈原离开郢都时，三步一回首，五里一徘徊的留恋之情。其人东行，其心西向，故过夏首时，又回舟而西浮；但顾视龙门，已不可见。犹《抽思》所记，本向汉北行进，但有时却"狂顾南行，聊以娱心"，都是同一心境的深刻抒发（参汤炳正《屈赋新探》）。

6 龙门：郢都的东城门。

7 婵媛（chányuán 蝉元）：通"啴咺"，楚方言，本义为喘息，这里是形容悲哀愤怒的样子。

8 眇：通"渺"，辽远的样子。跖（zhí 直）：落脚。所跖，落脚的地方。

9 焉：于是。洋洋：漂泊无依的样子。

译文

大家举起船桨慢慢地划吧，伤心我不能再见到君王。远望高大的梓树不禁长叹，泪珠像雪珠般纷纷洒落。过了夏首又掉头西行，回顾龙门已经见不着。我心情悲愤好不凄凉，不知哪里是我落脚的地方。我且顺着风波随着流水，飘飘然做个游客的模样。

凌阳侯之泛滥兮[1]，忽翱翔之焉薄[2]。心絓结而不解兮[3]，思蹇产而不释[4]。将运舟而下浮兮[5]，上洞庭而下江[6]。去终古之所居兮[7]，今逍遥而来东[8]。羌灵魂之欲归兮[9]？何须臾而忘反[10]？

注释

1 凌：乘。阳侯：波浪之神。古代神话传说陵阳国的诸侯溺水而死，他的灵魂化为大的波浪，经常覆没舟船。这里是以兴波作浪的阳侯（即陵阳侯）称代波浪。泛滥：大水横流的样子。

2 忽：飘忽的样子。翱（áo 敖）翔：鸟在空中回旋地飞。焉：何，哪里。薄（bó 博）：迫近。

3 絓（guà 挂）结：打了结子，起了疙瘩。

4 思：思绪。蹇（jiǎn 简）产：曲折纠缠。释：解开。按：这两句其实是一个意思而以对偶的句子重复了两次，以便充分地表现心情的沉重与悲哀。

5 运舟：行船。下浮：指沿长江东下。这一句屈原是说自己远望龙门不见，只能回舟随江而下。

6 上、下：系指行舟而言，船头所对方向为“上”，船尾所对方向为“下”(参沈祖绵《屈原赋证辨》)。因此，上即进入，下即离开。

7 终古：长久。终古之所居，祖先以来所居住的地方，指郢都。据《史记·楚世家》记载，楚国自楚文王元年（前 689）迁居旧郢，楚平王元年（前 528）迁居新郢，到屈原生世，已经分别有三百四十多年或一百八十多年的历史。

8 逍遥：飘荡的意思。东：和上文“东迁”的“东”意思相同，指湘江汨罗一带。

9 羌（qiāng 腔）：楚方言，同“卿”或“庆”，表反诘语气，即“何为”“何乃”，为什么的意思。王逸《楚辞章句》：“羌，楚人语词也，犹言卿，何为也。”

10 须臾（yú 于）：片刻。反：同“返”。

译文

迎着汹涌澎湃的长江波涛，船如孤雁不知将飞往何方。我内心的疙瘩难以解开，我百结的愁肠难以舒畅。我将行舟浮水而下，进入洞庭离开长江。离开了世代所居的家乡，我只身一人来到东方。我为何做梦也梦见回到故乡？我哪曾片刻遗忘返回家乡？

背夏浦而西思兮[1]，哀故都之日远[2]。登大坟以远望兮[3]，聊以舒吾忧心[4]。哀州土之平乐兮[5]，悲江介之遗风[6]。当陵阳之焉至兮[7]？淼南渡之焉如[8]？曾不知夏之为丘兮[9]，孰两东门之可芜[10]？

注释

1 背：背离。夏浦：王逸《楚辞章句》未加注"地名"，而只注其句意为"背水向家，念亲属也"。通行的注解认为即今"汉口"，这似不确。从《水经注·江水》可知，在大江从"江水会"至武昌间，有许多水口均称"夏浦"，可见其非"汉口"之专称，而是江夏间水口的泛称。潘啸龙据诗人自述"上洞庭而下江"的船行方向，证明诗人当时已从"江水会"溯湘朝洞庭而去，认为此诗中的"夏浦"当离洞庭不远，当是湘水与大江交汇处（《水经注》称为"江水会"）东北岸的"二夏浦"(《楚汉文学综论》)。《水经注·江水》"湘水从南来注之"，注曰："江水右会湘水，所谓'江水会'者也。江水又东，左得二夏浦，俗谓之'西江口'。"西思：指思念西边的故乡。

2 故都：指郢都。按："哀故都之日远"，是《哀郢》的第三层哀思。

3 坟：堤。

4 聊：暂且。舒：舒展。

5 州土：乡邑。平乐：升平快乐。

6 江介：江边，此指江南沅湘流域。遗风：古代楚国遗留下来的淳朴风俗。以上二句意思是：屈原流放到江南沅湘流域，看到这一带人民升平快乐，还保留着古代的好风俗，因而想起整个楚国危机日深，人们安宁的生活为战乱破坏，人们淳朴的风俗被淫佚取代，所以觉得可"哀"可"悲"。按："哀州土之平乐兮，悲江介之遗风"，是《哀郢》的第四层哀思。

7 当：面对。陵阳：洪兴祖《楚辞考异》引一本作"凌阳"。刘熙《释名》曰："阳，扬也，气在外发扬也。"可知此"陵阳"亦即"凌扬"，当指沸扬飞腾的江波。王逸《楚辞章句》释为"腾驰"，实为确诂。戴震《屈原赋注》、钱澄之《庄屈合诂》认为"陵阳"即上文大波之神"凌阳侯"的简称，指大波，也很通达。但宋人洪兴祖《楚辞补注》、清人蒋骥《山带阁注楚辞》却将陵阳说成地名，认为即《汉书》上所说的丹阳郡陵阳县（即今安徽青阳南的陵阳镇），是屈原向东流放的终点。这就在大范围上，超出了汉人记述的屈原放逐江南沅湘之间的范围。因此，潘啸龙认为此说是绝不可信从的（参其《楚汉文学综论·关于屈原在江南的放逐地域》）。如果屈原流放到陵阳，又在陵阳生活了很久，陵阳应该留下屈原的遗迹。但曹大中查阅安徽省志及有关府志与县志后发现没有屈原事迹的记载。陵阳山上虽有陵阳仙人等不少名人的遗迹，但屈原的遗迹却一处也没有。这也足以证明屈原未到过陵阳（参其《屈原的思想与文学艺术·论〈哀郢〉》）。

8 渺（miǎo 秒）：大水茫茫、一望无际的样子。如：往。

9 夏：通“厦”，大屋，指郢都的宫殿。丘：土丘，这里作“废墟”解。王逸《楚辞章句》：“怀王信用谗佞，国将危亡，曾不知其所居宫殿当为墟也。”

10 孰：谁。两东门：指郢都东关的两座城门。王逸《楚辞章句》：“言郢城两东门，非先王所作邪？何可使逋（荒）废而无路？”以上两句反问是屈原针对庸主邪臣而发，暗示国破家亡的景象就在目前，悲哀郢都将会沦丧。按：以上为此诗的前半部分，诗人回忆了当年无罪遭“弃逐”的离郢历程，抒发了依恋故都的忧伤感情。

译文

离开夏浦心里想着西方，伤心离开故都日益漫长。登上大堤我向远方眺望，姑且来驱散我心头的乌云。叹这一带人民生活安宁，江边还保留着淳朴的古风。波涛汹涌，乘船往哪里去？大水茫茫，南渡到哪一方？谁想过郢都的宫殿将成废墟？谁想过郢都的东门将会荒凉？

心不怡之长久兮[1]，忧与愁其相接。惟郢路之辽远兮[2]，江与夏之不可涉。忽若不信兮[3]，至今九年而不复[4]。惨郁郁而不通兮[5]，蹇侘傺而含戚[6]。外承欢之汋约兮[7]，谌荏弱而难持[8]。

注释

1 怡：愉快。

2 惟：句首语气词。郢路：返回郢都的道路。

3 忽：迅速。若：似乎。

4 复：返回。

5 惨郁郁：忧思郁积的样子。通：通畅，舒畅。

6 蹇侘傺（jiǎnchàchì 简诧斥）：潦倒失意的样子。戚：忧愁。

7 外：外表。承欢：讨人喜欢。汋（chuò 辍）约：同“绰约”，姿态柔美的样子。

8 谌（chén 尘）：的确，实在。荏（rěn 忍）弱：软弱。持：通“恃”，依靠。

译文

我心情不快已经很长久，旧忧未去又接上了新愁。故乡郢都离得那么遥远，长江和夏水又不能偷渡。时间快得似难令人相信，我竟已九年没返回郢都。我忧思郁积心情不舒畅，我失意彷徨充满着哀愁。外面做出一副邀宠的媚态，实际软骨头不可依赖。

忠湛湛而愿进兮[1]，妒被离而障之[2]。尧舜之抗行兮[3]，瞭杳杳而薄天[4]。众谗人之嫉妒兮，被以不慈之伪名[5]。憎愠惀之修美兮[6]，好夫人之慷慨[7]。众踥蹀而日进兮[8]，美超远而逾迈[9]。

注释

1 湛湛（zhàn 战）：厚重的样子。愿进：愿意进用，为国效力。

2 被离：通“披离”，众多杂乱的样子。障：阻碍。

3 尧舜：唐尧、虞舜，传说中的上古圣君。抗：通“亢”，高尚。行：德行。

4 瞭（liǎo）：眼珠明亮。《玉篇·目部》：“瞭，目明也。”《广韵·篠韵》：“瞭，目睛明也。”杳杳（yǎo 咬）：高远的样子。薄：接近。这里称尧舜“瞭杳杳而薄天”，犹孔子所谓“唯天为大，唯尧则之”(《论语·泰伯》)。

5 被：加在身上。不慈：对子女不慈爱。伪名：捏造的罪名。传说尧认为自已的儿子丹朱不贤，便把帝位传给舜。舜认为自已的儿子商均不肖，便把帝位传给禹。这本是值得歌颂的“抗行”，但后世宗法观念很深的人却指责他们对自己的儿子不慈爱。例如《庄子·盗跖》即说：“尧不慈，舜不孝。”又《吕氏春秋·当务篇》说：“尧有不慈之名，舜有不孝之行。”屈原在这里以尧舜“任人唯贤”的历史事实，来借古讽今，表明了对楚王朝“任人唯亲”的不满。

6 愠惀（wěnlún 稳轮）：忠诚的样子。

7 夫（fú 扶）：那些。慷慨：此指巧言令色、能说会道。

8 众：指谗人。踥蹀（qièdié 切蝶）：即蹀躞（xiè 谢），迈着小步行走的样子，是卑贱相。日进：越来越被提拔。

9 美：指忠臣。超：义同“远”。逾迈：越来越疏远。按：以上为此诗的后半部分，抒发了自己放逐江南“九年”不能返回故乡郢都的悲愁相续的愤懑和忧思。

译文

忠臣竭诚愿为国尽力，小人嫉妒纷纷设置障碍。唐尧和虞舜德行高尚，如日月经天光被四表。众多小人谗害嫉妒贤能，竟诬蔑“尧不慈、舜不孝”。嫌弃端庄正直的忠臣，喜欢巧言令色的谗人。谗人献媚愈来愈腾达，忠臣孤傲愈来愈疏远。

乱曰[1]：曼余目以流观兮[2]，冀壹反之何时[3]？鸟飞反故乡兮，狐死必首丘[4]。信非吾罪而弃逐兮[5]，何日夜而忘之[6]？

注释

1 乱：古代乐歌中的“尾声”；从诗的结构来看，它是全篇的结语。

2 曼余目：拉长我的眼睛，即放眼（远望）。曼，延长。流观：四处观望。

3 冀：希望。壹反：即“一返”，回去一趟的意思。

4 首丘：头向山丘。首，用作动词，头朝向的意思。相传狐狸死时总要把头朝向它所生长的山丘。以上二句用禽兽不忘所生的地方比喻人对故乡的依恋。

5 信：实在，的确。弃逐：即放逐、流放。

6 之：指郢都。按：以上“乱词”是全篇的结语，诗人揭示了他当年被迫离郢的根本原因和自己写作《哀郢》的全部哀思之所由来。

译文

尾声：我放眼向四方远望，几时才能如愿回去一趟？鸟儿一定要归旧巢，狐狸临死头向山冈。我清白无辜竟遭流放，哪天哪夜忘记过故乡？

抽 思

导读

《抽思》是屈原于楚怀王时流放汉北时期的作品，大约作于流放的第二年夏季。篇名《抽思》取自篇中“少歌”首句“与美人抽思（一作‘抽怨’）兮”。抽，抽绎，引出；思，情思。意思是把郁结在内心深处的忧伤情思抽绎出来。《抽思》一诗写得情意缠绵，如怨如慕。诗中洋溢着回朝从政实现理想的强烈愿望，抒发了对国君、对郢都的思念之情，同时也表现了对君主“言而不信”、反复无常的怨恨。这首诗在结构上很有特色，有“少歌”、有“倡”、有“乱”。这种特殊的结构形成了《抽思》一诗回环往复的独特抒情方式，在整部《楚辞》中别具一格。

心郁郁之忧思兮[1]，独永叹乎增伤[2]。思蹇产之不释兮[3]，曼遭夜之方长[4]。悲秋风之动容兮[5]，何回极之浮浮[6]！数惟荪之多怒兮[7]，伤余心之慢慢[8]。愿摇起而

横奔兮[9]，览民尤以自镇[10]。

注释

1 郁郁：忧思郁结的样子。

2 永叹：长叹。增伤：加倍的忧伤。

3 思：思绪。蹇（jiǎn 简）产：曲折纠缠。释：解开。

4 曼：长。方：正。

5 动容：联绵词，也作"动溶"，摇荡的意思。

6 回极：刘向《九叹·远游》："征九神于回极兮。"注："回，旋也。极，中也。谓会北辰之星于天之中也。"回极意为旋转的中心，即古人所认为的天体的轴心。由于北极星（古人叫北辰）距天球北极很近，差不多正对着地轴，从地球上看，它的位置几乎不变，因此古人把"北极星"也叫作"回极"。这里的"回极"指的正是北极星。浮浮：动的样子。

7 数（shuò 朔）：屡次。惟：思。荪（sūn 孙）：香草名，也叫溪荪，俗名石菖蒲。此比喻楚怀王。多怒：《史记·屈原贾生列传》多次写怀王之怒，如"王怒而疏屈平"。前面两句写草木变色，北极星浮动，实际上也是比喻楚怀王"多怒"。

8 懮懮（yōu 忧）：愁苦的样子。

9 摇起：王念孙《读书杂志》："摇起，疾起也。与横奔文正相对。"摇起横奔，比喻不顾一切远走高飞。

10 尤：罪，苦难。镇：止住。

译文

我心里郁结着忧思，独个儿长叹更加悲伤。我百结的愁肠难以舒畅，遇到的黑夜正好又很长。悲叹秋风一吹草木萧条，连北极星也被吹得摇荡。每每想到溪荪容易发怒，我的内心就愁苦悲伤。很想不顾一切远远逃奔，看到人民苦难又没有动身。

结微情以陈词兮[1]，矫以遗夫美人[2]。昔君与我诚言兮[3]，曰黄昏以为期[4]。羌中道而回畔兮[5]，反既有此他志[6]？憍吾以其美好兮[7]，览余以其修姱[8]。与余言而不信兮，盖为余而造怒[9]？

注释

1 结：集结。微情：微末的心情，是自谦之词，犹私衷。陈词：陈述言词，指作《抽思》。

2 矫：举。遗（wèi 卫）：赠给。美人：喻楚怀王。按：以上十二句抒写了诗人内心的愁苦，说明了写作此诗的缘起。

3 诚言：洪兴祖《楚辞考异》引一本及朱熹《楚辞集注》作“成言”，当从。“成言”即《离骚》“初既与余成言兮”的“成言”，意思是彼此约定的话。

4 曰：主语是楚王。黄昏：古代举行婚礼在黄昏时候。期：婚期，结婚的时间。这两句是以男女关系比喻君臣关系。

5 羌（qiāng 腔）：楚方言，表反诘语气，同“何为”“何乃”，为什么的意思。中道：中途。回畔：背叛，翻悔。畔，通“叛”。

6 既：已经。他志：别的念头。以上四句是说楚王与自己原已契合，后来忽然变卦，这是诗人对自己任“左徒”期间始被信任、后被疏远的生活经历的艺术概括。

7 憍：同“骄”，夸耀。其：指楚怀王。

8 览：显示，炫耀。修姱（kuā 夸）：美好。按：《史记·屈原贾生列传》：“上官大夫……因谗之曰：‘王使屈平为令，众莫不知，每一令出，平伐其功，以为非我莫能为也。’”（今本“功”下原有“曰”字，据《群书治要》删）楚怀王对上官大夫的谗言是深信不疑的，故针对“平伐其功，以为非我莫能为也”一语，而表现出相应的骄横态度，如此处的“憍吾以其美好兮，览余以其修姱”，下文的“憍吾以其美好兮，敖朕辞而不听”，就都是楚怀王为了巩固自己的统治地位而采取的“威势独在于主而不与臣共”(《管子·明法解》）的政治性对策，以压低屈原政治上的才能与影响。

9 盖（hé 何）：通“盍”，何以，为什么。造怒：故意找岔子发火。

译文

我把微薄的情思编成诗句，双手举起献给美人。你早先和我已经说定，结婚的时间定在黄昏。为何你在中途就变了卦，反而已经有了他心？你把你的美貌向我夸耀，你把你的长处向我显示。和我的约言你全不信守，为什么还无故地对我生气？

愿承闲而自察兮[1]，心震悼而不敢[2]。悲夷犹而冀进兮[3]，心怛伤之憺憺[4]。兹历情以陈辞兮[5]，荪详聋而不闻[6]。固切人之不媚兮[7]，众果以我为患。初吾所陈之耿著兮[8]，岂至今其庸亡[9]？何独乐斯之謇謇兮[10]？愿荪美之可光[11]。

注释

1 承闲：趁着空闲。察：表白，说明。

2 震悼：震惊，惶恐。

3 夷犹：犹豫。冀（jì 计）进：希望进用。

4 怛（dá 达）：悲伤。憺憺（dàn 淡）：义同“荡荡”，心中动荡不安的情状。

5 兹历情：当从洪兴祖《楚辞考异》引一本作“历兹情”。历兹情，即列举这些情况。

6 荪（sūn 孙）：香草名，即溪荪。此比喻楚王。详：通“佯（yáng 羊）”，假装。

7 切人：切直刚正的人。

8 耿著：明白清楚。

9 庸：乃，就。亡：通“忘”，忘记。

10 独乐斯：原作“毒药”，据洪兴祖《楚辞考异》引一本及朱熹《楚辞集注》改。乐（yào 药），喜欢，爱好。斯，此，这。謇謇（jiǎn 简）：忠诚，正直。

11 光：原作“完”，与上文“亡”字不押韵，现据洪兴祖《楚辞考异》所引一本改。

译文

我想趁你空闲向你表白衷情，可是心惊胆战又不敢来说明。我犹豫彷徨希望见到你，但内心悲伤动荡不安宁。我列举这些情况来陈述，溪荪却假装耳聋不肯倾听。本来正直的人不会献媚，大家果然视我为眼中钉。以前我的陈述非常明白，难道到现在你就全已忘光？我为什么喜欢忠言直谏？是希望溪荪的美德更加辉煌。

望三五以为像兮[1]，指彭咸以为仪[2]。夫何极而不至兮[3]？故远闻而难亏[4]。善不由外来兮，名不可以虚作。孰无施而有报兮？孰不实而有获[5]？少歌曰[6]：与美人抽思兮[7]，并日夜而无正[8]。憍吾以其美好兮，敖朕辞而不听[9]。

注释

1 三五：旧说指“三王五霸”。赵逵夫认为是“三王”之讹，指楚三王，即句亶王熊伯庸、鄂王熊红、越章王熊疵。(《屈氏先世与句亶王熊伯庸》，载《文史》第 25 辑）像：榜样。

2 彭咸：据王逸《楚辞章句》，彭咸是殷朝贤大夫，相传他因劝谏国君，不被采纳，于是投水自杀。生平事迹不可详考。仪：模范。

3 极：终极，目的地。至：达到。

4 闻：声誉，名声。

5 实：结果实。这两句屈原是以“施”与“报”的关系、“实”与“获”的关系比喻实与名的关系，表明“名不可以虚作”。

6 少歌：又叫“小歌”，“短歌”的意思，是古代音乐章节的名称。从音乐形式看，它可能是乐歌中间穿插的小合唱；从诗的结构来看，它是前半篇的小结。

7 美人：比喻楚怀王。抽思：原作“抽怨”，据朱熹《楚辞集注》改。抽，抽绎，引出。思，情思。抽思就是把郁结在内心深处的忧伤情思抽绎出来。

8 并日夜：从白天到黑夜。并，兼。无正：没有人评断是非。

9 敖：通“傲”。朕（zhèn 振）：我的。按：以上为第一段，诗人回忆了当初在朝辅佐楚王的往事，抒发了自己对楚王忠诚却被疏远的幽怨悲苦之情。

译文

愿三王成为你的榜样，以彭咸作为我的楷模。什么目标不能够达到？必声名远扬难以消磨。善行不能由外部强加，名声不能凭虚假做作。不施舍怎能得到报答？不种植怎么会有收获？短歌：我向美人抒发我的幽情，白天黑夜都没有人作证。美人向我夸耀他的美貌，对我的言辞傲慢不肯听。

倡曰[1]：有鸟自南兮[2]，来集汉北[3]。好姱佳丽兮[4]，牉独处此异域[5]。既茕独而不群兮[6]，又无良媒在其侧[7]。道卓远而日忘兮[8]，愿自申而不得[9]。望北山而流涕兮[10]，临流水而太息[11]。

注释

1 倡：同“唱”，也是音乐章节的名称。从音乐形式上看，是另外起唱；从诗的结构上看，是另起一层。

2 鸟：作者自喻。南：指郢都（今湖北荆州纪南城）。屈原此时流放在汉北，郢都在其南。

3 集：鸟栖息在树上。汉北：汉水北边，即今湖北襄阳附近的地区。蒋骥《山带阁注楚辞》：“汉北，今郧、襄之地。”姜亮夫《楚辞通故》：“汉北者，汉水之北，指郧、襄、樊、宛之间，北至方城，以北之地言至辽阔。”汉北是屈原第一次被流放的地方。

4 好（hǎo）姱（kuā 夸）佳丽：这是四个同义单词平列连用，都是美的意思，属于屈赋中的“同义联迭”修辞手法（参汤炳正《屈赋新探》）。这是以容态美好，比喻品德美好。

5 牉（pàn 判）：分离。

6 茕（qióng 琼）独：孤独。不群：失群。这句是把自己比作弃妇，所以下文说“无良媒”。

7 良媒：好媒人，比喻能在楚王面前为自己说情的人。

8 卓：通“逴（chuō 戳）”，与“远”同义。

9 自申：自己申述。

10 北山：戴震《屈原赋通释》认为即郢都北十里的纪山。洪兴祖《楚辞考异》引一本及朱熹《楚辞集注》作“南山”。“北山”不论是实指还是泛指，都是用来指代故乡。望北山，实即望故乡。

11 临：面对。太息：叹息。

译文

唱道：一只鸟儿从南方飞来，栖息在汉北的树上。长得多么艳丽多么漂亮，却离群独自流落异乡。既落落寡合缺乏伴侣，又没有良媒在自己身旁。离家遥远日渐被人遗忘，想倾诉衷情又没有对象。遥望北山眼泪汪汪，面对流水叹息哀伤。

望孟夏之短夜兮[1]，何晦明之若岁[2]？惟郢路之辽远兮[3]，魂一夕而九逝[4]。曾不知路之曲直兮[5]，南指月与列星[6]。愿径逝而未得兮[7]，魂识路之营营[8]。何灵魂之信直兮[9]，人之心不与吾心同？理弱而媒不通兮[10]，尚不知余之从容[11]。

注释

1 望：看，有“想”的意思。孟夏：初夏，指夏历四月。按：本篇第一段讲到“秋风”，当是纪初来汉北的时令。这里“孟夏”则指次年写作本篇的时候。

2 晦（huì 惠）明：从天黑到天亮，指一夜。晦明若岁，形容心情忧苦，夜不能寐。

3 惟：句首语气词。郢路：去郢都的路。

4 九：虚数，表示次数多。逝：往，去。

5 曾不知：竟不知。

6 列星：众星。

7 径逝：直接去。

8 营营：来来往往、忙忙碌碌的样子。

9 信直：忠诚正直。

10 理：媒人。

11 从（cōng 聪）容：举止行为。按：以上第二段，写诗人初放汉北时孤独苦闷的处境和日夜忧心如焚地思念郢都的心情。

译文

想想初夏夜晚多短暂，为何像一年一样漫长？去郢都的路那么遥远，梦魂一晚却来回九趟。竟不知路是直还是弯，我披星戴月奔向南方。想直接回去却不可能，灵魂为认路来往奔忙。为何我这样忠诚正直，别人没我这样的心肠？媒人无能不能够疏通，还不了解我现在的情状。

乱曰[1]：长濑湍流[2]，溯江潭兮[3]。狂顾南行[4]，聊以娱心兮[5]。轸石崴嵬[6]，蹇吾愿兮[7]。超回志度[8]，行隐进兮[9]。

注释

1 乱：古代乐歌中的“尾声”；从诗的结构来看，它是全篇的结语。

2 濑（lài 赖）：从沙石上流过的水。湍（tuān 团阴平）：急流的水。

3 溯：逆流而上。江：指汉水，是今湖北省境内由西北向东南流入长江的大河。潭：楚方言，深水。这两句是写自己溯汉江行驶。楚辞乱辞是对全诗的概括和总结，具有结语性质。因此这里的“溯江潭”仍是说自己离开郢都，流放汉北，不是另起一层，写新的继续流放。

4 狂顾：急切地回顾。南行：向南行进。这句是说自己当年离开郢都，溯流北上时，时时回顾南方，甚而掉头南行，徘徊不前，踌躇不进，表现了诗人对郢都的深切眷念。

5 聊：且。娱心：自慰。

6 轸（zhěn 诊）石：怪石。《方言》卷三：“轸，戾也。”《说文·犬部》：“戾，曲也。”这里是用“轸”形容石头弯弯曲曲的奇形怪状。崴嵬（wēiwéi 威违）：义同“崔嵬”，高耸不平的样子。

7 蹇（jiǎn 简）：阻碍。愿：指“南行”返郢回乡的愿望。

8 超回：郭在贻认为是“迟回”之讹。迟回即徘徊。志度：郭在贻认为即踟躅（chìduó 赤夺），亦即踟蹰。超回志度即徘徊踟蹰，是两个同义的联绵词平列在一起（《楚辞解诂》）。

9 隐进：进度迟缓。隐，同“稳”，缓慢。

译文

尾声：水急滩长，逆流而上汉江。掉头向南，姑且安慰愁肠。怪石嶙峋，阻我回乡愿望。徘徊踟蹰，使我进退两难。

低佪夷犹[1]，宿北姑兮[2]。烦冤瞀容[3]，实沛徂兮[4]。愁叹苦神[5]，灵遥思兮[6]。路远处幽[7]，又无行媒兮[8]。道思作颂[9]，聊以自救兮[10]。忧心不遂[11]，斯言谁告兮[12]？

注释

1 低佪（huái 怀）：徘徊。夷犹：犹豫。

2 北姑：地名，不详所在。

3 烦冤：烦乱委屈。瞀（mào 冒）：心绪烦乱。瞀容，容貌烦乱，犹愁容苦貌。

4 实：这样。沛徂（cú）：颠沛流离。沛，颠沛。徂，往。

5 苦神：与“愁叹”互文，“神”通“呻”，苦呻即苦吟。

6 灵：灵魂，神魂。遥思：指思念遥远的郢都。

7 幽：指偏远的地方。

8 行媒：媒人，比喻可为自己向楚王说情的人。

9 道思：述志。道，述。作颂：作歌，指写作本篇。

10 自救：自我解脱。

11 遂：达，这里是畅达的意思。

12 斯：此。谁告：“告谁”的倒文。按：以上“乱词”是全篇的结语，写诗人流放汉北，深切怀念楚王而不得见的无可诉说的幽怨。

译文

彷徨犹豫，北姑住上一晚。心烦意乱，颠沛流离四方。苦叹哀吟，神魂遥念故乡。地僻路远，没人代诉衷肠。作歌述志，暂且解脱忧伤。忧愁难解，这话能对谁讲？

怀　沙

导读

《怀沙》是屈原沉江前一个月（四月）写下的遗作，但并非屈原的绝笔。诗中写到死的决心，但语气没有《惜往日》那样激切，感情也没有《惜往日》那样激烈，所以《怀沙》似非屈原的绝命词。关于《怀沙》的题意，旧说或释为“抱石沉江”，或释为“怀念长沙”，似均不确。当依胡念贻说释为“沉江”。怀即“归”“依”。《广雅·释诂二》：“怀，归也。”《后汉书·吴汉传》注：“怀，依也。”沙，指水中。《易经·需卦》：“需于沙。”虞注：“水中之阳称沙也。”因此，“怀沙”意即沉江（《楚辞选注及考证》）。《怀沙》可以说是屈原准备沉江自杀的预告。诗人死意已决，感情平静，志气恢宏，无所畏惧，视死如归，充满了崇高的悲剧美，因而特别悲怆感人。

滔滔孟夏兮[1]，草木莽莽[2]。伤怀永哀兮[3]，汩徂南土[4]。眴兮杳杳[5]，孔静幽默[6]。郁结纡轸兮[7]，离慜而长鞠[8]。抚情效志兮[9]，冤屈而自抑[10]。

注释

1 滔滔：一作“陶陶”，气候温和的样子。孟夏：夏历四月。

2 莽莽：茂密的样子。

3 伤怀：伤心。永：长。

4 汩（yù 欲）：楚方言，水流很快的样子。徂（cú）：往，去。南土：楚国的南部领土，指江南的沅湘流域。按：以上四句是以初夏火红的景象来反衬自己哀伤的心情。

5 眴（shùn 顺）：同“瞬”，转动眼睛，眨眼。杳杳（yǎo 咬）：深远迷茫，看不清远处的东西。

6 孔：很。幽默：静寂。

7 纡轸（yūzhěn 迂枕）：绞痛。纡，萦绕。轸，痛。

8 离：通“罹”，遭受。慜（mǐn 敏）：同“愍”，忧患。鞠：穷困。

9 抚：按。效：通“校（jiào 较）”，考核。《广雅·释言》：“效，考也。”王念孙疏证：“效之言校也。”朱骏声《说文通训定声·小部》：“效，假借为校。”

10 自抑：强自压抑。

译文

四月天气暖洋洋，花草树木绿茫茫。内心哀伤已多么久长，急急忙忙我奔向南方。放眼望去四野茫茫，无声无息听不到声响。我忧愁郁结内心凄怆，遭受忧患困穷多么久长。考核检查我的情怀和志向，无限冤屈深藏在我的心房。

刓方以为圜兮[1]，常度未替[2]。易初本迪兮[3]，君子所鄙。章画志墨兮[4]，前图未改[5]。内厚质正兮[6]，大人所盛[7]。巧倕不斫兮[8]，孰察其拨正[9]？

注释

1 刓（wán 完）：削。圜：同"圆"。这句是写放弃原则、苟合取容的时俗风气。

2 常度：正常的法度。替：废。

3 易：改变。初：原来。本迪：郭在贻《楚辞解诂》说："《尔雅》：'迪，道也。'《史记·屈原列传》张守节《正义》曰：'本，常也。'可证'本迪'就是'常道'，是指一种醇美的节操或高尚的志趣。"

4 章：同"彰"，明白，明确。画：规划。志：牢记。墨：绳墨，比喻法度。

5 图：法度。

6 内厚：内心敦厚。质：品质。

7 大人：即圣人、君子。盛：赞美。

8 倕（chuí 垂）：人名，相传是帝尧时的巧匠。斫：砍削。

9 拨：弯曲。这两句是比喻人才要通过试用才会发现。按：以上为第一段，写自己南行时的情景，表明了自己决不改变操守的坚定信念。

译文

尽管许多正直的人变得圆滑，我却守正不改向来的模样。如果改变原来的信念，就会被君子所鄙弃。要依照规矩办事情，以前的法度不能忘记。品质敦厚又纯正，君子一定会钦敬。巧匠阿倕如果不动斧头，谁知他能把弯木变得方正？

玄文处幽兮[1]，蒙瞍谓之不章[2]。离娄微睇兮[3]，瞽以为无明[4]。变白以为黑兮，倒上以为下。凤皇在笯兮[5]，鸡鹜翔舞[6]。同糅玉石兮[7]，一概而相量[8]。夫惟党人鄙固兮[9]，羌不知余之所臧[10]？

注释

1 玄：黑色。文：通"纹"，花纹。

2 蒙瞍（sǒu 叟）：瞎子的总称。有眼珠而看不见的叫作蒙（即睁眼瞎），没有眼珠的叫瞍。不章：没有文采。章，文采。这两句是比喻贤才被埋没。

3 离娄（lóu 楼）：人名，又叫离朱，传说为上古时代视力很好的人，在上百步远的地方就能看清秋天鸟兽身上新长的细毛。黄帝遗失了玄珠，他帮找回。微睇（dì 弟）：微闭着眼睛看。睇，斜视。

4 瞽（gǔ 鼓）：瞎子。无明：没有视力。这两句是比喻真才被错看。

5 笯（nú 奴）：竹笼。这句是比喻忠臣贤士被压抑、埋没。

6 鹜（wù 误）：鸭子。这句是比喻无能小人受到重用。

7 糅（róu 揉）：混杂。玉石：玉与石。

8 概：古代量（liáng 良）米麦等用以刮平斗（dǒu 抖）斛（hú 壶）的丁字形木器。一概相量，使用同一个概去量不同的东西，即等量齐观、同等对待。

9 夫（fú 扶）：句首语气词，有提示作用。惟：介词，相当于“以”“因为”。夫惟，犹言“正因为”。党人：指朝中那些结党营私的奸臣。

10 羌（qiāng 腔）：楚方言，表反诘语气，哪里的意思。按：以上为第二段，诗人连用六个比喻有力地揭露了是非颠倒、善恶混淆的黑暗现实。

译文

黑色花纹暗处放，瞎子说它不漂亮。离娄眯眼来端详，盲人说他眼无光。黑白已被混淆，上下全都颠倒。凤凰囚禁在竹笼，鸡鸭自由地舞蹈。美玉和石头混杂在一道，善良和丑恶被看成一样。那帮小人鄙陋顽固，哪知道我的纯洁高尚？

任重载盛兮[1]，陷滞而不济[2]。怀瑾握瑜兮[3]，穷不知所示[4]。邑犬之群吠兮[5]，吠所怪也。非俊疑杰兮[6]，固庸态也。文质疏内兮[7]，众不知余之异采。材朴委积兮[8]，莫知余之所有。重仁袭义兮[9]，谨厚以为丰[10]。

注释

1 任重：负荷重。载盛：装载多。这句是以车为喻，指自己曾担任左徒，内政外交责任繁重。

2 陷滞：因陷没而停滞不前。不济：指不能前进。济，度过。这句似暗示自己担任左徒时曾犯过某种错误，即《惜往日》中提到的“过失”。

3 怀：揣在怀里。瑾（jǐn 紧）：美玉。握：握在手里。瑜（yú 鱼）：美玉。这句是比喻自己品质端纯。

4 穷：穷困，处境窘迫。示：出示，拿给人看。这句是说自己因偶然的过失受到谗言的中伤，处境艰难，尽管品质端纯，也无法自我辩白。

5 邑（yì 义）：村庄。吠（fèi 费）：狗叫。

6 非：诽谤。

7 文：文雅。质：质朴。疏：通。文质疏内，即“文质彬彬”，不仅见之于外，而且通之于内，表里通达。

8 材：有用的木料。朴：没有加工的木料。委积：堆积。

9 重、袭：都是增加、积累的意思。
10 丰：充实。

译文

我曾是负重载多的车辆，因陷没停滞没能奔向前方。尽管我怀抱珍宝手握美玉，但处境困穷不知给谁观赏。村里的狗子成群狂吠，把少见的竟当作妖怪。诽谤俊才而怀疑豪杰，这本来是庸人的常态。我文质彬彬，表里通达，众人不知道我的风采。好木和丑木堆在一块，没有人知道我的内才。我不断积累仁义，谨慎忠厚充实自身。

重华不可遌兮[1]，孰知余之从容[2]？古固有不并兮[3]，岂知其何故？汤禹久远兮，邈不可慕[4]。惩违改忿兮[5]，抑心而自强。离慜而不迁兮[6]，愿志之有像[7]。进路北次兮[8]，日昧昧其将暮[9]。舒忧娱哀兮[10]，限之以大故[11]。

注释

1 重华：虞舜的名字。遌（è 厄）：遇到。
2 从（cōng 聪）容：举止行动。
3 不并：不并世而生。
4 邈（miǎo 秒）：远。
5 惩：戒惧。违：原作“连”，据《史记·屈原贾生列传》所引《怀沙》改。“违”通“愇（wěi 伟）”，恨的意思。“惩愇”与“改忿”对文，谓克制自己的恨忿，即下句“抑心”、上文“自抑”之意。
6 离慜（mǐn 敏）：遭受忧患。迁：改变。
7 像：榜样。
8 次：住宿。
9 昧昧：黑暗。
10 娱：消遣，排遣。“舒忧”与“娱哀”为互文。
11 限：到头。大故：死亡。按：以上为第三段，写自己痛苦的遭遇和将死的悲哀。

译文

虞舜已死，不能相逢，有谁了解我的举止仪容？自古贤臣明主不能同时，哪里知道这是什么缘故？商汤夏禹已经相去遥远，遥远得让人不可思慕。抑制内心的愤恨，使自己意志坚强。遭祸也决不改变立场，愿志行成为后人榜样。我朝前赶路，向北投宿，日色昏暗已到黄昏时候。且舒散忧伤，排遣哀愁，在这生命的最后关头。

乱曰[1]**：浩浩沅湘，分流汩兮**[2]。**修路幽蔽，道远忽兮**[3]。**曾伤爰哀**[4]**，永叹喟兮**[5]。**世溷浊莫吾知**[6]**，人心不可谓兮**[7]。

注释

1 乱：古代乐歌中的“尾声”；从诗的结构来看，它是全篇的结语。

2 汩（yù 欲）：水流迅速的样子。

3 忽：荒远。

4 曾伤：无尽的悲伤。曾，通“增”。爰哀：无休止的哀痛。爰，通“咺（xuǎn 选）”，哀而不止。《方言》卷一：“咺，怛痛也；凡哀泣而不止曰咺。”

5 喟（kuì 愧）：叹息。

6 溷（hùn 混）浊：混浊。

7 按：“曾伤爰哀，永叹喟兮。世溷浊莫吾知，人心不可谓兮。”这四句原在下文“余何畏惧兮”句后，文意不畅，今依《史记·屈原贾生列传》移于此。《史记》于“余何畏惧兮”句后又重复出现此四句，乃后人“因校误加”，今删去。此点朱熹《楚辞集注》早已指出，此后，戴震、王引之皆从其说，现已成学术界定论。

译文

尾声：浩荡的沅水和湘水，各自分头奔腾流淌。道路幽暗而又隐蔽，前途迷茫而又漫长。无穷无尽的哀愁，令我永远叹息悲伤。世道混浊没有知己，人心叵测难诉衷肠。

怀质抱情[1]**，独无正兮**[2]。**伯乐既没**[3]**，骥焉程兮**[4]**？万民之生**[5]**，各有所错兮**[6]。**定心广志，余何畏惧兮？知死不可让**[7]**，愿勿爱兮**[8]。**明告君子**[9]**，吾将以为类兮**[10]。

注释

1 质：品质。情：思想。“怀质”与“抱情”为互文，是说自己具有敦厚忠信的本质。

2 正：此字原误作“匹”，与下文“程”字不押韵，现据朱熹《楚辞集注》说改。此“正”字与《抽思》“并日夜而无正”之“正”意同，评断的意思。

3 伯乐：春秋时人，以善相马著称，传说曾受到秦穆公赏识。

4 程：衡量，品评。

5 万民之生：一本作“民生有命”。

6 错：通“措”，安排。

7 让：推辞，退让。

8 爱：吝惜。

9 君子：指彭咸。

10 类：榜样。这句意思和《离骚》“愿依彭咸之遗则”相同。按：以上为“乱词”，总结全篇，进一步表明了自己舍生取义的态度。

译文

我禀性敦厚忠诚，但孤独无人欣赏。伯乐早已经作古，千里马谁人会相？各人都有命一条，生死安排不一样。我信念坚定志向宽广，为什么还会畏惧死亡？明知伏节死义不能退让，决不吝惜生命丢掉理想。我明白地告诉古圣先贤，我将以你们作我的榜样。

思美人

导读

本篇是顷襄王初期屈原流放江南途中的作品。取篇首“思美人”三字为题，“美人”喻指顷襄王。诗中反复表述了对楚王的思念，以及这种思念不能告知楚王的感伤。当时屈原在政治上虽然屡遭沉重打击与挫折，但还没有到灰心绝望的境地。在当时的历史条件下，他要救国，只有通过君王对他的信任，才能达到目的。因此，屈原对顷襄王寄以希望，正是他炽烈的爱国思想的曲折反映。本篇以思楚王始，以思彭咸终，全诗形象丰富深远，语言流丽宏富，感情沉痛激越，淋漓尽致地表现了自己矛盾复杂的内心世界。

思美人兮，揽涕而伫眙[1]。媒绝路阻兮，言不可结而诒[2]。蹇蹇之烦冤兮[3]，陷滞而不发[4]。申旦以舒中情兮[5]，志沉菀而莫达[6]。愿寄言于浮云兮，遇丰隆而不

将[7]。因归鸟而致辞兮[8]，羌迅高而难当[9]？

注释

1 揽涕：揩干泪涕的意思。伫：久久站立。眙（chì 赤）：瞪眼直视。

2 结而诒（yí 宜）：犹言“封寄”。结，缄。诒，赠。

3 蹇蹇：通“謇謇（jiǎn 简）”，忠言直谏。

4 陷滞：因陷没而停滞不前。不发：指不能前进。发，发轫。这句和《怀沙》“陷滞而不济”句意相同。

5 申旦：天天。申，重复，一再。

6 沉菀（yù 郁）：沉闷，郁结。菀，通“郁”。

7 丰隆：神话中的雷神兼云神。王逸《楚辞章句》：“丰隆，云师。一曰雷师。”因为天上阴云密布，通常会下雨，而夏季下雨又时常会电闪雷鸣，所以，古代神话中云、雨、雷、电之神往往纠缠不清、难分彼此。《九歌》中的“云中君”就是云雨雷电之神。“云神”“雨神”“雷神”往往三位一体，不必各执一端，争讼不已。将：传，送。

8 因：凭借。归鸟：指鸿雁。

9 羌（qiāng 腔）：楚方言，同“卿”或“庆”，表反诘语气，即“何为”“何乃”，为什么的意思。王逸《楚辞章句》：“羌，楚人语词也，犹言卿，何为也。”迅高：原作“宿高”，据洪兴祖《楚辞考异》引一本改。迅高，指鸟飞得既高且快。当：值，遇。按：以上为第一段，表达了对楚王的思念，以及这种思念不能告知君王的感伤。

译文

思念我的美人，我揩干眼泪痴望。媒人隔绝路又不通，情书不知寄往何方。忠言直谏蒙受烦恼冤枉，陷没停滞不能奔向前方。天天都想说明自己思想，心情沉闷郁结表达难畅。我想借浮云捎信，云神丰隆不肯答应。我想托鸿雁传书，为何它高飞难以接近？

高辛之灵盛兮[1]，遭玄鸟而致诒[2]。欲变节以从俗兮，愧易初而屈志[3]。独历年而离愍兮[4]，羌冯心犹未化[5]？宁隐闵而寿考兮[6]，何变易之可为！知前辙之不遂兮[7]，未改此度。

注释

1 高辛：帝喾（kù 库）即位后的称号。灵盛：神灵。《史记·五帝本纪》："帝喾高辛者，黄帝之曾孙也。……生而神灵，自言其名。"

2 玄鸟：燕子。致：送。诒（yí 仪）：送，此作名词用，指送的蛋。传说帝喾妃简狄因吞食玄鸟送的蛋而生商人始祖契（xiè 谢）。

3 易初：改变初衷。屈志：委屈意志。"易初"与"屈志"系互文。

4 离愍（mǐn 敏）：遭受忧患。

5 羌（qiāng 腔）：楚方言，为什么的意思。冯：通"凭"，愤懑。

6 隐：隐忍。闵（mǐn 敏）：忧患。寿考：年寿很高。

7 辙（zhé 哲）：车辙，车轮轧的痕迹。前辙，指前面的车路。遂：通畅。

译文

帝喾高辛多么神灵，遇到燕子给他送蛋来。我想变节随从流俗，却惭愧改变了当初情怀。多年来我遭受忧患，为何愤懑的心情还没消？宁可忍受忧患到老，怎能改变我的节操！我明知前面车路不通，但也决不改变道路。

车既覆而马颠兮[1]**，蹇独怀此异路**[2]。**勒骐骥而更驾兮**[3]**，造父为我操之**[4]。**迁逡次而勿驱兮**[5]**，聊假日以须时**[6]。**指嶓冢之西隈兮**[7]**，与纁黄以为期**[8]。

注释

1 颠：倒，跌。

2 蹇：句首语气词。异路：与众不同的路。以上四句表现了屈原虽长期以来一再遇到政治上的挫折，仍然不改变自己的志向。

3 勒：本义为带有嚼口的马笼头，此处用如动词，义为给马套上马笼头。骐骥（qíjì 其计）：骏马。更驾：重新驾起车子。

4 造父：周穆王时人，以善于驾车著名。操：操作，驾驭。

5 迁：移动，前进。逡（qūn）次：逡巡，徘徊。

6 假日：借些日子，费些日子。须时：等待时机。

7 嶓冢（bōzhǒng 玻肿）：山名，在今甘肃天水和礼县之间，是漾水的发源地，《尚书·禹贡》所谓"嶓冢导漾，东流为汉"是也。隈（wēi 危）：山边。嶓冢属秦之腹地，屈原南下，悬想自己上溯汉水继续西进，由眼前的汉水而想到遥远的嶓冢，似表现了屈原有假以时日终必"报秦"之心。《文选》张衡《思玄赋》有句云："弯威弧之拔刺兮，射嶓冢之封狼。”

8 与：数，计算，打算。纁（xūn 勋）：通“曛”，落日的余晖。纁黄，指黄昏。按：以上为第二段，写自己尽管遭受了打击和挫折，但决不变节从俗。

译文

尽管车已翻马又跌倒，我依然望着前途。让骏马重新驾车，请造父当我车手。舒缓前进不要急速驱驰，姑且费些日子等待时候。向着嶓冢山的西边前进，打算黄昏时在那里碰头。

开春发岁兮[1]，白日出之悠悠[2]。吾将荡志而愉乐兮，遵江夏以娱忧[3]。揽大薄之芳茝兮[4]，搴长洲之宿莽[5]。惜吾不及古人兮，吾谁与玩此芳草[6]？解萹薄与杂菜兮[7]，备以为交佩[8]。佩缤纷以缭转兮[9]，遂萎绝而离异[10]。

注释

1 开：开始。发：发端。“开春”与“发岁”为互文。

2 悠悠：迟缓的样子。

3 江夏：长江和夏水。

4 揽：采摘。薄：草木丛生的地方。茝（zhǐ 芷）：同“芷”，又名“虈（xiāo 消）”，香草名，即白芷。

5 搴（qiān 牵）：拔取。洲：水中的陆地。宿莽：经冬不死的一种香草。这两句是以采集香草比喻自己重视德行修养。

6 这句“草”字与上句“莽”字不押韵，闻一多《楚辞校补》据《远游》《哀时命》中均有“谁可与玩斯遗芳”一句，认为此句当作“吾谁与玩斯遗芳”。这两句是感叹自己生不逢时，无人赏识。

7 解：拔取。萹（biān 边）：萹蓄，也叫萹竹，一年生草本植物。萹薄，成丛的萹蓄。杂菜：恶菜，不好的蔬菜。萹、菜都不是香草。

8 备：备置，备办。交佩：左右佩带。

9 缤纷：繁盛。缭转：环绕。

10 萎绝：枯死。离异：丢开。按：以上四句是说“南人”佩用的都是野草恶菜。

译文

春光来临了新年开始，太阳冉冉升起在东方。我将会开怀而又愉快，沿江夏散步排遣忧伤。我攀摘林野中的白芷，我采集水洲上的宿莽。可惜我和先贤生不同时，我和谁来玩味香草芬芳？采集成丛的萹蓄与恶菜，备置它们来做左右佩带。尽管佩饰繁盛缠绕全身，但是最终枯死还得丢开。

吾且儃佪以娱忧兮[1]，观南人之变态[2]。窃快在中心兮[3]，扬厥凭而不俟[4]。芳与泽其杂糅兮[5]，羌芳华自中出[6]？纷郁郁其远蒸兮[7]，满内而外扬。情与质信可保兮[8]，羌居蔽而闻章[9]？

注释

1 儃佪（chánhuái 缠怀）：徘徊。

2 南人：闻一多认为是"南夷"之误（《楚辞校补》），指江南沅湘流域的苗族等少数民族。变态：异状，指南夷服饰奇异。

3 窃快：暗喜。中心：心中。

4 扬：弃。厥：其，那些。凭：愤懑。俟：等待。

5 芳：芳香。泽：污垢。杂糅：混杂在一起。

6 羌：为什么的意思。华：同"花"。这句的"出"字不入韵，闻一多疑此二句上或下脱二句（《楚辞校补》）。

7 郁郁：香气浓烈。蒸：此字原作"承"，据洪兴祖《楚辞考异》引一本改。蒸，散发。

8 情：思想。质：品质。信：真正，确实。保：保持。

9 居蔽：居住在偏僻的地方，指被放逐。闻：名声。章：同"彰"，明显，显著。按：以上为第三段，写自己在流放中坚持修洁，以此来排遣忧伤。

译文

我姑且逍遥排遣忧愁，观赏一下南蛮的奇装异服。我心中暗自欣喜痛快，我撇开愤懑不再等待。芳香与污垢混杂在一起，为何芬芳的花朵仍没变样？浓郁的馨香散发远方，内部充盈必向外流淌。思想和品质确实没变，为何居住偏僻仍可美名扬？

令薜荔以为理兮[1]，惮举趾而缘木[2]。因芙蓉而为媒兮[3]，惮褰裳而濡足[4]。登高吾不说兮[5]，入下吾不能。固朕形之不服兮[6]，然容与而狐疑[7]。广遂前画兮[8]，未改此度也。命则处幽吾将罢兮[9]，愿及白日之未暮也[10]。独茕茕而南行兮[11]，思

彭咸之故也[12]。

注释

1 薜荔（bìlì 毕力）：香草名，又叫木莲、木馒头。理：媒人，介绍人。

2 举趾：抬脚。缘木：爬树。薜荔缘木而生，所以想找它做媒人又怕爬树。

3 因：依靠，凭借。芙蓉：荷花。

4 褰：通“搴（qiān 牵）”，提起衣服。濡（rú 如）：沾湿。荷花长在水中，所以想找它做媒人又怕下水沾湿了双脚。这四句比喻自己既不愿高攀，也不愿低就（即随从流俗）。

5 说：通“悦”，高兴。

6 朕：我的。形：身体。不服：不习惯，指不习惯“登高”和“入下”。

7 然：便，就。容与：徘徊。狐疑：犹豫。

8 广遂：广泛地实现。前画：从前的计划，指任用贤才、发愤图强等。

9 处幽：和前文的“居蔽”意思相同，居住在偏僻的地方，指被放逐。罢：结束，完了。

10 及：趁着。日暮，比喻人的生命将要结束。这句的意思是希望自己在生命结束之前还能有所作为。

11 茕茕（qióng 穷）：孤独。

12 彭咸：据王逸《楚辞章句》，彭咸是殷朝贤大夫，相传他因劝谏国君，不被采纳，于是投水自杀。故：故迹，故事。按：以上为第四段，写自己既不愿高攀，也不愿随俗，而决意效法前贤彭咸投江自杀。

译文

想请薜荔为我做介绍，又怕抬脚去爬树；想请荷花为我做媒人，又怕下水打湿双足。攀登高枝我可不高兴，随便下水我更不可能。我的身体本来不习惯，我便徘徊犹豫心不定。广泛实现从前的计划，我决不改变这种态度。我被放逐生命将结束，想趁着太阳还未坠落，一人孤独地走向南方，思念先贤彭咸的归宿。

惜往日

导读

《惜往日》是屈原的绝命词，创作时间离他投江自杀不会很久。此篇取首句前三字为题，篇中回忆了自己早年曾受到怀王信任，继承先功、修明法度的美好生活，叙述了自己遭谗被黜、欲谏不得、障壅蔽塞、情不上达的痛苦遭遇，抒发了自己无端受诬而君王不察的愤懑之情，表明了自己主张“法治”、反对“心治”的政治思想。《惜往日》在《九章》乃至全部屈赋中语言最为浅显平易，一切仿佛都是脱口而出。这是因为屈原已真正下了必死之心，视死如归，从容镇定，所以直抒胸臆，无需藻饰。

惜往日之曾信兮，受命诏以昭时[1]。奉先功以照下兮[2]，明法度之嫌疑[3]。国富强而法立兮，属贞臣而日娭[4]。秘密事之载心兮[5]，虽过失犹弗治。心纯庬而不泄兮[6]，遭谗人而嫉之。

注释

1 命诏（zhào 照）：即诏令，国君对臣民所发布的号令。昭时：原作“昭诗”，据洪兴祖《楚辞考异》所引一本及朱熹《楚辞集注》改。

2 奉：继承。

3 法度：指各种法令。嫌疑：指法度是用来明是非、决嫌疑的。《管子·禁藏》云：“法者天下之仪也，所以决疑而明是非也。”

4 属（zhǔ 主）：托付。贞臣：《说苑·臣术》：“守文奉法，任官职事……如此者，贞臣也。”《韩非子·难三》：“直饰（饬）君令而不贰者，则是贞于君也。”这里屈原自称为“贞臣”，即谓自己是老老实实为国家做事的下臣。娭：同“嬉”，嬉戏，玩乐。这句屈原是主张“君逸臣劳”，是道家“无为而无不为”的思想在政治实践上的体现。

5 秘密事：当即《史记·屈原贾生列传》所载“怀王使屈原造为宪令”的变法革新之事。据《管子·重令篇》《管子·立政篇》《商君书·定分》记载，春秋战国时国家“宪令”的颁布和保管工作是作为一项神圣严肃的任务来进行的，草拟“宪令”的严肃性、神秘性也可想而知。载心：记在心上。

6 纯庬（máng 忙）：敦厚。

译文

珍惜从前我曾被信任，禀受王命使时世清明。继承先王功业照耀下民，阐明法度决嫌疑的功能。国家富强又建立了法度，国事托忠臣君王常玩乐。我把国家机密记在心头，虽有过失君王也不追究。我心地敦厚不泄露机密，竟遭受了谗人的嫉妒。

君含怒而待臣兮，不清澈其然否[1]。蔽晦君之聪明兮[2]，虚惑误又以欺[3]。弗参验以考实兮[4]，远迁臣而弗思[5]。信谗谀之溷浊兮[6]，盛气志而过之[7]。

注释

1 清澈：澄清，弄清。然否：是非。按：这四句说的是屈原由于制定“宪令”、保守机密而遭谗被疏的经历。《史记·屈原贾生列传》：“怀王使屈原造为宪令，屈平属草稿，未定，上官大夫见而欲夺之，屈平不与。因谗之曰：‘王使屈平为令，众莫不知，每一令出，平伐其功，以为非我莫能为也。’王怒而疏屈平。”（按：今本“功”下有“曰”字，《群书治要》引此无“曰”字，据删。）

2 蔽晦（huì 惠）：蒙蔽而使之昏暗。聪明：本指耳聪目明，即听得清楚、看得分明，这里指耳目。

3 虚惑误：是三个虽不同义但却同类的单词平列连用，都是形容谗臣的品质：虚，指无中生有；惑，指以假乱真；误，指陷害坑人。欺：欺骗，指欺君罔上而言。“虚惑误又以欺”是揭露上官大夫谗言的欺骗性。

4 参验：对事物进行多方面的验证、比较、分析以判断其是非真伪。考实：循名核实。“弗参验以考实”是责怪怀王不应当相信上官大夫的无稽之谈。

5 迁：放逐。臣：屈原自指。

6 谗谀（yú 于）：即谗佞，指说人坏话或用花言巧语巴结人的人。溷（hùn 混）浊：混浊，这里指混浊的话。

7 盛气志：盛气凌人，大发脾气。过：责罚。按：以上为第一段，追叙自己正道直行，竭忠尽智，当初颇得怀王信任，后来由于谗人诬陷，竟致被疏远流放。

译文

君王含着怒意对待我，是非他又不弄清楚。谗人蒙蔽了君王的耳目，造谣生事欺君罔上。君王也不检验核实，把我流放毫不思量。听信谗佞的混账鬼话，发怒把罪加在我头上。

何贞臣之无罪兮，被离谤而见尤[1]？惭光景之诚信兮[2]，身幽隐而备之[3]。临沅湘之玄渊兮[4]，遂自忍而沉流[5]。卒没身而绝名兮[6]，惜壅君之不昭[7]。君无度而弗察兮，使芳草为薮幽[8]。焉舒情而抽信兮[9]？恬死亡而不聊[10]。独障壅而蔽隐兮[11]，使贞臣为无由[12]。

注释

1 被：闻一多《楚辞校补》根据东方朔《七谏·沉江》"反离谤而见攘"句，疑此"被"字为"反"字之讹："反讹为皮，因改为被也。"离：通"罹"，遭受。见：被。尤：指责，归罪。

2 景：同"影"。诚信：真诚守信，指光与影不可分离。这是以光与影的关系比喻理想的君臣关系。

3 幽：深。备：闻一多《楚辞校补》："案备字无义，疑当为避，声之误也。……避谓避光景，有惭于光景，故欲避之而隐身于玄渊之中也。"这四句是说：君臣关系本该像光与影一样不可分离，真诚守信，但自己却信而见疑，忠而被谤，竟遭君王疏远流放，因此，触景伤情，惭愧得无地自容，想躲避光和影而隐身于玄渊中。

4 玄渊：深渊。

5 遂：就。自忍：忍心。沉流：指跳江自杀。

6 卒：终于。

7 壅（yōng 拥）君：受蒙蔽的君王，指楚顷襄王。昭：明白。按：这四句是说如果轻易地死去，只怕君王不悟。这是屈原在悲观绝望之际，对前途的悬想，对结局的假设。屈赋的浪漫主义特色之一，就是能突破时空的限制，具有高度的想象力。诗人在生死问题上设想到死时或死后的情景，正是这一类型的艺术想象。某些学者将本篇和《悲回风》《渔父》中诗人对死后的预测和想象当作后人的悼念之辞，以此否定屈原的著作权，实是由于不注意屈赋的高度艺术想象力而产生的误解。

8 芳草：借喻贤人。薮（sǒu 叟）：生长着很多草的湖泽。薮幽，湖泽深处。

9 焉：哪里。舒情：抒发感情。抽信：陈述一片忠诚。

10 恬（tián 甜）：安于。聊：苟且。

11 独：只是。障壅：与"蔽隐"同义，都是指大臣枉法、内外勾结、君王蒙蔽、政令不通的政治局面（汤炳正说）。

12 贞臣：屈原自指。无由：无路。按：以上为第二段，痛惜君王糊涂，听信谗言，表明自己决心沉江自杀。

译文

为什么忠臣没有罪过，反而遭诽谤四面受敌？有愧于光和影的不可分离，我将隐身深渊来逃避。面临着沅水和湘水的深渊，如轻易地忍心跳下水去，则结果身死名灭也没有什么，只可惜你君王永受蒙蔽。君王不守法度不能明察，使芳草埋没在湖泽深处。去哪里倾吐自己的真情？我宁死也决不苟且偷生。只是君王遭蒙蔽很严重，使忠臣报国竟无路可行。

闻百里之为虏兮[1]，伊尹烹于庖厨[2]。吕望屠于朝歌兮[3]，甯戚歌而饭牛[4]。不逢汤武与桓缪兮[5]，世孰云而知之[6]？吴信谗而弗味兮[7]，子胥死而后忧[8]。

注释

1 百里：人名，即百里奚。虏：俘虏，奴隶。百里奚是春秋前期虞国大夫，晋国灭虞，他被俘。晋献公把他作为女儿的陪嫁奴隶送往秦国。他逃了出来，被楚国的守边人捉住。秦穆公听说百里奚贤能，用五张羊皮把他赎回，让他参预国政。

2 伊尹：商汤的贤相。传说他是奴隶出身，因善于烹调受到商汤的喜欢而被重用，助汤灭夏，为商的开国功臣。庖（páo 袍）厨：厨房。

3 吕望：即吕尚，俗称姜太公。传说他曾在殷都朝歌（故城在今河南淇县北）当过屠夫，宰牛为生，后来遇上周文王，才被重用。

4 甯戚：春秋时卫国人。相传他做商贩时宿于齐国东门外，齐桓公夜出，见他正在喂牛，并敲牛角唱歌，倾诉自己怀才不遇。桓公知其为贤人，于是车载而归，用他为卿。饭：饲养，喂养。

5 汤：商汤。武：周武王。按：吕望是遇上周文王被重用的，这里却说周武王，是因为吕望后来又被周武王重用，成为辅佐周武王灭商的谋主。桓：齐桓公，春秋前期齐国国君，“春秋五霸”之一。缪（mù 穆）：通“穆”，秦穆公，春秋前期秦国国君，“春秋五霸”之一。

6 孰：谁。云：语气助词。

7 吴：指吴王夫差，春秋后期吴国国君。信谗：指吴王夫差听信太宰伯嚭（pǐ 痞）的谗言，逼死伍子胥。弗味：通“昧昧（fèimèi 费妹）”，昏暗不明、不辨忠奸的意思（见郭在贻《楚辞解诂》）。

8 子胥：即伍员（yún 云），字子胥，春秋时吴国大臣。他忠于吴国，劝吴王夫差拒绝越国求和并停止伐齐，却因太宰伯嚭的谗言中伤，被吴王夫差逼死。死而后忧：吴王夫差不用伍子胥计，伍子胥死后不久，吴国就被越国灭亡。“忧”即指亡国之忧。

译文

听说百里奚当过奴隶，伊尹曾经是烧饭的伙夫。吕望曾在朝歌当过屠户，甯戚夜间喂牛唱歌诉苦。不遇商汤周武齐桓秦穆，世上谁知他们的长处？吴王信谗，不辨忠奸，逼死子胥，吴国灭亡。

介子忠而立枯兮[1]，文君寤而追求[2]。封介山而为之禁兮[3]，报大德之优游[4]。

思久故之亲身兮[5]，因缟素而哭之[6]。或忠信而死节兮，或訑谩而不疑[7]。

注释

1 介子：即介子推，亦作介之推，春秋前期晋国人，曾追随晋公子重耳（晋献公之子，后即位为晋文公）流亡国外十九年。后重耳返国即位，赏赐跟随流亡的人，却忘了他。介子推于是按照母亲的意愿隐居绵上（今山西介休）山中。后来晋文公经人提醒才想起了他的功劳，派人寻找并请他出山，他始终不肯。晋文公放火烧山想逼他出来，介子推坚决不出山，结果抱着一棵树而被烧死。立枯：即指抱树站着被烧焦。

2 文君：晋文公，春秋前期晋国国君，"春秋五霸"之一。寤（wù 悟）：通"悟"，觉悟。追求：指追寻介子推。

3 封：赐给土地。介山：即绵山。介子推死后，晋文公将绵山下的一些田封赐为介子推的祭田，并将绵山改称介山，以表示对他的怀念。禁：指禁止人们上山打柴。

4 大德：传说晋公子重耳流亡齐楚途中，缺乏粮食，介子推曾割自己的股肉给重耳吃。这对重耳来说，自然称得上是重大的恩德。优游：宽大的样子。

5 久故：故旧，老朋友。亲身：亲近自己。

6 缟（gǎo 搞）素：白色的衣服，丧服。

7 訑谩（dànmán 诞蛮）：欺诈。訑，同"诞"。

译文

介子推忠贞却被烧死，晋文公觉悟为时已晚。封赐介山禁止人们打柴，晋文公用以报厚德深恩。想起故友平生患难与共，因而披麻戴孝痛哭失声。有的人忠诚却守节而死，有的人欺诈却不被怀疑。

弗省察而按实兮[1]，听谗人之虚辞[2]。芳与泽其杂糅兮[3]，孰申旦而别之[4]？何芳草之早夭兮[5]？微霜降而不戒[6]。谅聪不明而蔽壅兮[7]，使谗谀而日得[8]。

注释

1 省（xǐng 醒）：与"察"同义。按实：循名核实。"弗省察而按实"与上文"弗参验以考实"意思相同。

2 虚辞：假话。"虚辞"跟上句"按实"的"实"字是相对的。《韩非子·外储说左上》云："故籍（藉）之虚辞，则能胜一国；考实按形，不能谩于一人。"

3 芳：芳香。泽：污垢。杂糅：混杂在一起。

4 申旦：天天。申，重复，一再。

5 夭：早死。

6 不：此字原作“下”，据洪兴祖《楚辞考异》引一本改。戒：戒备。

7 谅：确实。聪不明：即“不聪明”，一本即作“不聪明”，听不清楚、看不明白的意思。

8 日得：日益得志。按：以上为第三段，历举了前世得贤则兴与信谗则亡的事例，谴责了谗人蒙蔽君王、陷害忠良的罪恶行径。

译文

君王不能明察实际，竟听信谗人的虚妄言辞。芳香与污垢混杂在一起，谁能够天天去辨别分析？为什么芳草过早夭亡？因微霜下降没有提防。君王耳目确实受到蒙蔽，以致谗谀小人日益猖狂。

自前世之嫉贤兮，谓蕙若其不可佩[1]。妒佳冶之芬芳兮[2]，嫫母姣而自好[3]。虽有西施之美容兮[4]，谗妒入以自代[5]。愿陈情以白行兮[6]，得罪过之不意[7]。情冤见之日明兮[8]，如列宿之错置[9]。

注释

1 蕙若：蕙草和杜若，都是香草，比喻贤才。

2 佳冶：美丽，这里指美人。

3 嫫（mó 模）母：传说中的丑妇。姣（jiāo 交）：美好，这里是装模作样、扭捏作态的意思。自好：自以为美好。

4 西施：春秋时越国的美女，后来献给吴王夫差。

5 自代：自己来取代。

6 白行：表白自己的行为。

7 不意：没有意料到。

8 见（xiàn 现）：通“现”，显露。

9 列宿（xiù 秀）：众星。错：通“措”。错置，安排，罗列。

译文

自古就有人嫉妒贤才，说蕙草杜若不可佩带。嫉妒美人的馥郁芳香，丑妇嫫母竟扭捏作态。即使有西施一样的美貌，谗佞小人也要钻营取代。我想陈述心情表白行为，得到罪过实在出乎意外。实情和冤屈日益显露分明，就像天上的星星一样罗列。

乘骐骥而驰骋兮[1]，无辔衔而自载[2]；乘泛泭以下流兮[3]，无舟楫而自备[4]。背法度而心治兮[5]，辟与此其无异[6]。宁溘死而流亡兮[7]，恐祸殃之有再[8]。不毕辞而赴渊兮[9]，惜壅君之不识[10]！

注释

1 骐骥（qíjì 其技）：骏马。

2 辔（pèi 配）：缰绳。衔：马嚼子，即横放在马嘴里的两端连在缰绳上的青铜或铁制小链，是用以勒马的。自载：自备。

3 泛：漂浮。泭（fú 扶）：即“桴（fú 扶）”，竹木筏子。

4 舟楫（jí 及）：船桨，即划船用的桨。

5 心治：不要法度，随心所欲地治理国家。

6 辟：通“譬”。这六句屈原以乘马无“辔衔”、乘泭无“舟楫”比喻“背法度而心治”的危险性，明确反映了屈原反对心治、主张法治的进步思想。

7 溘（kè 克）：忽然。流亡：随水流去。

8 祸殃之有再：即“再有祸殃”。

9 毕：完。赴渊：指投水而死。

10 识：知道，了解。按：这四句也是屈原在悲观绝望之际，对前途的悬想，对结局的假设。以上为第四段，指出背弃法度而用心治的危害性，表明自己沉江自杀的决心。

译文

想骑着骏马飞速奔腾，却自己不准备勒马的缰绳；想乘着竹筏水上航行，却自己不准备划水的双桨。违背法度而听凭心治，就和这些情况没有两样。我宁肯死去而随流水，不愿再遭受一次祸殃。我如不把话讲完就投江，痛惜君王将永不理解我的衷肠！

橘 颂

导读

这是《九章》中最短小的一篇。从思想内容和语言形式来看，应是屈原早年的作品，很可能是处女作。篇名《橘颂》，意思是对橘树的赞颂。橘树是南方楚国的特产。《史记·货殖列传》和《汉书·食货志》都说到“江陵千树橘”。《晏子春秋·内篇杂下》里还说：“橘生淮南则为橘，生于淮北则为枳。”屈原抓住橘树这种“深固难徙”的特点，因物寄情，托物言志，既颂橘，也颂人，既是对理想人物的称颂，也是对自己崇高志向的抒发。《橘颂》是我国诗歌史上第一首咏物诗，南宋诗人刘辰翁称之为“咏物之祖”。

后皇嘉树[1]**，橘徕服兮**[2]**。受命不迁**[3]**，生南国兮**[4]**。深固难徙**[5]**，更壹志兮**[6]**。绿叶素荣**[7]**，纷其可喜兮**[8]**。**

注释

1 后：后土，对地的尊称。皇：皇天，对天的尊称。嘉：佳，美。

2 徕：同“来”。服：习惯。

3 不迁：不能移植。《周礼·考工记》：“橘逾淮而北为枳（zhǐ 止，俗名‘臭橘’）。”

4 南国：即楚国。楚的版图最盛时，向北，直达黄河；向南，包有洞庭苍梧；向东，径抵大海；向西，兼略巴黔。黄河以南近乎半个中国属楚。战国时，人们因此以“南”指“楚”。《左传·成公九年》称楚囚钟仪“南冠而絷”，晋侯“使与之琴，操南音”，杜预注：“南冠，楚冠。”“南音，楚声。”

5 徙（xǐ 喜）：迁移。

6 壹志：专一的意志。

7 素荣：白花。荣，本指草类开的花，这里泛指花。

8 纷：茂盛的样子。

译文

天地间最美的橘树，生来习惯南方水土。禀受天命不可移植，只愿长在南方国度。根深蒂固难以迁移，加之志向坚定专一。枝叶碧绿花朵雪白，繁荣茂盛令人欢喜。

曾枝剡棘[1]，圆果抟兮[2]。青黄杂糅[3]，文章烂兮[4]。精色内白[5]，类任道兮[6]。纷缊宜修[7]，姱而不丑兮[8]。

注释

1 曾：通“层”。剡（yǎn 眼）：锐利。棘：刺。

2 抟（tuán 团）：通“团”，圆的意思。

3 杂糅（róu 柔）：混杂。

4 文章：文采。烂：灿烂。

5 精：闻一多《九章解诂》：“精犹绩（qiàn 欠），大赤也（《左传·定四年》杜注）。李尤《七叹》‘金衣素裹’，绩色犹金衣，内白犹素裹也。”

6 类：似。任道：原作“可任”，“任”为侵部字，与下文“丑”字不押韵。现据洪兴祖《楚辞考异》引一本改。“道”与“丑”押韵，古韵皆在幽部。任道，怀抱道义。

7 纷缊（yūn）：犹纷纭，繁盛的样子。宜修：修饰得体。

8 姱（kuā 夸）：美好。丑：类。不丑，不同一般，出类拔萃。按：以上为第一段，是“体物寄情”，诗人赞颂橘的内质美和外形美，借以赞颂人的内心美和外表美。

译文

层层繁枝尖尖利刺，结出果实圆圆滚滚。青色黄色错杂相间，色彩灿烂鲜艳缤纷。红皮包裹白色内瓤，就像怀抱道义一样。长得繁茂修饰得当，美丽漂亮异乎寻常。

嗟尔幼志[1]，有以异兮。独立不迁，岂不可喜兮？深固难徙，廓其无求兮[2]。苏世独立[3]，横而不流兮[4]。闭心自慎[5]，终不失过兮[6]。秉德无私[7]，参天地兮[8]。

注释

1 嗟（jiē 阶）：赞叹。尔：你，指橘。

2 廓（kuò 扩）：空阔广大，这里指心胸豁达。

3 苏：醒。

4 横：横绝，意谓特立独行。不流：不随波逐流。

5 闭心：关闭内心，即节欲。自慎：自己小心谨慎。

6 终不：原作“不终”，据洪兴祖《楚辞考异》所引一本及朱熹《楚辞集注》改。失过：有过失，犯错误。

7 秉：持。
8 参：合，配。

译文

赞美你幼时的志向，有与众不同的地方。性格独立决不改易，怎不使人欣慰喜欢？根深蒂固难以迁移，心胸开阔决不贪求。头脑清醒特立独行，绝对不愿随波逐流。节制私欲小心谨慎，从来也不犯过得咎。保持美德大公无私，伟大光辉地久天长。

愿岁并谢[1]**，与长友兮**[2]**。淑离不淫**[3]**，梗其有理兮**[4]**。年岁虽少**[5]**，可师长兮**[6]**。行比伯夷**[7]**，置以为像兮**[8]**。**

注释

1 岁：年岁。谢：去。
2 长友：长久为友。
3 淑离：朱季海认为通“陆离”，美好的样子（《楚辞解故》）。淫：淫惑。
4 梗：坚强。理：木材的纹理。曾钢城《古汉语新论集稿》据俞樾《古书疑义举例》的“倒句例”和“错综成文例”，认为以上两句“淑离”是指外美，当说“有理”，“梗强”是指内美，当说“不淫”；“淑离不淫，梗其有理”，理解时应当读作“淑离有理，梗其不淫”，若“顺读之则失其解矣”(俞樾语)。
5 年岁虽少（shào 绍）：这里的“少”与前文“嗟尔幼志”的“幼”用意相同，指橘树初生之时。
6 可师长（zhǎng 掌）：可为师长，即可以成为学习的榜样。
7 行：品行。伯夷：商末贤士。据《史记·伯夷列传》和其他历史文献记载，伯夷是孤竹君的长子，他和弟弟叔齐两人互相推让，都不肯继承王位，双双出逃。后听说周文王是善于养老的人，遂西行投奔周文王。到了岐阳，周文王已死，继位的周武王载着父亲的灵位向东去征伐商纣王。伯夷、叔齐认为父亲死了不安葬，却发动战争，是不孝顺的，于是离开了岐阳。周武王平定了商纣后，天下都归顺周朝，但伯夷和叔齐却认为那是可耻的，并坚持气节不吃周朝的粮食，隐居在首阳山，采摘野菜来充饥，最终饿死在首阳山上。古人一直把伯夷和叔齐两人看作是清高有节操的人物。
8 置：设，立。像：榜样。按：以上为第二段，是“托物言志”，橘与人物的内心合而为一，既颂橘又颂人，表明了诗人的崇高志向。

译文

希望共度美好时光，永远就在你的身旁。外表美观富有纹理，意志坚强终不放荡。年纪虽然不是太大，但是可做人们师长。你的品行有如伯夷，我们以你作为榜样。

悲回风

导读

《悲回风》是屈原沉江前一年的秋冬写的。篇名取自首句前三字。回风，旋风。诗人是为蕙草被旋风摇动而悲伤。此诗描绘了肃杀、悲凉的秋天景象，抒发了缠绵悱恻、痛苦忧伤的悲秋情感，隐含着诗人一生的生活体验和内心的巨大悲痛。全篇没有事实的叙述，完全以抒情的笔墨写出，并且较多地运用了双声叠韵的联绵词，来抒发自己秋冬季节的思想感受，这不仅增强了诗歌的音乐美，而且增强了诗歌的感染力。此篇和《涉江》《湘夫人》"皆开后世诗文写景法门，先秦绝无仅有"（钱锺书《管锥编》）。

悲回风之摇蕙兮[1]，心冤结而内伤[2]。物有微而陨性兮[3]，声有隐而先倡[4]。夫何彭咸之造思兮[5]？暨志介而不忘[6]。万变其情岂可盖兮[7]？孰虚伪之可长[8]？鸟兽鸣以号群兮，草苴比而不芳[9]。

注释

1 回风：旋风，是秋季刮的大风。

2 冤结：郁结。

3 物：指秋风。有：结构助词。陨（yǔn 允）：损伤。性：性命。

4 声：指回风。倡：通"唱"。这两句是比喻谗人的微言中伤人。

5 彭咸：殷朝贤大夫，相传他因劝谏国君，不被采纳，投水自杀。造思：追怀。

6 暨：通"冀"，希冀，希望。志介而不忘：志坚不变。介，坚。

7 盖：掩盖。

8 孰：哪。这四句"是说君子之'志介不忘'与小人之'万变其情'，都是诚于中而形于外的；即使小人欲以'虚伪''盖'其实质，也是决不可能的"（汤炳正《屈赋新探》）。

9 苴（chá 茶）："苴"与"草"为同义语，系一声之转。并无王逸注所谓"生曰草，枯

（草）曰苴”的区别。枯草曰苴，只是后起之义（说详王念孙《广雅疏证》）。比：茂密。《说文·比部》：“比，密也。”

译文

悲伤旋风摧残蕙草，我内心郁结无限忧伤。微弱的东西损伤性命，隐约的声音咆哮猖狂。我为何追怀古贤彭咸？愿像他志坚不变立场。感情万变怎么能掩盖？弄虚作假哪里能久长？鸟兽善鸣只能招引同伴，杂草茂密不会散发芬芳。

鱼葺鳞以自别兮[1]**，蛟龙隐其文章**[2]**。故荼荠不同亩兮**[3]**，兰茝幽而独芳**[4]**。惟佳人之永都兮**[5]**，更统世而自贶**[6]**。眇远志之所及兮**[7]**，怜浮云之相羊**[8]**。介眇志之所惑兮**[9]**，窃赋诗之所明**[10]**。**

注释

1 葺（qì 气）：排列。

2 隐：潜伏。文章：文采。

3 荼（tú 途）：苦菜。荠（jì 计）：甜菜。

4 茝（zhǐ 芷）：同“芷”，又名“虈（xiāo 消）”，香草名，即白芷。按：这六句用比喻说明君子与小人界限分明，小人企图以“万变之情”掩盖其丑恶本质，是徒劳的（参汤炳正《屈赋新探》）。

5 惟：只有。佳人：屈原自喻。永都：永远美好。都，优美，漂亮。

6 更：经历。统世：世代。更统世，指自己经历了楚怀王和楚襄王两代。贶：通“皇”，光大的意思（参于省吾《泽螺居楚辞新证》）。

7 眇远志：高远的志向。眇，通“渺”，遥远。及：到。

8 怜：爱。相羊：同“徜徉”，自由地徘徊，此指白云自由飘荡。

9 介：坚。眇志：同上文“眇远志”。

10 窃：私下，自谦之词。明：表明。按：以上为第一段，以旋风摇蕙起兴，来抒发自己的高洁志向和坚定不变的意志。

译文

鱼鳞整齐自示其为异类，蛟龙潜渊却把文采隐藏。苦菜甜菜不会同地生长，兰草白芷僻处仍然芳香。只有佳人才永久美丽，经历几代仍自觉漂亮。高远的志向定能达到，羡慕那浮云自由飘荡。坚定的志向被人怀疑，我便赋诗来表明衷肠。

惟佳人之独怀兮[1]，折若椒以自处[2]。曾歔欷之嗟嗟兮[3]，独隐伏而思虑[4]。涕泣交而凄凄兮，思不眠以至曙[5]。终长夜之曼曼兮[6]，掩此哀而不去[7]。寤从容以周流兮[8]，聊逍遥以自恃[9]。

注释

1 惟：只有。佳人：屈原自喻。独怀：胸怀与众不同。

2 若椒：杜若和花椒，都是香草。自处：安排自己。

3 曾：屡次。歔欷（xūxī 虚希）：哭泣时抽噎。

4 隐伏：隐居伏处。

5 曙：天亮。

6 曼曼：同“漫漫”。

7 掩：止，排除。不去：不能去怀。

8 寤（wù 悟）：醒过来，此处作“起床”解。周流：周游。

9 恃：通“持”。自恃，支持自己。

译文

只有佳人有独特胸怀，采摘若椒而独抱幽芳。我经常叹息眼泪汪汪，独自隐居但忧思难忘。我泪流不断内心凄怆，忧思难眠一直到天亮。漫漫的长夜已经过完，我的心依旧还在悲伤。起床后我慢慢地游荡，姑且徘徊来驱散忧伤。

伤太息之愍怜兮[1]，气於邑而不可止[2]。纠思心以为纕兮[3]，编愁苦以为膺[4]。折若木以蔽光兮[5]，随飘风之所仍[6]。存仿佛而不见兮[7]，心踊跃其若汤[8]。抚佩衽以案志兮[9]，超惘惘而遂行[10]。

注释

1 愍（mǐn 敏）怜：怜悯，痛惜。

2 於（wū 乌）邑：同“郁悒”，苦闷。

3 纠：纠缠，缠绕。思心：与下文“愁苦”互文见义，指满腹忧思。纕（xiāng 香）：佩带。这是比喻句，意思是：忧思郁结于肠腹间就像佩带束缚于腰腹间一样（参汤炳正《屈赋新探》）。

4 编：结。膺（yīng 英）：本义是胸，这里指护胸的内衣，等于现在的兜肚或背心。这也是比喻句，意思是：苦闷缠绕于胸际就像兜肚包裹在胸脯（参汤炳正《屈赋新探》）。

5 若木：神话中长在西方日入处的大树。光：日光。这句喻意为韬光养晦。
6 仍：因，循。这句喻意为随遇而安。
7 存：客观存在的东西。仿佛：模糊不清。
8 踊跃：跳动。汤：沸水。
9 佩：玉佩。衽（rèn 认）：衣襟。案：按捺，抑制。
10 超：通“怊（chāo 超）”，悲伤失意。惘惘：迷惘，茫然若失。

译文

可怜我痛苦唉声长叹，胸闷气短不可能舒畅。忧思郁结变成了佩带，苦闷交织变成了内裳。攀折若木来遮挡阳光，听凭那狂风把我吹荡。眼前的事物模糊不清，内心像开水一样沸腾。抚摸玉佩衣襟安安神，我迷茫悲伤独自前行。

岁曶曶其若颓兮[1]，时亦冉冉而将至[2]。薠蘅槁而节离兮[3]，芳以歇而不比[4]。怜思心之不可惩兮[5]，证此言之不可聊[6]。宁溘死而流亡兮[7]，不忍为此之常愁。孤子吟而抆泪兮[8]，放子出而不还[9]。孰能思而不隐兮[10]？昭彭咸之所闻[11]。

注释

1 曶曶（hū 忽）：同“忽忽”，急速的意思。颓：通“隤（tuí）”，山陵崩裂急速下坠。这句是用山陵崩裂下坠之速，喻岁月奔驰而去之速。
2 时：这里指生命的时限。冉冉：渐渐。
3 薠（fán 烦）：香草名，即薠草，又名青薠。蘅（héng 衡）：香草名，即杜蘅。槁（gǎo 搞）：枯干。节：指草的枝节。
4 以：通“已”。比：茂密。“芳以歇而不比”和上文“草苴比而不芳”互相映衬。
5 惩：治。
6 此言：指上文“折若木以蔽光兮，随飘风之所仍”（喻韬光养晦、随遇而安）和“抚佩衽以案志”（压制自己的愤激之志）等假设之辞。聊：信赖，可靠。
7 宁：宁可。溘（kè 课）死：原作“逝死”，据洪兴祖《楚辞考异》所引一本改。溘死，忽然死去。流亡：指随水流去。
8 孤子：屈原自指。抆（wěn 吻）：擦。
9 放子：屈原自指。
10 隐：痛。
11 昭：明白。闻：声闻，即名誉。按：以上为第二段，抒发自己放逐中的痛苦和忧思。

译文

岁月流逝迅速如山崩，生命的极限渐渐来临。青蘋杜蘅脱节叶凋零，芳草香歇枝叶不葱茏。可怜我的痴心无可救药，证明以上的话并不可靠。我宁肯暴死而随流水，不忍心愁云经常笼罩。孤儿呻吟着揩拭眼泪，弃子被放逐不能返回。谁能想到这些不隐痛？我终于明白了彭咸的作为。

登石峦以远望兮[1]，路眇眇之默默[2]。入景响之无应兮[3]，闻省想而不可得[4]。愁郁郁之无决兮[5]，居戚戚而不解[6]。心鞿羁而不开兮[7]，气缭转而自缔[8]。

注释

1 峦：小而尖的山。

2 眇眇：通“渺渺”，遥远。默默：幽静无声。这句喻指前途荒凉。

3 景：同“影”。影随形，响应声，“影响无应”，极言处境的孤寂。

4 闻：听。省（xǐng 醒）：察。想：思。这句是说耳听、目察、心想都不可得到任何信息，极写环境的死寂。

5 无决：原作“无快”，据洪兴祖《楚辞考异》所引一本改。“无决”与“不解”“不开”互文见义，都是不能排除的意思。

6 居戚戚：“居”字与上文“愁”字、下文“心”字与“气”字字义不类，闻一多《楚辞校补》疑为“思”字之误，郭沫若《屈原赋今译·自注》疑为“虑”字之误，似当为“悲”字之误。“悲戚戚”与“愁郁郁”相对，而下文“心”与“气”又相对。不解：原作“不可解”，与上下文句法不一律，洪兴祖《楚辞考异》引一本无“可”字，现据以删掉。

7 鞿（jī 机）羁：马缰绳和马笼头，比喻受到束缚。不开：原作“不形”，“形”是“开”的坏字，洪兴祖《楚辞考异》引一本“形”正作“开”。

8 缭转：缭绕。缔：结。

译文

我登上石山眺望远方，前途漫漫又寂静荒凉。我进了无影无响的世界，不能听不能看不能思想。愁绪郁结不能排，忧思缠绕不能解。精神枷锁打不开，闷气缭绕打成结。

穆眇眇之无垠兮[1]，莽芒芒之无仪[2]。声有隐而相感兮[3]，物有纯而不可为[4]。藐蔓蔓之不可量兮[5]，缥绵绵之不可纡[6]。愁悄悄之常悲兮[7]，翩冥冥之不可娱[8]。凌大波而流风兮[9]，托彭咸之所居[10]。

注释

1 穆：深远，幽微。眇眇：同“渺渺”。无垠：无边际。

2 莽：广阔，深远。芒芒：同“茫茫”。仪：匹配。

3 隐：隐约。这句比喻谗人隐微之言，却有人听信。

4 纯：纯正。这句比喻自己的政治主张遭谗失败。

5 藐：通“邈”，遥远。蔓蔓：通“漫漫”。不可量：不可测量。

6 缥：通“飘”，飘然。绵绵：连绵不断。纡：通“虞”，度量的意思（参于省吾《泽螺居楚辞新证》）。“不可纡（虞）”与上句“不可量”互文见义。

7 悄悄（qiǎo 巧）：忧愁的样子。

8 翩：疾飞。冥冥：高远，深远。

9 凌：乘。流风：通“游风”，顺风浮游的意思（参闻一多《九章解诂》）。

10 托：依。按：以上为第三段，描述自己登高远望所产生的无端愁绪。

译文

宇宙渺茫茫没有边际，天地莽苍苍无可匹配。声音隐约竟能互相感应，事物纯正却难有所作为。道路漫漫不可以测算，忧思绵绵不可以估量。内心凄惨惨经常悲痛，神魂翩翩飞难以舒畅。乘着大浪顺风到处游荡，我依恋彭咸居住的地方。

上高岩之峭岸兮，处雌霓之标颠[1]。据青冥而摅虹兮[2]，遂倏忽而扪天[3]。吸湛露之浮源兮[4]，漱凝霜之雰雰[5]。依风穴以自息兮[6]，忽倾寤以婵媛[7]。冯昆仑以瞰雾兮[8]，隐岷山以清江[9]。

注释

1 雌霓：也叫副虹。雨后天空中出现的彩色圆弧，通称为虹。这种圆弧常出现两个。红色在外，紫色在内，颜色鲜艳的叫“虹”，传说为雄性。红色在内，紫色在外，颜色较淡的叫“霓”，传说为雌性。标颠：顶点。

2 青冥：青天。摅（shū 书）：舒展。

3 倏（shū 书）忽：迅速，忽然。扪：摸。

4 湛（zhàn 站）：浓厚。浮源：姜亮夫《重订屈原赋校注》："浮源，源一作凉，皆不可通；凉源又一字之误，疑本作浮浮，与下句霜之雰雰对文。"浮浮，露浓重的样子。

5 漱：汤炳正认为系"欶（shuò 朔）"的借字（《屈赋新探》）。《说文》："欶，吮也。"《通俗文》："含吸曰欶。"这里"漱"与上句"吸"字互文见义。

6 风穴：神山名，传说在昆仑山上，是北方寒风的风源所在地。自息：自己休息。

7 倾寤：朱季海《楚辞解故》："倾寤连文，倾亦寤也。"醒来的意思。婵媛：通"啴咺（chányuán 蝉元）"，本义为喘息，这里是形容惊惶的神态。

8 冯：登，乘。《广雅·释言》："冯，登也。"《玉篇·马部》："冯，乘也，登也。"瞰：俯视。

9 隐（yìn 印）：凭倚。《广韵·焮韵》："隐，隈隐之貌。"岷山：岷江发源的地方。古人认为是长江正源。

译文

登上陡峭的高山之巅，坐在雌霓的最高之点。占据青天挥舞着彩虹，忽然我又抚摸着苍天。我饮用串串浓露，我含吸点点繁霜。我枕着风穴山休息，忽然醒来不禁惊惶。登上昆仑俯瞰云雾，背靠岷山细察长江。

惮涌湍之磕磕兮[1]，听波声之汹汹[2]。纷容容之无经兮[3]，罔芒芒之无纪[4]。轧洋洋之无从兮[5]，驰委移之焉止[6]？漂翻翻其上下兮[7]，翼遥遥其左右[8]。泛潏潏其前后兮[9]，伴张弛之信期[10]。

注释

1 涌湍：急流。磕磕：象声词，水石相击的声音。

2 汹汹：象声词，形容波涛的轰鸣声。

3 容容：通"溶溶"，水宽广的样子。无经："无经纬"的省略。东西为经，南北为纬。无经纬，指大水纵横，无边无际。

4 罔：通"惘"，迷茫。芒芒：通"茫茫"。纪：头绪。

5 轧：倾轧，指波涛互相撞击。洋洋：水盛大的样子。从：始。

6 驰：奔驰。委移：同"逶迤"，水流弯弯曲曲延续不绝的样子。止：终。

7 漂：同"飘"。翻翻：犹翩翩，轻快飞舞的样子。

8 翼：两翼，比喻左右的波涛。遥遥：同"摇摇"，摇荡的样子。

9 泛潏潏（jué 决）：水涌流的样子，指涨潮。

10 伴：通“判”，判别。张弛：指潮水的涨落。信期：指潮汐定时性的涨落时期。

译文

轰鸣的激流令人恐惧，汹涌的波涛使人紧张。水面宽广得没有边际，心里迷茫得没有头绪。滔滔的浊浪从哪里来？滚滚的波涛到哪里去？波涛飞舞忽上忽下，江面摇荡忽左忽右。潮汐泛滥或前或后，时期分明潮涨潮落。

观炎气之相仍兮[1]**，窥烟液之所积**[2]**。悲霜雪之俱下兮，听潮水之相击。借光景以往来兮**[3]**，施黄棘之枉策**[4]**。求介子之所存兮**[5]**，见伯夷之放迹**[6]**。心调度而弗去兮**[7]**，刻著志之无适**[8]**。**

注释

1 炎气：指夏季地上蒸腾的热气。相仍：相因，相积。

2 烟液：即烟波，指秋季雾霭苍茫的水面。

3 借：凭。光景：通“光影”。

4 施：用。黄棘：神话中的木名，带刺。枉：弯曲。策：鞭。

5 介子：即介子推，春秋前期晋国人。曾跟随晋公子重耳流亡国外十九年。公子返国即位为晋文公后，赏赐跟随流亡的人，却忘了他。介子推于是按照母亲的意愿隐居绵上（今山西介休）山中。后来晋文公经人提醒才想起他的功劳，派人寻找并请他出山，他始终不肯。文公放火烧山想逼他出来，介子推坚决不出山，结果抱着一棵树而被烧死。所存：隐居之处。

6 放迹：隐居的遗迹。

7 调度：考虑。弗去：不能去怀。

8 刻著：铭记，牢记。志：心。无适：与上句“弗去”互文见义，都是指念念不忘介子推、伯夷等忠臣义士的气节。按：以上为第四段，描写自己神游太空的所见所感，表明了自己决意效法前贤、伏节以死。

译文

我观察夏天蒸腾的热气，我窥视秋天笼罩的烟云，我悲伤冬天降落的霜雪，我倾听春天波涛的轰鸣。我借光影在天地间来往，我用黄棘做的马鞭很弯。寻访介子推隐居的遗迹，探访伯夷饿死处首阳山。细想着前贤不忍心离去，铭记在心间永志不遗忘。

曰[1]：吾怨往昔之所冀兮[2]，悼来者之愓愓[3]。浮江淮而入海兮，从子胥而自适[4]。望大河之洲渚兮[5]，悲申徒之抗迹[6]。骤谏君而不听兮[7]，任重石之何益[8]？心絓结而不解兮[9]，思蹇产而不释[10]。

注释

1 曰：当是“乱曰”的省文。

2 冀：希望。

3 愓愓：警惕，忧惧。

4 从：追随。子胥：伍子胥。传说伍子胥被迫自杀后，吴王夫差将他的尸体投入江中，尸体像奔马一样飞驰大海。自适：顺从自己的心意。

5 大河：黄河。洲渚（zhǔ 主）：水中的沙洲，大者叫洲，小者叫渚。

6 申徒：即申徒狄，殷末贤人，多次向纣王进谏不被采纳，于是抱石投河而死。抗迹：义同《哀郢》“尧舜之抗行兮”的“抗行”，即高行，意思是高尚的行为。抗，通“亢”，高。

7 骤：屡次。

8 任重石：原作“重任石”，据洪兴祖《楚辞考异》所引一本改。任，抱。

9 絓（guà 挂）结：打了结子，起了疙瘩。

10 思：思绪。蹇（jiǎn 简）产：曲折纠缠。释：解开。按：这最后两句，洪兴祖《楚辞考异》说“一本无”。陆侃如、闻一多根据《哀郢》中有相同的两句，认为是后人误加于此，应当删去。汤炳正则认为是错简所致，也主张删去。但屈赋里，有不少同样的或相似的句子重复出现。如“芳与泽其杂糅兮”一句，重复出现于《离骚》《思美人》《惜往日》；“驾八龙之婉婉兮，载云旗之委蛇”两句，重复出现于《离骚》《远游》。因此《悲回风》这最末两句重复出现于《哀郢》中，是否应当删去，还值得研究。马茂元、姜亮夫就认为这两句是原诗的有机组成部分，根本不可少。看来这个问题专家们尚未取得一致意见。为谨慎起见，本书仍保留。以上为“乱词”，是全诗的结语，再次申述自己悲愁难以排遣的心境，抒发以死明志的决心。

译文

尾声：我怨恨过去的希望落空，我忧虑来日的情况危急。我要顺江淮浮游入海，去追随伍子胥满足己意。我遥望着黄河的沙洲，悲伤申徒狄品行高尚。一再劝谏君王不听从，抱石沉江又有何用场？内心的疙瘩难以解开，百结的愁肠难以舒畅。

楚辞

远游

导读

本篇的作者，自王逸以来，一直认为是屈原。自清人胡濬源《楚辞新注求确》怀疑《远游》为“汉人所作”以后，遂使楚辞学界对其真伪争讼不已。否定论者主要认为《远游》中的“神仙思想”“出世思想”与屈原的思想不符。郭沫若甚至推测认为《远游》可能是西汉司马相如《大人赋》的初稿。但陈子展、姜亮夫、汤炳正、姜书阁、姜昆武、郝志达等许多学者则力辩《远游》为屈原所作。游国恩早年认为《远游》非屈原所作，但后来改变了看法，仍肯定《远游》是屈原的作品。我个人赞成将《远游》的著作权归还屈原。《远游》中写到“羽化登仙”“吸露餐霞”，这不是诗人宣扬神仙思想，也不是诗人信仰神仙思想，而是诗人忧思愤懑之际暂时排遣苦闷、寄托精神的手段，是诗人对黑暗现实的愤激之辞。《远游》开篇的两句：“悲时俗之迫厄兮，愿轻举而远游”，明白指出“远游”是出于“时俗之迫厄”的缘故，是抒发胸中的愤懑，表明对故国眷恋的情绪。因此，诗人远游，从东到西，从南到北，“忽临睨夫旧乡”时，“仆夫怀余心悲兮，边马顾而不行”。但现实太黑暗了，因而只能“超无为以至清兮，与泰初而为邻”，诗人企图在虚无缥缈的神仙境界中寻找“寄托”、摆脱痛苦。这只是诗人一时的“精神寄托”，而决不是诗人终身的“人生归宿”。正因为如此，所以汨罗的自沉，就成了不可避免的历史悲剧！

悲时俗之迫厄兮[1]，愿轻举而远游[2]。质菲薄而无因兮[3]，焉托乘而上浮？遭沉浊而污秽兮，独郁结其谁语？夜耿耿而不寐兮[4]，魂茕茕而至曙[5]。惟天地之无穷兮[6]，哀人生之长勤[7]。往者余弗及兮[8]，来者吾不闻。步徙倚而遥思兮[9]，怊惝怳而乖怀[10]。意荒忽而流荡兮[11]，心愁凄而增悲。神倏忽而不反兮[12]，形枯槁而独留[13]。内惟省以端操兮[14]，求正气之所由[15]。

注释

1 厄：阻塞，困厄。

2 轻举：轻身高举，即飞升。远游：到远方周游。战国时神仙方术思想盛行。这种思想认为升天就能成仙。因此，神仙的目的是飞升。而为了飞升，必须想办法轻身，于是采取服药、辟谷（不食谷物）、食气、导引等修炼办法来减轻体重，以便于轻身高举。仙人飞升后最主要的活动是周游流览。游是愈远愈妙，故屈原这首游仙诗以“远游”名篇。

3 质菲薄：质性微薄，犹先天素质不高，指缺乏成仙的先天条件。因：因缘。

4 耿耿：心烦不安的样子。

5 茕茕（qióng 穷）：孤独无依。

6 惟：思。穷：尽。

7 长勤：长久勤苦，犹言多艰。

8 及：赶上，追上。

9 步：行走。徙倚：徘徊。

10 怊惝（chāochǎng 超场）怳：惆怅失意的样子。乖：违背。怀：心情。

11 荒忽：同“恍惚”，神思不定。流荡：无所依托。

12 神：精神。倏忽：极快地，忽然。

13 枯槁（gǎo 搞）：干枯，干萎。这句是说形体干枯得只剩下皮囊。

14 内：内心。惟：想。省（xǐng 醒）：察看，检查。端操：端正操守。

15 正气：刚正之气。所由：所从出，来自何处。按：以上为首段，因时俗迫厄，故远游以寻求正气之所在。

译文

悲伤时俗使人困厄，我愿飞升去作远游。我资质鄙陋，与仙无缘，怎么能乘气上天浮游？遭遇浊世被污受谗，独自郁闷与谁交谈？夜里眼睁睁不能入睡，灵魂孤零零直到天亮。想到天地的无穷无尽，哀叹人生的劳碌终身。已往的人我赶不上，将来的人我不得而闻。我徘徊不定想得很远，惆怅失意而违背了初衷。意绪恍惚而无所依凭，内心的悲愁日益加深。我的灵魂忽然离去不复返，形体枯槁却独自保留。我内省以端正操守，探求那正气的来由。

漠虚静以恬愉兮[1]，澹无为而自得[2]。闻赤松之清尘兮[3]，愿承风乎遗则[4]。贵真人之休德兮[5]，美往世之登仙[6]。与化去而不见兮[7]，名声著而日延。奇傅说之托辰星兮[8]，羡韩众之得一[9]。

注释

1 漠：漠然，冷淡。虚：空虚。静：安静。恬愉：安逸，快乐。

2 澹（dàn 旦）：通“淡”，淡泊。无为：道家的哲学思想，指顺应自然的变化，不求有所作为。

3 赤松：即赤松子，传说中的仙人。《列仙传》卷上：“赤松子者，神农时雨师也，服水玉以教神农，能入火自烧。往往至昆仑山上，常止西王母石室中，随风雨上下。炎帝少女追之，亦得仙俱去。”《韩诗外传》卷五、《新序·杂问》，都记子夏对鲁哀公说：“帝喾学乎赤松子。”则赤松子复为帝喾之师。清尘：又作“清虚”，即清静虚无、恬愉自得的情状，这是道家所追求的境界，也是轻举远游所要求具备的心理状态。

4 承风：接受教化。

5 贵：看重。真人：道家理想中的得道之人，即仙人。休：美。

6 登仙：成仙。

7 化去：道家认为修道者死后，留下形骸，魂魄散去变化成仙，即所谓尸解。

8 傅说（yuè 悦）：商王武丁的国相。托辰星：洪兴祖《楚辞补注》引陆德明《庄子音义》云："傅说死，其精神乘东维，托龙尾。今尾上有傅说星。其生无父母，登假三年而形遁。"

9 韩众：古代传说中的一个仙人，即韩终。洪兴祖《楚辞补注》引《列仙传》："齐人韩终为王采药，王不肯服，终自服之，遂得仙也。"得一：道家术语，犹得道。《老子》第三十九章："昔之得一者：天得一以清，地得一以宁，神得一以灵，谷得一以盈，万物得一以生，侯王得一以为天下正。"

译文

虚无清静，内心安逸，淡泊无为，怡然自得。听说赤松子清静虚无，我愿继承他遗留的法则。我崇尚真人的美德，我羡慕古人的成仙。愿和他们仙化而不见，名声显赫千古流传。我惊奇傅说死后化为辰星，我羡慕韩众得道成为仙人。

形穆穆以浸远兮[1]**，离人群而遁逸**[2]**。因气变而遂曾举兮**[3]**，忽神奔而鬼怪。时仿佛以遥见兮，精皎皎以往来**[4]**。绝氛埃而淑尤兮**[5]**，终不反其故都**[6]**。免众患而不惧兮，世莫知其所如**[7]**。**

注释

1 穆穆：姜亮夫说："穆穆，犹言默默，静寂也。"(《重订屈原赋校注》）浸：渐渐。

2 遁逸：隐逸。

3 因：凭借。气变：人的精气变化。曾举：高举。曾，通"增"。

4 精：神灵。皎皎：明亮的样子。

5 绝：一本作"超"，二字义同。氛埃：尘氛，尘埃。淑尤：朱季海认为是涤除尤诟的意思。"淑"读若"涤"，"尤"如"忍尤""离尤"之"尤"(《楚辞解故》)。

6 反：同"返"。

7 如：往。

译文

他们形体静寂渐渐远去，离开了人群逃避了凡尘。我凭借精气变化高飞天上，快得像天神奔跑叫人鬼惊慌。这时仿佛远远地看见，神灵光闪闪正来来往往。超越尘世，涤除尤诟，始终不返回我们的故乡。避开了群小，我无所畏惧，世人不知道我往哪一方。

恐天时之代序兮[1]，耀灵晔而西征[2]。微霜降而下沦兮[3]，悼芳草之先零[4]。聊仿佯而逍遥兮[5]，永历年而无成[6]。谁可与玩斯遗芳兮[7]，晨向风而舒情？高阳邈以远兮[8]，余将焉所程[9]？

注释

1 代序：代谢。

2 耀灵：太阳。晔（yè 夜）：光闪闪的样子。

3 沦：沉。

4 零：凋零。

5 仿佯：彷徨。

6 永：久。历年：经年，多年。无成：无所成就。

7 斯：这，此。遗芳：芳草。

8 高阳：即颛顼（zhuānxū 专须），传说中楚王族的先祖，实际上是楚人崇拜的天帝，是太阳神。邈：远。

9 程：效法，取法。按：以上为第二段，写求仙远游的志愿和缺乏知己的悲哀。

译文

我怕时序交替变化，灿烂的太阳向西行。细霜下降而沉沦，悲伤芳草最先凋零。我姑且徘徊，聊以散心，年纪已老，事业却无成。谁可和我同赏这芳草，清晨迎风畅叙衷情？古帝高阳离我们太远，我将怎样去效法古人？

重曰[1]：春秋忽其不淹兮[2]，奚久留此故居？轩辕不可攀援兮[3]，吾将从王乔而娱戏[4]。餐六气而饮沆瀣兮[5]，漱正阳而含朝霞[6]。保神明之清澄兮[7]，精气入而粗秽除[8]。顺凯风以从游兮[9]，至南巢而壹息[10]。

注释

1 重曰：再次地说。

2 忽：速。淹：长期逗留。

3 轩辕：黄帝名。

4 王乔：即王子乔，传说中的古仙人。《列仙传》卷上："王子乔者，周灵王太子晋也。好吹笙作凤凰鸣。游伊洛之间，道士浮丘公接以上嵩高山。三十余年后，求之于山上，见桓良，曰：'告我家，七月七日待我于缑氏山头。'至时，果乘白鹤驻山头。望之不得到，举手谢时人，数日而去。"

5 餐：吞食。六气：王逸《楚辞章句》引《陵阳子明经》言："春食朝霞。朝霞者，日始欲出赤黄气也。秋食沦阴。沦阴者，日没以后赤黄气也。冬饮沆瀣。沆瀣者，北方夜半气也。夏食正阳。正阳者，南方日中气也。并天地玄黄之气，是为六气也。"六气即天地四时之气。沆瀣（hàngxiè）：北方夜半之气，即露水，可称水气。

6 漱：汤炳正认为系"欶（shuò 朔）"的借字（《屈赋新探》）。《说文·欠部》："欶，吮也。"《通俗文》："含吸曰欶。""漱"与上句和本句的"餐""饮""含"等字同义。正阳：六气之一，即日光，依神仙方术家的术语也可称为光气。朝霞：即早晨的云霞，是水气和光气的混合物，也是六气之一。

7 神明：指人的精神。清澄：清澈，清爽。

8 精气：阴阳元气。精气入而粗秽除，即吐故纳新，亦即"行气""导引"之术，是原始的气功。

9 顺：乘。凯风：南风。

10 南巢：南方遥远之国，其地望说者各异。或说即夏桀所逃奔的地方，在今安徽巢湖一带。壹息：犹言稍息。

译文

再说：春秋匆匆交替不肯久留，我何必老是呆在故居？黄帝久远攀扯不上，我将跟随王子乔游戏。我吃的是六气，饮的是清露，吸的是正阳，含的是朝霞。保持精神的清明澄澈，把精气吸入，把秽气排除。我乘着南风去游历，到了南巢稍作休息。

见王子而宿之兮[1]，审壹气之和德[2]。曰[3]：道可受兮[4]，不可传[5]。其小无内兮[6]，其大无垠[7]。无滑而魂兮[8]，彼将自然[9]。壹气孔神兮[10]，于中夜存[11]。虚以待之兮，无为之先。庶类以成兮[12]，此德之门[13]。

注释

1 王子：即王子乔。宿：通"肃"，肃敬。

2 审：讯问，究问。壹气：老子所谓的专气。道家谓炼六气为一气，取其专精之意。和德：将六气调和为一气。“壹气”“和德”都是道家术语，表示得道。

3 曰：说。“曰”下面十二句是模拟王子乔语气说的话。

4 受：心中接受领会。

5 传：用语言表达。“道可受兮，不可传。”这两句本于《庄子·内篇·大宗师》：“夫道有情有信，无为无形，可传而不可受，可得而不可见。”

6 内：里面，中间。其小无内，指小到没有中间。宋玉《小言赋》云：“无内之中，微物潜生。”

7 垠：边。“其小无内兮，其大无垠。”犹《庄子·天下》：“（惠施）曰：‘至大无外，谓之大一；至小无内，谓之小一。’”《管子·宙合篇》：“是大之无外，小之无内。”《吕氏春秋·下贤篇》：“其大无外，其小无内。”

8 无：同“毋”，不要。滑：乱。而：尔，你。

9 彼：指“道”。

10 壹气：专气。孔：甚，很。

11 中夜：半夜。

12 庶类：万物。

13 门：门径，法门。按：以上为第三段，屈原欲求仙，遂幻想自己向古仙人王子乔求教，王子乔告以养气成仙之道。

译文

看见王子乔我肃然起敬，向他细问怎样求道养气。他说：道可以心领神会，却不可口说言传。它小到没有中间，它大到没有边缘。不要搅乱你的精魂，就会自然修道成仙。专心一致，全神贯注，半夜道会存在你心间。请虚心静虑等待它吧，不要先有接物的心愿。万物都自然地生成，这就是修道成仙的法门。

闻至贵而遂徂兮[1]，忽乎吾将行。仍羽人于丹丘兮[2]，留不死之旧乡[3]。朝濯发于汤谷兮[4]，夕晞余身兮九阳[5]。吸飞泉之微液兮[6]，怀琬琰之华英[7]。玉色頩以脕颜兮[8]，精醇粹而始壮[9]。质销铄以汋约兮[10]，神要眇以淫放[11]。嘉南州之炎德兮[12]，丽桂树之冬荣[13]。山萧条而无兽兮，野寂漠而无人[14]。载营魄而登霞兮[15]，掩浮云而上征[16]。

注释

1 至贵：非常宝贵，指王子乔上述的话。徂（cú）：往。

2 仍：随，从。羽人：谓飞仙，即能飞行的仙人。丹丘：神话中神仙聚居之地，昼夜常明。

3 不死之旧乡：仙圣神灵所住之处。

4 朝（zhāo 招）：早晨。濯（zhuó 茁）发：洗发。汤谷：即旸谷，古代传说的日出之处。

5 晞（xī 希）：晒干。九阳：九个太阳。中国古代有“九阳”或“十日”等多个太阳的神话。《吕氏春秋·求人篇》说：禹南至“九阳之山”。王逸《九思·遭厄》有“踵九阳兮戏荡”等语。1972 年出土的马王堆汉墓帛画，扶桑树上正画着大小九个太阳。《招魂》说：“十日代出，流金铄石些。”则为十日神话。这里的“九阳”即代指扶桑树九个太阳栖息之处。

6 飞泉：山谷名，即飞谷，在昆仑西南。

7 琬（wǎn 宛）、琰（yǎn 炎）：都是美玉名。华英：精英，指玉英。

8 頩（pīng 乒）：面色光润。脕（wàn 万）：丰满艳美的样子。古人认为服食“玉英”（玉树的花朵）能润肤美容、舒筋活络、强身健体、永命延年。

9 醇粹（chúncuì 纯翠）：精纯不杂。

10 质：体质。销铄（shuò 朔）：消亡。汋（zhuó 啄）约：柔弱。

11 神：精神。要眇（miǎo 秒）：深远的样子。淫放：放任，放纵。

12 嘉：赞美。南州：南方，指楚国。南州是诗人远游“四荒”“六漠”的出发地点。炎德：指气候温暖。

13 丽：与“嘉”互文见义，也是赞美的意思。荣：茂盛。

14 寂漠：即寂寞。

15 营魄：指魂魄，精神。登霞：升登于云霞之上。登霞是仙人飞升的另一种表达方式。

16 按：以上为第四段，诗人经过修炼，仙质已成，于是从南楚出发开始远游。

译文

听了妙言我就想前往，匆匆忙忙我将把路上。随飞仙到达丹丘，留在这不死的仙乡。早晨在汤谷洗头发，傍晚九阳晒干我身。吸饮飞谷的神泉，怀抱美玉的精英。面色如玉光润华美，精神纯粹开始强壮。凡胎脱尽而显得柔弱，神魂高远而格外奔放。我赞美南国气候温暖，我赞美桂树冬季常青。山林萧条没有兽迹，原野寂寞没有人烟。我载着魂魄登上彩霞，踏着浮云飘向天庭。

命天阍其开关兮[1]，排阊阖而望予[2]。召丰隆使先导兮[3]，问大微之所居[4]。集重阳入帝宫兮[5]，造旬始而观清都[6]。朝发轫于太仪兮[7]，夕始临乎於微闾[8]。屯余车之万乘兮[9]，纷溶与而并驰[10]。

注释

1 天阍（hūn 昏）：天帝的看门人，又名“帝阍”。开关：打开门闩。

2 排：推。阊阖（chānghé 昌合）：天门。予：我。

3 丰隆：神话中的雷神兼云神。王逸《楚辞章句》：“丰隆，云师。一曰雷师。”因为天上阴云密布，通常会下雨，而夏季下雨又时常会电闪雷鸣，所以，古代神话中云、雨、雷、电之神往往纠缠不清、难分彼此。《九歌》中的“云中君”就是云雨雷电之神。“云神”“雨神”“雷神”往往三位一体，不必各执一端，争讼不已。

4 大微：即“太微”，天庭星座，在紫微星之南。

5 集：止，停留。重阳：古人认为积阳为天，天有九重，故称天为重阳。帝宫：神话中天帝住的宫殿。

6 造：到，至。旬始：皇天名。清都：天帝所居的宫阙。

7 发轫（rèn 任）：启行。太仪：天帝的宫廷。

8 於微闾：山名，又名医巫闾山、医毋闾山、微闾山、无虑山、医无虑山等，今通称医巫闾山，简称闾山。地处辽宁省中部，为阴山山脉余脉，自东北向西南走向，长 45 公里，宽 14 公里，面积 630 平方公里，最高峰 866.6 米（峙立于辽宁锦州北镇境内），为东北三大名山（医巫闾山、千山、长白山）之首，属于中国古代名山五岳五镇中五镇之北镇。关于医巫闾山（於微闾山）名称的由来，或说是东胡语“伊克奥利”即“大山”的译音，或说是满语“翠绿的山”的译音，或说系由古句丽人一部族之称谓音译而成。《淮南子·地形训》：“东方之美者，有医毋闾之珣玗琪焉。”

9 屯（tún 饨）：聚集。乘（shèng 剩）：量词，古代四匹马拉一辆车叫“一乘”。这里的“万乘”是虚数，指许多辆车。

10 纷：众多的样子。溶与：即容与，从容而安详的样子。

译文

我叫帝宫门卫打开天门，他推开天门热情盼望。我召来云师丰隆做我的先导，访问太微星所住的地方。升上九天进帝宫游览，造访皇天到清都参观。早晨从帝宫太仪出发，傍晚才到医巫闾山边。我聚集着成万的车辆，从容而安详地并驾齐驱。

驾八龙之婉婉兮[1]，载云旗之逶蛇[2]。建雄虹之采旄兮[3]，五色杂而炫耀[4]。服偃蹇以低昂兮[5]，骖连蜷以骄骜[6]。骑胶葛以杂乱兮[7]，斑漫衍而方行[8]。撰余辔而正策兮[9]，吾将过乎句芒[10]。

注释

1 八龙：指八匹神骏。婉婉（wān 弯）：即蜿蜿，曲折而行的样子。

2 逶蛇（wēiyí 威宜）：旌旗迎风飘扬的样子。

3 建：竖起，树立。雄虹：古人认为虹有雌雄之别，颜色鲜艳的叫雄虹，颜色较淡的叫雌霓。旄（máo 矛）：用牦牛尾作装饰的旗帜。

4 炫耀：光彩明耀。

5 服：古代一车驾四马，居中两匹叫"服"。偃蹇：形容马匹高大矫健。

6 骖（cān 餐）：古代驾在车前两侧的马。连蜷：屈曲的样子。骄骜（jiāoào 交奥）：恣纵奔驰。

7 骑：车骑。胶葛：交错纠缠的样子。

8 斑：通"班"，排列。漫衍：连绵不断的样子。方行：并行。

9 撰：持，拿。辔（pèi 配）：驾驭牲口用的缰绳。策：竹制的鞭子。

10 句（gōu 勾）芒：东方之神。《山海经·海外东经》："东方句芒，鸟身人面，乘两龙。"按：以上为第五段，写远游东方的情况。

译文

各驾八匹神骏迤逦而行，载着有云霞的旌旗舒卷自如。竖起绘有雄虹的彩旗，五彩缤纷，炫耀鲜明。矫健的服马昂首奔腾，曲身的骖马纵横驰骋。车骑交错喧嚣个不停，连绵不断并列向前行。我拿好马鞭握紧缰绳，准备经过东方的句芒神。

历太皓以右转兮[1]，前飞廉以启路[2]。阳杲杲其未光兮[3]，凌天地以径度[4]。风伯为余先驱兮，氛埃辟而清凉[5]。凤皇翼其承旂兮[6]，遇蓐收乎西皇[7]。揽彗星以为旍兮[8]，举斗柄以为麾[9]。叛陆离其上下兮[10]，游惊雾之流波[11]。

注释

1 太皓（hào 耗）：亦作太昊、大昊、太皞、大皞，即"伏羲"，传说为东方天帝。右转：指从东方右转向西。

2 飞廉：神话中的风神。“飞廉”的合音就是“风”。
3 杲杲（gǎo 搞）：明亮的样子。
4 凌：越过。天地：俞樾校作“天池”，即咸池，是神话传说中太阳在东方的浴池。《淮南子·天文训》：“日出于旸谷，浴于咸池。”径：直。
5 氛埃：空气中的尘埃。辟：扫除。《韩非子·十过篇》：“风伯进扫。”《淮南子·原道训》：“风伯扫尘。”风伯先行，所以吹扫得空中清凉无尘。
6 翼：翅。承：接。
7 蓐（rù 入）收：西方之神。《山海经·海外西经》云：“西方蓐收，左耳有蛇，乘两龙。”西皇：谓少昊，是西方的天帝。
8 旌：古代一种用五色羽毛装饰的旗子。
9 斗柄：指北斗七星的第五、六、七颗星，因形如斗柄，故名。麾（huī 挥）：指挥作战用的旗子。
10 叛：光辉明亮的样子。《集韵·换韵》：“叛，犹焕也。”叛陆离，和《离骚》“斑陆离其上下”的“斑陆离”义同，色彩斑斓的样子。上下：忽上忽下。
11 惊雾：形容游动的云气。流波：流水。按：以上为第六段，写远游西方的情况。

译文

过了东方的太皓向右转，前面有风神飞廉开路。曙光初照还不很明亮，我从天池径直渡过。风伯飞廉为我开路先行，将空中清扫得清凉无尘。凤凰的翅膀连接着云旗，西皇那里遇见了蓐收神。摘下彗星作为旌旗，举起斗柄作旗挥扬。飘浮在天际光辉灿烂，泛游在云海犹如踏浪。

时暧曃其曭莽兮[1]，召玄武而奔属[2]。后文昌使掌行兮[3]，选署众神以并毂[4]。路曼曼其修远兮[5]，徐弭节而高厉[6]。左雨师使径侍兮[7]，右雷公以为卫[8]。欲度世以忘归兮[9]，意恣睢以担挢[10]。

注释

1 暧曃（àidài 爱代）：昏暗不明的样子。曭（tǎng 倘）莽：晦暗。
2 玄武：北方之神，龟蛇合体。属（zhǔ 主）：跟随。
3 文昌：星名，在北斗魁前，共有六颗，称文昌六星。掌行：掌领随行者。
4 署：部署，安排。毂（gǔ 谷）：车轮中心的圆木，这里代指车。并毂即车相并而行。
5 曼曼：通“漫漫”，形容路长远的样子。修：长。

6 徐：慢。弭（mǐ 米）节：犹言停车。高厉：于省吾认为应读作“高迈”。《说文》训“迈”为“远行”，则“高迈”是向高远处迈进（《泽螺居楚辞新证》）。

7 雨师：神话中的雨神。径侍：直接侍卫。

8 雷公：神话中的雷神。

9 度世：超越尘世而仙去。

10 恣睢（zìsuī 自虽）：放纵。担挢（jiējiǎo 揭矫）：也作“揭骄”“拮挢”，高飞远走的样子。

译文

天色已经昏暗不明，我叫玄武紧紧相跟。后面是文昌带领随从，选择安排众神驱车并进。前面的道路漫长而又遥远，我缓缓停车向高处迈进。左边叫雨师直接侍卫，右边让雷公紧相护送。我想超脱尘世而忘记归去，我想放纵心志而高飞远举。

内欣欣而自美兮，聊媮娱以淫乐[1]。涉青云以泛滥游兮[2]，忽临睨夫旧乡[3]。仆夫怀余心悲兮，边马顾而不行[4]。思旧故以想像兮[5]，长太息而掩涕。泛容与而遐举兮[6]，聊抑志而自弭[7]。指炎神而直驰兮[8]，吾将往乎南疑[9]。览方外之荒忽兮[10]，沛罔象而自浮[11]。

注释

1 媮：通“愉”，乐。淫乐：尽情地欢乐。

2 涉：渡过。泛滥游：自由自在地四处浪游。

3 临：居上视下。睨：视，望。旧乡：故乡，指楚国。

4 边马：即骖马。

5 旧故：故旧，旧交。想像：犹言想见。

6 泛：浮游。容与：从容。遐举：飞行。

7 抑志：控制自己的心情。自弭：自己压抑感情。

8 炎神：即炎帝，古代神话传说为南方之神。

9 南疑：指九疑山。因九疑山在南方，故又云南疑。疑，今作“嶷”。

10 方外：世外。荒忽：荒远飘忽。

11 沛：水流的样子。罔象：汪洋。

译文

我内心欣欣然自觉很美，暂且娱乐一下自寻乐趣。我踏着青云四处游浪，忽然向下看见了故乡。车夫思念，我更悲伤，边马回头也不肯走向前方。思念故友，想见到他们，我不禁长叹，眼泪纵横。还是从容地向远方飞行，姑且压抑自己悲哀的感情。朝着南方的炎神直奔，我将前往九嶷山林。浏览世外的浩茫无垠，我像在汪洋大海里浮沉。

祝融戒而还衡兮[1]，腾告鸾鸟迎宓妃[2]。张《咸池》奏《承云》兮[3]，二女御《九韶》歌[4]。使湘灵鼓瑟兮[5]，令海若舞冯夷[6]。玄螭虫象并出进兮[7]，形蟉虬而逶蛇[8]。雌霓便娟以增挠兮[9]，鸾鸟轩翥而翔飞[10]。音乐博衍无终极兮[11]，焉乃逝以徘徊[12]。

注释

1 祝融：南方之神。《山海经·海外南经》："南方祝融，兽身人面，乘两龙。" 戒：告诫，劝阻。衡：车辕头上的横木，此代指车。还衡，回车。

2 腾告：传告。鸾鸟：凤凰一类的鸟。宓（fú 伏）妃：即洛神、雒嫔，神话中人名，据说是古帝伏羲氏之女。

3 张：奏起。《咸池》：传说是尧时的乐曲。《承云》：即《云门》，传说是黄帝时的乐曲。

4 二女：指尧帝的两个女儿娥皇、女英，她们均为舜帝的妻子。御：侍候。《九韶》：传说是舜时的乐曲。

5 湘灵：传说中的湘水之神。

6 海若：即《庄子·秋水篇》里的北海之神若。冯夷：即河伯。

7 玄螭（chī 痴）：古代传说中一种没有角的黑龙。虫象：即罔象，古代传说中的一种水怪。

8 形：形体。蟉虬（liúqiú 流求）：盘曲的样子。

9 便娟：轻盈美丽的样子。挠：通"绕"，缠绕，纠缠。

10 轩翥：飞举的样子。

11 博衍：广博延长，不断演奏。

12 按：以上为第七段，写远游南方的所见所感。

译文

祝融劝告我立即回车，我传令鸾鸟迎接宓妃。奏起了古乐《咸池》和《承云》，奏奏《九韶》的是娥皇女英。叫湘水之神演奏瑟乐，让海神和河伯共同跳舞。黑龙和罔象一起演出，形体屈曲婉转自如。彩虹轻盈地层层环绕，鸾鸟矫健地高高飞翔。音乐宏盛还没有终结，于是我就往外周游徘徊。

舒并节以驰骛兮[1]，逴绝垠乎寒门[2]。轶迅风于清源兮[3]，从颛顼乎增冰[4]。

注释

1 舒：纵，放开。并节：合在一起的缰绳。骛（wù 物）：恣意奔跑。

2 逴（chuō 戳）：远。绝垠：天边。寒门：神话传说中的北极之门，是北方极寒冷的地方。

3 轶：超过，超越。疾风。清源：这里指北海。

4 颛顼（zhuānxū 专虚）：北方的天帝。增：通“层”。按：以上为第八段，写远游北方的情况。

译文

放开了缰绳让马儿狂奔，远到天边北极的寒门。在北海超越了迅疾的风，跟随颛顼到冰天雪地中。

历玄冥以邪径兮[1]，乘间维以反顾[2]。召黔嬴而见之兮[3]，为余先乎平路。经营四荒兮[4]，周流六漠[5]。上至列缺兮[6]，降望大壑[7]。下峥嵘而无地兮[8]，上寥廓而无天[9]。视倏忽而无见兮[10]，听惝恍而无闻[11]。超无为以至清兮[12]，与泰初而为邻[13]。

注释

1 玄冥：北方之神。邪径：斜路，崎岖小路。

2 乘：登。间维：天地。古人认为天有六间（上下四方共六间），地有四维（四隅为四维）。

3 黔嬴：天上造化神名。

4 经营：犹往来。四荒：指东、西、南、北四方荒远之地。这里的“经营四荒”是对上文远游四方的小结。

5 周流：周游。六漠：即东、西、南、北四方，再加上、下。六漠是古人“六合”的扩大称呼，即指“六合”的广漠无际而言。这里的“周流六漠”，承上远游四方，起下远游上下，即开起下文“上至列缺兮，降望大壑。下峥嵘而无地兮，上寥廓而无天……”一段文字。

6 列缺：闪电，这里指天的最高处。

7 大壑：大海。《列子·汤问》："渤海之东，不知几亿万里，有大壑焉，实惟无底之谷，其下无底，名曰归墟。"

8 峥嵘：深远的样子。

9 寥廓：广远的样子。

10 倏（shū 书）忽：疾速的样子。

11 惝（chǎng 敞）恍：模糊不清。

12 无为：指顺应自然，不求有所作为。至清：极清静的境界。

13 泰初：即太初，指天地未分以前的元气。《列子·天瑞》："太初者，气之始也。"按：以上为第九段，写远游四方后，随造化之神上下周游，最后进入泰初之境。

译文

经过玄冥走的崎岖小路，登上天间地维回头反顾。召唤造化之神和他相见，叫他为我先行铺平道路。我往来四方，我周游六合。上到闪电神列缺的所在，下观渤海之东的大壑。脚下深远不见大地，头上广阔不见苍穹。眼睛忽然看不见，耳朵仿佛听不清。超然无为很清静，与太初原始为近邻。

楚辞·卜居

导读

本篇的作者，王逸说是屈原，历代无异辞。至清代崔述则认为是“假托成文”，定《卜居》为伪作。此说被现代某些楚辞学家所承袭、发挥，以致许多文学史都将《卜居》排除在屈赋之外。但伪作说的各种理由已被陈子展《楚辞直解》通通推翻驳倒。因此，本书按照陈子展、姜亮夫、汤炳正、蒋天枢、朱碧莲、周建忠等学者的看法，仍将《卜居》的著作权归之屈原。古人以卜决疑，“卜居”的含义，就是占卜自己“居世何所宜行”，即通过问卜来解决自己应当采取什么态度对待现实。事实上，屈原并无待决之疑，他对“何去何从”是很明确的。他假借卜筮贞问的方式，是为了抒发愤懑，针砭现实，警醒世俗，彰己独志。

屈原既放[1]，三年不得复见。竭知尽忠[2]，而蔽障于谗[3]。心烦意乱，不知所从。乃往见太卜郑詹尹曰[4]：“余有所疑，愿因先生决之[5]。”詹尹乃端策拂龟曰[6]：“君将何以教之[7]？”

注释

1 既：已经。放：放逐。

2 竭：尽。知：通“智”，智慧。

3 蔽障：遮蔽，阻隔。谗：指谗佞之人。

4 太卜：官名，为卜筮官之长。郑詹尹：太卜的姓名。

5 因：通过，依靠。决：决定。

6 端：摆正。策：占卜用的蓍（shī 诗）草。端策，把策摆端正。拂：擦拭。龟：占卜用的龟壳。拂龟，拂去龟壳上的灰尘。策和龟都是占卜用的工具，用策（蓍草）的叫作筮，用龟（龟壳）的叫作卜，合称卜筮。

7 君将何以教之：您将用什么指教我呢？这是客气话，实际是说“您要占卜什么事呢？”

译文

屈原已经遭受放逐，三年没有再见到楚王。他为国竭尽智慧和忠诚，却被小人的谗言所阻拦。思绪纷乱心里烦，不知事情怎么办。就去向太卜郑詹尹说：“我心里有疑惑，愿先生为我决断。”詹尹就摆正筮草，揩净龟壳说：“不知您有何见教？”

屈原曰：“吾宁悃悃款款[1]，朴以忠乎[2]？将送往劳来[3]，斯无穷乎[4]？宁诛锄草茅[5]，以力耕乎？将游大人[6]，以成名乎？宁正言不讳[7]，以危身乎？将从俗富

贵，以媮生乎[8]？

注释

1 宁：应该。悃悃（kǔn 捆）、款款：都是诚恳的意思。

2 朴：质朴。以：而。忠：忠诚。

3 送往劳来：迎来送往，指到处周旋逢迎。劳，慰劳。

4 斯：这样。无穷：没完没了。

5 诛：剪除。草茅：杂草。

6 游：游说。大人：指达官贵人。

7 讳：隐瞒，避忌。

8 媮（tōu 偷）：同"偷"（朱熹《楚辞集注》），苟且。

译文

屈原说："我应该老老实实，质朴忠诚，还是去应酬奉迎，度此一生？我应该铲除杂草，努力耕耘，还是去游说诸侯，以求成名？我应该忠言直谏，奋不顾身，还是去追求富贵，苟且偷生？

宁超然高举[1]，以保真乎[2]？将呢訾栗斯[3]，喔咿儒儿[4]，以事妇人乎[5]？宁廉洁正直，以自清乎？将突梯滑稽[6]，如脂如韦[7]，以洁楹乎[8]？宁昂昂若千里之驹乎[9]？将泛泛若水中之凫[10]，与波上下，偷以全吾躯乎？

译文

1 超然高举：远走高飞。

2 保真：保持自己纯真的本性。

3 呢訾：通"趑趄（zījū 咨居）"，想前进又不敢前进的样子（俞樾《读楚辞》）。韩愈《送李愿归盘谷序》："伺候于公卿之门，奔走于形势之途，足将进而趑趄，口将言而嗫嚅，处污秽而不羞，触刑辟而诛戮，侥幸于万一，老死而后止者，其于为人，贤不肖何如也？"栗斯：通"趯趚（lìqì 立气）"，小心谨畏地侧行的样子（郭在贻《楚辞解诂》）。趑趄、趯趚当为近义词，在这里均指行动上所表现出的一种奴颜婢膝、小心翼翼的丑态。或说，呢訾同足訾，本传说中兽名（郝懿行《山海经笺疏》），据说此兽"见人则呼"。《山海经·北山经》："（蔓联之山）有兽焉，其状如禺而有鬣，牛尾、文臂、马蹄，见人则呼，名曰足訾，其鸣自呼。"栗斯当从洪兴祖《楚辞考异》引一本作"栗斯”，通“竦斯”，本传说中鸟名（郝懿行《山海经笺疏》），据说此鸟“见人则跃”。《山海经·北山经》：“（灌题之山）有鸟焉，其状如雌雉而人面，见人则跃，名曰竦斯，其鸣自呼也。”怪兽足訾“见人则呼”，怪鸟竦斯“见人则跃”，屈原将这两个名词转化为形容词，以此形容谄谀小人承颜候色以事人之丑态。

4 喔咿（wōyī 窝伊）：想说话而又不敢或不能说出的样子，指言语方面所表露的谄媚之态。一作“偓伊”。《抱朴子·外篇》卷二十七《刺骄》：“徒以翕肩敛迹，偓伊侧立，低眉屈膝，奉附权豪。”与屈原此处所写，有异曲同工之妙。儒儿：当从洪兴祖《楚辞考异》引一本作“嚅唲（rúér 儒儿）”，强作笑颜、曲意逢迎的样子。或说，喔咿通“幽鴳”，本传说中兽名（汤炳正《楚辞类稿》），据说此兽“善笑”。《山海经·北山经》：“（边春之山）有兽焉，其状如禺而文身，善笑，见人则卧，名曰幽鴳，其鸣自呼。”儒儿即“狎儿”，即左思《吴都赋》中所提及的“狎子”，一名山狎，本传说中兽名（汤炳正《楚辞类稿》），据说此兽“见人则笑”。《玉篇·犬部》：“狎，兽。如犬，人面，见人即笑。”《山海经·北山经》：“（狱法之山）有兽焉，其状如犬而人面，善投，见人则笑，其名山狎，其行如风，见则天下大风。”怪鸟幽鴳（喔咿）“善笑”，怪兽狎儿（儒儿）“见人则笑”，屈原将这两个名词转化为形容词，以此形容谄谀小人强作笑颜、谄谀献媚的丑态。

注释

5 妇人：指郑袖，楚怀王的宠妃，主张联秦。

6 突梯：圆滑的样子。滑稽：指善于巧言谄媚。

7 脂：油脂。韦：熟软的牛皮。

8 洁：《文选》作絜，用绳子计量圆筒形物体的粗细。楹：房屋的柱子。洁楹，这里比喻圆滑世故的处世作风。

9 昂昂：昂首挺胸，堂堂正正的样子。

10 泛泛：浮游不定的样子。凫（fú 浮）：野鸭。

译文

我应该远走高飞，保持纯真，还是去承颜候色，装出笑容，侍候妇人？我应该廉洁正直，保持清白干净，还是圆滑世故，像老油条，八面玲珑？我应该昂起头像千里马，还是浮游不定像水中的野鸭，随波逐流，苟且偷生保全身躯？

宁与骐骥亢轭乎[1]？将随驽马之迹乎[2]？宁与黄鹄比翼乎[3]？将与鸡鹜争食乎[4]？此孰吉孰凶？何去何从？世溷浊而不清[5]：蝉翼为重[6]，千钧为轻[7]。黄钟毁

弃[8]，瓦釜雷鸣[9]。谗人高张[10]，贤士无名。吁嗟默默兮[11]，谁知吾之廉贞[12]？”

注释

1 亢轭：并驾的意思。亢即伉，并。轭，驾车时用的横木。

2 驽马：劣马。

3 黄鹄（hú 胡）：天鹅。

4 鹜（wù 误）：鸭。

5 溷（hùn 混）浊：混浊。

6 蝉翼：蝉的翅膀，比喻最轻的东西。

7 钧：三十斤为一钧。千钧，代表最重的分量。

8 黄钟：本为音乐上的名词，十二律之首。这里说的黄钟是合乎黄钟律的钟，是编钟里声响最洪大深沉的一枚。

9 瓦釜：瓦锅。

10 高张：指处在高位。

11 吁嗟（xūjiē 虚接）：叹息声。默默：默不作声的样子。

12 廉贞：廉洁忠贞。

译文

我应该与骏马并驾齐驱，还是跟劣马亦步亦趋？我应该与黄鹄长空比试，还是去和鸡鸭一道争食？这些事哪件吉利，哪件灾凶？哪件事不可做，哪件事可以行？这世道真是混浊不清：以知了的翅膀为重，以千钧的担子为轻。声响洪亮的黄钟被毁弃，砂锅打得像雷鸣。谗佞小人居高位，忠臣贤士无名声。唉！不说了吧！谁了解我的廉洁忠贞。”

詹尹乃释策而谢，曰：“夫尺有所短，寸有所长。物有所不足，智有所不明。数有所不逮[1]，神有所不通[2]。用君之心，行君之意，龟策诚不能知此事。”

注释

1 数：数理，卦数。逮：到。

2 神：神明。

译文

詹尹就放下蓍草辞谢，说：“尺有时会显得短，寸有时会显得长。万物都有它的不足，智者也有不懂的地方。数理有时会推算不到，神明有时难说周详。就凭您的志向，实行您的主张，龟壳蓍草确不知这些事项。”

楚辞

渔父

导读

本篇是屈原以第三人称的口气来写的，通过渔父与屈原自己的对话，表现了诗人不愿同流合污、随波逐流的高尚节操和坚持理想、宁死不屈的牺牲精神。本篇和《卜居》一样，也被某些楚辞学家疑为伪作，但证据并不足，陈子展《楚辞直解》对此作了充分论证，可以参看。姜亮夫、汤炳正、蒋天枢、朱碧莲、毛庆等学者也主张将著作权归还屈原，我完全同意他们的看法。

屈原既放，游于江潭[1]，行吟泽畔[2]，颜色憔悴[3]，形容枯槁[4]。渔父见而问之曰[5]："子非三闾大夫与[6]？何故至于斯[7]？"屈原曰："举世皆浊我独清[8]，众人皆醉我独醒[9]，是以见放[10]。"

注释

1 江潭（xún 寻）：江边。潭，同"浔"，水边。《汉书·扬雄传上》："因江潭而往记兮，钦吊楚之湘累。"颜师古注引苏林曰："潭，水边也。"

2 泽：水积聚的地方。畔：边。

3 颜色：面容，脸色。憔悴：形容人瘦弱，面色不好看。

4 形容：容色，容貌。枯槁：本指草木干枯，此处是形容人的面容，义同"憔悴"。

5 渔父（fǔ 抚）：渔翁。父，对老年男子的美称。

6 三闾大夫：楚官名，主管楚国屈、景、昭三姓王族的事务。

7 斯：此。何故至于斯，为什么弄到这个地步。

8 举：全。浊：混浊，污浊。清：清白，清廉。

9 醉：饮酒过量，神志不清。醒：清醒。醉、醒指对楚国形势的认识而言。

10 是以：因此。见放：被放逐。

译文

屈原已经遭受放逐，游浪于江边，吟咏于湖畔，脸色焦黄，形体枯瘦。渔翁看见他，便问道："您不是三闾大夫吗？为什么落到这种地步？"屈原说："世人都混浊我独清白，大家都沉醉我独清醒，因此被放逐。"

渔父曰："圣人不凝滞于物[1]，而能与世推移[2]。世人皆浊，何不淈其泥而扬其波[3]？众人皆醉，何不餔其糟而歠其醨[4]？何故深思高举[5]，自令放为[6]？"

注释

1 凝滞：拘泥，束缚。物：指客观时势。
2 推移：转变。
3 淈（gǔ 骨）：搅混。淈泥扬波，谓将水弄浑浊。
4 餔（bū 补阴平）：吃。糟：酒渣。歠（chuò 啜）：饮。釃（lí 离）：薄酒。
5 深思：思虑很深，即独醒。高举：高出流俗，即独清。
6 令：使得。自令放，自己招致放逐。为：句末语气词，表示疑问。

译文

渔翁说："圣人不被外物所束缚，而能够随着世俗变化。世人都混浊，你为什么不搅泥沙扬水波？大家都沉醉，你为什么不吃酒糟喝薄酒？为什么要思虑深远行为高尚，自己弄得被放逐？"

屈原曰："吾闻之，新沐者必弹冠[1]，新浴者必振衣[2]。安能以身之察察[3]，受物之汶汶者乎[4]？宁赴湘流，葬于江鱼之腹中。安能以皓皓之白[5]，而蒙世俗之尘埃乎[6]？"渔父莞尔而笑[7]，鼓枻而去[8]，歌曰："沧浪之水清兮[9]，可以濯吾缨[10]；沧浪之水浊兮，可以濯吾足[11]。"遂去，不复与言。

注释

1 沐：洗头。冠（guān 官）：帽子。弹冠，指弹掉帽子上的灰尘。
2 浴：洗澡。振衣：指抖掉衣服上的灰尘。
3 察察：洁白的样子。
4 汶汶（mén 门）：犹"惛惛"，昏昧不明的样子。《荀子·不苟篇》："故新浴者振其衣，新沐者弹其冠，人之情也。其谁能以己之潐潐受人之掝掝者哉？"唐杨倞《荀子》注引《渔父》"汶汶"正作"惛惛"。《老子》："俗人皆昭昭，我独昏昏。俗人皆察察，我独闵闵。"（此据傅奕本《道德经古本篇》）"闵闵"亦通"惛惛"。屈原此处所说的"安能以身之察察，受物之汶汶者乎"，系袭用道家《老子》的原话，反其意而用之以驳道家的观点，表明自己不愿意"与世推移"。
5 皓皓（hào 号）：皎洁。
6 尘埃：与上文"汶汶"押韵，当为"埃尘"之误倒。"汶""尘"，乃文、真二部通韵。《史记·屈原贾生列传》所引《渔父》本作"温蠖"，为"混污"之同音借字。以韵求之，亦当为"污混"之误倒。"汶""混"二字古音均文部字，押韵。

7 莞（wǎn 碗）尔：微笑的样子。
8 鼓：摇动。枻（yì 义）：船桨。
9 沧浪（láng 郎）：古水名，是汉水的支流，在今湖北省境内。
10 濯（zhuó 浊）：洗。缨：系在脖子上的帽带。
11 以上四句歌词即《沧浪歌》，亦名《孺子歌》，是楚地流传的古歌谣，早在孔子适楚时便已流传（见《孟子·离娄上》记载）。这里渔父唱此歌是劝诗人归隐。

译文

屈原说："我听说，刚洗完头要把帽子弹弹，刚洗好澡要把衣服抖抖。怎么能让洁净的身体，去蒙受外界的玷辱？我宁愿跳入湘江，葬身于鱼腹之中。怎么能让洁白的身体，去蒙受世俗的尘垢？"渔翁听了微微一笑，摇动船桨而去，唱道："沧浪的水清呀，可以洗我的帽缨；沧浪的水浊呀，可以洗我的双脚。"就竟自去了，没有再和屈原说话。

楚辞

大招

导读

东汉王逸《楚辞章句》说："《大招》者，屈原之所作也。"同时他又说："或曰景差，疑不能明也。"话虽如此说，但在阐述诗旨和注释全诗中，王逸仍认为《大招》是屈原的作品。《大招》除去按照一般的招魂通套，说四方多灾害、劝灵魂早回家，并"盛称楚国之乐"以外，在篇末有一段，长达四十八句，大谈治国平天下的道理，与屈原其他作品表现的政治思想完全相合。因此，古代楚辞学者晁补之、黄文焕、林云铭、姚培谦、吴世尚、屈复、顾成天、周中孚、陈本礼，和当代楚辞学者孙作云、陈子展、殷光熹、赵逵夫等都认为《大招》的作者是屈原。陈子展的《楚辞直解》和殷光熹的《楚骚：华夏文明之光》还对当代各种否定屈原著作权的说法作了极为有力的反驳。姜亮夫早年曾认为《大招》的作者是景差，所以写《屈原赋校注》时没收《大招》。但他晚年撰写的《楚辞通故》却将《大招》视为屈原的作品，并认为《大招》"非屈原不能为之"。根据以上学者的意见，我们认为《大招》的著作权应归之于屈原。不过王逸说《大招》是屈原自招生魂的作品，却不符合作品实际。朱熹《楚辞集注》说："古者人死，则使人以其上服升屋履危，北面而号，曰：'皋！某复！'遂以其衣三招之，乃下以覆尸。此《礼》所谓'复'，而说者以为招魂复魄。"《大招》所写，就是这种招死人之魂的风俗。据《史记·楚世家》记载：公元前299年，楚怀王被秦昭王骗入秦国，勒逼割地，怀王不答应，竟被扣留。公元前296年春天，怀王病死在秦国，秦国把他的尸体送还给楚国。《大招》就是屈原在怀王尸体归回楚国时，为招其亡魂而创作的。诗中竭力渲染四方如何可怕，家乡如何可爱，以诱导和呼唤楚怀王的亡魂归来。写饮食、乐舞、女色、宫苑、游戏等，极力铺张，备极华美。在内容和形式上，对后来宋玉的《招魂》都有影响。但屈原又借招魂的形式和机会，在《大招》的末段对自己的"美政"思想作了最集中、最明确、最详细的阐发，给纯属巫术的招魂词注入了新的思想。因此，在思想内容上，屈原的《大招》远远超过宋玉的《招魂》。

青春受谢[1]，白日昭只[2]。春气奋发，万物遽只[3]。冥凌浃行[4]，魂无逃只。魂魄归徕[5]，无远遥只。魂乎归徕，无东无西，无南无北只！东有大海，溺水浟浟只[6]。螭龙并流[7]，上下悠悠只。雾雨淫淫[8]，白皓胶只[9]。

注释

1 青春：春天。春天一到，草木转青，故云。受谢：春天承接着冬天，冬天已经逝去。

2 只：句末语气词。

3 遽：竞争。

4 冥：幽深。凌：冰。浃（jiā 加）行：遍行，泛滥横行。

5 魂魄：古人认为魂是人的精气，魄是人的形体。人死则魂离开了魄，所以要招魂复魄，以免亡魂在外四处游荡。徕：同"来"。

6 溺水：能把人溺死的水。浟浟（yóu 油）：水流很急的样子。

7 螭（chī 痴）龙：古代传说中的一种没有角的龙。流：通“游”。
8 淫淫：连绵不停。
9 皓：洁白的样子。胶：粘，连接。

译文

春天来了，太阳多么明亮。春气萌动，万物蓬勃生长。积冰化水到处流淌，灵魂无处可以躲藏。魂魄归来吧，不要漂泊到远方。灵魂归来吧，别去东方和西方，别去南方和北方！东方有大海，水深流急把人埋。螭龙并排游，上下出没真悠哉。雾雨常连绵，海天相接一片白。灵魂啊，东方不能去，旸谷寂寞人难待！

魂乎无东，汤谷寂寥只[1]！魂乎无南！南有炎火千里，蝮蛇蜒只[2]。山林险隘，虎豹蜿只。鰅鳙短狐[3]，王虺骞只[4]。魂乎无南，蜮伤躬只[5]！魂乎无西！西方流沙，漭洋洋只[6]。

注释

1 汤（yáng 阳）谷：即旸谷，神话中地名，在东方太阳升起的地方。按：此句原脱“寥”字，据洪兴祖《楚辞考异》所引一本补。“寥”与上文的“浟”“悠”“胶”古韵皆在幽部，押韵；若脱“寥”字，则失韵了。
2 蝮（fù 付）蛇：一种大毒蛇，体色灰褐。蜒：即蜿蜒，弯弯曲曲，像蛇爬行的样子。
3 鰅鳙（yúyōng 鱼拥）：传说中的一种怪鱼，样子像牛，叫声像猪。短狐：即蜮（yù 预），传说中一种害人的动物，能在水中含沙喷射人的身体或人的影子，使人生病致死。
4 王：大。虺（huǐ 悔）：毒蛇。骞（qiān 牵）：抬头的样子。
5 躬：“躬”字古音属冬部，与上面的“蜒”“蜿”“骞”不押韵。江有诰《楚辞韵读》云：“躬当作身，元真合韵。”
6 漭（mǎng 莽）洋洋：广阔无边的样子。

译文

灵魂啊，别到南方去！南方千里炎热，蝮蛇爬行弯弯曲曲。深山密林道路崎岖，虎豹蜿蜒成群盘踞。有怪鱼鰅鳙和射人短狐，还有大毒蛇将头高举。灵魂啊，别到南方去，南方有伤人的鬼蜮！灵魂呀，可别去西方！西方有流沙，广阔无边际。

豕首纵目[1]，被发鬤只[2]。长爪踞牙[3]，诶笑狂只[4]。魂乎无西，多害伤只！魂乎无北！北有寒山，逴龙赩只[5]。代水不可涉[6]，深不可测只。天白颢颢[7]，寒凝凝只[8]。魂乎无往，盈北极只[9]！

注释

1 豕（shǐ 史）：猪。纵目：竖目。

2 被：通“披”。鬤（ráng 瓤）：头发凌乱。

3 踞：通“锯”。

4 诶（xī 西）笑：强笑。

5 逴（chuō 戳）龙：神名，即烛龙，古代神话中一种能照明的神物。《山海经·大荒北经》说，西北海之外，赤水的北边，有章尾山。有一个神，人的脸，蛇的身子，浑身红色，身长千里，眼睛竖生，眼睑是两条直缝。当他闭上眼睛时，世界就变成黑夜；当他睁开眼睛时，马上又变成白天。他不吃东西，不睡觉，不呼吸，只把风雨来吞噎。他能照亮九重泉壤的阴暗，所以叫他作烛龙，或者又叫作烛阴。据考证，烛龙是北极光的神话化。赩（xì 细）：红色。

6 代水：水名。代为战国时国名，故地在今河北蔚县。

7 颢颢（hào 浩）：白的样子。

8 凝凝：水结冰的样子。

9 盈：满。北极：极北地区。按：从开头至此为第一部分，极力渲染四方的险恶，以吓唬灵魂，使其不敢在外乡乱跑或停留。

译文

怪物猪头竖眼眶，头发纷乱披肩上。长着长爪和锯齿，见人傻笑逞凶狂。灵魂呀，可别去西方，西方多害把人伤！灵魂呀，别到北方去！北方有寒山，烛龙赤红色。代水不可渡，水深不可测。漫天飘白雪，遍地寒冰结。灵魂呀，别到北方去，北方到处是冰雪！

魂魄归徕，闲以静只[1]。自恣荆楚[2]，安以定只。逞志究欲[3]，心意安只。穷身永乐[4]，年寿延只。魂乎归徕，乐不可言只！五谷六仞[5]，设菰粱只[6]。鼎臑盈望[7]，和致芳只[8]。内鸧鸽鹄[9]，味豺羹只[10]。魂乎归徕，恣所尝只[11]！

注释

1 以：而。

2 自恣（zì 字）：随意而没有拘束。荆楚：楚国。荆是古代楚国的别称，因楚原建国于荆山（在今湖北南漳西），故名。详参俞樾《宾萌集》三《释荆楚》一文。

3 逞：满足，实现。究：穷尽。逞志究欲，随心所欲，心满意足。

4 穷身：终身。

5 五谷：五种谷物。说法不一，最普通的一种指稻、黍、稷、麦、豆，泛指粮食作物。仞：长度单位，古代以七尺或八尺为一仞。

6 设：陈列。菰（gū 孤）粱：即菰米。菰是一种多年生草本植物，生长在池沼里，开淡红色小花。嫩茎经黑穗病菌寄生后膨大，叫茭白，果实叫菰米。茭白可作蔬菜吃，菰米可以作饭吃。

7 鼎：古代烹煮用的器物，多用青铜制成，一般为圆形三足两耳，也有方形四足的。臑（ér 而）：通"胹"，煮熟。盈望：满到了边。望，边际。

8 和：调和，加进。致：达到，求得。

9 内：通"肭（nà 纳）"，肥美。鸧（cāng 仓）：鸟名，即鸧鸹（guā 瓜），一名"麋鸹"，似鹤，体苍青色。鹄（hú 胡）：水鸟名，俗名"天鹅"。

10 味：和上，配上。羹：用肉和蔬菜等做成的汤。

11 恣：任凭。

译文

魂魄归来吧，这里安闲又清静。无拘无束在楚国，生活安全又稳定。可以满你意，可以顺你心。终身都快活，延年增寿命。灵魂归来吧，这里欢乐说不尽！五谷丰登堆满仓，菰米做饭喷喷香。大鼎熟肉满满装，加些香料更芬芳。鸧鸹鸽子天鹅肉，配上鲜美豺肉汤。灵魂归来吧，请你随意来品尝！

鲜蠵甘鸡[1]，和楚酪只[2]。醢豚苦狗[3]，脍苴蓴只[4]。吴酸蒿蒌[5]，不沾薄只[6]。魂兮归徕，恣所择只！炙鸹烝凫[7]，煔鹑陈只[8]。煎鲼膗雀[9]，遽爽存只[10]。魂乎归徕，丽以先只[11]！

注释

1 蠵（xī 希）：大龟。

2 酪（lào 涝）：乳酪，奶酪。

3 醢（hǎi 海）：肉酱。豚（tún 饨）：小猪。苦：通“枯”。苦狗，即将狗杀死，挖掉胸腹，使之枯干，做成狗肉干（参于省吾《泽螺居楚辞新证》）。
4 脍（kuài 快）：细切。苴蓴（jūpò 居破）：草名，即蘘荷，根如姜芽，古人以之作香料。
5 蒿蒌（lóu 楼）：水草名，即蒌蒿，也叫白蒿，花淡黄色，茎可以吃。
6 沾：汁浓。薄：味淡。
7 炙（zhì 治）：烤。鸹（guā 瓜）：老鸹，乌鸦的俗称。烝：同“蒸”。凫（fú 伏）：水鸟名，俗叫“野鸭”。
8 煔（qián 潜）：煮肉。鹑（chún 纯）：即鹌（ān 安）鹑，鸟名，肉味很美，富有营养。
9 鲼（jì 继）：字同“鲫”，即鲫鱼。臛（hè 鹤）：一本作“臛（huò 霍）”，都是做成肉汤的意思。雀：黄雀，鸟名。
10 遽：急。爽：清爽可口。存：在。
11 丽：指美味佳肴。

译文

海龟新鲜鸡味香，和上楚国的乳浆。狗肉干，猪肉酱，切点蘘荷来配上。吴国白蒿酸菜汤，不浓不淡正恰当。灵魂归来吧，任你选吃哪一样！红烧乌鸦蒸野鸭，清炖鹌鹑桌上摆。油煎鲫鱼雀肉汤，吃来滋味真爽快。灵魂归来吧，佳肴等你先动筷！

四酎并孰[1]，不涩嗌只[2]。清馨冻饮[3]，不歠役只[4]。吴醴白糵[5]，和楚沥只[6]。魂乎归徕，不遽惕只[7]！

注释

1 酎（zhòu 宙）：醇酒。并：皆，都。孰：通“熟”。
2 嗌（yì 益）：咽喉。
3 清馨：指清淡、馨香的酒。冻饮：冷饮。
4 歠（chuò 啜）：饮。役：通“烈”，指酷烈酞厚的酒（参于省吾《泽螺居楚辞新证》）。
5 醴（lǐ 里）：甜酒。糵（niè 聂）：酒曲（qū 驱），一种酿酒用的发酵剂。
6 沥：清酒。
7 遽惕：戒惧。

四缸醇酒都已熟，酒味纯正不涩喉。清香薄酒宜冷饮，烈酒莫饮易晕头。吴国甜酒白曲酿，掺和楚国清沥酒。灵魂归来吧，归来喝酒莫畏缩！

代秦郑卫[1]，鸣竽张只。伏戏《驾辩》[2]，楚《劳商》只[3]。讴和《扬阿》[4]，赵箫倡只[5]。魂乎归徕，定空桑只[6]！

注释

1 代：战国时国名，故地在今河北蔚县。

2 伏戏：即伏羲氏，古代传说中的部落酋长，传说他发明了琴瑟。《驾辩》：曲名，相传为伏羲氏所作。

3 劳：绞，交织。商：即宫、商、角、徵（zhǐ 纸）、羽之商音，中国古代五音之一，相当于简谱“2”。所谓“劳商”，王逸说是“以楚声绞商音为之”，即由商音交织而成，犹琴曲之楚商及清商。

4 讴：唱歌。和：唱和。《扬阿》：《楚辞章句》本《招魂》作《扬荷》，《文选》本《招魂》作《阳荷》，宋玉《对楚王问》作《阳阿》，《楚辞·大招》作《扬阿》，梁元帝《言志诗》作《阳和》，是楚国的歌曲名。《汉书·外戚传下·孝成赵皇后传》：“及壮，属阳阿主家，学歌舞，号曰飞燕。”

5 倡：同“唱”。

6 定：调定，校定。空桑：瑟名。

译文

奏起代秦郑卫乐章，吹响竽管，乐声高亢。演奏伏羲古曲《驾辩》，演奏楚国名曲《劳商》。合唱一首《扬阿》曲，赵国排箫先吹唱。灵魂归来吧，等你校定瑟“空桑”。

二八接舞[1]，投诗赋只[2]。叩钟调磬[3]，娱人乱只[4]。四上竞气[5]，极声变只。魂乎归徕，听歌撰只[6]！

注释

1 二八：古代乐舞，八人为一列，“二八”即两列，亦即十六人。

2 投：合。

3 叩：敲击。钟：编钟，古代的一种打击乐器。中空，用铜或铁制成，悬挂在架上用槌敲击发音。调：调和，协调。

4 娱人：乐工，乐师。乱：理，有条理。

5 四上：王逸说：“四上，谓上四国，代、秦、郑、卫也。”竞气：比赛音乐的美好。

6 撰：具备。

译文

两列舞女接连上，配合节奏赋诗章。敲着钟，击着磬，乐工演奏很当行。四国音乐竞相唱，歌声多变极高昂。灵魂归来吧，歌舞齐备足够你欣赏！

朱唇皓齿，嫭以姱只[1]。比德好闲[2]，习以都只[3]。丰肉微骨，调以娱只[4]。魂乎归徕，安以舒只！嫮目宜笑[5]，娥眉曼只[6]。容则秀雅[7]，稚朱颜只[8]。魂乎归徕，静以安只！

注释

1 嫭（hù 护）：美丽。姱（kuā 夸）：美好。

2 比：同。好（hào 浩）：爱好，喜爱。闲：通“娴”，娴静。

3 习：指熟习礼节。都：优美，漂亮。

4 调：和蔼。

5 嫮（hù 护）：同“嫭”，美丽。宜：适宜，适合。

6 娥眉：也作“蛾眉”，比喻女子的眉毛像蚕蛾的触须那样细而弯，这在古代是美貌的象征。

7 容则：容貌。则，象，样子。成语“以身作则”，即用自身作榜样。

8 稚：娇嫩。

译文

嘴唇红，牙齿白，这里女郎长得美。德操相同性娴静，风度高雅懂礼节。肌肉丰满骨骼小，态度和蔼情切切。灵魂归来吧，美女安心陪你歇！美目含笑最漂亮，蛾眉弯弯细又长。样子长得挺秀气，红红面色嫩又光。灵魂归来吧，美女文静又安详！

姱修滂浩[1]，丽以佳只。曾颊倚耳[2]，曲眉规只[3]。滂心绰态[4]，姣丽施只[5]。小腰秀颈[6]，若鲜卑只[7]。魂乎归徕，思怨移只[8]！

注释

1 姱：美。修：长。滂浩：大方。

2 曾：通“层”，重，厚。颊（jiá 荚）：脸的两侧。倚：靠，贴。

3 规：圆形，这里指半圆形。

4 滂（pāng 乓）心：情绪旺盛。绰：绰约。

5 施：加，施加。

6 小腰：细腰。据文献记载，楚俗以细腰为美，而公元前540年至公元前529年在位的楚灵王更是一位大力提倡以细腰为美的君王。如《墨子·兼爱中》：“昔者楚灵王好士细要（腰）。故灵王之臣，皆以一饭为节，胁息然后带，扶墙然后起。比期年，朝有黧黑之色。”同书《兼爱下》说：“昔荆灵王好小要（腰）。当灵王之身，荆国之士饭不逾乎一，固据而后兴，扶垣而后行。”《荀子·君道篇》：“楚庄王（楚灵王之讹）好细腰，故朝有饿人。”《韩非子·二柄》：“楚灵王好细腰，而国中多饿人。”《管子·七臣七主篇》：“夫楚王好小腰，而美人省食；吴王好剑，而国士轻死。”此外，《晏子》《尸子》《尹文子》《淮南子》《新论》等书皆有楚灵王好细腰的记载。在出土的楚织锦、楚刺绣、楚帛画和楚漆画上，男女一律细腰。楚木俑也如此，男俑的腰固然细，女俑的腰更加细。楚文化研究专家张正明认为楚俗好细腰，反映了楚人对于相貌和身材的审美意识与诸夏是不大一样的，男子以威严精悍为美，女子以苗条纤柔为美。他进而认为，楚灵王是人类历史上最早倡导减肥的人（参张正明《时尚减肥与楚俗细腰》，《荆州师专学报》1991年第4期；又见张正明《楚文化史》，上海人民出版社，1987年8月第1版，第129—130页）。英国性心理学家霭理士认为未完全开化的民族在性视觉上“因为看重乳部，同时也注意到肥大的臀部，这一类的民族又用束腰的方法，使两部分变本加厉地突出，古代流传下来的紧身褡便是此种方法之一了。紧身褡的利用在欧洲人中最为普通，在有的时代里几乎普及全部的妇女界，在别的族类里也有”（霭理士原著、潘光旦译注《性心理学》，三联书店，1987年7月第1版，第70—71页）。人类学家潘光旦据此认为：“楚王好女子细腰，宫中竟有饿死的女子，其实所好并不在腰，而在腰的上下两头，和数十年前西洋所流行的是一件事。”（同上书，第92页）我个人认为楚灵王好男女细腰，导致男女节食饿死，是一种畸形的变态的审美心理的反映。

7 鲜卑：《楚辞·招魂》作“犀比”，《战国策·赵策》作“师比”，《史记·匈奴传》作“胥纰”，《汉书·匈奴传》作“犀毗”，《淮南子·主术训》高诱注作“私鈚”，均一语之转，指“带钩”。带钩之称“鲜卑”，有如《汉书·匈奴传》颜师古注所说：“犀毗，胡带之钩也。亦曰鲜卑，亦谓师比，总一物也，语有轻重耳。”张晏注称：“鲜卑郭洛带，瑞兽名也。东胡好服之。”据中、日两国学者考证，“鲜卑郭洛带”是阿尔泰语系语言的译音。“鲜卑”是满语 sabi 的译音，义为“祥瑞”“神奇”。“郭洛”是通古斯语 kwuk-lak、满语 gurugu、蒙古语 guruksu 等语的译音，义为兽。“鲜卑郭洛带”就是“瑞兽之带”“神兽之带”。称带钩为“鲜卑”，则是“鲜卑郭洛带”的省称。因为“鲜卑”或“犀比”是一种神兽，所以人们又用它来称呼驯养、崇拜、喜爱这种神兽的部落（鲜卑族），这些部落的发祥地或根据地（鲜卑山），以及用这种神兽作为装饰的带钩（鲜卑郭洛带）。鲜卑族发祥于我国大兴安岭（大鲜卑山），后来逐渐向西北方迁徙、发展，一部分滞留东北，一部分进入新疆，其后人即今之锡伯（Sibe）族，一部分经草原深入到黑海东岸、西伯利亚南部，和那里的土著友好相处，后来成为鲜比尔族（Sabirs），并且用瑞兽“鲜卑”之族名称呼贝加尔湖以东以南的广大地区，这就是“西伯利亚”（Siberia）一词的由来（详参萧兵《楚辞新探》）。梁启超《屈原研究》、刘永济《屈赋通笺》以为鲜卑出现在汉代，疑《大招》为汉人伪作，实是不了解鲜卑一词的语源关系所致。其实《国语·晋语》就曾记载：“昔（周）成王盟诸侯于岐阳，楚为荆蛮，置茅蕝、设望表，与鲜卑守燎，故不与盟。”楚人曾与鲜卑一起“守燎”，有过接触，《大招》提到“鲜卑”，决非偶然。

8 移：去。

译文

身材修长又大方，姑娘长得花一样。脸庞丰满耳贴后，眉毛弯弯像月亮。姿态绰约情绪旺，姣美俏丽会梳妆。腰肢细小秀颈长，好像带钩束过样。灵魂归来吧，美女可以消忧伤！

易中利心[1]，以动作只。粉白黛黑[2]，施芳泽只[3]。长袂拂面[4]，善留客只。魂乎归徕，以娱昔只[5]！青色直眉[6]，美目婳只[7]。靥辅奇牙[8]，宜笑嗎只[9]。丰肉微骨，体便娟只[10]。魂乎归徕，恣所便只！

注释

1 易：高兴，愉快。《诗经·小雅·何人斯》：“尔还而入，我心易也。”毛传：“易，说（悦）。”中：内心。利：善良，美好。《玉篇·刀部》：“利，善也。”

2 黛：青黑色的颜料。古代女子用以画眉。

3 施：加。芳泽：香膏。

4 袂（mèi 妹）：衣袖。拂：通“蔽”，遮蔽。长袂拂面，即白居易《琵琶行》“犹抱琵琶半遮面”之意。

5 昔：夜晚。《广雅·释诂四》：“昔，夜也。”

6 青色：黑色。游国恩说：“《礼记·礼器》：‘或素或青，夏造殷因。’郑康成注云：‘变白黑言素青者，秦二世时，赵高欲作乱，或以青为黑，黑为黄。民言从之，至今语犹存也。'《礼记》出于汉人之手，所以以黑为青。若《大招》是战国时的产品，决不作秦以后语。"(《楚辞概论》)因此，他认为《大招》是秦以后一个无名氏所作。按：游氏仅根据一个"青"字就断定《大招》不是战国时的作品是欠谨慎的。称黑白为素青，早在秦二世以前的《诗经》中就有例可证。如《诗经·齐风·著》中就有"充耳以素乎而""充耳以青乎而"，以"青""素"相对为文。所谓青素，即指黑白。《诗经·郑风·子衿》中也有"青青子衿""青青子佩"这样的句子，郑笺说："《礼》：具父母，衣纯以青。孤子，衣纯以素。"这也是以"青""素"相对为义。《尚书·禹贡》："(梁州)厥土青黎，厥田惟下土。"孔颖达疏："王肃曰：'青，黑色。'"因此，蒋骥《山带阁注楚辞》馀论卷下说："余按以黑为青，今北人犹尔。然《大招》云青色直眉，青亦指黑，固非始于秦时。"直眉：上文才说"曲眉"，而这里忽然又说"直眉"，好像互相矛盾。钱锺书认为"直"同"值"，连接的意思。直眉指眉长几于相接，有如古希腊美人崇尚的"通眉"(《管锥编》)。

7 婳(mián 绵)：眼睛美好的样子。

8 靥(yè 夜)：酒窝儿。辅：脸颊。奇：美。

9 嘕(xiān 仙)：笑的样子。

10 便娟：轻盈秀丽。

译文

内心美好又喜悦，姑娘动作很敏捷。脸抹白粉眉描黑，面涂香脂更润泽。长袖飘飘半遮面，含情脉脉善留客。灵魂归来吧，归来欢娱度长夜！两条黑眉几相接，一双眼睛溜溜转。牙齿整齐酒窝圆，嫣然一笑随心愿。肌肉丰满骨骼小，体态轻盈步履健。灵魂归来吧，你选美女可随便！

夏屋广大[1]，沙堂秀只[2]。南房小坛[3]，观绝霤只[4]。曲屋步壛[5]，宜扰畜只[6]。腾驾步游[7]，猎春囿只[8]。琼毂错衡[9]，英华假只[10]。茝兰桂树[11]，郁弥路只[12]。魂乎归徕，恣志虑只！

注释

1 夏(shà 啥)：通"厦"，高大的房屋。

2 沙：丹砂。堂：汉以后叫"殿"，即前室。古人将房屋分为堂与室两部分。《论语·先进》："由(子路)也，升堂矣，未入于室也。"皇侃疏："窗、户之外曰堂，窗、户之内曰室。”

3 房：古代指正室两旁的房间。坛：楚方言，庭院。

4 观（guàn 贯）：宫廷中高大华丽的楼台。绝霤（liù 遛）：屋檐下安的接雨水用的长水槽，相当于今日的“笕（jiǎn 剪）”。

5 曲屋：周阁，即围绕房屋周围的楼阁。步壛（yán 言）：长廊。

6 扰：驯养。

7 腾驾：传话，传令。“腾”和“驾”义同，都是“传”的意思。《说文·马部》：“腾，传也。”《法言·学行》：“仲尼驾说者也，不在兹儒乎？”李轨注：“驾，传也。”步游：徒步游猎。

8 囿（yòu 又）：畜养禽兽的园林。

9 琼：玉。毂（gǔ 鼓）：车轮中心穿轴承辐的圆木，此处借指车轮。错：镶嵌。衡：车辕头上的横木，这里借指车辕。

10 英华：“英”和“华”都是花的意思。假（xià 下）：嘉，美好的意思。《尔雅·释诂下》：“假，嘉也。”

11 茝（zhǐ 芷）：同“芷”，又名“虈（xiāo 消）”，香草名，即白芷。

12 郁：茂盛的样子。弥：满。

译文

房屋宽敞又高大，丹砂饰堂真秀雅。南边厢房小庭院，水笕接在屋檐下。楼阁周围走廊长，驯服猎兽好地方。传令徒步去狩猎，园林春猎最紧张。镶玉车轮嵌金辕，美丽如花放光芒。白芷兰草桂花树，茂密长在路两旁。灵魂归来吧，美景等你去观赏。

孔雀盈园，畜鸾皇只。鹍鸿群晨[1]，杂鹙鸧只[2]。鸿鹄代游[3]，曼鹔鷞只[4]。魂乎归徕，凤皇翔只[5]！

注释

1 鹍（kūn 昆）：鸟名，即鹍鸡，似鹤，黄白色。鸿：闻一多校作“鹤”。群晨：成群晨鸣。晨，鸡啼报晓，此指鹍鹤啼鸣报晓。

2 鹙鸧（qiūcāng 秋仓）：水鸟名，又名“秃鹙”“扶老”，头颈无毛，性贪恶，食鱼、蛇、鸟雏等。

3 鸿鹄（hú 胡）：鸟名，即天鹅。代游：轮番出游。

4 曼：连接延伸。鹔鷞（sùshuāng 肃霜）：水鸟名，也作“鹔鹴”“肃爽”，长颈绿身，其形似雁。

5 按：自“魂魄归徕，闲以静只”至“魂乎归徕，凤皇翔只”为第二部分，是“盛称楚国之乐”，从饮食、音乐、女色、宫苑游观等方面诱导和呼唤楚怀王的亡魂归返故居。

译文

绿色孔雀满林园，还养鸾鸟和凤凰。鹍鸡仙鹤都司晨，中间夹杂有鹙鸧。天鹅轮番来出游，跟着还有绿鹔鷞。灵魂归来吧，请看凤凰已飞翔！

曼泽怡面[1]**，血气盛只。永宜厥身**[2]**，保寿命只。室家盈廷**[3]**，爵禄盛只。魂乎归徕，居室定只！接径千里**[4]**，出若云只。三圭重侯**[5]**，听类神只**[6]**。察笃夭隐**[7]**，孤寡存只**[8]**。魂乎归徕**[9]**，正始昆只**[10]**！**

注释

1 曼：柔美。泽：光润。怡面：脸色喜悦。

2 宜：适宜。厥：其，此处相当于第二人称代词“你”。

3 室家：宗族，指同宗族的人。廷：朝廷。

4 接径：互相连接的道路。

5 圭（guī 归）：古玉器名，上圆（或三角形）下方，古代帝王、诸侯在举行典礼时以为礼器。三圭，指公、侯、伯三种贵族。据先秦礼制，公执桓圭，侯执信圭，伯执躬圭，故称公、侯、伯为三圭。重侯：指子、男两种贵族。

6 听：指听政，即处理政务。类：似。神：神明。

7 察：体察，体恤。笃：通“督”，察视。夭：早死。隐：疾病。

8 存：问候。《说文·子部》：“存，恤问也。”

9 乎：原作“兮”，据洪兴祖《楚辞考异》所引一本改。

10 正：定，决定。始：先。昆：后。

译文

心情喜悦脸红润，身体健壮血气盛。永远有益你身体，绝对保证你寿命。你的家族满朝廷，官位俸禄都昌盛。灵魂归来吧，住在家里多安定！道路相连通千里，巡行车马多如云。各路英豪来执政，处理政务像神明。了解百姓死和病，孤儿寡母得慰问。灵魂归来吧，施政先后你来定！

田邑千畛[1]，人阜昌只[2]。美冒众流[3]，德泽章只[4]。先威后文[5]，善美明只。魂乎归徕，赏罚当只！名声若日，照四海只。德誉配天，万民理只。北至幽陵[6]，南交阯只[7]。西薄羊肠[8]，东穷海只。魂乎归徕，尚贤士只[9]！

注释

1 田：田野，乡村。邑：城市。畛（zhěn 诊）：田间小路。

2 阜（fù 负）：盛。

3 美：指美政。冒：覆盖，遮盖。众流：众人。

4 章：同“彰”，明显，显著。

5 威：武力，威严。文：指礼乐教化、道德感召。

6 幽陵：即幽州，古代十二州之一。传说舜分冀州东北为幽州。《尔雅·释地》：“燕曰幽州。”即今河北省北部及辽宁省一带。

7 交阯：即交趾，古地名，指五岭以南一带。古代传说这一带的人睡时头外向，脚在内而相交，故称交趾。

8 薄：迫近。羊肠：山名，在今山西省静乐县境。战国时为赵国的险要关塞，因山形曲折，状如羊肠而得名。

9 尚：推举，选拔。《广雅·释诂一》：“尚，举也。”

译文

千条道路连城乡，人民富庶国势昌。美政庇佑众百姓，君王德泽自昭彰。先武后文治天下，既善又美多辉煌。灵魂归来吧，这里赏罚最恰当！你的名声像太阳，光辉普照海内外。德行名誉与天高，治理万民受拥戴。北方到达古幽州，南到交趾那一带。西方逼近羊肠山，东方尽头为大海。灵魂归来吧，推举贤才等你来！

发政献行[1]，禁苛暴只[2]。举杰压陛[3]，诛讥罢只[4]。直赢在位[5]，近禹麾只[6]。豪杰执政，流泽施只。魂乎归徕[7]，国家为只[8]！

注释

1 献：进。行：德行，此指有德行的人。

2 苛暴：“暴”字古韵属宵部，与下文古韵属歌部的“罢”“麾”“施”“为”等字不押韵，江有诰《楚辞韵读》认为“苛暴”当作“暴苛”，则“苛”与下文“罢”“麾”“施”“为”等字押韵了。

3 压：镇守。《广雅·释言》：“压，镇也。” 陛（bì 毕）：台阶，阶梯。举杰压陛，即谓推举贤士，使其居朝廷而镇守阶梯，这样奸佞小人就不能进入朝廷，所以下面接言“诛讥罢只”。

4 诛：惩罚。讥：谴责。罢：通“疲”，疲沓，无能，与“贤”相对。

5 羸：朱季海认为“羸”通“赢”，义同“直”(《楚辞解故》)。

6 麾（huī 挥）：指挥。《玉篇·麻部》：“麾，指麾也。”

7 归徕：原作“徕归”，据朱熹《楚辞集注》本改，以与全篇一律。

8 为：治。

译文

发布政令招贤能，禁绝苛政和暴行。选拔豪杰把好门，斥退疲沓无能人。忠直君子在高位，近似夏禹统万民。俊才贤士掌国政，流布德泽遍施恩。灵魂归来吧，治国靠你来劳神！

雄雄赫赫，天德明只。三公穆穆[1]，登降堂只[2]。诸侯毕极[3]，立九卿只[4]。昭质既设[5]，大侯张只[6]。执弓挟矢，揖辞让只[7]。魂乎归徕[8]，尚三王只[9]！

注释

1 三公：辅助国君掌握军政大权的三位最高官员。《尚书·周官》：“立太师、太傅、太保，兹惟三公，论道经邦，燮理阴阳。”

2 降：当从洪兴祖《楚辞考异》所引一本作“玉”。玉堂，宫殿的美称。

3 极：至，到。

4 立：设立。九卿：古时中央政府的九位高级官员，地位在三公之下。这里指周朝的九卿，即少师、少傅、少保、冢宰、司徒、宗伯、司马、司寇、司空。

5 昭质：通“招质”，“招”和“质”都是箭靶或目标的意思（参王念孙《读书杂志》）。

6 侯：古时射礼所用的箭靶，用布或兽皮制作而成。《仪礼·乡射礼》：“凡侯：天子熊侯，白质；诸侯麋侯，赤质；大夫布侯，画以虎豹；士布侯，画以鹿豕。凡画者，丹质。”

7 揖（yī 依）辞让：“揖”“辞”“让”三字同义，都是“谦让”的意思。古代参加射礼，射箭时要互相谦让。此礼战国时已废。

8 归徕：原作“徕归”，据朱熹《楚辞集注》本改。

9 尚：崇尚。三王：指夏禹王、商汤王、周文王，皆是历史上的贤君。按：自“曼泽怡面”至“尚三王只”为第三部分，直接招之以“美政”。这一部分共四十八句：先祝福楚王保寿养性，亲爱家族，富贵兴旺；次说听察神明，广施仁政；再说开发田园，人昌物盛，有宽有严，使贤士来归；再次说举豪杰，斥佞人，施德政，禁苛暴；最后说尚武艺，习礼让，朝诸侯，天下归一，发扬先王的好风尚。

译文

威名煊赫天下闻，功德比天称圣明。三公严肃又谦敬，登上玉堂辅助君。诸侯都来朝见你，你设立他们作九卿。射礼目标已定好，天子箭靶已做成。挟着箭，拿着弓，互相礼让表谦恭。灵魂归来吧，三王靠你去尊崇！

楚辞

九辩

导读

《九辩》是宋玉的代表作之一。"九辩"之名，正如"九歌"一样，原是古乐曲名，作者借旧题来写新诗。王夫之《楚辞通释》说："辩，犹遍也，一阕谓之一遍。盖亦效夏启《九辩》之名，绍古体为新裁，可以被之管弦。其词激宕淋漓，异于风雅，盖楚声也。"因此，"九辩"犹"九阕"或"九遍"，是指由若干乐章组合而成的一种曲调。《九辩》共有二百五十五句，一千五百多字，在楚辞中是仅次于《离骚》的长篇抒情诗。《九辩》分章，古多歧异，有八、九、十、十一等几种，本书采用朱熹《楚辞集注》的分法，将全诗分为九章。但这与篇题"九辩"之"九"，并无必然联系。游国恩先生《楚辞概论》中考辨说宋玉"至楚幽王时，年逾六十，因秋感触，追忆往事，作《九辩》以寄意"。宋玉晚年创作的这篇《九辩》是一篇自传性的长篇政治抒情诗，诗中揭露了奸佞误国的黑暗现实，反映了贫士失职的凄苦生活，抒发了自己怀才不遇、老大无成的愤慨之情。全诗在内容、结构、语言方面均深受屈原《离骚》的影响，但又富于独创性，是公认的骚体诗杰作。它因秋兴感的抒情方式、回旋错综的章法结构以及自由变化的语言形式，都给后代以极大的影响。特别是第一次将秋与失意悲伤有机地联在了一起，开创了悲秋的主题，从此悲秋成为中国文人常患的"季节性情绪低落症"。鲁迅认为《九辩》"虽驰神逞想不如《离骚》，而凄怨之情实为独绝"(《汉文学史纲要》)，精要地点明了这篇作品的地位和影响。

悲哉，秋之为气也[1]！萧瑟兮草木摇落而变衰[2]。憭栗兮若在远行[3]，登山临水兮送将归。泬寥兮天高而气清[4]，寂寥兮收潦而水清[5]。憯凄增欷兮薄寒之中人[6]。怆怳懭悢兮去故而就新[7]，坎廪兮贫士失职而志不平[8]。廓落兮羁旅而无友生[9]，惆怅兮而私自怜。

注释

1 气：气候，指一年四季自然界之冷热阴晴等现象。《左传·昭公元年》："天有六气……六气曰阴、阳、风、雨、晦、明也。"

2 萧瑟：草木被秋风吹拂所发出的声音，是一种肃杀、凄凉的景象。曹丕《燕歌行》："秋风萧瑟天气凉，草木摇落露为霜。"

3 憭栗（liáolì 辽立）：凄凉。

4 泬寥（xuèliáo 血辽）：空旷的样子，形容天高气清之象。

5 寂寥（liáo 辽）：寂静而空虚的样子。《老子》第二十五章："寂兮寥兮，独立而不改。"河上公注："寂者无音声，寥者空无形。"潦（lǎo 老）：雨后积水。

6 憯（cǎn 惨）：惨痛，悲痛。《说文·心部》："憯，痛也。"欷（xī 希）：叹息，抽泣。《说文·欠部》："欷，歔也。"《玉篇·欠部》："欷，泣馀声也。"中（zhòng 众）：中伤，侵袭。钱锺书《管锥编》之《楚辞洪兴祖补注》卷论《九辩》"薄寒中人"："按'中'如'中矢''中伤'之'中'，犹蜮'短弧'射影之'中'。"

7 怆怳：失意的样子。《广韵·养韵》："怆，怆怳，失意貌。" 懭悢（kuànglǎng 旷朗）：不得志的样子。《集韵·荡韵》："懭，懭悢，意不得也。"

8 坎廪（lǎn 览）：也作"坎懔""坎壈"，不平，喻遭遇不顺利。贫士：贫苦的读书人。失职：失去职位。

9 廓落：空虚寂寞。《广雅·释诂三》："廓，空也。"廓落之义重在"廓"字。羁（jī 机）旅：作客异乡。羁，寄居，旅寓。《广雅·释诂三》："羁，寄也。"《玉篇·网部》："羁，羁旅也，寄止也。"旅，寄居，客处。《广雅·释诂四》："旅，客也。"段玉裁《说文解字注·㫃部》："凡言羁旅，义取乎庐。庐，寄也。"友生：朋友。《诗经·小雅·常棣》："虽有兄弟，不如友生。"

译文

悲凉啊，秋天的气候！萧萧瑟瑟啊草木零落、干枯。凄凄凉凉啊好像在远方行路，又像登山临水啊送人踏上归途。旷荡空远啊天高而气清，平静清澈啊涝退而水清。悲伤叹息啊秋日的寒气袭人。失意悲苦啊去故而就新，世途坎坷啊贫士丢官心不平。落寞啊滞留异乡没知音，惆怅啊偷偷怜惜我自身！

燕翩翩其辞归兮[1]**，蝉寂寞而无声。雁廱廱而南游兮**[2]**，鹍鸡啁哳而悲鸣**[3]**。独申旦而不寐兮**[4]**，哀蟋蟀之宵征**[5]**。时亹亹而过中兮**[6]**，蹇淹留而无成**[7]**。**

注释

1 翩翩：飞得轻快的样子。

2 廱廱（yōng 拥）：通"噰噰"，和谐的鸣声。

3 鹍（kūn 坤）鸡：古书上说的一种鸟，形似鹤，羽毛黄白色。啁哳（zhāozhā 招渣）：形容繁杂而细碎的声音。

4 申旦：达旦，直到天亮。

5 宵征：夜行，此指蟋蟀在夜间跳跃而振翅鸣叫。

6 亹亹（wěi 尾）：行进不停的样子。《广雅·释训》："亹亹，进也。"过中：过了中年。

7 蹇（jiǎn 简）：同"謇"，助词，用于句首，无实义。朱骏声《说文通训定声·乾部》："蹇，发声之词。"淹留：滞留，久留。按：以上为第一章，以秋天的萧瑟衰败景象起兴，抒发自己惆怅失意之感。

译文

燕子翩翩地辞归故土，寒蝉寂寞没一点声音；大雁嘎嘎地飞向南方，鹍鸡啾啾地发出悲鸣。孤独无眠，一直到天亮，伤心于蟋蟀的彻夜奔行。时光流逝，过了半辈子啊，我滞留在外，一事无成！

悲忧穷戚兮独处廓[1]，有美一人兮心不绎[2]。去乡离家兮徕远客[3]，超逍遥兮今焉薄[4]。专思君兮不可化[5]，君不知兮可奈何？蓄怨兮积思，心烦憺兮忘食事[6]。愿一见兮道余意，君之心兮与余异。车既驾兮朅而归[7]，不得见兮心伤悲。

注释

1 戚：通“促”，迫促，局促。《集韵·烛韵》：“促，《说文》：‘迫也。’或作戚。”朱骏声《说文通训定声·孚部》：“戚，假借为促。”廓：空虚，空寂。《广雅·释诂三》：“廓，空也。”

2 有美一人：作者自喻。绎：通“怿（yì 亦）”，喜悦。《说文通训定声·豫部》：“绎，假借为怿。”

3 徕：同“来”。远：指远方，指楚都（郢）。客：做客，动词。

4 超：远。逍遥：此处指飘泊无依。焉：哪里。薄：到。

5 专：专心。化：改变。

6 憺（dàn 淡）：忧愁。

7 朅（qiè 窃）：离去。

译文

悲愁困穷啊，孤寂潦倒。有位美人啊，心情烦恼。背井离乡啊，客居远方，漂泊无依啊，去哪里才好？一心想念你啊，你又难改变；你不知我心啊，那该怎么办？怨恨满怀，忧思郁积。我内心烦躁啊，废寝忘食。想见上一面啊，诉说我的衷情。你的心思啊，却和我不同。驾好车子，去了又返回。见不到你啊，我心伤悲！

倚结軨兮长太息[1]，涕潺湲兮下沾轼[2]。慷慨绝兮不得[3]，中瞀乱兮迷惑[4]。私自怜兮何极[5]？心怦怦兮谅直[6]。

注释

1 倚：靠着。结軨（líng 灵）：车厢两边纵横交接的栏木。軨，车栏。

2 潺湲（chányuán 蝉元）：流泪的样子。轼：古代车前用以凭倚的横木。

3 慷慨：愤激的样子。《说文·心部》："慨，慷慨，壮士不得志也。"徐锴《系传》："内自高亢愤激也。"唐玄应《一切经音义》卷四引《说文》曰："慷慨，壮士不得志于心，情愤恚也。"绝：断绝。

4 瞀（mào 茂）乱：昏乱。瞀乱为同义合成词。《字汇·目部》："瞀，思念乱也。"

5 极：终了。

6 怦怦（pēng 烹）：忠谨的样子。谅直：诚实正直。按：以上为第二章，写不能见到君王的悲伤。

译文

我靠着车边，长长地叹息，涕泪横流，沾满了车轼。愤而想绝情，却白费力气。心中昏乱啊，我迷了心志。自哀自怜，到何时何日？我忠谨的心儿啊，诚实又正直！

皇天平分四时兮，窃独悲此凛秋[1]。白露既下百草兮，奄离披此梧楸[2]。去白日之昭昭兮[3]，袭长夜之悠悠[4]。离芳蔼之方壮兮[5]，余萎约而悲愁[6]。秋既先戒以白露兮[7]，冬又申之以严霜[8]。收恢台之孟夏兮[9]，然欿傺而沉藏[10]。

注释

1 窃：暗自。凛：原作"廪"，据洪兴祖《楚辞考异》所引一本改。《集韵·寝韵》："凛，《说文》：'寒也。'或从廪。"凛秋，寒秋。

2 奄（yǎn 掩）：忽，形容速度快。离披：分散。此用作动词，犹摧残。梧楸（qiū 秋）：当从《说文·艸部》所引作"菩（wú 吾）萧"。《说文·艸部》："菩，草也。从艸，吾声。《楚词（辞）》有'菩萧'草。"段玉裁注："按今《楚词（辞）》无菩萧，惟宋玉《九辩》云：'白露既下百草兮，奄离披此梧楸。'梧楸，盖许（慎）所见作菩萧，正'百草'之二者。"菩，草名，似艾。《玉篇·艸部》："菩，草似艾。"萧，草名，香蒿。《尔雅·释草》："萧，荻。"郭璞注："即蒿。"

3 昭昭：光明的样子。

4 袭：因袭，继续。

5 蔼（ǎi 矮）：繁茂。《集韵·曷韵》："蔼，茂盛貌。"

6 萎：本指草木枯死，此引申指人卧病不起，将死。《集韵·支韵》："萎，草木枯死。"约：犹《论语·里仁》"不仁者不可以久处约"之"约"，穷困的意思。

7 戒：警戒。《说文·廾部》："戒，警也。"

8 申之：加上。

9 恢台：广大的样子，指万物丰茂。孟夏：初夏。

10 然：乃，就。欿：同"坎"，坑，即地面低陷的地方。《广雅·释水》："欿，坑也。"傺（chì 赤）：住，停留。《方言》卷七："傺，逗也。南楚谓之傺。"郭璞注："逗，即今住字也。"

译文

老天将一年平分为四季，我独为这寒秋暗自伤感。一旦白露在百草上露头，艾蒿很快会受到摧残。明朗的白日已经逝去，接踵而来的是漫长的夜晚。告别了壮岁的芳蕊繁枝，我萎顿困窘啊，悲愁又凄惨！秋天已先用白露来警告，冬天再加上一层层严霜。收起了初夏繁盛的景象，万物沉寂，深深地躲藏。

叶菸邑而无色兮[1]**，枝烦挐而交横**[2]**。颜淫溢而将罢兮**[3]**，柯仿佛而萎黄**[4]**。萷櫹椮之可哀兮**[5]**，形销铄而瘀伤**[6]**。惟其纷糅而将落兮**[7]**，恨其失时而无当**[8]**。**

注释

1 菸（yū 迂）邑：枯萎。

2 烦挐（rú 如）：烦乱，纷乱。

3 颜：色彩，此指树叶的光泽。淫溢：同义合成词，过度，过分。罢：通"疲"，疲劳，疲倦，指植物的凋零。《广雅·释诂一》："罢，劳也。"王念孙疏证："罢与疲同。"《广韵·支韵》："罢，倦也。"

4 柯：树枝。仿佛：模糊，指树枝色泽黯然的样子。

5 萷（shāo 烧）：同"梢"，树梢。陈第《屈宋古音义》卷三："萷，木梢也。"櫹椮（xiāosēn 萧森）：同"萧森"，萧条的意思。

6 销铄（shuò 朔）：销熔，这里指树木受到损毁。瘀（yū 迂）伤：血瘀，这里指肌体损伤。

7 惟：思。纷糅（róu 柔）：众多而杂乱。

8 无当：没有好的遭遇。

译文

树叶枯萎而失去了光泽，枝条交错，杂乱无章。形貌过盛将会要凋零，树枝树干暗淡而萎黄。光秃的树梢令人哀痛，外形消损，遍体鳞伤。想到草木将纷纷枯落啊，我怅恨它们没赶上好时光！

揽骓辔而下节兮[1]，聊逍遥以相佯[2]。岁忽忽而遒尽兮[3]，恐余寿之弗将[4]。悼余生之不时兮，逢此世之俇攘[5]。澹容与而独倚兮[6]，蟋蟀鸣此西堂。心怵惕而震荡兮[7]，何所忧之多方？卬明月而太息兮[8]，步列星而极明[9]。

注释

1 揽：持。骓（fēi 非）：古代驾在车前两侧的马，也叫骖。辔（pèi 配）：马缰绳。下节：停鞭。

2 相佯：同“徜徉（chángyáng 常羊）”，徘徊。

3 遒（qiú 球）：靠近，接近。《说文·辵部》：“迫，近也。”

4 寿：寿命。将：长久。《广雅·释诂二》：“将，长也。”

5 俇攘（kuāngrǎng 筐壤）：犹《楚辞·哀时命》“摡尘垢之枉攘兮”之“枉攘”，混乱的样子。逢此世之俇攘，即遭遇此乱世。

6 澹：恬淡寡欲。容与：闲散的样子。独倚：独自依靠着什么而站立。

7 怵（chù 触）惕：忧惧。

8 卬（yǎng 仰）：古“仰”字，仰望。《字汇·卩部》：“卬，翘首望也。”

9 步列星：在星空下散步。极：至。按：以上为第三章，以草木遇秋而凋零起兴，抒写自己生不逢时的痛苦心情。

译文

我放下鞭子，勒住马缰，且流连逍遥在这片地方。岁月匆匆，一年又将尽，我只怕寿命不会久长。我伤感自己生不逢时，遇到这世道混乱无常。心境淡漠我独倚门户，又听见蟋蟀哀鸣于西堂。内心忧惧，心神震荡，为什么忧愁来自多方？仰望明月，我叹息深长，在星光下散步，直到天亮。

窃悲夫蕙华之曾敷兮[1]，纷旖旎乎都房[2]。何曾华之无实兮[3]，从风雨而飞飏[4]？以为君独服此蕙兮[5]，羌无以异于众芳[6]？闵奇思之不通兮[7]，将去君而高

翔。心闵怜之惨凄兮，愿一见而有明。重无怨而生离兮[8]**，中结轸而增伤**[9]**。岂不郁陶而思君兮**[10]**？**

注释

1 蕙：蕙草。华：同“花”。敷（fū 肤）：开放。

2 旖旎（yǐnǐ 以你）：繁盛的样子。乎：于。都房：犹言华屋，花房。都，美盛，华丽。《小尔雅·广言》：“都，盛也。”

3 曾（céng 层）：通“层”，重叠。《说文通训定声·升部》：“曾，假借为层。”曾华，累累的花朵。

4 飏：飞扬，飘扬。《说文·风部》：“飏，风所飞扬也。”

5 服：佩带。

6 羌：楚方言，同“卿”或“庆”，表反诘语气，即“何为”“何乃”。王逸《楚辞章句》：“羌，楚人语词也，犹言卿，何为也。”

7 闵：同“悯”，哀怜，怜悯。《玉篇·门部》：“闵，伤痛为闵。”段玉裁《说文解字注·门部》：“闵，引申为凡痛惜之辞，俗作悯。”奇思：出众的思想。不通：不能通达于君。

8 重：心情沉重，痛惜。无怨：指行为无可埋怨，意即没有过错。生离：被强行分开，意即被抛弃。生，生硬，强行。

9 结轸（zhěn 诊）：郁结而沉痛。轸，通“紾”，本义为缠绞，引申为绞痛。结轸一词乃《九章·惜诵》“心郁结而纡轸”一语之缩略，而轸字之用法则同《九章·哀郢》“出国门而轸怀兮”之轸。

10 郁陶（yáo 摇）：犹郁悠，忧思郁结的样子（参王念孙《广雅疏证》卷二下《释诂》“郁、悠、慎、靖、瘖、憛、忯、恁、仑，思也”条）。陶，忧愁。《广韵·释言》：“陶，忧也。”

译文

我暗自悲伤蕙花的怒放，纷繁茂盛开满了华堂。为何花朵累累不结果实，任风吹雨打四处飞扬？我原以为你独爱这蕙草，为什么对待它如同众芳？为奇思不能上达而伤感，我将离开你远走他乡。我的内心痛苦而凄惨，愿见君一面以表衷肠。无罪被抛弃是多么难过啊，我心中沉郁，更增悲伤！我怎能不忧郁执着地思君？

君之门以九重[1]。猛犬狺狺而迎吠兮[2]，关梁闭而不通[3]。皇天淫溢而秋霖兮[4]，后土何时而得漧[5]？块独守此无泽兮[6]，仰浮云而永叹[7]。

注释

1 君之门以九重：言君门九重。《礼记·月令》："命国难，九门磔攘，以毕春气。"洪兴祖《楚辞补注》云："天子有九门，谓关门、远郊门、近郊门、城门、皋门、库门、雉门、应门、路门也。"

2 狺狺（yín 银）：象声词，形容狗叫的声音，犹现代汉语中的"汪汪"。

3 关：门关。梁：桥梁。

4 皇天：对天的尊称。淫溢：同义合成词，过度，过分，此指雨下得过久、过多。霖：久下不停的雨。《尔雅·释天》："久雨谓之淫，淫谓之霖。"

5 后土：对大地的尊称。漧（gān 甘）：干燥。此字后作"乾"。《玉篇·水部》："漧，古乾字，犹燥也。""乾"今已简化作"干"（干燥的干）。

6 块：块然，孤独的样子。无：荒芜。此字后作"芜"。清吴楚《说文染指·释无無》："《林部》：'无，丰也。'其实无即荒芜本字，无与荒等也。荒本大荒之荒，草木虽丰盛而未加治理则财用未兴，故又为虚荒之荒。"清谢彦华《说文闲载》："余意无芜为古今字。《释诂》：'芜、茂，丰也。'《释文》云：'古本作无。'……从艸者为后出之字。"泽：聚水的洼地。

7 永：长。钱锺书《管锥编》第二册《楚辞洪兴祖补注》第一六则论《九辩》"雨露不均"："《九辩》之四：'皇天淫溢而秋霖兮，后土何时而得干！块独守此无泽兮，仰浮云而永叹'；《注》：'久雨连日，泽深厚也；山阜濡泽，草木茂也；不蒙恩施，独枯槁也。'按深讥雨露之不均沾也；然一若'块独'所'守'不属'皇天''后土'之所覆载而别有天地，岂'浮云'之'仰'，另有太空欤？'何时得干'，乃苦雨也；'守此无泽'，又苦旱也。过接太骤，亦似须补笔而语始圆顺者。刘禹锡《竹枝词》曰：'东边日出西边雨'，马戴《题庐山寺》曰：'上方云雨下方晴'，分疏明白，则不妨无晴却有晴耳。"按：钱先生此解纯依王逸说立论，是将"无泽"之"无"读如字，若将"无"读作"芜"，则疑义顿消。以上为第四章，以蕙花的不幸遭遇自比，感叹自己不能得到楚王的了解和信任，处境恶劣，报国无门。

译文

无奈君王的门户有九重！猛犬汪汪地迎着人狂吠，城门和吊桥闭而不通！老天降下了绵绵秋雨，大地要何时才能变干？我独守这片荒芜的沼泽，仰望浮云，长声地悲叹！

何时俗之工巧兮[1]，背绳墨而改错[2]？却骐骥而不乘兮[3]，策驽骀而取路[4]。当世岂无骐骥兮？诚莫之能善御。见执辔者非其人兮，故跼跳而远去[5]。凫雁皆唼夫粱藻兮[6]，凤愈飘翔而高举。

注释

1 时俗：世俗。工巧：工匠，此指木匠（参易祖洛《"固时俗之工巧兮"的"工巧"》，《中国语文》1983年第3期第223页）。《韩诗外传》卷三第一章："忠易为礼，诚易为辞，贤人易为民，工巧易为材。"《颜氏家训·勉学篇》："人生在世，会当有业。农民则计量耕稼，商贾则讨论货贿，工巧则致精器用。"其中之"工巧"均指工匠。"工巧"乃同义合成词，"工"即《论语·卫灵公》"工欲善其事，必先利其器"之"工"，"巧"即《九章·怀沙》"巧倕不斫兮"之"巧"。因"工"和"巧"同义，都有工匠的意思，故"巧倕"亦名"工倕"，如《庄子·胠箧》所云："毁绝钩绳而弃规矩，攦工倕之指。"

2 绳墨：本指木工画直线时用的墨斗墨线，比喻规矩、法度。错：通"措"，指正常的措施。

3 却：拒绝。骐骥：骏马，喻贤士。

4 策：驾驭，驱使。驽骀（nútái 奴台）：劣马，喻庸人。取路：上路。

5 跼（jú 局）：跳。

6 凫（fú 扶）：野鸭。唼（shà 霎）：水鸟或鱼类吞食东西。粱：小米。藻：水草。

译文

为何眼下媚俗的木匠，背弃绳墨，乱改规矩？有骏马不用，弃置一边，却驱使驽马拼命赶路。难道说当今真的没骏马？实在是无人善于驾驭。看到执缰的不是内行，骏马会扬蹄远去他方。野鸭野鹅都吃着粱藻，凤凰就会远举高翔。

圜凿而方枘兮[1]，吾固知其鉏铻而难入[2]。众鸟皆有所登栖兮，凤独遑遑而无所集[3]。愿衔枚而无言兮[4]，尝被君之渥治[5]。太公九十乃显荣兮[6]，诚未遇其匹合[7]。

注释

1 圜：同"圆"。凿：榫（sǔn 笋）眼。枘（ruì 瑞）：榫头。

2 鉏铻（jǔyǔ 举语）：同"龃龉"，互相抵触，彼此不合。

3 遑遑（huáng 皇）：匆忙。

4 衔枚：古代行军时，常令士卒口中横衔着一根形如筷子的东西，以防喧哗。这里“衔枚”是闭口不言的意思。

5 被：蒙受。渥洽（wòqià 沃恰）：深厚的恩泽。

6 太公：即太公望，此名亦见《孟子》(见《离娄上》和《尽心下》两篇）。亦称吕太公望（见《吕氏春秋·长见篇》）、太公尚（见《史记·三代世表》）、吕望（见《楚辞》中的《离骚》《九章·惜往日》），后代习称其为姜太公。以姜为姓，因先人封于吕，故以吕为氏，名望，亦名尚，故称姜尚、吕尚、吕望。太公为始祖之尊称，吕望为吕氏受姓之祖，故称其为太公望（详俞樾《宾萌集》三《释太公望》一文）。《史记·齐太公世家》言周西伯遇太公于渭之阳，与语大悦，曰：“自吾先君太公曰‘当有圣人适周，周以兴’。子真是邪？吾太公望子久矣。”故号之曰“太公望”。将“太公望”名号的来历理解为是因为“吾太公望子久矣”(我的太公盼望您很久了），俞樾言其说非。汉以后又言太公名牙或字子牙（名牙见《孙子·用间》以及《史记·齐太公世家·索隐》引谯周《古史考》，字子牙见《路史·后纪》），此虽出于汉人附会，但后人遂惯称吕望为姜子牙。太公望帮助武王伐纣灭殷，建立周朝，武王封太公望于齐，这时太公望已九十岁。（按：据顾颉刚考证，太公望之相周年龄在历史记载中有近十种说法，见其所著《史林杂识》“太公望年寿”条，中华书局，1963 年版。汪宁生认为，这是由于先秦时期没有数字纪年，而是采用事件纪年，因而当时的人不可能知道自己的确切年龄。见其所著《古俗新研》一书之《初民时间、空间及数字观念探源》一文，敦煌文艺出版社，2001 年 12 月版。）

7 匹：配。

译文

方榫头碰到了圆圆的榫眼，我本来就知道会格格不入。群鸟都有了歇息的地方，凤凰却找不到栖身之处。我但愿衔枚闭口不言，可是又蒙受过君王的宠顾。姜太公九十才显赫尊荣，正因为不曾遇上明主！请问何处是骏马的归宿？

谓骐骥兮安归？谓凤皇兮安栖？变古易俗兮世衰，今之相者兮举肥[1]。骐骥伏匿而不见兮[2]，凤皇高飞而不下。鸟兽犹知怀德兮，何云贤士之不处[3]？骥不骤进而求服兮[4]，凤亦不贪喂而妄食[5]。君弃远而不察兮，虽愿忠其焉得？欲寂漠而绝端兮[6]，窃不敢忘初之厚德[7]。独悲愁其伤人兮，冯郁郁其何极[8]！

注释

1 相者：相马的人。举肥：挑选肥马。马的优劣不在肥瘦。相者举肥，是讽刺当政者只根据表面现象来挑选人才。

2 伏匿（nì 逆）：隐藏。

3 不处：不留在朝廷。

4 骤：急速。服：驾车。

5 喂：喂养，饲养。

6 寂漠：通“寂寞”。绝端：断绝思绪，指不思念君王。

7 初之厚德：指君王当初对自己的厚德，即上文所说的“尝被君之渥洽”。

8 冯（píng 凭）：通“凭”，烦闷，愤懑。《广雅·释诂二》：“冯，怒也。”《方言》卷二：“凭，怒也。楚曰凭。”郭璞注：“凭，恚盛貌。”郁郁：郁结。极：终极。按：以上为第五章，诗人以骐骥凤凰自比，诉说了世道的昏暗，明君的难遇，抒发了自己内心无限悲苦愤懑的情绪。

译文

请问凤凰在何处筑巢？古道变易，世风日下，如今相马者只看重肥膘。骏马深藏着不愿现形，凤凰也高飞不肯下地。鸟兽尚知道怀恩报德，怎能怪贤士不居留效力？骏马不急于要求驾车，凤凰也不会胡乱吃喝。君王疏远我，不辨是非，我虽愿效忠又怎么可得？想自甘寂寞，断了念头，又不敢忘记当初的厚德。独自悲愁那真令人伤怀啊，满腔愤懑何时能了结？

霜露惨凄而交下兮，心尚幸其弗济[1]。霰雪雰糅其增加兮[2]，乃知遭命之将至。愿徼幸而有待兮[3]，泊莽莽与野草同死[4]。愿自直而径往兮[5]，路壅绝而不通[6]。欲循道而平驱兮，又未知其所从。然中路而迷惑兮，自压桉而学诵[7]。性愚陋以褊浅兮[8]，信未达乎从容[9]。窃美申包胥之气盛兮[10]，恐时世之不固[11]。

注释

1 幸：希望。济：成功。

2 霰（xiàn 献）：小雪珠。在下雪花以前往往先下霰，所以这里霰雪连称。雰（fēn 氛）：雪下得很大的样子。糅（róu 柔）：混杂。

3 徼幸：同“侥幸”。

4 泊：通“薄”，草木密集丛生处。《字汇·水部》：“泊，与薄同。”《说文·艸部》：“薄，林薄也。”莽莽：野草茂盛的样子。泊莽莽，即薄莽莽，犹言草木莽莽。

5 自直：自己（对楚王）申诉委曲。径往：直接前去。此句原作“愿自往而径游兮”，据洪兴祖《楚辞考异》所引一本及朱熹《楚辞集注》本改。

6 壅（yōng 拥）：阻塞。

7 压桉：洪兴祖《楚辞考异》引一本作“压塞”，古本当作“猒塞”或“懕瘱（yānsè 烟瑟）”，同义合成词，安定的意思，指安定心志。《广雅·释诂一》：“懕、瘱，安也。”王念孙疏证：“《方言》：‘猒、塞，安也。’郭璞注云：‘物足则定。’猒与懕通，塞与瘱通。”学诵：据后文，此指学习诵读《诗经》。

8 陋：见闻少，知识浅薄。褊（biǎn 扁）：狭隘。

9 信：确实。从容：安逸舒缓，不慌不忙。

10 窃美：暗自赞美。申包胥：春秋时楚国大夫。据《左传·定公四年》《国语·吴语》《战国策·楚策》记载，公元前 506 年冬天，吴国攻楚，破郢都，楚昭王逃到随国。申包胥到秦国请求派兵，背靠庭墙站着哭泣，七天七夜哭声不绝，而且没有吃一口饭，没有喝一滴水。他的行动终于感动秦哀公发兵救楚，使昭王复国。

11 固：当作“同”（参朱熹《楚辞集注》），因形近而讹。“同”字与上文“通”“从”“诵”“容”等字为韵，古音皆在东部，若作“固”，则失韵了。

译文

霜露齐降，悲惨又凄清，我却想它也许不能得逞；霰雪纷纷，越下越紧密，才知道厄运已降临头顶。虽然我心存侥幸地等待啊，却必将与野草一同凋殒！想面见君王去申诉苦衷，道路又阻塞，无法通行；想沿着正道驱车前进，又没人指点，无所适从。走到半路上内心迷惑，只好诵《诗》来控制感情。我本性笨拙，胸襟狭窄，确实难做到舒缓从容。我羡慕申包胥意气之壮盛，怕只怕时世不像过去！

何时俗之工巧兮[1]，灭规矩而改凿[2]？独耿介而不随兮[3]，愿慕先圣之遗教。处浊世而显荣兮，非余心之所乐。与其无义而有名兮，宁穷处而守高。食不媮而为饱兮[4]，衣不苟而为温。窃慕诗人之遗风兮，愿托志乎素餐[5]。蹇充倔而无端兮[6]，泊莽莽而无垠[7]。无衣裘以御冬兮，恐溘死不得见乎阳春[8]。

注释

1 工巧：工匠，此指木匠。

2 规矩：画圆形和方形的工具，比喻法度。改凿：当据《文选·思玄赋》李善注改为“改错”。“改错”乃《楚辞》中习惯用语。如《离骚》“固时俗之工巧兮，偭规矩而改错”，《七谏·谬谏》“固时俗之工巧兮，灭规矩而改错”，本篇第五章开头“何时俗之工巧兮，背绳墨而改错”。错，通“措”，措施。

3 耿介：光明正大。随：随从流俗。

4 媮：同“偷”，苟且。

5 素餐：当从洪兴祖《楚辞考异》引一本作“素飧（sūn 孙）”。“飧”字与“温”“垠”“春”押韵。“素飧”出自《诗经·魏风·伐檀》第三章：“彼君子兮，不素飧兮！”宋玉此处的“素飧”，是指朴素、俭朴的饮食。

6 蹇（jiǎn 简）：同“謇”，助词，用于句首，无实义。朱骏声《说文通训定声·乾部》：“蹇，发声之词。”充倔：同“𥚃裾（chōngjué 充掘）”，同义合成词，本义指无边缘的直裾短单衣，引申指衣衫褴褛。《方言》卷四：“襜褕，其短者谓之裋褕，以布而无缘，敝而紩之，谓之褴褛，自关而西谓之𥚃裾”又：“自关而西，秦、晋之间，无缘之衣谓之𥚃裾”无端：没有尽头。

7 泊莽莽：即薄莽莽，犹言草木莽莽。垠（yín 银）：边，尽头。

8 溘（kè 克）死：突然死去。阳春：温暖的春天。按：以上为第六章，面对艰难困苦和摧残打击，诗人发誓要保持自己清高的节操，决不随波逐流。

译文

为何眼下媚俗的木匠，要背弃绳墨、毁弃规矩？我光明正大，不随波逐流，愿遵从前代圣贤的遗教。处身浊世却显赫尊荣，这决不是我的心之所好。与其无义而徒有虚名，还不如困守清高的节操。不能为吃饱而行为苟且，不能为穿暖而处事随便。我暗自追慕诗人的遗风，寄托生活俭朴的志愿。衣衫褴褛苦海茫茫，就像荒野无边无垠。没有皮裘来抵御寒冬啊，怕将会暴死，难见到阳春。

靓杪秋之遥夜兮[1]，心缭悷而有哀[2]。春秋逴逴而日高兮[3]，然惆怅而自悲。四时递来而卒岁兮[4]，阴阳不可与俪偕[5]。白日晼晚其将入兮[6]，明月销铄而减毁[7]。

注释

1 靓（jìng 静）：通“靖”，思量。《方言》卷一：“靖，思也。”杪（miǎo 秒）：末尾。杪秋，暮秋，农历九月。

2 缭悷（liáolì 疗利）：缠绕。
3 春秋：指人的年岁。逴逴（chuō 戳）：远远的样子。
4 四时：春夏秋冬四季。递来：一个接一个地更替而来。卒岁：过完一年。
5 阴阳：此指寒暑。偭偕：并存，同在。
6 白日：太阳。晼（wǎn 碗）晚：太阳偏西。入：日落。
7 销铄：即“减毁”，同义合成词，亏缺的意思。

译文

想到暮秋将至昼短夜长，我心思萦绕，充满哀伤。岁月如流，人生易老，这怎不令人惆怅悲凉！四季轮回，一年又将尽，寒来暑往，我追不上流光！白日西斜，马上会落山，明月的光辉暗淡而凄惨。

岁忽忽而遒尽兮[1]**，老冉冉而愈弛**[2]**。心摇悦而日幸兮**[3]**，然怊怅而无冀**[4]**。中憯恻之凄怆兮**[5]**，长太息而增欷**[6]**。年洋洋以日往兮**[7]**，老嵺廓而无处**[8]**。事亹亹而觊进兮**[9]**，蹇淹留而踌躇**[10]。

注释

1 遒（qiú 球）：靠近，接近。
2 冉冉（rǎn 染）：渐渐地。弛（chí 驰）：放松，松懈。
3 摇：通“嗂（yáo 摇）”，喜。摇悦，喜悦。幸：侥幸。
4 怊（chāo 超）怅：惆怅。冀：希望。
5 憯恻（cǎncè 惨测）：惨痛。凄怆：凄惨，悲伤。
6 太息：叹息。欷（xī 希）：叹息。增欷，加重叹息。
7 年：指岁月，时光。洋洋：广大无边的样子，这里形容岁月的无穷无尽。
8 嵺（liáo 辽）廓：通“寥廓”，空虚的样子。
9 亹亹（wěi 伟）：犹《诗经·大雅·文王》“亹亹文王，令闻不已”之“亹亹”，勤勉不倦的样子。觊（jì 计）：企图。进：进取。
10 淹留：滞留，久留。按：以上为第七章，悲叹岁月流逝，老大无成。

译文

一年匆匆又快要过完，老境渐至，越来越懒散。我常因心存侥幸而欢悦，却总以无望的惆怅而了结。内心是多么惨痛、悲伤啊，长长的叹息又继之以呜咽。

时光永远在不停地流逝，我年老空虚，无地栖身。国事多变，还是该进取啊，久留在这里，我没了主意。

何泛滥之浮云兮[1]，猋壅蔽此明月[2]？忠昭昭而愿见兮[3]，然露曀而莫达[4]。愿皓日之显行兮[5]，云蒙蒙而蔽之。窃不自料而愿忠兮[6]，或黕点而污之[7]。尧舜之抗行兮[8]，瞭冥冥而薄天[9]。

注释

1 泛滥：形容浮云层层涌现。

2 猋（biāo 彪）：狗奔跑的样子，这里形容浮云飘动。壅蔽：遮掩。

3 见：同"现"，显现。

4 露（yīn 阴）：云遮日，引申为阴蔽。露曀（yì 义），阴晦。

5 皓（hào 浩）日：光明的太阳，比喻君王。显行：光明显耀地在太空中运行，比喻君王明察。

6 料：估量。料原作聊，据洪兴祖《楚辞考异》所引一本及朱熹《楚辞集注》本改。

7 黕（dǎn 胆）：污垢。点：通"玷"，玷污，污辱。污：与上句"蔽"失韵，刘永济《屈赋音注详解》校改作"滓"，蔽与滓，月之通韵。

8 尧：传说中的上古圣主贤王，帝喾之子，名放勋，号曰尧，属陶唐氏，故又称唐尧。据《尚书·尧典》《史记·五帝本纪》记载，尧选贤任能，协和万邦，制定历法，安排农作。将帝位禅让给舜，又将自己的女儿娥皇、女英嫁给舜。舜：传说中的上古圣主贤王，姚姓，名重华，号曰舜，属有虞氏，故又称虞舜。据《尚书·舜典》《史记·五帝本纪》载，舜因四岳的推举，接替尧帝做了帝王。他巡行四方，流放了共工、驩兜、三苗、鲧四佞；又咨询四岳，挑选贤人，治理民事；后又将王位禅让给治水有功的禹。抗行：高尚的行为。抗，通"亢"，高尚。

9 瞭（liǎo 了）：眼睛明亮。冥冥：高远。薄：接近。

译文

为什么浮云层层涌现，飘来飘去把明月遮掩？我满怀忠诚希望能表现，但天色阴暗不能如愿。我希望太阳当空照耀，它却被迷蒙的云气遮罩。我不自量力，愿意效忠，有人却无端诽谤造谣。唐尧和虞舜道德高尚，光辉普照，上接天穹。

何险巇之嫉妒兮[1]，被以不慈之伪名[2]？彼日月之照明兮，尚黯黮而有瑕[3]。

何况一国之事兮，亦多端而胶加[4]。被荷裯之晏晏兮[5]，然潢洋而不可带[6]。既骄美而伐武兮[7]，负左右之耿介[8]。憎愠惀之修美兮[9]，好夫人之慷慨[10]。众踥蹀而日进兮[11]，美超远而逾迈[12]。

注释

1 险巇（xī 西）：艰险，这里指险恶的人，即谗人。

2 被：加在身上。伪名：捏造的罪名。

3 尚：尚且。黯黮（àndàn 暗淡）：昏暗不明。

4 胶加：同“交加”，交错杂乱，纠缠不清。

5 被（pī 披）：通“披”。裯（dāo 刀）：没有边缘的短衣。晏晏：漂亮鲜艳的样子。

6 潢（huàng 滉）洋：本为形容水广大无边的样子，此借以形容衣服宽松不贴身的样子。带：束，捆缚。

7 骄美：自己夸耀自己的美貌。伐武：自己炫耀自己的武勇。

8 负：倚仗。左右：左右侍臣。

9 愠惀（wěnlún 稳轮）：内心忠诚但不善言辞的样子。修：与“美”同义，指美德。

10 好（hào 浩）：喜欢。夫（fú 扶）人：那些人，指小人。慷慨：愤激的样子，此指小人们表面上装出一副慷慨激昂的样子，乃巧言令色、大言不惭之状。《九章·哀郢》：“憎愠惀之修美兮，好夫人之慷慨。”

11 众：指众小人。踥蹀（qièdié 窃谍）：即蹀躞（xiè 谢），迈着小步走路的样子，是卑贱相。日进：越来越被提拔。

12 美：指修美的君子。超：义同“远”。逾迈：越来越疏远。

译文

小人们为什么也要嫉妒，强加以“不慈、不孝”的罪名？太阳和月亮光照人间，少不了还会有阴影和疵斑。何况是整个国家的事务，更是千头万绪，相互纠缠。荷叶做的短衣虽然漂亮，却过于宽松不能束带。君王你夸耀美貌和武力，依赖佞臣，自认为正派。嫌弃善良正直的忠臣，把巧言令色的谗人宠爱。溜须拍马者日益提升，忠良者就更加疏远见外。

农夫辍耕而容与兮[1]，恐田野之芜秽[2]。事绵绵而多私兮[3]，窃悼后之危败[4]。世雷同而炫曜兮[5]，何毁誉之昧昧[6]！今修饰而窥镜兮[7]，后尚可以窜藏[8]。愿寄言夫流星兮[9]，羌倏忽而难当[10]？卒壅蔽此浮云兮，下暗漠而无光[11]。

注释

1 辍（chuò 绰）：中止，停止。容与：闲散的样子。

2 芜秽：（田地）因无人管理而长满野草。

3 绵绵：久远的样子。

4 悼：悲伤。危败：危亡。

5 雷同：随声附和。炫曜（yào 耀）：即炫耀，夸耀。

6 毁誉：毁谤和称赞。毁，毁谤，诽谤。昧昧（mèi 妹）：昏暗的样子，指是非不明。

7 修饰：修饰容貌，比喻刷新政治。窥镜：照镜子，比喻找自己的缺点。

8 窜藏：逃匿躲藏。

9 流星：即奔星，古代传说是尊贵的使者，此处象征使臣。《尔雅·释天》："奔星为彴约。"邢昺疏："奔星即流星也。一名彴约。"《后汉书·天文志》曰："流星为贵使，星大者使大，星小者使小。""流星白，为有使客，大为大使，小亦小使。疾期疾，迟亦迟。大如瓜为近小，行稍有光为迟也。又正王日，边方有受王命者也。"

10 羌：楚方言，同"卿"或"庆"，表反诘语气，即"何为""何乃"。王逸《楚辞章句》："羌，楚人语词也，犹言卿，何为也。"倏（shū 舒）忽：快速的样子。当：值，遇上。

11 暗漠：暗淡无光。按：以上为第八章，以浮云遮蔽日月来象征小人蒙蔽君王，指责了楚王的骄傲昏庸，表明了自己对昏暗世事的忧虑。

译文

农夫辍耕而游手好闲，只怕田地会长满萧艾。政务拖沓，私弊丛生，我担忧国家今后会危败。世人随声附和来捧场，是非不分啊，说好说坏！现在若照镜来修饰自己，今后还可以韬晦隐藏。我想托流星来为我传话，为何它飞得快很难遇上？明月终于被浮云遮蔽啊，下界到处是黑暗，没有光亮！

尧舜皆有所举任兮[1]，故高枕而自适[2]。谅无怨于天下兮[3]，心焉取此怵惕[4]？乘骐骥之浏浏兮[5]，驭安用夫强策[6]？谅城郭之不足恃兮[7]，虽重介之何益[8]？

注释

1 举任：选拔任用。

2 适：安逸。

3 谅：信，确实。

4 怵（chù 触）惕：恐惧警惕。

5 浏浏（liú 刘）：犹溜溜，顺行无阻的样子。
6 强策：坚硬的马鞭。
7 郭：外城。
8 介：铠（kǎi 凯）甲，古代的战衣，上面缀有金属薄片，可以保护身体。

译文

唐尧虞舜都选贤任能，故高枕无忧不用操心。确信自己无怨于天下，又怎么用得着胆战心惊？乘着骏马到处驰骋，马鞭何必一定要坚硬？铜墙铁壁尚不足依凭，铠甲再厚又能有何用？

邅翼翼而无终兮[1]，忳惛惛而愁约[2]。生天地之若过兮，功不成而无效。愿沉滞而不见兮[3]，尚欲布名乎天下[4]。然潢洋而不遇兮[5]，直怐愗而自苦[6]。

注释

1 邅（zhān 沾）：难走上前的样子。翼翼：小心谨慎的样子。
2 忳（tún 屯）：忧伤苦闷。惛惛（hūn 昏）：同“惛惛”，心烦意乱。约：穷困。
3 沉滞：隐藏，埋没。见：同“现”。
4 布名：扬名。
5 潢（huàng 滉）洋：宽阔、深广、渺茫的意思。
6 怐愗（kòumào 扣貌）：愚昧。

译文

艰难前进看不到终极，穷愁潦倒忧伤又失意。人生天地间白驹过隙，功业无成，不能效力。我本想一辈子默默无闻，又撇不开扬名天下的心理。世事渺茫，机遇难逢，这真叫愚昧啊，只苦了自己。

莽洋洋而无极兮[1]，忽翱翔之焉薄[2]？国有骥而不知乘兮[3]，焉皇皇而更索[4]？甯戚讴于车下兮[5]，桓公闻而知之[6]。无伯乐之善相兮[7]，今谁使乎誉之[8]？罔流涕以聊虑兮[9]，惟着意而得之[10]。纷纯纯之愿忠兮[11]，妒被离而障之[12]。

注释

1 莽洋洋：荒野辽阔的样子。

2 忽：飘忽的样子。翱（áo 敖）翔：鸟在空中回旋地飞。薄：到，止。

3 骥：骐骥，骏马。

4 皇皇：通“遑遑”，匆忙。

5 甯戚：春秋时卫国人。据《管子·小称篇》《吕氏春秋·举难篇》《淮南子·道应训》等文献记载，相传他做商贩时宿于齐国东门外，齐桓公夜出，见他正在喂牛，并敲着牛角唱歌，倾诉自己怀才不遇。桓公知其为贤人，于是车载而归，用他为卿。

6 桓公：即齐桓公，名小白，齐襄公的弟弟，春秋前期齐国国君，曾称霸于诸侯，为春秋五霸之一。据《左传》《史记·齐世家》等文献记载，齐桓公任管仲为相，九合诸侯，一匡天下。可是管仲死后，他任用竖刁、易牙等奸臣，霸业遂衰。

7 伯乐：据《韩非子·说林下》《吕氏春秋·精通篇》记载，伯乐是春秋时人，善于相马。相（xiàng 项）：观察事物的外表，判断其优劣。

8 訾：当从《宋玉文钞》《宋大夫集》作“訾（zī 资）”，思量，估量。“訾”与“知”押韵，作“訾”就失韵了。

9 罔：通“惘（wǎng 网）”，怅惘。聊虑：深思。

10 着意：用心。

11 纷：很。纯纯：一本作“忳忳”，诚挚的样子。

12 被（pī 披）离：通“披离”，众多杂乱的样子。障：阻碍。

译文

辽阔的原野望不到尽头，翱翔飘忽，在何处停留？国内有骏马不知道驭使，为什么匆忙地另去寻求？甯戚在车下唱着悲歌，桓公听了就知道他贤能。没有了善于相马的伯乐，如今骏马哪个去品评？我惆怅、哭泣，陷入深思，用心求贤，才会有所得。我诚心诚意地愿意效忠，却总是被奸邪的小人阻隔。

愿赐不肖之躯而别离兮[1]，放游志乎云中[2]。乘精气之抟抟兮[3]，骛诸神之湛湛[4]。骖白霓之习习兮[5]，历群灵之丰丰[6]。左朱雀之茇茇兮[7]，右苍龙之躣躣[8]。

注释

1 不肖：不贤，自谦之词。

2 志乎：意在。

3 精气：阴阳元气。抟抟（tuán 团）：聚集成团的样子。
4 骛（wù 务）：追求，追随。湛湛（zhàn 战）：众神云集的样子。
5 骖（cān 餐）：乘，驾驭。霓（ní 尼）：副虹。习习：飞动的样子。
6 历：经过。群灵：群神，指众多星神。丰丰：众多的样子。
7 朱雀：神鸟名。茇茇（pèi 配）：翩翩飞翔的样子。
8 苍龙：神龙名。躍躍（qú 渠）：行走的样子。按：此处"朱雀""苍龙"，只是神话中的动物名，还没有配成西方星宿（xiù 秀）名称，与《礼记·曲礼上》所谓"左青龙，右白虎，前朱雀，后玄武"并不相同。

译文

但愿能赐不贤之躯以远去，我将神游于云天之中。乘坐着团团翻滚的精气，去追随熙熙攘攘的神灵。驾着飘飘飞动的白霓，穿过闪闪发光的繁星。左边是朱雀翩翩起舞，右边是苍龙蜿蜒前行。

属雷师之阗阗兮[1]**，通飞廉之衙衙**[2]**。前轻辌之锵锵兮**[3]**，后辎乘之从从**[4]**。载云旗之委蛇兮**[5]**，扈屯骑之容容**[6]**。计专专之不可化兮**[7]**，愿遂推而为臧**[8]**。赖皇天之厚德兮**[9]**，还及君之无恙**[10]**。**

注释

1 属（zhǔ 主）：跟着。雷师：雷神。阗阗（tián 田）：象声词，鼓声，这里比喻雷声。
2 通：在前面引路。飞廉：风神。衙衙（yú 鱼）：队列行进的样子。
3 轻：原作"轾"，据洪兴祖《楚辞考异》所引一本及朱熹《楚辞集注》本改。轻辌（liáng 梁），轻便的卧车。锵锵（qiāng 枪）：象声词，车铃声。
4 辎乘（zīshèng 资剩）：辎车，有帷蔽可坐卧载物的车，也叫衣车。从从：车行走的样子。
5 委蛇（wēiyí 威宜）：旌旗迎风飘扬的样子。
6 扈（hù 户）：随从。屯：聚集。骑：车骑。容容：马奔驰的样子。
7 计：心意。专专：专一坚定的样子。
8 遂：终于。推：推广。臧（zāng 脏）：善，好。
9 赖：依赖，仰仗。皇天：对天的尊称。
10 恙（yàng 样）：病。按：以上为第九章，写自己在现实生活中的不得志，因此想超脱现实，神游太空，排遣苦闷，但最终仍心系楚王，希望皇天保佑他无病无灾，永远安康。

译文

雷师跟着在后面打鼓，风伯匆匆在前面扫尘。前有卧车锵锵地作响，后有辎车隆隆地轰鸣。车上的云旗迎风飘动，随从的车骑有如飞龙。我心志专一，不可改变，但愿能推广成为善行。仰赖皇天的大德大恩，愿保佑君王无灾无病！

楚辞

招魂

导读

《招魂》录自东汉王逸《楚辞章句》第九卷，王逸说是宋玉所作。有人仅凭《史记·屈原贾生列传》“余读《离骚》《天问》《招魂》《哀郢》，悲其志”一句话，就断定此篇乃屈原所作，似不妥。此篇是宋玉为招楚顷襄王的生魂而精心创作的一篇“招魂词”。全诗由序辞、招辞和乱辞三部分构成。招辞“外陈四方之恶，内崇楚国之美”（鲁迅《汉文学史纲要》），先进行消极的禁避，以吓唬离失之魂不要到处乱跑，然后进行积极的导引，以引诱离失之魂速返故居。梁启超《要籍解题及其读法》说《招魂》“对于厌世主义与现实快乐主义两皆极力描写，而皆拨弃，实全部《楚辞》中最酣畅最深刻之作”。在艺术上，《招魂》借鉴了屈原的《大招》，但青出于蓝而胜于蓝，取得了很高的成就。全诗对楚宫居室、侍御、饮食、女乐、娱戏极尽铺陈和夸饰，恢诡谲怪，耀艳深华，开汉赋之先河，枚乘《七发》即直接受其沾溉。

朕幼清以廉洁兮[1]，身服义而未沫[2]。主此盛德兮[3]，牵于俗而芜秽[4]。上无所考此盛德兮[5]，长离殃而愁苦[6]。

注释

1 朕（zhèn 振）：我，是宋玉代被招者楚顷襄王自称，它作为一个主语，一直贯到第六句。

2 服：行。沬（mèi 妹）：通“昧”，微暗不明。“朕幼清以廉洁兮，身服义而未沬”两句说楚顷襄王本来是修德之君。

3 主：守。盛德：众多的美德，指上述清、廉、洁、义等美德。

4 牵：牵累。芜秽：荒芜，指荒于淫乐。“主此盛德兮，牵于俗而芜秽”两句说楚王守此盛德，但牵于世俗难免有所荒芜。

5 上：上天，上帝。考：考察。

6 离：通“罹”，遭遇。殃：祸殃。“上无所考此盛德兮，长离殃而愁苦”两句说上帝没有考察此盛德，却降下灾殃，使得“朕”长期处于愁苦之中。开头六句是代被招者即病人说的话。古人相信国君生病，是由于失德遭到天谴，所以这里为楚顷襄王招魂，先说楚顷襄王是有德之君，以期获得上帝的鉴谅。

译文

我从小清白廉洁，亲身行义毫不含糊。坚守着这些美德，却被世俗牵累有所荒芜。上帝不考察我的美德，却使我长期遭殃受苦。

帝告巫阳曰[1]：“有人在下[2]，我欲辅之[3]。魂魄离散[4]，汝筮予之[5]。”巫阳

对曰："掌梦[6]。上帝命其难从[7]。若必筮予之，恐后之谢[8]，不能复用[9]。"

注释

1 巫阳：古代神话中的巫师，名阳。《山海经·海内西经》："开明东有巫彭、巫抵、巫阳、巫履、巫凡、巫相，夹窫窳之尸，皆操不死之药以距之。"郭璞注："皆神医也。《世本》曰：'巫彭作医。'《楚词（辞）》曰：'帝告巫阳。'"古代巫、医不分，巫师也是医师，故"医"字繁体或从酉作"醫"，亦或从巫作"毉"。《说文·酉部》："医，治病工也。殹，恶姿也；医之性然。得酒而使，从酉。王育说。一曰：殹，病声。酒所以治病也。《周礼》有医酒。古者巫彭初作医。"

2 有人：指楚顷襄王。

3 辅：帮助。

4 魂魄：人的精灵。古人称精神能离开形体而存在的为魂，依形体而存在的为魄。

5 汝：你。筮（shì是）：占卦。予：给。

6 掌梦：掌梦之官。这句疑有脱字，从上下文义揣测，意思是说：占卦是掌梦之官的事。

7 此句原作"上帝其难从"，据洪兴祖《楚辞考异》引一本改。

8 谢：去世，死亡。

9 此句原作"不能复用巫阳焉"，今从王念孙《读书杂志·馀编下》将"巫阳焉"三字移至下句开头，与"乃下招曰"连为一句。按：以上为第一段，是全篇的序辞，交代招魂的缘起。

译文

上帝告诉巫阳说："有一个人在下界，我想保佑他。他的魂魄已离散，你去占卦招还给他。"巫阳回答说："占卦应当找掌梦，您的命令我难遵从。如果定要占卦给他招魂，恐怕占完卦后他命已终，招来了他的魂也不能再用。"

巫阳焉乃下招曰[1]：魂兮归来！去君之恒干[2]，何为四方些[3]？舍君之乐处，而离彼不祥些[4]。

注释

1 焉乃：于是。

2 去：离。君：对对方的尊称，指所招的魂。恒：常。干：躯干，躯体。

3 些（suò）：句末语气助词。沈括《梦溪笔谈》卷三："今夔峡、湖湘及南北江獠人，凡禁咒句尾皆称些，此乃楚人旧俗。”

4 离：通“罹”，遭遇。

译文

巫阳于是降临下界招魂，说道：灵魂归来呀！离开你常住的躯干，你为何要漂泊四方？抛弃你安乐的故土，因而遭遇那些灾殃。

魂兮归来，东方不可以托些[1]！长人千仞[2]，惟魂是索些[3]。十日代出[4]，流金铄石些[5]。彼皆习之，魂往必释些[6]。归来兮，不可以托些！

注释

1 托：寄托，寄居。

2 长人：巨人。古代神话传说东方有长人国，专门找人的灵魂吃。仞（rèn 认）：古时以七尺或八尺为一仞。

3 索：寻找。

4 十日代出：疑为“十日并出”之讹。“十日并出，流金铄石”，犹《淮南子·本经训》所谓“十日并出，焦禾稼，杀草木”。《庄子·齐物论》亦云：“昔者十日并出，万物皆照。”

5 流金：把金属熔化成液体而流动。铄（shuò 朔）石：销毁石头。

6 释：熔解，熔化。

译文

灵魂归来呀，东方不能去安身！那里有长人千仞高，专门要抓活人魂。十个太阳同时出，晒得铄石又流金。长人全都晒惯了，你去一定会销熔。归来吧，东方不能去安身！

魂兮归来，南方不可以止些[1]！雕题黑齿[2]，得人肉以祀[3]，以其骨为醢些[4]。蝮蛇蓁蓁[5]，封狐千里些[6]。雄虺九首[7]，往来倏忽[8]，吞人以益其心些[9]。归来兮，不可以久淫些[10]！

注释

1 止：留。

2 雕题：用丹青在额上雕刻花纹，属于文身中的文面。题，额。黑齿：用生漆或黑色染料将牙齿涂黑，或嚼某种草药将牙齿染黑。雕题、黑齿均为南方初民的习俗。《礼记·王制》："南方曰蛮，雕题交趾。"又《山海经·海外东经》有"黑齿国"。

3 祀：祭祀。得人肉以祀，即用人充当牺牲以祭祀鬼神。此种习俗在上古时代颇为流行。

4 醢（hǎi 海）：肉酱。以其骨为醢，即用人的骨头腌制为"骨酱"。按：初民信奉巫术，对人的骨头（特别是头骨）有虔诚的崇拜心理，他们认为人的精髓、精华即存在于骨头之中，作为生命力或作为生存条件的灵魂也是依附在骨头之中。因此他们不仅吃人肉，而且还将人的骨头炖烂、浸泡、腌制，作为美食吃掉，希望以此摄取精髓、汲取生命力。这种习俗在现代的非洲还可以见到。如乌干达前总统阿明和中非已故皇帝博卡萨均信任装神弄鬼的巫师，亦嗜食人肉，特别喜欢吸人的骨髓，两人均获得"吃人魔王"的恐怖绰号。

5 蝮（fù 付）蛇：一种毒蛇，体色灰褐，头部略呈三角形。蓁蓁（zhēn 真）：积聚的样子。

6 封狐：大狐。

7 虺（huǐ 毁）：传说中有九个头的大毒蛇。

8 倏（shū 书）忽：极快的样子。

9 益其心：滋补它的心肠。初民认为雄虺通过吃人，能滋补其心肠，获得人的"灵性"（Manna 或 Mana），使自己变得更加狡猾和狠毒，今后也能更轻而易举地置人类或其他对手于死地。这是一种"厌（yā 压）胜巫术"（CharmMagic），也叫作"黑巫术"（BlackMagic）。

10 淫：淹留，滞留。

译文

灵魂归来呀，南方不可停久长！南人花额牙齿黑，割下人肉祭鬼神，剔出人骨做肉酱。蝮蛇聚集如林莽，大狐千里寻食忙。九头雄蛇怪模样，忽然来呀忽然往，吞食人肉补心肠。归来吧，南方不可停久长！

魂兮归来，西方之害，流沙千里些[1]！旋入雷渊[2]，靡散而不可止些[3]。幸而得脱，其外旷宇些[4]。赤蚁若象[5]，玄蜂若壶些[6]。五谷不生，丛菅是食些[7]。其土烂人，求水无所得些。彷徉无所倚[8]，广大无所极些。归来兮，恐自遗贼些[9]！

注释

1 流沙：神话中的西方沙漠之地，据说那里的沙不停地流动，其神话"背景"可能是大漠里常见的沙流、沙崩或沙暴，非常可怕。

2 旋：转。雷渊：神话中的深渊名。古雷、回通用，雷渊当即回渊。回渊乃同义合成词，孔子弟子颜回字子渊，是其证。雷渊即回渊，亦即《九章·涉江》"淹回水而疑滞"之回水，指回旋的一潭深水。此种水最易溺人，即使最善游泳者，一旦没于水中，即旋转而下，不复得救。

3 靡（mí 迷）：碎。

4 旷：大。宇：原野。

5 赤蚁：红蚂蚁。赤蚁若象，这是热带巨蚁的神话化。

6 玄蜂：黑胡蜂，黑马蜂。壶：通"瓠（hù 户）"，葫芦。

7 丛：聚集，丛生。菅（jiān 坚）：茅草。

8 彷徉（pángyáng 旁羊）：彷徨，徘徊。倚：依靠。

9 遗（wèi 畏）：给予。贼：祸害。

译文

灵魂归来呀，西方更可怕，流沙千里长！卷进雷渊漩涡里，粉身碎骨难提防。即使侥幸脱了险，外面荒野也凄凉。红蚂蚁似大象大，黑马蜂像葫芦长。那里五谷不生长，丛丛茅草填肚肠。泥土腐蚀皮和肉，渴了找水没地方。徘徊游荡无依傍，不着边际好迷茫。归来吧，不归恐怕会遭殃！

魂兮归来，北方不可以止些！增冰峨峨[1]，飞雪千里些。归来兮，不可以久些[2]！

注释

1 增：通"层"，重叠。峨峨（é 鹅）：高耸的样子。

2 久：久留，滞留。《孟子·公孙丑上》："可以久则久。"赵岐注："久，留也。"

译文

灵魂归来呀，北方不可以久留！那里冰山高耸望不到顶，那里飞雪千里望不到头。归来吧，北方不可以久留！

魂兮归来，君无上天些[1]！虎豹九关[2]，啄害下人些[3]。一夫九首，拔木九千些。豺狼从目[4]，往来侁侁些[5]。悬人以嬉[6]，投之深渊些。致命于帝[7]，然后得瞑些[8]。归来，往恐危身些！

注释

1 无：不要。

2 九：通“纠”，纠察，督察（见郭在贻《楚辞解诂》）。所谓“虎豹九关”，即“虎豹纠关”，用现代的话说，就是由虎豹把关。

3 啄：吃。

4 从：通“纵”，竖。钱锺书《管锥编》第二册《楚辞洪兴祖补注》第一七则论《招魂》“从目”：“‘豺狼从目，往来侁侁些’；五臣注：‘从、竖也。’按《大招》亦云：‘豕首从目。’陆佃《埤雅》卷四：‘俗云：熊罴眼直，恶人横目’；‘从目’即‘眼直’也。”

5 侁侁（shēn 深）：众多的样子。

6 悬：吊挂。嬉（xī 希）：嬉戏，玩耍。

7 致命：复命，回报。

8 瞑（mián 眠）：通“眠”，睡。《玉篇·目部》：“瞑，寐也。”清朱骏声《说文通训定声·鼎部》：“瞑，字亦作眠。”

译文

灵魂归来呀，你不要跑上天！虎豹把守天门关，吞吃凡人最凶残。有条汉子九个头，一下能拔树九千。豺狼只只竖双眼，来来往往没个完。把人吊起打秋千，玩耍够了丢深渊。他去报告了天帝，你才能够闭双眼。归来吧，上天生命有危险！

魂兮归来，君无下此幽都些[1]！土伯九约[2]，其角觺觺些[3]。敦脄血拇[4]，逐人駓駓些[5]。参目虎首[6]，其身若牛些。此皆甘人[7]。归来，恐自遗灾些！

注释

1 幽都：阴间的都城，即地狱。

2 土伯：幽都的君王，即地下的魔王。土伯之形象，我们可以从马王堆一号汉墓漆棺画中之鹿角人形怪物图像和曾侯乙墓棺画中之众多兽面人身图像得其仿佛。九：通“纠”，纠察，督察。约：通“钥”。郭在贻认为所谓“土伯九约”，实即“土伯纠钥”，意谓由土伯把关（关、钥实际上是一回事）(《楚辞解诂》)。

3 觺觺（yí 疑）：角锐利的样子。

4 敦：厚。脄（méi 煤）：背上肉。拇：手脚的大拇指，这里代表整个手爪。

5 逐：追。駓駓（pī 披）：跑得很快的样子。

6 参（sān 三）：同“三”。

7 甘人：以人肉为美味。

译文

灵魂归来呀，你不要下阴都！阴都魔王把关口，头上锐角刺人喉。手爪滴血背肉厚，看见人来就追逐。三只眼睛老虎头，身体就像一头牛。这些魔王吃人肉。归来吧，不要去受辱！

魂兮归来，入修门些[1]。工祝招君[2]，背行先些[3]。秦篝齐缕[4]，郑绵络些[5]。招具该备[6]，永啸呼些[7]。魂兮归来，反故居些[8]。

注释

1 修门：据伍端林《江陵记》记载，修门是郢都城的南门。

2 工：巧，良。祝：祭祀时司祭礼的人，即男巫。《诗经·小雅·楚茨》：“工祝致告，徂赉孝孙。”

3 背行：倒退着行走。先：领路。

4 篝（gōu 沟）：竹笼。古时招魂用竹笼装被招者的衣服，用来召唤游离的魂魄来归附。缕：绳，线。

5 绵络：织物，指盖在竹笼上的笼衣。

6 招具：招魂用的器具。该备：齐备。该，具备。

7 永：长。

8 反：同“返”。

译文

灵魂归来呀，快进郢都南大门。良巫正在招你魂，倒退领路前面行。秦国笼子齐国绳，郑国笼衣罩竹笼。招魂用具都齐备，拉长嗓子来叫魂。灵魂归来吧，快回故居得安宁！

天地四方，多贼奸些[1]。像设君室[2]，静闲安些[3]。高堂邃宇[4]，槛层轩些[5]。层台累榭[6]，临高山些[7]。网户朱缀[8]，刻方连些[9]。冬有突厦[10]，夏室寒些[11]。川谷径复[12]，流潺湲些[13]。光风转蕙[14]，泛崇兰些[15]。

注释

1 贼：害人的东西。奸：邪恶的东西。

2 像：画像。设：设置。君：您，指楚襄王。室：卧室。像设君室，指将失魂的楚顷襄王的画像放置在他卧室的病躯旁。按：古人认为人生病是灵魂（魂）离开了肉体（魄），巫师为病人招魂的第一要务就是要使其灵魂附体。为了便于病人的游魂能认出是自己的躯干而附魄返体，巫师招魂时须画出病人失魂之像放置于其卧室病躯旁，以便为游魂作导引。

3 静：清静。闲：空闲。安：安乐。

4 邃（suì 碎）：深。宇：房屋。

5 槛（jiàn 箭）：栏杆，栏板。轩：楼板。“高堂邃宇，槛层轩些”，建筑学家张良皋认为其建筑风格如同我国西南地区的“干栏”式民居。

6 榭（xiè 谢）：台上的屋子。

7 临：临近，靠近。

8 网户：指带有镂空网状花格的门。户，门。朱：红色。缀（zhuì 坠）：连接。朱缀，红色的花格密密连接。

9 刻：雕刻。方连：方格相连。网状方形花格如今卍字形，或如◇□#等形。

10 突（yào 要）厦：幽深的内室。这种内室外间寒气不易侵入，所以比较暖和。

11 寒：这里是凉快的意思。

12 川：指较浅的水流。谷：指较深的水流。径：闻一多认为是“往”的误字（《楚辞校补》）。

13 潺湲（chányuán 蝉元）：流水声，形容水声幽细。

14 光风：指雨过天晴后刮的微风。转：摇动。蕙：蕙草。

15 泛：洋溢。崇：聚集，丛生。《广雅·释诂三》：“崇，聚也。”《小尔雅·广诂》：“崇，丛也。”兰：兰草。崇兰，丛生的兰草。

译文

天上地下各角落，妖魔鬼怪到处钻。画像置放你卧室，清静闲适多平安。高高殿堂深深院，层层楼房有栏杆。重重楼台叠亭阁，紧紧靠在高山边。网状门扇漆红漆，镂刻方格密相连。寒冬腊月有暖屋，酷夏密室沁微寒。深涧浅溪回环处，流水不断声潺潺。丽日和风摇蕙草，浓浓香气溢丛兰。

经堂入奥[1]**，朱尘筵些**[2]**。砥室翠翘**[3]**，挂曲琼些**[4]**。翡翠珠被**[5]**，烂齐光些**[6]**。蒻阿拂壁**[7]**，罗帱张些**[8]**。纂组绮缟**[9]**，结琦璜些**[10]**。**

注释

1 奥：屋的深处，此指内室。

2 尘："承尘"的省文，即顶棚。筵：竹席。古人坐在地上，铺以草席。

3 砥（dǐ 抵）：磨平。砥室，磨平的石头砌成的房间。如同今日以花岗石、大理石面板铺地砌墙。翠翘：翡翠鸟尾上的长羽。以翠翘饰屋，犹今用孔雀翎作房间装饰。

4 曲琼：玉钩。

5 翡翠：一种鸟，雄为翡，雌为翠，羽毛很美。翡翠珠被，即缀有明珠的翡翠羽毛被，其名贵、华美当超过今鸭绒被。

6 烂：鲜明，有光芒。齐：同。

7 蒻（ruò 弱）：通"弱"，柔软。阿（ē 婀）：细缯，古代一种轻细的丝织品。《篇海类编·地理类·阜部》："阿，细缯也。"拂：通"蔽"，遮蔽。《史记·屈原贾生列传》"修路幽拂"，《楚辞·九章·怀沙》作"修路幽蔽"，是其证。拂壁，遮在墙上。

8 罗：稀疏而轻软的丝织品。帱（chóu 筹）：帐。张：张挂。

9 纂：赤色的丝带。组：宽而薄的丝带。绮（qǐ 起）：平纹底起花纹的丝织品。缟（gǎo 搞）：白色精细的丝织品。纂组绮缟，指各色各样的丝带。

10 琦（qí 其）：美玉。璜（huáng 黄）：扁平圆形、中心有孔的玉叫"璧"，半璧形的玉叫"璜"。

译文

经过厅堂入内室，顶棚红色竹席凉。水磨石墙插翠羽，碧玉挂钩悬衣裳。珍珠镶嵌翡翠被，五彩斑斓放光芒。轻柔细绢遮墙壁，绫罗帷帐挂花床。彩绸素绢小丝带，根根连接璧和璜。

室中之观，多珍怪些。兰膏明烛[1]**，华容备些**[2]**。二八侍宿**[3]**，射递代些**[4]**。九侯淑女**[5]**，多迅众些**[6]**。盛鬋不同制**[7]**，实满宫些**[8]**。容态好比**[9]**，顺弥代些**[10]**。**

注释

1 兰膏：加了香料的油脂，用以制烛。

2 华容：华美的容貌，指美女。备：齐备。

3 二八：两列。八人为一列，两列共十六人。侍宿：侍候过夜。古有美女侍宿的习俗。《汉书·地理志下》："宾客相过，以妇侍宿，嫁取之夕，男女无别，反以为荣。"

4 射：叶舒宪认为是"性交"的象征表达（《英雄与太阳——中国上古史诗的原型重构》）。递代：更替。

5 九（guǐ 鬼）侯：即鬼侯，北边鬼方部落酋长。《史记·殷本纪》："以西伯昌、九侯、鄂侯为三公。"《集解》引徐广曰："一作'鬼侯'。邺县有九侯城。"《正义》引《括地志》云："相州滏阳县西南五十里有九侯城，亦名鬼侯城，盖殷时九侯城也。""九侯"之九，疑非数目字之九，读音亦非"纪有切"。"九侯"之九，应读为"举洧（wěi 伟）切"，就是鬼的别体字。古从九得声之字，今音多读作鬼，如轨、宄、杋。"馗"字从九得声，其音也近鬼。这些均是"九"字古音有读作"鬼"者之证。九，古国名，其地在今河北临漳西南。《字汇·乙部》："九，国名。"即甲骨文、金文和《竹书纪年》中常常提及的"鬼方"。淑：美善。《史记·殷本纪》："纣以九侯为三公。九侯有好女，入之纣，九侯女不喜淫。"九侯淑女即鬼侯好女也。

6 迅：高亨认为"迅当作迢，字形相似，因而写错。迢读作超，淑女多而超众"（《楚辞选》）。郭在贻认为"迅"是"徇（xùn 迅）"的借字，超越的意思（《楚辞解诂》）。

7 鬋（jiǎn 剪）：下垂的鬓发。制：样式。

8 实：充满。宫：后宫。

9 比：并。好比，都美好。

10 顺：通"洵"，真正，实在。弥（mí 迷）：终。弥代，犹言绝代。

译文

屋里东西真好看，珍奇宝物数不完。香油灯烛多明亮，美女等候在两边。八对女郎陪过夜，轮流侍候来换班。北疆鬼侯俏姑娘，超群出众各不同。发型梳得不一样，国色天香满后宫。容貌姿态多美丽，风华绝代难寻觅。

弱颜固植[1]**，謇其有意些**[2]**。姱容修态**[3]**，絙洞房些**[4]**。蛾眉曼睩**[5]**，目腾光些**[6]**。靡颜腻理**[7]**，遗视矊些**[8]**。离榭修幕**[9]**，侍君之闲些**[10]**。**

注释

1 弱颜：柔嫩的容貌。固：坚定。植：通“志”。固植，心志坚贞。
2 謇（jiǎn 减）：句首语气词。意：情意。
3 姱（kuā 夸）、修：都是美好的意思。
4 絚（gèn 亘）：通“亘”，满。洞房：幽深的卧房。
5 蛾眉：比喻美女的眉毛像蚕蛾触须那样又细又弯。曼：柔美，细美。睩（lù 录）：眼珠转动。
6 腾光：放出光彩。
7 靡：细腻。理：纹理。
8 遗（wèi 畏）：送。遗视，送过去一眼，瞟了一眼。矊（mián 棉）：含情脉脉地看。
9 离榭：犹离宫，指外出客居的台榭。修幕：大帐篷，为临时居住而设。
10 闲：闲暇。

译文

外表温柔心志坚，缱绻绵绵有情意。面容姣美体修长，往来不绝在洞房。眉毛细长眼珠转，顾盼生辉光闪闪。肌肤光滑脸儿嫩，暗送秋波情绵绵。离宫别墅帐篷中，专门等你去消闲。

翡帷翠帐[1]，饰高堂些。红壁沙版[2]，玄玉梁些[3]。仰观刻桷[4]，画龙蛇些。坐堂伏槛，临曲池些。芙蓉始发[5]，杂芰荷些[6]。紫茎屏风[7]，文缘波些[8]。文异豹饰[9]，侍陂陁些[10]。轩辌既低[11]，步骑罗些[12]。兰薄户树[13]，琼木篱些[14]。魂兮归来，何远为些？

注释

1 帷（wéi 维）：围在四周的帐幕。
2 沙：朱砂，也叫辰砂或丹砂，一种朱红色矿物，可作颜料。版：指窗台、壁橱等处镶的木板。
3 玄：黑色。
4 桷（jué 决）：方形的椽子。
5 芙蓉：荷花。
6 芰（jì 记）荷：楚方言，荷叶的意思。

7 屏风：水生植物名，即荇（xìng 姓）菜，一名水葵。这种植物白茎紫叶，这里的“紫茎”是泛说。
8 文：同“纹”，指水纹。缘：因。
9 文异：（指豹皮的）花纹色彩奇异。豹饰：用豹皮作装饰的衣服。这是古代卫士的特殊装束。
10 侍：侍卫。陂陁（pōtuó 坡陀）：高低不平的山坡。
11 轩：古代供大夫以上乘坐的有篷的车。辌（liáng 凉）：古代的一种有窗户的卧车。低：通“抵”，到。
12 步：步兵。骑：骑兵。罗：罗列。
13 薄：草木丛生。户树：种在门前。户，门。树，种。
14 琼木：玉树，指名贵的树木。

译文

翡翠羽毛做帷帐，装点高堂挂四方。朱砂涂出红板壁，黑玉用来饰房梁。抬头观看方屋椽，绘着蛇行龙飞翔。闲坐高堂凭栏望，下临曲折小池塘。池中荷花刚开放，绿叶点缀多漂亮。紫叶水葵浮水面，随着水波轻荡漾。卫士身穿豹皮服，侍卫四周山坡上。篷车卧车都来到，步兵骑兵列两旁。丛丛兰草种门前，行行玉树作屏障。灵魂归来吧，为何跑向那远方？

室家遂宗[1]，食多方些[2]。稻粢穱麦[3]，挐黄粱些[4]。大苦咸酸[5]，辛甘行些[6]。肥牛之腱[7]，臑若芳些[8]。和酸若苦[9]，陈吴羹些[10]。胹鳖炮羔[11]，有柘浆些[12]。鹄酸臇凫[13]，煎鸿鸧些[14]。

注释

1 室家：家族。遂：尽，都。宗：通“崇”，聚集。《广雅·释诂三》：“崇，聚也。”
2 方：式样，花样。
3 粢（zī 资）：小米。穱（zhuō 捉）：一种早熟的麦。
4 挐（rú 如）：杂糅。黄粱：即黄米，比小米稍大，颜色很黄，煮熟后很黏很香。
5 大苦：极苦。湖南人今尚嗜食苦瓜。
6 辛：辣。今湘、鄂、川三省人均喜吃辣，所谓“湖南人不怕辣，湖北人怕不辣，四川人辣不怕”。甘：甜。行：运用。
7 腱（jiàn 建）：牛蹄筋。

8 臑（ér 而）：通“胹”，煮得烂熟。若：而。臑若芳些，指煮得烂熟而且芳香。

9 和：调和。若：与。

10 陈：陈列。羹：用肉和蔬菜等做成的汤。吴羹，按吴地做法煮成的汤。

11 胹（ér 而）：煮。鳖：甲鱼。炮（páo 袍）：一种烹调方法，把带毛的肉用泥裹住放在火上烧烤。羔：小羊。

12 柘（zhè 这）：通“蔗”，甘蔗。浆：汁。

13 鹄（hú 胡）酸：根据上下句例，当作“酸鹄”。《艺文类聚》卷二十五引此正作“酸鹄”。酸，动词，用醋烹。鹄，水鸟名，俗名“天鹅”。臇（juǎn 卷）：一种煮肉方法，汤放得不多，类似现在的炖。凫（fú 扶）：水鸟名，俗名“野鸭”。

14 鸿：大雁。鸧（cāng 仓）：鸟名，即鸧鸹（guā 瓜），一名“麋鸹”，似鹤，体苍青色。

译文

家族聚集在一堂，吃的东西千百样。香米精米加嫩麦，掺杂黄粱味道香。极苦极咸又极酸，极辣极甜全派上。肥牛四肢蹄筋肉，煮熟炖烂喷喷香。酸的苦的相调和，做成吴味三鲜汤。清蒸甲鱼烤羊羔，皮薄肉嫩浇蔗浆。醋烹天鹅炖野鸭，油炸大雁烹小鸧。

露鸡臛蠵[1]**，厉而不爽些**[2]**。粔籹蜜饵**[3]**，有餦餭些**[4]**。瑶浆蜜勺**[5]**，实羽觞些**[6]**。挫糟冻饮**[7]**，酎清凉些**[8]**。华酌既陈**[9]**，有琼浆些**[10]**。归来反故室**[11]**，敬而无妨些**[12]**。**

注释

1 露鸡：郭沫若译作“卤鸡”（《屈原赋今译》）。文怀沙说：“疑露古通卤，即今酱油也。”“露鸡”，“犹今俗称卤鸡”（《屈原〈招魂〉注释》，《文史》第一辑）。臛（huò 霍）：做成肉汤。蠵（xī 希）：大龟。

2 厉：烈，指味道浓烈。爽：败，指败坏胃口。

3 粔籹（jùnǚ 巨女）：用蜜和糯米粉、面粉油煎而成的一种圆饼。饵（ěr 耳）：糕饼。蜜饵，掺蜜的糕饼。

4 餦餭（zhānghuáng 张皇）：饴糖，也叫麦芽糖。

5 瑶浆：美酒。瑶，美好，珍贵。勺：通“酌”，饮酒。蜜勺，饮时酒中加蜜。

6 实：斟满，倒满。羽觞（shāng 伤）：古代饮酒器，因做成雀形，有羽翼，所以叫羽觞，也叫爵（古“爵”通“雀”）。

7 挫：取出，除去。糟：酒渣。冻饮：喝冷酒，不加温。

8 酎（zhòu 宙）：醇酒。

9 酌：酒宴。

10 琼浆：美酒。琼，美玉，泛指精美的东西。

11 反：同“返”。

12 妨：害。

译文

卤制肥鸡龟肉汤，味道浓烈胃不伤。油煎圆饼蒸甜糕，再加美味麦芽糖。名贵酒浆兑蜂蜜，雀形酒杯满满装。沥去酒渣喝冻酒，甘醇可口又清凉。豪华酒宴已摆上，琼浆玉液等你尝。灵魂快快回故乡，受人尊敬无灾殃！

肴羞未通[1]**，女乐罗些**[2]**。陈钟按鼓**[3]**，造新歌些**[4]**。《涉江》《采菱》**[5]**，发《扬荷》些**[6]**。美人既醉，朱颜酡些**[7]**。嬉光眇视**[8]**，目曾波些**[9]**。

注释

1 肴（yáo 姚）：做熟的鱼肉等。羞：食物。通：本作“彻”，西汉避武帝讳改。彻，撤除，撤去。这个意义的“彻”后写作“撤”。

2 女乐（yuè 月）：女子组成的歌舞队。罗：罗列。

3 钟：陈设编钟，这里指敲打编钟。按鼓：击鼓。

4 造新歌：表演新创作的歌舞。

5《涉江》《采菱》：都是楚国的歌曲名。《九章》中的《涉江》，就是屈原借旧题写的新诗。

6 发：齐声发出。《扬荷》：《文选》本作《阳荷》，宋玉《对楚王问》作《阳阿》，《楚辞·大招》作《扬阿》，梁元帝《言志诗》作《阳和》，也是楚国的歌曲名。《汉书·外戚传下·孝成赵皇后传》：“及壮，属阳阿主家，学歌舞，号曰飞燕。”

7 酡（tuó 驼）：喝了酒脸红。

8 嬉光：逗人的目光。眇（miǎo 秒）视：眯着眼看。

9 曾：通“层”。曾波，形容美女的目光如层层水波一样清澈明亮，炯炯有神。钱锺书《管锥编》第二册《楚辞洪兴祖补注》第一七则论《招魂》“眼波”：“‘曾波’即宋玉《神女赋》：‘望余帷而延视兮，若流波之将澜’，正后世词章称目为‘秋水’‘秋波’之托始。窃谓《西厢记》第一本第一折之‘秋波那一转’可移释‘目曾波’……”

译文

美味佳肴未撤去，舞女乐伎已登场。敲起编钟打起鼓，首首新歌来试唱。唱了《涉江》唱《采菱》，《扬荷》一曲众帮腔。美人已经醉了酒，粉面微微泛红光。目光逗人眯眼看，一双眼睛水汪汪。

被文服纤[1]，丽而不奇些[2]。长发曼鬋[3]，艳陆离些[4]。二八齐容[5]，起郑舞些[6]。衽若交竿[7]，抚案下些[8]。竽瑟狂会[9]，搷鸣鼓些[10]。宫庭震惊[11]，发《激楚》些[12]。吴歈蔡讴[13]，奏大吕些[14]。

注释

1 被：通“披”。文：通“纹”，指绣了花纹的服装。服：穿。纤（xiān 仙）：细，指细料衣服，绫罗之类。

2 不奇：不奇邪，不妖异，即大方（参钱锺书《管锥编》第二册《楚辞洪兴祖补注》第一七则论《招魂》“丽而不奇”）。一说“不”是用来调整音节的语气助词，“不奇”即奇特的意思。王逸《楚辞章句》：“不奇，奇也。”

3 曼：长。鬋（jiǎn 剪）：下垂的鬓发。

4 陆离：光彩闪耀的样子。

5 二八：古代乐舞，八人为一列，“二八”即两列，亦即十六人。齐容：同样的装饰。

6 郑舞：郑国的舞蹈。郑国乐舞素以表现情爱大胆放肆著称，犹如今天影视媒体中“爱情麻辣烫”类节目表演的歌舞，保守的孔夫子曾言“郑声淫”，而天性浪漫多情的楚人却颇为喜欢。

7 衽（rèn 轫）：衣袖。《广雅·释器》：“衽，袖也。”交竿：交叉的竹竿。古人言：“长袖善舞，多钱善贾。”此句是说舞者轻快地起舞，长长的衣袖交相挥动，有如竹影交织。

8 抚：按。案：通“按”。抚案，指用手按着节拍。下：指退场。

9 竽（yú 于）：古代吹奏乐器。战国至汉代广泛流传，至宋代失传。据文献记载和出土实物来看，其形制与笙相似而较大，三十六管，后减至二十三管。瑟（sè 涩）：古代弹拨乐器，多为二十五弦。狂会：不同的乐器竞相演奏。

10 搷（tián 田）：急击。鸣鼓：响鼓。

11 震惊：震动的意思。

12《激楚》：楚国的一种歌曲名，节奏急促，音调激昂，故名。

13 吴、蔡：都是春秋时国名，这里指吴地、蔡地。歈（yú 于）、讴：都是歌的意思。

14 大吕：古代音乐“十二律”中的第二律，相当于现代音乐的♯C 调。

译文

身穿绣花绫罗衣，式样美观而大方。鬓发垂肩长又长，容貌艳丽又端庄。八对舞女装扮同，跳起郑舞神飞扬。袖似竹影交相动，合着节拍退下场。竽瑟合奏发了狂，响鼓猛敲震天响。宫廷内外都震荡，齐唱《激楚》声高昂。吴地民谣蔡地歌，大吕奏来声悠扬。

士女杂坐[1]，乱而不分些。放陈组缨[2]，班其相纷些[3]。郑卫妖玩[4]，来杂陈些[5]。《激楚》之结[6]，独秀先些[7]。

注释

1 士：男子的美称。杂：混合，掺杂。

2 放：解下。陈：摆着。组：宽而薄的丝带。缨：系在脖子上的帽带。这句是说解下衣带和帽带摆在一边。

3 班：次序。纷：乱。

4 妖玩：指妖艳的美女。

5 杂陈：夹杂在娱乐行列中。

6 结：结尾。

7 秀先：优秀，出色。

译文

男女交错坐一堂，相偎相依不设防。解开裙带脱下帽，座位次序乱了行。郑国卫国众女郎，厕身其间来放荡。《激楚》尾声大合唱，最为出色声绕梁。

菎蔽象棋[1]，有六簙些[2]。分曹并进[3]，遒相迫些[4]。成枭而牟[5]，呼五白些[6]。晋制犀比[7]，费白日些[8]。铿钟摇虡[9]，揳梓瑟些[10]。

注释

1 菎（kūn 昆）：当从洪兴祖《楚辞考异》引一本作“箟（jùn 俊）”，同“箘”，竹名，即箘簬（lù 路），俗名箭竹。蔽：当从《集韵·祭韵》引文作“簙（bì 敝）”，指古代博戏所用的筹码。菎蔽，即箟簙，指用箭竹做的筹。棋：棋子。象棋，象牙做的棋子，方形或长方形，不是后世说的象棋。

2 六簙（bó 博）：古代的一种博戏，两人对局，用六根箸和十二个棋子（每人掌握六个）以决胜负。

3 曹：偶，伴侣。分曹，分作许多对。并进：同时走棋。

4 遒（qiú 求）：急，紧。遒相迫，紧相逼迫。

5 枭（xiāo 消）：即枭棋。先秦博戏，对博时双方轮流投掷六根箸，以箸的俯仰来取彩，取了彩才能够走棋。棋子走到目的地，便竖起来，称为“枭棋”。牟（móu 谋）：通“侔”，相等。成枭而牟，是指双方都竖起了“枭棋”，势力对等。这是博戏胜负的关键时刻，如己方能杀对方之“枭”，就胜利了；如己“枭”被对方所杀，就失败了。所以《韩非子·外储说左下》云：“博者贵枭，胜者必杀枭。”

6 五白：从 1972 年湖北云梦睡虎地秦墓出土“六簙”棋一套实物来看，博戏所用六根箸系剖竹为之，断面为弧形，每根箸都无刻画或刻齿。古凡竹皮谓之青，则竹白谓之白。所谓“五白”，指投掷六根箸，一俯而五仰，仰者竹心向上，故称“五白”。当“成枭而牟”，两枭对峙的情况下，如一方掷箸而得五白，即可杀对方的枭棋而取胜，所以掷箸的人要呼唤“五白”出现（参汤炳正《楚辞类稿》）。

7 晋制：晋地制造。犀比：《楚辞·大招》作“鲜卑”，《战国策·赵策》作“师比”，《史记·匈奴传》作“胥纰”，《汉书·匈奴传》作“犀毗”，《淮南子·主术训》高诱注作“私钮”，均一语之转（详《积古斋钟鼎彝器款识》卷十）。犀比即鲜卑，此处为“鲜卑郭洛带”的简称，指带钩。带钩之称“鲜卑（犀比）”，有如《汉书·匈奴传》颜师古注所说：“犀毗，胡带之钩也。亦曰鲜卑，亦谓师比，总一物也，语有轻重耳。”张晏注称：“鲜卑郭洛带，瑞兽名也。东胡好服之。”此句指赌棋赢得晋国仿制的黄金带钩。

8 费：通“昲（fèi 费）”，发光，光耀。白日：太阳。费白日，指黄金带钩像日光那样光华夺目。

9 铿（kēng 坑）：撞击。虡（jù 剧）：悬挂编钟的木架。

10 揳（jiá 颊）：弹奏。梓瑟：梓木做的瑟。

译文

箭竹筹码象牙棋，大家来玩六博戏。分成对手齐头进，各不相让紧相逼。走成枭棋势相当，呼唤五白心焦急。晋国制造金带钩，光耀白日世称奇。撞击编钟摇动架，弹奏梓瑟声飘逸。

娱酒不废[1]，沉日夜些[2]。兰膏明烛，华镫错些[3]。结撰至思[4]，兰芳假些[5]。人有所极[6]，同心赋些[7]。酎饮尽欢，乐先故些[8]。魂兮归来，反故居些[9]！

注释

1 娱酒：用喝酒来作为娱乐。废：停止。

2 沉：沉溺。

3 镫：同“灯”，也叫“锭”。古代照明的器具，用来盛膏或插烛。故亦名膏镫。华镫，雕饰华美、光华灿烂的灯。错：用金涂饰。

4 结撰：构思著述，指宴会上赋诗。至：极，尽。至思，竭尽心思。

5 兰芳：兰草的芳香，喻优美的词藻。假：借，借助。

6 极：极点。这里指欢乐到极点。

7 赋：诵。

8 先故：先辈，故旧。

9 按：从“巫阳焉乃下招曰”至此，是《招魂》的“招辞”部分，作者用巫阳的口气描述上下四方都非常险恶，以“吓唬”飘荡的灵魂返回故居；又极力铺陈和渲染楚国“宫室”“饮食”“歌舞”“娱戏”这些世俗生活中最富魅力的享受，以“引诱”灵魂返回故居。

译文

喝酒取乐不停息，日日夜夜竟沉溺。香油灯烛满堂亮，饰金华灯很美丽。宴会赋诗费心力，借助华章抒胸臆。人们欢乐到极点，诵读唱和心默契。畅饮美酒尽情乐，先辈亡灵带喜气。灵魂归来吧，快回故居来休息！

乱曰[1]：献岁发春兮汩吾南征[2]，菉蘋齐叶兮白芷生[3]。路贯庐江兮左长薄[4]，倚沼畦瀛兮遥望博[5]。

注释

1 乱：古代乐歌中结尾时的齐奏合唱，也就是“尾声”。楚辞起源于乐歌，所以篇末有“乱词”；从诗的结构来看，乱词是总括全篇要旨的话，也就是全篇的结语。

2 献：进。献岁，进入新的一年。发春：开春。汩（yù 欲）：迅疾的样子。吾：宋玉自称。南征：南行。

3 菉：草名，荩草。蘋（pín）：多年水生蕨类植物，茎横卧在浅水的泥中，四片小叶，像“田”字。也叫“四叶菜”“田字草”。白芷（zhǐ 止）：香草名。

4 路贯：水路穿过。庐江：据谭其骧考证，当指今襄阳、宜城界之潼水，水北有汉中卢县故城。中卢即春秋庐戎之国，故此水当有庐江之称。自汉北南行至郢，庐江是必经的水路。而且下文有“倚沼畦瀛兮遥望博”等语，这正与襄阳、江陵间多沼泽平野的地形吻合。若依旧说谓庐江是指今安徽省东南部的青弋江，则全不可解（见陈子展《楚辞直解·招魂解题》所引谭其骧“来函”）。左：指庐江左岸。薄：草木丛生的地方。长薄，漫长的丛林。一说长薄为地名，恐非是。

5 倚：依。沼：池。畦（qí 其）：一块块水田。瀛（yíng 营）：大泽。沼畦瀛指沼泽地带。博：广阔。

译文

尾声：进入新年开新春，我又匆匆向南行。菉蘋叶子已长齐，白芷嫩芽已萌生。水路穿行过庐江，庐江左岸有长林。沿着沼泽向前进，遥望荒野广无垠。

青骊结驷兮齐千乘[1]，悬火延起兮玄颜烝[2]。步及骤处兮诱骋先[3]，抑骛若通兮引车右还[4]。与王趋梦兮课后先[5]，君王亲发兮惮青兕[6]。

注释

1 青骊：青黑色的骏马。驷（sì 四）：古代一车驾四马，此指套着四匹马的车。结驷，车乘相连。乘（shèng 圣）：量词，古代四匹马拉一辆车叫“一乘”。

2 悬火：指火把。延起：漫延。古人打猎，用火烧山林，来驱赶鸟兽。玄：黑中带红。烝（zhēng 征）：火气上升。玄颜烝，指猎火烟气上升，把天空的颜色熏得黑里透红。

3 步：行走。及：到。骤：马奔驰。骤处，指车马奔驰所到的地方。诱：引导。这里作名词用，指打猎时在前面指挥引导的人。骋：奔跑。先：前面。

4 抑：停止。骛（wù 务）：奔驰。若：顺。通：通畅。还：回转。

5 王：君王，指楚顷襄王。趋：奔向。梦：古代湖名。在今湖北省境内，跨大江南北，古代有两个大湖，江北称云泽，江南称梦泽，合称云梦泽。《战国策·楚策四·庄辛谓楚襄王》记载，顷襄王之中期，常常“左州侯，右夏侯，辇从鄢陵君与寿陵君，饭封禄之粟，而载方府之金，与之驰骋乎云梦之中，而不以天下国家为事”。意思是说楚顷襄王左边有州侯，右边有夏侯，车后跟随着鄢陵君和寿陵君，吃着封地里的粮食，并装着国库里的钱财，跟他们驾车在云梦中尽情游乐，可是却不把天下国家的事放在心上。课：考核。

6 亲发：亲自射箭。惮：通“殚（dān 丹）”，毙。《尔雅·释木》陆德明释文引《字林》：“殚，毙也。”兕（sì 四）：雌性的犀牛，一说为犀牛一类的野兽。这两句是说襄王由于亲自射兕，受到凶猛的青兕的惊吓，而丧失了灵魂。这是襄王卧病郢都的缘由。据楚人的迷信，兕牛是射不得的，谁要射杀它，“不出三月”必死（见《吕氏春秋·至忠篇》所记荆哀王射猎传说）。因此，宋玉要为射兕受惊失魂的襄王招魂。按：“兕”为脂部字，不入韵。闻一多《楚辞校补》疑“惮青兕”当作“青兕惮”，“先”“还”“先”“惮”四字为韵。

译文

黑色骏马如长龙，整齐驾车一千乘。点起火把烧山林，猎火升空黑里红。走到车马奔驰处，狩猎向导在前奔。忽停忽跑很顺心，掉转车头向右行。跟王奔驰到梦泽，谁先谁后比本领。君王亲自射犀牛，受到惊吓失了魂。

朱明承夜兮时不可以淹[1]，皋兰被径兮斯路渐[2]。湛湛江水兮上有枫[3]，目极千里兮伤春心[4]。魂兮归来，哀江南[5]。

注释

1 朱明：太阳。《广雅·释天》：“朱明，日也。”承：连接。淹：久留。

2 皋（gāo 高）：水边陆地。被：覆盖。斯：这。渐：淹没。

3 湛湛（zhàn 站）：水清的样子，一说水深的样子。译文兼采二说。枫：枫木，即枫树，又名枫香树，乃南楚的神树。《太平广记》卷四〇七有“枫生人”的传说。在江西一带现在仍然有“樟树惹鬼，枫树出人”的谚语。《山海经·大荒南经》说：“有宋山者，有赤蛇，名曰育蛇。有木生山上，名曰枫木。枫木，蚩尤所弃其桎梏，是为枫木。”郭璞注：“蚩尤为黄帝所得，械而杀之，已摘弃其械，化而为树也。”又说：“（枫木）即今枫香树。”可见枫木是蚩尤的化身。蚩尤是南方苗族的始祖神，因此南方苗族是把蚩尤与枫木一起当作祖先来崇拜的。在《苗族古歌》中，称枫树干生妹榜，枫树心生妹留。“妹榜妹留”是苗语，“蝴蝶妈妈”的意思，是人类的母亲。正因为苗族人认为人类的母亲——“蝴蝶妈妈”是从枫树中生出来的，所以他们称枫树为“道芒”（即妈妈树）或“句芒”（即枫树公公）。苗族史诗《枫木歌》说：“远古那时候，山坡光秃秃。只有一棵树，生在天角角。洪水淹不到，野火烧不着。”这棵树正是枫香树。可见枫木是苗族的圣树、生命树、宇宙树。现代苗族人还认为他们的祖宗的老家是在枫树心里头，因此在祭鼓节中，他们就把木鼓象征祖宗安息的地方，把祭鼓象征祭祖，以便引导游魂野鬼回到蝴蝶妈妈的老家——枫树心——里去。《招魂》的结尾招楚顷襄王的魂回到“上有枫”的江畔（或江南），可能与宋玉受南方苗族的文化影响有关。因为在苗族信仰中，枫木崇拜与始祖崇拜是叠合在一起的，所以这里招魂回归枫林，就是回归祖林。在原始信仰中，回归祖林就意味着能得到祖先的保佑，能祛病消灾，逢凶化吉。

4 伤春心：春景伤心，即触景伤情。按：《诗经·豳风·七月》云：“春日迟迟，采蘩祁祁。女心伤悲，殆及公子同归。”已开中国文学伤春之端绪。而宋玉《招魂》结尾云：“朱明承夜兮时不可以淹，皋兰被径兮斯路渐。湛湛江水兮上有枫，目极千里兮伤春心。魂兮归，来哀江南。”则将“伤春”主题明确提出来，这与其《九辩》“悲秋”一样，对后世文学影响既深且巨。又，“伤春心”，王逸《楚辞章句》引一本作“荡春心”，亦通。

5 按：以上“乱词”，和“序辞”相呼应，追述了襄王“离殃”（得病）的原因。作者回忆初春时曾和襄王南行打猎，襄王因亲自射兕受到惊吓而魂魄离散，从此卧病郢都。而今忽已春深，路上草都长满了，襄王仍不见起色，因此要为襄王招魂。江南是昔日田猎之地，“乱词”专写南行打猎一事，故以“哀江南”作结。

译文

太阳一出夜已明，光阴如箭不稍停。水边兰草满小径，这条小径淹水中。清清江水深又深，岸上有片枫树林。一望无涯千万里，春天景色伤人心。灵魂归来吧，哀伤江南此风景！

楚辞

招隐士

导读

此篇始见于东汉王逸的《楚辞章句》，题为"淮南小山之所作"。但萧统《文选》则题刘安作，似不确。据王逸说，汉初淮南王刘安博雅好古，招怀天下贤士，著作辞赋，以类相从，或称"小山"，或称"大山"，相当于《诗经》中的《小雅》《大雅》。这样说来，此篇的作者是淮南王刘安的门客。至于小山是淮南王门客中某一人或某些人的笔名，还是淮南王门客所创作的辞赋的分类，由于文献不足征，王逸说的话又极为含混，现在已难确考。《汉书·艺文志》著录"淮南王群臣赋四十四篇"，今仅存《招隐士》一篇。关于本篇的主旨，说法也极不一致。王逸说是小山之徒"闵伤屈原"之作。但屈原并不是隐士，"闵伤屈原"不应题为"招隐士"。因此，此说不足凭信。近人多以为是淮南小山思念淮南王的作品，此说亦根据不足。王夫之《楚辞通释》说《招隐士》是淮南小山"为淮南（王）召致山谷潜伏之士"而作，此说倒比较切合作品的实际内容。此篇极力渲染隐居山林的险恶，劝导"王孙兮归来，山中兮不可以久留"，招唤山中隐士来归附刘安，为刘安招致天下俊伟之士张目，故以"招隐士"名篇。作者采用夸张、渲染的手法，描绘既清幽高洁又凄厉可怖的境界，以启发隐士从山中归来。这样既不损害隐士的高洁，又否定了隐居之乐，艺术构思十分巧妙。篇中极少直接抒情的语句，而致力于形象的刻画与气氛的渲染，来曲折表达深沉的思绪与情感，是一篇较有意境的抒情之作。在《楚辞》一书所收的汉人作品中，此篇艺术性堪称第一。因此，朱熹说："此篇视汉诸作，最为高古。"(《楚辞集注》）王夫之说它"以音节局度，浏漓昂激，绍楚辞之余韵，非他词赋之比"(《楚辞通释》)。

桂树丛生兮山之幽，偃蹇连蜷兮枝相缭[1]。山气巃嵸兮石嵯峨[2]，溪谷崭岩兮水曾波[3]。猿狖群啸兮虎豹嗥[4]，攀援桂枝兮聊淹留[5]。王孙游兮不归[6]，春草生兮萋萋[7]。岁暮兮不自聊[8]，蟪蛄鸣兮啾啾[9]。

注释

1 偃蹇（yǎnjiǎn 演简）、连蜷（quán 拳）：都是屈曲的样子。缭：纠缠。

2 巃嵸（lóngsǒng 龙宗）：云气涌起的样子。嵯（cuó）峨：高耸的样子。

3 崭：通"巉（chán 谗）"。崭岩，险峻的样子。曾：通"层"。

4 狖（yòu 又）：黑色长尾猿。猿狖，泛指猿猴。啸、嗥（háo 豪）：都是动物长声吼叫的意思。

5 聊：且。淹留：停留。

6 王孙：贵族的子孙，这里指所招的山中隐士。

7 萋萋（qī 凄）：草茂盛的样子。

8 聊：依赖，寄托。

9 蟪蛄（huìgū 惠姑）：即寒蝉。啾啾（jiū 纠）：象声词，蝉鸣声。

译文

桂树丛生在密林深处，枝干纠缠弯弯又曲曲。云气翻腾石如擎天柱，层层波涛从峡谷流出。猿猴群啸虎豹在嚎叫，攀援桂枝姑且山上居。王孙游山中不愿回去，春天的青草长得蓊郁。岁暮无依心情很空虚，寒蝉声声叫得多凄苦。

坱兮轧[1]，山曲岪[2]，心淹留兮恫慌忽[3]。罔兮沕[4]，憭兮栗[5]，虎豹穴，丛薄深林兮人上栗[6]。嵚岑碕礒兮[7]，硱磳磈硊[8]。树轮相纠兮[9]，林木茷骫[10]。

注释

1 坱轧（yǎngyà 养亚）：同“坱圠（yà 亚）”，高低不平。兮：句中语气词，无义。

2 曲岪（fú 弗）：山势曲折的样子。

3 恫（dòng 洞）：恐惧。慌忽：同“恍惚”，心神不定的样子。

4 罔沕（huǎnghū 谎忽）：通“恍惚”，神志不清的样子。

5 憭（liáo 辽）栗：恐惧的样子。

6 丛薄：草木丛。栗：恐惧。

7 嵚（qīn 钦）岑：通“嵚崟（yín 银）”，山高的样子。碕礒（qíyǐ 其蚁）：石不平整的样子。

8 硱磳（jūnzēng 君增）：高耸的样子。磈硊（wěiwěi 伟伟）：石奇而高的样子。

9 树轮：树的横枝。

10 茷（fá 伐）：枝叶茂密的样子。骫（wěi 伟）：枝条屈曲的样子。

译文

山路崎岖，弯弯曲曲，心想留下又惊惧。恍恍惚惚，战战兢兢，经过虎豹的巢穴，草深林密叫人惊。山石高耸，怪石林立。树枝纠缠在一起，枝条弯曲枝叶密。

青莎杂树兮[1]，薠草靃靡[2]。白鹿麏麚兮[3]，或腾或倚[4]。状貌崟崟兮峨峨[5]，凄凄兮漇漇[6]。猕猴兮熊罴[7]，慕类兮以悲。攀援桂枝兮聊淹留。虎豹斗兮熊罴咆，禽兽骇兮亡其曹[8]。王孙兮归来，山中兮不可以久留！

注释

1 莎（suō 梭）：莎草。

2 薠（fán 烦）草：草名，又名青薠。靃（suǐ 髓）靡：草随风飘拂的样子。

3 麏（jūn 君）：兽名，即獐子。麚（jiā 加）：雄鹿。

4 腾：跳跃。倚：立。

5 崟崟（yín 银）、峨峨：都是高耸的样子。

6 凄凄、漇漇（xǐ 喜）：都是形容皮毛湿润的样子。

7 猕（mí 迷）猴：猴的一种。罴（pí 皮）：兽名，也叫“马熊”或“人熊”，熊的一种。

8 骇（hài 害）：惊惧。亡：失去。曹：同类。

译文

莎草杂生在树旁，薠草随风而披靡。白鹿香獐和雄鹿，有的跳跃有的立。鹿角高高耸立，鹿獐皮毛细腻。还有猕猴和熊罴，思慕同类而悲泣。攀援桂枝姑且住山里。虎豹搏斗，熊罴咆哮，禽兽惊骇，奔散离群。王孙啊，快回来，山中不可以久停！

主要参考书目

[1] 刘向编集，王逸章句 . 楚辞 [M]// 丛书集成初编 . 北京：中华书局，1985.

[2] 司马迁 . 史记 [M]. 北京：中华书局，1959.

[3] 班固 . 汉书 [M]. 北京：中华书局，1962.

[4] 许慎 . 说文解字 [M]. 北京：中华书局，1963.

[5] 洪兴祖 . 楚辞补注 [M]. 北京：中华书局，2002.

[6] 朱熹 . 楚辞集注 [M]. 上海 : 上海古籍出版社，合肥：安徽教育出版社，2001.

[7] 陈第 . 屈宋古音义 [M]// 丛书集成初编 . 北京：中华书局，1985.

[8] 汪瑗 . 楚辞集解 [M]. 北京：北京古籍出版社，1994.

[9] 钱澄之 . 庄屈合诂 [M]// 钱澄之全集 : 之三 . 合肥：黄山书社，1998.

[10] 王夫之 . 楚辞通释 [M]// 船山全书 : 第 14 册 . 长沙：岳麓书社，1996.

[11] 蒋骥 . 山带注楚辞 [M]. 上海：上海古籍出版社，1984.

[12] 戴震 . 屈原赋注 [M]. 北京：中华书局，1999.

[13] 胡文英 . 屈骚指掌 [M]. 北京：北京古籍出版社，1979.

[14] 严可均校辑 . 全上古三代秦汉三国六朝文 [M]. 北京：中华书局，1958.

[15] 王念孙 . 广雅疏证 [M]// 高邮王氏四种：之一 . 南京：江苏古籍出版社，2000.

[16] 王念孙 . 读书杂志 [M]// 高邮王氏四种：之二 . 南京：江苏古籍出版社，2000.

[17] 段玉裁 . 说文解字注 [M]. 上海：上海古籍出版社，1981.

[18] 朱骏声 . 说文通训定声 [M]. 武汉：武汉古籍书店，1983.

[19] 郝懿行 . 尔雅义疏 [M]. 上海：上海古籍出版社，1983.

[20] 钱绎 . 方言笺疏 [M]. 上海：上海古籍出版社，1984.

[21] 吴广平 . 白话楚辞 [M]. 长沙 : 岳麓书社 ,1996.

[22] 吴广平注译 . 楚辞 (注译本)[M]. 长沙 : 岳麓书社 ,2001.

[23] 吴广平 . 楚辞图文本 [M]. 长沙 : 岳麓书社 ,2006.

[24] 吴广平 . 楚辞全解 [M]. 长沙 : 岳麓书社 ,2008.

[25] 吴广平注译. 楚辞(注译本)[M]. 长沙:岳麓书社,2011.
[26] 丁鲁,吴广平. 白话格律楚辞[M]. 北京:中国友谊出版公司,2014.
[27] 吴广平编注. 宋玉集[M]. 长沙:岳麓书社,2001.
[28] 吴广平. 宋玉研究[M]. 长沙:岳麓书社,2004.
[29] 吴广平,史新林主编. 徜徉宋玉城[M]. 长沙:湖南人民出版社,2011.
[30] 吴广平主编. 中外学者论宋玉[M]. 长沙:湖南人民出版社,2016.
[31] 吴广平主编. 宋玉颂[M]. 长沙:湖南人民出版社,2016.
[32] 吴广平主编. 宋玉与临澧[M]. 长沙:湖南人民出版社,2016.
[33] 吴广平主编. 赋圣宋玉[M]. 长沙:湖南人民出版社,2016.